COLEÇÃO EXCELSIOR

BIOGRAFIAS — MEMÓRIAS — DIÁRIOS — CONFISSÕES
ROMANCE — CONTO — NOVELA — FOLCLORE
POESIA — HISTÓRIA

1. MINHA FORMAÇÃO — Joaquim Nabuco
2. WERTHER (Romance) — Goethe
3. O INGÊNUO — Voltaire
4. A PRINCESA DE BABILÔNIA — Voltaire
5. PAIS E FILHOS — Ivan Turgueniev
6. A VOZ DOS SINOS — Charles Dickens
7. ZADIG OU O DESTINO (História Oriental) — Voltaire
8. CÂNDIDO OU O OTIMISMO — Voltaire
9. OS FRUTOS DA TERRA — Knut Hamsun
10. FOME — Knut Hamsun
11. PAN — Knut Hamsun
12. UM VAGABUNDO TOCA EM SURDINA — Knut Hamsun
13. VITÓRIA — Knut Hamsun
14. A RAINHA DE SABÁ — Knut Hamsun
15. O BANQUETE — Mario de Andrade
16. CONTOS E NOVELAS — Voltaire
17. A MARAVILHOSA VIAGEM DE NILS HOLGERSSON — Selma Lagerlöf
18. SALAMBÔ — Gustave Flaubert
19. TAÍS — Anatole France
20. JUDAS O OBSCURO — Thomas Hardy
21. POESIAS — Fernando Pessoa
22. POESIAS — Álvaro de Campos
23. POESIAS COMPLETAS — Mário de Andrade
24. ODES — Ricardo Reis
25. MENSAGEM — Fernando Pessoa
26. POEMAS DRAMÁTICOS — Fernando Pessoa
27. POEMAS — Alberto Caeiro
28. NOVAS POESIAS INÉDITAS & QUADRAS AO GOSTO POPULAR
    Fernando Pessoa
29. ANTROPOLOGIA — Um Espelho para o Homem — Clyde Kluckhohn
30. A BEM AMADA — Thomas Hardy
31. A MINA MISTERIOSA — Bernardo Guimarães
32. A INSURREIÇÃO — Bernardo Guimarães
33. O BANDIDO DO RIO DAS MORTES — Bernardo Guimarães
34. POESIA COMPLETA — Cesar Vallejo
35. SÔNGORO CONSONGO E OUTROS POEMAS — Nicolás Guillén
36. A MORTE DO CAIXEIRO VIAJANTE EM PEQUIM — Arthur Miller
37. CONTOS — Máximo Górki
38. NA PIOR, EM PARIS E EM LONDRES — George Orwell

CONTOS

COLEÇÃO EXCELSIOR

Vol. 37

Capa
Cláudio Martins

Seleção, tradução, prefácio e notas de
Boris Schaniderman

EDITORA ITATIAIA
BELO HORIZONTE
Rua São Geraldo, 53 — Floresta — Cep. 30150-070
Tel.: 3212-4600 — Fax: 3224-5151
e-mail: vilaricaeditora@uol.com.br
Home page: www.villarica.com.br

Direitos desta tradução reservados à
PHILOBIBLION Livros de Arte Ltda.
Av. Churchill, 109 — sala 704
20020 Rio de Janeiro, RJ

G682c
2.ed

Górki, Máximo, 1868-1936.
Contos / Máximo Górki ; seleção, tradução, prefácio e notas de Boris Schanaiderman. — 2ª ed. — Rio de Janeiro : Itatiaia, 2005.
(Coleçã Excelsior ; 37)

Nota biográfica

1. Contos russos I. Schnaiderman, Boris II. Título III. Série.

85.0777 CDD — 891.73

2005

Impresso no Brasil
Printed in Brazil

Máximo Górki

CONTOS

EDITORA ITATIAIA
Belo Horizonte

SUMÁRIO

PREFÁCIO

Uma coletânea de contos de Górki obriga a uma grande simplificação em relação à sua obra. Em primeiro lugar, embora ele tenha expresso por meio do conto alguns aspectos fundamentais da sua personalidade de escritor, não se encontram sequer vestígios de outras nas suas histórias curtas. Um escritor como Górki é exemplo vivo da irrupção de fatores morais, sociais, políticos, históricos, na obra literária, com uma veemência tal que a própria realização dessa obra passa a ter seu valor máximo justamente nessa veemência. Pois, se existe algo de muito importante a extrair dos livros de Górki, é uma lição humana, de sinceridade que raia, às vezes, ao desespero, de afeto desmedido pelo semelhante, de uma entrega de toda a personalidade à busca da verdade e da justiça. Esta atitude encontrou expressão tanto nos seus contos como na novela, no romance, na autobiografia, no ensaio, na peça de teatro e no artigo de jornal. E essa intensidade e veemência marcam toda a escrita gorkiana.

Alguns dos seus contos mais expressivos pelo conteúdo humano apresentam sérios defeitos de construção literária. Ora, para sermos fiéis ao espírito gorkiano e refletir com alguma exatidão um pouco da sua obra, temos que apresentar mesmo essas histórias mal construídas. Note-se bem: isto não quer dizer que deixasse de lado as considerações de ordem estética. Pelo contrário, polia e refundia as suas estórias como qualquer escritor que situe essas considerações acima de todas as demais.

Por conseguinte, uma coletânea dos seus contos deve transmitir ambos estes aspectos. Este livro teria um caráter muito diverso, se a nota predominante da seleção fosse a busca do bom gosto literário. Mas, não seria traição ao espírito de uma obra em que a maior veemência humana, a mensagem mais intensamente transmitida, a maior vivência, aliam-se, às vezes, a um evidente mau gosto?

Desabusado e categórico; lírico e bárbaro; passando facilmente do grito à fala macia; de uma sinceridade que chega a ser chocante e, ao mesmo tempo, com pudores quase diríamos de colegial e ilusões românticas estranhas num homem com a sua experiência; preocupado com a política, afirmando, porém: "Mais e melhor que nos livros, aprendi marxismo junto a Siemionov, padeiro em Kazã"; escritor proletário, mas cujo único romance essencialmente operário (*Mãe*) constitui uma das suas obras mais fracas, apesar de muito popular; escritor proletário, sim, mas cuja experiência, cujo maior convívio, dera-se com os vagabundos, os desprezados da sociedade, os relegados ao fundo (chama-se *No Fundo* uma das peças teatrais mais importantes de Górki, apresentada no Brasil com o título absurdamente antigorkiano de *Ralé*), o que lhe deu uma sensibilidade particular para compreender os seus problemas e aspirações, fato constatado ao comparar-se, por exemplo, o que há de esquemático em alguns personagens operários de *Mãe* e a vivência autêntica, o sabor do intensamente real com que apresentou os seus vagabundos insolentes e, mesmo, um relegado da sociedade como o espião policial de *Vida de um Homem Inútil* (romance editado às vezes no Ocidente como *O Espião*); um inimigo do capitalismo que soube apresentar tão bem o comerciante de província, sobretudo em *Fomá Gordiéiev* e *O Negócio dos Artamonov*; um escritor que opôs os seus vagabundos altivos à comunidade dos homens bem-pensantes, dos pequenos burgueses sem ambição nem grandeza, mas também ao camponês russo, tão exaltado pelos *populistas* e conhecido por ele muito bem na sua miséria e abandono, na vida abjeta e rude; um autor discursivo e panfletário, que parecia desfraldar a bandeira vermelha em praça pública, mas que, de súbito, surgiu pregando uma doutrina essencialmente religiosa, com uma divinização do povo, passando este a ser encarado não como a multidão a orientar e esclarecer para um assalto ao poder, mas como o verdadeiro "construtor de Deus" (vejam-se, neste sentido, as perorações que enfeiam um romance como *Uma Confissão* e, mesmo, *Vida de Matviéi Kojemiákin,* admirável sob tantos outros aspectos); um revolucionário, mas que se assustou com os possíveis desmandos da Revolução vitoriosa contra autênticos valores culturais; um fascinado pela cultura, que fracassou, todavia, quando quis criar tipos de intelectuais, obtendo êxito neste sentido quase exclusivamente nas reminiscências; ora atacando os intelectuais pelo seu afastamento do povo, ora defendendo-os face ao poder revolucionário; voltando-se freqüentemente para o passado, mas com absoluto desprendimento, com a máxima humildade, que se compreende melhor à base da seguinte afirmação, numa carta de 1911: "Seria muito oportuno fazer uma boa pintura do passado, a fim de iluminar os caminhos que conduzem ao futuro"; um escritor que abusou de imagens fáceis, de lantejoulas baratas e da prosa ritmada, defeitos tão criticados na época, e que, mesmo depois de registrar com honestidade essas críticas, provenientes de homens como Tolstói, Tchekhov, e apesar de toda a admiração que lhes votava, continuou a usar de vez em quando tais efeitos nos seus romances e contos; um escritor barroco, no mau sentido, beirando a vulgaridade, mas que, de súbito, atingia uma elegância e pureza estilística raras vezes obtidas na literatura russa, conforme se pode constatar por alguns contos, pela trilogia autobiográfica e pelas *Páginas de um Diário*; um autor que construiu muito mal diversos romances, mas que soube apresentar este afresco admirável da vida na Rússia, nos anos anteriores à Revolução, que é *O Negócio dos Artamonov*, e este pequeno quadro, tão sombrio, tão bem fixado, que é *A Cidadezinha de Okurov*; um poeta bem medíocre, que impingiu versos muito ruins em meio a magníficas estórias, mas que também trouxe para a literatura o sabor autêntico e vigoroso da poesia popular, a sabedoria dos adágios, das frases rimadas, do bom senso mujique; característico por um fraco pelos adjetivos desnecessários, sobretudo na apresentação de cenas da natureza, mas também o autor de uma descrição soberba, no conto *Na Estepe*, chegando a suscitar a "inveja" de Tchekhov, conforme este confessaria numa carta,[1] um escritor que teimava em incluir lucubrações filosóficas em seus romances e contos, embora fosse tão infeliz neste gosto pela digressão (veja-se, por exemplo, a fraquíssima defesa do materialismo em *Várienka Oléssova*), mesmo se considerarmos a tendência muito russa para semelhante defeito literário, e que, paradoxalmente, mostrava-se tão cônscio desta sua debilidade e apontava-a nos demais, inclusive num Tolstói; um publicista que sabia compreender tão bem certos aspectos da cultura ocidental, que sentiu tão profundamente a obra dos clássicos franceses do séc. XIX, mas que, levado pelo sectarismo político e cultural, deu mostras de absurda incompreensão, ao tratar de alguns valores

1 Esta se encontrará parcialmente traduzida, no apêndice à presente coletânea.

culturais do Ocidente, seus contemporâneos; um escritor que respondia com humildade a todas as cartas, mas também capaz da maior rudeza e intolerância, nas polêmicas pela imprensa; um otimista, imbuído de fé na humanidade, mas que soube expressar tantos momentos de "humor negro"; enfim, como enquadrar este Górki de múltiplos aspectos, de exuberante personalidade literária, nos limites estreitos de uma antologia de contos?

Este livro não pretende, pois, ser representativo de toda a obra gorkiana. É apenas um fragmento do seu mundo complexo e vário, marcado de veemência, mas também das debilidades de um grande escritor, de alguém que soube transmitir a imagem do mundo russo em vários dos seus aspectos essenciais. Esta última circunstância foi particularmente ressaltada por um dos maiores poetas russos, Aleksandr Blok (cujas opiniões sobre muitos assuntos divergiram frontalmente das concepções gorkianas): "Se existe esse não sei quê de imenso, de nostálgico, essa terra de promissão da alma, que nos acostumamos a designar pelo nome de Rússia, foi Górki quem soube expressá-lo melhor."

Os contos deste volume pertencem às diversas fases da sua atuação literária.

Os primeiros[2] refletem sobretudo os ambientes que ele conheceu nas andanças pelas estradas intermináveis da Rússia, o submundo de prostitutas, mendigos e ladrões, a humanidade torva das casas de cômodos e dos albergues noturnos, as "universidades" a que se referiria com tão profundo sentido humano em sua autobiografia. E isso resultou num escândalo e numa verdadeira revolução na literatura. É verdade que outros já haviam tratado o tema. Prostitutas e ladrões, vagabundos e mendigos, aparecem nas obras de Dostoiévski e Tchekhov, o próprio Tolstói também já se debruçara sobre aqueles ambientes. No entanto, com Górki, aquela humanidade surgia com a sua filosofia às vezes simplista, a sua poesia freqüentemente rude. Havia desafio e insolência, atitude desabusada e franqueza, rebeldia e espírito anárquico, neste Górki da primeira fase. E também uma concepção literária que se chocava quer com as tradições do realismo russo, tão atento à descrição de ambientes e à análise psicológica, mas que não conhecera ainda uma irrupção assim violenta das realidades do submundo, quer com o esteticismo, o requintamento, a busca

[2] No caso da presente edição, os primeiros de cada volume.

de sutileza, característicos da vida literária russa por volta dos fins do século XIX.

A Velha Izerguil é um exemplo típico do romantismo gorkiano, desse romantismo que ele considerava tão necessário introduzir na vida e na literatura.

Incluí nesta coletânea *Nove de Janeiro,* conquanto o próprio autor não o tenha classificado como conto. Pareceu-me importante, porém, como exemplo da acuidade com que soube captar certos aspectos da psicologia popular, nos momentos decisivos da vida russa, de que foi testemunha e participante.

Selecionei um conto do volume sobre a Itália, embora as histórias que nele figuram me pareçam quase todas demagógicas e palavrosas. A narrativa sobre Núncia representa, porém, a meu ver, um dos momentos mais felizes de Górki como contista.

Da última fase, escolhi apenas *Sobre os Malefícios da Filosofia,* expressão muito saborosa do seu gosto pela autobiografia sem pretensão. Poderia traduzir, por exemplo, algum dos *Contos Sobre Heróis.* Todavia, apesar de muito bem escritos, considero-os apenas esboços tímidos, no sentido de refletir a realidade do mundo surgido com a Revolução.

De modo geral, creio, ainda estamos em condições muito desfavoráveis para analisar a obra de Górki. Tornou-se quase lugar-comum da crítica a asserção de que, ao examinar os livros de um grande escritor, cada geração encontra determinados aspectos que as anteriores não perceberam. No entanto, a nossa geração, ao apreciar a obra gorkiana em seu conjunto, defronta-se com a ausência de dados completos,[3] e a imagem do escritor foi desfigurada freqüentemente pela paixão de quem o analisou. O excesso de ataques virulentos e de inflamadas defesas pesa ainda em qualquer juízo que se formule sobre os seus livros. E uma série de fatores afetivos, pessoais, dificulta esse julgamento.

Ainda estamos demasiado perto do impacto emocional que os seus escritos provocaram não só na juventude russa da época, mas também nos jovens de quase todo o mundo. Com efeito, Górki não foi apenas uma das expressões mais elevadas da tendência para a apresentação revolucionária dos problemas sociais, com um misto de realismo e romantismo, de narração e desafio, que constituiu uma

---

3 Estão sendo publicados até hoje materiais importantes sobre a sua vida e obra.

das correntes importantes da literatura surgida em fins do séc. XIX e início do séc. XX. A sua influência exerceu-se também no sentido de uma radicalização do público, e, ainda hoje, muitos lembram com saudade e carinho a leitura feita, há muitos anos, de livros relativamente fracos (por exemplo, *Mãe*), mas que exerceram, na época, influência decisiva. Por outro lado, porém, as idiossincrasias políticas de muitos contribuem para dificultar a assimilação do que há de legítimo e universal na obra deste grande escritor. Ademais, trata-se, ainda, de uma questão controvertida e, muitas vezes, a crítica ocidental aponta como falho e perecível nessa obra justamente aquilo que se tem exaltado na URSS como as suas maiores qualidades: a defesa bombástica do trabalho humano; certas lucubrações sobre arte e literatura, em defesa do chamado realismo socialista, escola literária que deveria aliar a descrição da realidade a uma compreensão do materialismo histórico, etc.

Conforme já escrevi no início deste prefácio, a presente coletânea não poderia refletir todos os aspectos múltiplos e complexos da sua personalidade. Torna-se importante frisar, também, que é apenas uma das inúmeras escolhas possíveis no caso. E que, no mundo imenso de Górki, há sempre motivo para admiração e repulsa, fascínio e perplexidade, o que torna toda seleção muito mais marcada pelas condições pessoais do selecionador que no caso de outros autores.

1961.

Reelaborado em 1984.

NOTA BIOGRÁFICA

Aleksiéi Maksímovitch Piechkóv, que se consagrou na literatura com o pseudônimo de Máximo Górki, isto é, Máximo, o Amargo, nasceu em Níjni-Nóvgorod, hoje Górki, em 1868, e morreu em 1936. Filho de um estofador, viveu até os dez anos com o avô materno, sofrendo então profunda influência da avó, cuja imagem fixaria com particular carinho em *Ganhando Meu Pão.* Estudou numa escola em 1876-77, executando também pequenos serviços, para ganhar a vida. Quando a sua mãe morreu, em 1878, o avô ordenou-lhe que fosse ganhar o próprio sustento, passando a trabalhar então numa sapataria, da qual se transferiu para o escritório de um arquiteto. Na primavera de 1880, empregou-se como lavador de pratos num navio do Volga, mas, no fim do verão, regressou ao escritório do arquiteto. Na mesma época, entregou-se a desordenadas e abundantes leituras.

Transferiu-se, em 1884, para Kazã, na esperança de ingressar na universidade local, o que não conseguiu, sofrendo naqueles dias grandes privações, que narraria em *Minhas Universidades.* Foi estivador, jardineiro, cantor de coro e, finalmente, padeiro. Na mesma época, ligou-se a um grupo de *populistas,* mas, desde cedo, não se mostrou muito inclinado a aceitar a exaltação do mujique, característica do movimento. Não conseguindo encontrar um sentido para a existência, tentou sucidar-se, perfurando um pulmão a bala. Internado, conseguiu restabelecer-se, mas aquele ferimento contribuiu para a manifestação da tuberculose, de que sofreria o resto da vida.

Passou os três anos seguintes em andanças pelo Sul do Império, quando conheceu profundamente os vagabundos, que seriam os personagens das suas primeiras obras. Regressou a Níjni-Nóvgorod em 1890, sendo então preso, devido a vagas suspeitas de atividade revolucionária. Solto, passou a interessar-se pelo nascente movimento marxista russo. Mostrou na época um poema a Korolenko, que o criticou severamente. Reiniciando as suas andanças, desceu o Volga, depois atravessou a Ucrânia, em direção à Bressarábia, dirigiu-se para Odessa, dali para a Criméia e, costeando o mar Negro, chegou a Tiflis,[1] na Geórgia, percorrendo milhares de quilômetros a pé. Um jornal de Tiflis publicou, em 1892, o seu primeiro conto. Em pouco tempo, tornou-se conhecido como escritor e jornalista, colaborando então em importantes periódicos.

Passando a residir em Samara, constituiu família, mas, pouco depois, perdia o seu emprego num jornal, devido à amargura e franqueza com que escrevia. De regresso à cidade natal, foi secretário de um advogado e colaborou na imprensa, sendo a rebeldia dos seus escritos notada tanto pela censura como pelos revolucionários. Em março de 1898, saiu o seu primeiro livro de contos, rejeitado anteriormente por diversos editores. O jovem escritor conheceu um êxito sem precedentes e tornou-se, do dia para a noite, uma das figuras literárias mais famosas do país. Privou então com Tchekhov, Tolstói e outros escritores importantes, que exerceram sobre ele uma influência salutar.

As consideráveis somas que recebeu como direitos autorais foram quase inteiramente dedicadas ao movimento revolucionário, que ajudou também com a pena e com as facilidades advindas da sua imensa popularidade. Em 1901, foi preso pela terceira vez, acusado de atividades subversivas, mas obteve pouco depois a liberdade, graças à intercessão de Tolstói, sendo, porém, deportado da cidade natal. Eleito membro honorário da Academia de Ciências, a eleição foi anulada por um ato do czar, após o qual Tchekhov e Korolenko demitiram-se da mesma academia, em sinal de protesto.

As primeiras peças de Górki, *Os Pequenos Burgueses* e *No Fundo,* estrearam-se na Rússia com grandes restrições por parte da polícia, e a segunda dessas peças foi autorizada somente porque o governo esperava um fracasso completo. No entanto, a sua exibição tornou-se um êxito internacional.

Preso mais uma vez em 1905, os protestos que o fato provocou, em todo o mundo, obrigaram o governo a soltá-lo. Participou das manifestações de outubro em Moscou e organizou, em Petersburgo, o

1 Hoje Tbilíssi, nome autóctone de que Tiflis é a forma russificada.

jornal bolchevique *Nóvaia Jizn* (Vida Nova). Após o fracasso da rebelião de dezembro, deixou o país, a fim de coletar no estrangeiro fundos para a Revolução. A sua chegada aos Estados Unidos, em abril de 1906, constituiu um triunfo, sendo recebido por Mark Twain, H. G. Wells, etc. Todavia, a embaixada russa em Washington, que tentara em vão impedir a sua entrada no país, divulgou a notícia de que a atriz Andréieva, que o acompanhava, não era sua esposa, e, em pouco tempo, a imprensa americana mudou de atitude em relação ao escritor. O casal foi expulso do hotel no meio da noite, o Presidente da República, Theodore Roosevelt, cancelou a recepção marcada para Górki na Casa Branca, e houve outras conseqüências igualmente desagradáveis, até que ele regressou à Europa. Em França, teve uma polêmica violenta com intelectuais que o haviam defendido contra a prepotência czarista, mas que se mostraram indignados com os termos de um folhetim por ele escrito contra a concessão, pelo governo francês, de um empréstimo ao russo.

Estabeleceu-se em Capri, em fins de 1906. No ano seguinte, participou, com a facção bolchevique, da conferência de Londres do Partido Social-Democrático russo. Em Capri, organizou uma escola para revolucionários, mas esta foi, pouco depois, desaprovada por Lênin, pois Górki ficara sob a influência de vários intelectuais que tenderam para uma concepção religiosa do movimento revolucionário.

Após o início da Primeira Guerra Mundial, voutou à Rússia e apoiou a luta com a Alemanha, enquanto os bolcheviques moviam campanha contra a guerra. Após o advento do regime de Kérenski, chefiou o ressuscitado diário *Nóvaia Jizn,* no qual fez críticas violentas a Lênin e seus companheiros. Deflagrada a Revolução de Outubro, dedicou-se particularmente à preservação dos valores culturais, em meio ao caos, e dirigiu-se freqüentemente ao governo, pedindo medidas para a proteção de obras de arte, auxílio material a intelectuais, comutação de penas de morte, etc. Devotou-se também à orientação de atividades literárias sob o novo regime. Em 1919, passou a chefiar uma coleção de obras internacionais, a serem editadas pelo Estado. Por insistência de Lênin, viajou para o estrangeiro em 1921, a fim de tratar da saúde, residindo então em Sorrento. Regressou à Rússia em 1928, sendo recebido com grandes festividades. Nessa fase, mostrou-se particularmente preocupado com a situação internacional e procurou estimular a formação de uma frente única de intelectuais, contra a guerra e o fascismo. Ao mesmo tempo, tornou-se um defensor extremado das instituições soviéticas, passando a considerar necessária mesmo a violência, para a eliminação dos vestígios do passado dentro da URSS. Dois anos após a sua morte, foi anunciado que esta se dera em conseqüência de tratamento intencionalmente errado, devido a uma conspiração de inimigos internos do governo stalinista. Todavia, até hoje, não foram esclarecidas as circunstâncias em que o fato teria ocorrido.

Obras principais: *Minha Infância, Ganhando Meu Pão, Minhas Universidades, Páginas de Diário*, reminiscências sobre Tchekhov, Tolstói, Leonid Andréiev, Korolenko, Lênin, e outros escritos autobiográficos; os romances *Fomá Gordiéiev, Os Três, Mãe, Vida de um Homem Inútil, Uma Confissão, A Cidadezinha de Okurov, Vida de Matviéi Kojemiákin, O Negócio dos Artamonov, Vida de Klim Sâmguin;* as novelas *Konovalov, Sobre o Primeiro Amor, Malva, O Casal Orlóv, Os Ex-Homens; Os pequenos Burgueses, No Fundo, Os Veranistas, Os Inimigos, Iegor Bulitchóv*, peças de teatro; contos, ensaios políticos e literários, panfletos, etc.

Outros dados biográficos, diretamente relacionados com os contos deste volume, serão encontrados no Apêndice.

MEU COMPANHEIRO DE ESTRADA

— I —

Encontrei-o no porto de Odessa. Durante uns três dias, atraiu minha atenção aquele vulto atarracado, com rosto oriental, emoldurado por uma barbicha bonita. Surgia freqüentemente a meus olhos: eu o via parado, horas inteiras, sobre o granito do molhe, tendo enfiado na boca o castão da bengalinha e examinando tristemente, com negros olhos de amêndoa, a água turva do porto; passava por mim dez vezes ao dia, com o andar de um homem despreocupado. Quem era?... Comecei a observá-lo. Como se zombasse de mim de propósito, aparecia com freqüência crescente e, por fim, acostumei-me a reconhecer, mesmo de longe, seu terno da moda, de tecido xadrez claro, o chapéu preto, o passo indolente e o olhar embotado, de enfaro. Ele era positivamente inexplicável ali, em meio aos silvos dos navios e das locomotivas, ao estrépito de correntes, aos gritos de operários, à azáfama desenfreada, nervosa, do porto, que envolvia as pessoas de todos os lados. Os homens estavam preocupados, cansados, corriam na poeira, cobertos de suor, gritavam, xingavam... Dentro da confusão operosa, ia caminhando devagar aquele vulto estranho, indiferente e alheio a tudo, com um enfado mortal no rosto.

Finalmente, no quarto dia, na hora do jantar, topei com ele e decidi verificar, a todo custo, quem era. Instalei-me perto, com uma melancia e um pão, comecei a comer e a examinar o homem, pensando num modo delicado de iniciar a conversa.

Ele estava de pé, o peito encostado numa pilha de caixotes de chá, e olhava sem objetivo ao redor, tamborilando com os dedos em sua bengalinha, como se fosse uma flauta.

Estando eu com roupa de vagabundo, uma corda de estivador às costas, e completamente sujo de pó de carvão, era-me difícil iniciar uma conversa com aquele homem elegante. Mas, para minha surpresa, vi que não tirava de mim os olhos, abrasados por uma chama desagradável, ávida, animal. Decidi que o objeto das minhas observações estava com fome e, lançando um olhar rápido em volta, perguntei-lhe baixinho:

— Está servido?

Estremeceu, arreganhou voraz os dentes compactos, sadios, que pareciam chegar quase à centena, e também espiou desconfiado ao redor.

Ninguém prestava atenção em nós. Estendi-lhe, então, metade da melancia e um pedaço de pão de trigo. Agarrou tudo isso e desapareceu, sentando-se atrás de uma pilha de mercadoria. Às vezes, surgia de lá sua cabeça de chapéu empurrado para a nuca, descobrindo assim a fronte morena, suada. O rosto brilhava-lhe com um sorriso largo e, não sei por que, ia sorrindo para mim, sem deixar de mastigar um segundo sequer. Fiz-lhe sinal para que me esperasse, fui comprar carne, que lhe dei, e postei-me junto aos caixotes, de modo a ocultar completamente o homem elegante da vista de estranhos. Até então, não cessara de comer, lançando ao redor olhares rapaces, como se temesse que alguém lhe tirasse um pedaço; agora, passou a comer mais calmamente, mas, apesar de tudo, com tal velocidade e avidez, que tive desgosto de olhar para aquele homem faminto e voltei-lhe as costas.

— Obrigado! Muito obrigado! — sacudiu-me o ombro, depois agarrou minha mão, que apertou com força, e começou também a sacudi-la com violência.

Cinco minutos depois, já estava me contando quem era.

Georgiano, príncipe Chakro Ptadze, filho único de um rico proprietário rural de Kutaís, trabalhava no escritório de uma das estações da estrada de ferro Transcaucasiana e morava com um colega. Este desapareceu de repente, carregando o dinheiro e os objetos de valor do príncipe, que se lançou em sua perseguição. Certa vez, soube por acaso que o colega comprara passagem para Batum, e dirigiu-se para lá. Mas, naquela cidade, constatou que o outro fora para Odessa. Então, o príncipe apanhou o passaporte de certo Vano Svanidze, barbeiro, também seu companheiro, da mesma idade, mas de físico diferente, e viajou para Odessa com aquele documento. Ali, foi à polícia e comunicou o roubo, prometeram-lhe encontrar o culpado, esperou duas semanas, gastou em comida todo o dinheiro, e já estava no segundo dia de jejum.

Ouvi o seu relato, mesclado de impropérios, olhava para ele, acreditava no que me dizia, e fiquei com pena do menino: tinha dezenove anos, mas, devido à sua ingenuidade, podia-se atribuir-lhe menos ainda. Com freqüência e profunda indignação, lembrava a grande amizade que o unira ao companheiro larápio, mas este roubara objetos pelos quais o severo pai Chakro certamente apunhalaria o filho, se este não os encontrasse. Pensei que, se alguém não ajudasse aquele moço, a cidade voraz haveria de tragá-lo. Eu sabia quão insignificantes eram às vezes os acasos que faziam crescer a classe dos vagabundos; e o príncipe Chakro tinha todas as possibilidades de ir parar nessa respeitável, mas não muito considerada categoria. Quis ajudá-lo. Propus que fosse à chefatura da polícia, a fim de pedir uma passagem, mas ele ficou perturbado e me declarou que não iria. Por que? O caso estava em que deixara de pagar o aluguel do quarto e, quando lhe exigiram dinheiro, deu um soco em alguém; desapareceu em seguida e supunha, com justeza, que a polícia não lhe agradeceria a falta daquele pagamento e o soco; aliás, não se lembrava muito bem se dera um soco, dois, três ou quatro.

A situação complicava-se. Resolvi trabalhar a fim de ganhar o suficiente para a sua passagem até Batum, mas — ai! — constatei que isso não se efetivaria muito depressa, pois o faminto Chakro comia por três ou mais.

Naquele tempo, em conseqüência do afluxo de "famintos", baixara no porto o preço da jornada de trabalho, e dos oitenta copeques que eu ganhava, gastávamos sessenta em comida. Além disso, ainda antes do encontro com o príncipe, resolvera caminhar para a Criméia e não tinha vontade de permanecer muito tempo em Odessa. Propus-lhe então que fosse comigo a pé, com a seguinte condição: se eu não encontrasse para ele um companheiro até Tiflis, faríamos juntos a jornada, mas, se o encontrasse, despedir-nos-íamos.

O príncipe olhou os seus elegantes sapatos, o chapéu, as calças, afagou a jaqueta, refletiu um pouco, suspirou mais de uma vez e, por fim, concordou. E assim partimos de Odessa para Tiflis.

— II —

Quando chegamos a Kherson, eu conhecia meu companheiro como um rapaz ingênuo, selvagem, sem qualquer preparo, alegre quando saciado, melancólico ao sentir fome, um animal vigoroso e bonachão.

Pelo caminho, contou-me casos da vida dos proprietários rurais georgianos, dos seus divertimentos e das relações com os camponeses. Os seus relatos eram interessantes, originais, bonitos, mas faziam-no aparecer sob um aspecto extremamente desfavorável. Contou-me, por exemplo, o seguinte caso:

Os vizinhos de um rico príncipe foram convidados por este para um festim; tomaram vinho, comeram *tchurék,*[1] *chachlik,*[2] *lavach*[3] e *pilau,*[4] e depois o príncipe levou os convidados à cachoeira. Selaram cavalos. O príncipe escolheu o melhor e cavalgou campo afora. Era um árdego animal. Os convidados elogiaram suas formas, sua velocidade. O príncipe tornou a galopar, mas, de repente, apareceu correndo no campo um camponês montado num cavalo branco, passou-lhe à frente e... riu com orgulho. O anfitrião sentiu-se envergonhado perante os convidados!... Franziu, severo, o sebrecenho, chamou com um gesto o camponês e, quando o outro se acercou, cortou-lhe a cabeça com um golpe de sabre e matou o cavalo com um tiro de revólver no ouvido, comunicando depois o ato às autoridades. Foi condenado a trabalhos forçados.

Chakro relata-me o fato com um tom de quem lamenta o príncipe. Tento demonstrar-lhe que não há o que lamentar, mas ele me diz instrutivamente:

— Os príncipes são poucos, os camponeses muitos. Por causa de um camponês, não se pode julgar um príncipe. Que é um camponês? Aí está! — Chakro mostra-me uma pelota de terra. — E o príncipe é que nem uma estrela!

Discutimos, ele fica zangado. Quando isso acontece, arreganha os dentes como um lobo e seu rosto se afila.

— Fique quieto, Maksim! Você não conhece a vida no Cáucaso! — grita.

Minha argumentação é impotente diante do seu imediatismo, e o que me parece claro, é ridículo para ele. Quando eu o desarmava com as provas da superioridade dos meus pontos de vista, dizia-me sem vacilar:

---

1 Conhecido no Brasil como "pão sírio".
2 Espécie de churrasco.
3 Película fina, preparada com farinha de trigo e usada como pão.
4 Arroz em papa, geralmente com carne de carneiro e acrescido, muitas vezes, de passas, especiarias, etc., comum em diversos países do Oriente Médio.

— Vá viver no Cáucaso. Vai ver, então, que eu disse a verdade. Todos fazem assim, quer dizer que é preciso. Por que vou acreditar em você, se é o único a dizer: não é assim, quando milhares dizem que assim é?

Eu me calava então, compreendendo que era preciso replicar com fatos e não com palavras a um homem que acreditava ser completamente legal e justa a vida tal como ela era. Calava-me e ele falava com entusiasmo, os lábios estalando, da vida caucasiana, repleta de uma beleza selvagem, de ardor e originalidade. Aquelas histórias, empolgando-me, despertavam, ao mesmo tempo, indignação e raiva, por sua crueldade, por aquela veneração à riqueza e à força bruta. Certa vez, perguntei-lhe se conhecia a doutrina de Cristo.

— Naturalmente! — respondeu, dando de ombros.

Todavia, verifiquei depois que ele sabia o seguinte, apenas: houve Cristo, que se revoltou contra as leis judaicas e, por isso, os judeus o crucificaram; no entanto, Ele era Deus e não morreu na cruz, mas ergueu-se aos céus e deu aos homens uma nova lei de vida...

— Qual? — perguntei.

Olhou-me com perplexidade zombeteira e perguntou:

— Você é cristão? Bem! Sou cristão também. Quase todos são cristãos sobre a terra. Por que pergunta então? Está vendo como todos vivem?... Esta é a lei de Cristo...

Excitado, pus-me a contar-lhe a vida de Cristo. Ouviu-me a princípio com atenção, mas esta foi-se enfraquecendo e, por fim, exauriu-se num bocejo.

Vendo que o seu coração não me ouvia, dirigi-me novamente à sua inteligência e falei-lhe das vantagens do auxílio mútuo, das vantagens do conhecimento, da legalidade, das vantagens, sempre das vantagens... Mas a minha argumentação reduzia-se a poeira, rompendo-se contra o muro de pedra da sua concepção do mundo.

— O forte é sua própria lei! Não precisa estudar e, mesmo cego, encontrará seu caminho! — replicou-me o príncipe com indolência.

Sabia ser fiel a si mesmo. Isso despertava em mim o respeito por ele; era, porém, selvagem, cruel, e eu sentia, às vezes, explodir em mim um ódio a Chakro. Contudo, não perdia a esperança de encontrar um ponto de contato entre nós, o chão sobre o qual pudéssemos reunir-nos e compreender-nos.

Atravessamos o istmo de Pierekóp e aproximávamo-nos de Iaila. Eu sonhava com o litoral sulino da Criméia, o príncipe estava taciturno e cantarolava entre os dentes estranhas canções. Tínhamos gasto os últimos níqueis, e não havia onde ganhar mais. Íamos a Feodóssia, onde se iniciaram então os trabalhos de instalação do porto.

O príncipe dizia-me que ia trabalhar também e que, depois de ganhar dinheiro, viajaríamos até Batum por mar. Tinha muitos conhecidos naquela cidade e imediatamente encontraria para mim um emprego de guarda ou de zelador. Batia-me no ombro e dizia com ar protetor, fazendo estalar melifluamente a língua:

— Vou arranjar a você uma vida tão boa! Tze, tze! Vai beber vinho quanto quiser, comer carne de carneiro, também quanto quiser! Vai casar com uma georgiana gorda, tze, tze, tze!... Ela vai assar para você *lavach*, vai-lhe dar filhos, muitos filhos, tze, tze!

Aquele *tze, tze!* surpreendeu-me a princípio, depois começou a irritar-me, deixando-me, por fim, num estado de angústia e furor. Na Rússia, emprega-se aquele som para chamar porcos; no Cáucaso, porém, expressa entusiasmo, lamento, prazer, aflição.

Chakro tinha já puído fortemente o terno da moda e os seus sapatos romperam-se em muitos pontos. Vendemos em Kherson a sua bengalinha e o chapéu. Em lugar deste, comprou um velho quepe de funcionário de estrada de ferro.

Quando o pôs a primeira vez, perguntou-me, inclinando-o fortemente de lado:

— Fica bem? Bonito?

— III —

Eis-nos na Criméia, já passamos por Sinferópol e dirigimo-nos para Ialta.

Eu caminhava, num êxtase mundo, diante da natureza daquele pedaço de terra, acariciado pelo mar. O príncipe suspirava, afligia-se e, lançando ao redor olhares melancólicos, tentava encher os intestinos vazios com não sei que frutinhas esquisitas. Aquelas relações com as suas propriedades nutritivas nem sempre decorriam beneficamente para ele, e muitas vezes me dizia com um humor perverso:

— Se isto me virar pelo avesso, como vou andar mais? Hem? Diga-me: como?

Não aparecia qualquer possibilidade de ganho e, não tendo um vintém para pão, nos alimentávamos de frutas e de esperanças. E

Chakro começava já a censurar-me a preguiça, os "hábitos de boca-aberta", como dizia. Estava-se tornando difícil de modo geral, mas torturava-me principalmente com relatos sobre o seu apetite absurdo. Contava que, tendo almoçado ao meio-dia um pequeno carneiro, acompanhado de três garrafas de vinho, era capaz de comer, às duas horas, sem grande esforço, três pratos de não sei que *tchakhakhbili* ou *tchikhirtmá*, um prato fundo de *pilau*, uma porção de *chachlik*, *tolmá* à vontade e ainda muitos outros pratos caucasianos, acompanhados de vinho com fartura. Passava dias inteiros falando-me das suas aptidões e conhecimentos gastronômicos, ao mesmo tempo que, os olhos árdegos, fazia estalar a língua e arreganhava os dentes, rangendo-os, sorvendo sonoramente e engolindo a saliva faminta, que espirrava em abundância dos seus lábios eloqüentes.

Certa vez, perto de Ialta, fui contratado para limpar restos da poda num pomar; recebia adiantado o salário do dia e comprei pão e carne com aqueles cinqüenta copeques. Ao trazer o que comprara, fui chamado pelo jardineiro e afastei-me, entregando tudo a Chakro, que se recusara a trabalhar, com o pretexto de dor de cabeça. Voltando depois de uma hora, certifiquei-me de que, ao falar do seu apetite, Chakro não passara dos limites da verdade: não sobrava migalha da minha compra. Era um comportamento indigno da condição de companheiro, mas calei-me, para minha desgraça, aliás, conforme se constataria mais tarde.

Vendo meu silêncio, Chakro aproveitou-o a seu modo. A partir daquele dia, começou algo espantosamente absurdo. Eu trabalhava, e ele, sob diversos pretextos, recusava-se ao trabalho, comia, dormia e instigava-me a trabalhar mais. Eu achava ridículo e triste olhar para aquele forte rapagão; quando, terminado o trabalho, eu voltava cansado para algum cantinho sombreado em que ele me esperava, o príncipe apalpava-me tão avidamente com os olhos! Mas, era ainda mais triste e ofensivo ver que ria de mim porque eu trabalhava. Ria, igualmente, porque aprendera a pedir esmola, pelo amor de Jesus Cristo. A princípio, tinha vergonha de mim, mas um dia, ao aproximarmo-nos de uma aldeiazinha tártara, começou aos meus olhos a preparar-se para pedir. Apoiava-se para isso sobre uma vara e arrastava o pé, como se este lhe doesse, pois sabia que os tártaros avarentos não dariam esmola a um rapaz com saúde. Discuti com ele, demonstrando-lhe o caráter vergonhoso de tal ocupação...

— Não sei trabalhar! — retrucou-me lacônico.

Recebia poucas esmolas. Naquele tempo, minha saúde começou a piorar. O caminho tornava-se mais difícil cada dia e mais desagradáveis as minhas relações com Chakro. Agora, já exigia insistentemente que eu o alimentasse.

— Você está-me conduzindo! Muito bem, conduza! Mas, posso ir para tão longe a pé? Não estou acostumado. Posso morrer disso! Por que me tortura e me mata? Se eu morrer, como será tudo? A mãe vai chorar, os amigos também. Quantas lágrimas então?

Eu ouvia semelhantes discursos, mas não me zangava com eles. Começou a esgueirar-se para dentro de mim um estranho pensamento, que me incitava a suportar tudo aquilo. Às vezes, enquanto ele dormia, eu ficava a seu lado, examinando-lhe o rosto calmo, imóvel, e repetia no íntimo, como se procurasse adivinhar algo:

— Meu companheiro... companheiro meu...

E em minha consciência surgia, por vezes, confusamente, a idéia de que Chakro estava apenas usando de um direito, quando, com tamanha convicção e ousadia, exigia de mim ajuda e cuidado por ele. Naquela exigência, havia caráter, havia força. Ele me escravizava, eu cedia e estudava-o, vigiava cada tremor do seu rosto, tentando imaginar em que ponto havia de parar o homem, nesse processo de apossamento de uma personalidade alheia. Quanto a ele, sentia-se admiravelmente bem, cantava, dormia e caçoava de mim, quando isso lhe aprazia. Por vezes, separávamo-nos por dois ou três dias, indo em direções diferentes; eu provia-o de pão e dinheiro, no caso de os termos, e marcava o ponto em que devia esperar por mim. Quando nos encontrávamos novamente, ele, que me acompanhara com desconfiança e um rancor triste, recebia-me com alegria, em triunfo, e dizia, rindo sempre nessas ocasiões:

— Pensei que você fugiu sozinho e me deixou! Ha-ha-ha!

Eu lhe dava comida, discorria sobre os bonitos lugares que vira; uma vez, falando de Bakhtchissarai, citei Púchkin e recitei seus versos.[5] Tudo isso não lhe provocou a mínima impressão.

— Eh, versos! São canções, não são versos! Conheci um georgiano, aquele sim cantava canções de verdade!... Quando cantava, ai, ai, ai!... cantava alto... muito alto... Como se lhe revolvessem a garganta com um punhal!... Depois, esfaqueou um botequineiro e está agora na Sibéria.

---

5 *A Fonte de Baéstchissarai* é um poema famoso de A. S. Púchkin.

Cada vez que eu voltava para junto dele, mais caía em seu conceito e ele não sabia já esconder isto de mim.

Nossos negócios não iam bem. Eu mal conseguia ganhar um rublo ou rublo e meio por semana e, naturalmente, era menos que satisfatório. As esmolas recebidas por Chakro não chegavam a proporcionar uma economia de comida. Seu intestino era um pequeno abismo, que tragava tudo sem distinção: uva, melões, peixe salgado, pão, frutas secas, e parecia ampliar-se com o tempo, exigindo número crescente de vítimas.

Chakro começou a instigar-me a sair mais depressa da Criméia, dizendo-me razoavelmente que já era outono e o caminho, longo ainda. Concordei com ele. Além disso, eu tivera já oportunidade de ver aquela parte da Criméia; encaminhávamo-nos então para Feodóssia, numa tentativa de ganhar dinheiro.

Afastando-se umas vinte versas de Aluchta, detivemo-nos a fim de pernoitar. Convenci Chakro a seguir o trajeto à beira-mar, embora fosse o mais comprido, pois eu queria resiprar a atmosfera marinha. Acendemos uma fogueira e deitamo-nos ao lado. Era um anoitecer magnífico. O mar verde escuro batia contra rochedos abaixo de nós; em cima, o céu azul claro silenciava solenemente e, ao redor, árvores e arbustos faziam um ruído suave. Erguia-se a lua. Sombras caíam da verdura filigranada dos plátanos. Não sei que ave cantava sonoramente e arrebatada. Seus trinados argentinos dissolviam-se no ar, repleto do ruído carinhoso e doce das ondas e, quando desapareciam, ouvia-se o zunir nervoso de um inseto. Ardia alegre a fogueira e a chama parecia um ramalhete abrasado de flores vermelhas e amarelas. Ele engendrava igualmente sombras, e estas pulavam prazenteiras ao redor de nós, como se quisessem exibir sua vivacidade, ante as sombras preguiçosas do luar. Estava deserto o vasto horizonte do mar, o céu sobre ele aparecia sem nuvens, e eu me sentia na extremidade da terra, contemplando o espaço, esse mistério que encanta o espírito... Enchia-me a alma um sentimento assustado da proximidade de algo grandioso, e meu coração estremecia e petrificava-se.

De repente, Chakro soltou uma sonora gargalhada:

— Ha-ha-ha!... Que cara estúpida! Você parece um carneiro! Ha-ha-ha-ha!...

Assustei-me, como se um trovão retumbasse de súbito sobre a minha cabeça. Mas era pior. Ridículo, sim, mas como ofendia!... Chakro chorava de tanto rir, mas eu me sentia pronto a chorar, por outro motivo. Tinha uma pedra parada na garganta, não conseguia falar e dirigia para ele o olhar estranho, o que fazia intensificar-se ainda mais o seu riso. Ele rolava pelo chão, de barriga encolhida, enquanto eu não conseguia vir a mim da afronta... Sofrera uma dura ofensa, e aqueles poucos que, segundo espero, hão de compreendê-la, talvez por terem sofrido algo semelhante, sentirão novamente na alma o mesmo peso.

— Pare com isso!! — gritei enfurecido.

Assustou-se, estremeceu, mas ainda não conseguia conter-se, os paroxismos do riso não o abandonavam, inflava as bochechas, arregalava os olhos e, de repente, rompia novamente em gargalhada. Levantei-me então e caminhei, afastando-me dele. Passei muito tempo andando, sem pensamentos, quase inconsciente, repleto do veneno corrosivo do despeito. Eu abraçava a natureza inteira e, silenciosamente, de todo o coração, declarava-lhe meu amor, um amor ardente de homem que é um pouco poeta... e ela, na pessoa de Chakro, deu gargalhada, zombando do meu enlevo! Eu teria ido longe, na formulação de um ato acusatório contra a natureza, contra Chakro e todas as formas da vida, mas passos rápidos ressoaram atrás de mim.

— Não fique bravo! — disse encabulado Chakro, tocando ligeiramente em meu ombro. — Você estava rezando? Eu não sabia.

Falava com a voz tímida de uma criança que fez travessura e, apesar da excitação, eu não podia deixar de ver sua fisionomia lastimável, ridiculamente torcida pelo encabulamento e pelo medo.

— Não vou te incomodar mais! É verdade! Nunca!

Sacudia negativamente a cabeça.

— Eu vejo que você é sossegado. Você trabalha. Não me obriga. Penso: "Por que? Quer dizer que é estúpido como um carneiro..."

Era assim que me consolava! Era assim que me pedia desculpas! Naturalmente, depois de tais consolações e desculpas, nada me restava, além de perdoar-lhe não somente o passado, mas também o futuro.

Meia hora depois, o meu companheiro dormia profundamente, enquanto eu permanecia sentado, olhando para ele. Dormindo, mesmo o homem forte parece indefeso e desamparado: Chakro estava lastimável. Os lábios grossos e as sobrancelhas erguidas davam a seu rosto uma expressão infantil, tímida e surpreendida. Respirava plena e calmamente, mas, às vezes, mexia-se e delirava, falando em georgiano, apressadamente e como quem implora. Reinava ao redor aquele silêncio tenso do qual sempre se espera algo e que, se pudesse durar muito, tiraria a razão ao homem, com a absoluta tranqüilidade e com a ausência de som, esta sombra viva do movimento. Não chegava até nós o suave rumorejar das ondas: estávamos numa espécie de fossa, coberta de arbustos que se agarravam em quem passava por ali, uma fossa que lembrava o bocejo cabeludo de um animal petrificado. Eu olhava para Chakro, pensando:

— É meu companheiro de estrada... Posso abandoná-lo aqui, mas não posso deixá-lo, pois seu nome é legião... É o companheiro de toda a minha vida... e que me acompanhará ao túmulo...

Feodóssia desvaneceu as nossas esperanças. Quando chegamos à cidade, havia lá perto de quatrocentos homens, que procuravam, como nós, trabalho e estavam igualmente obrigados a contentar-se com o papel de espectadores da construção do molhe. Trabalhavam nela turcos, gregos, georgianos, smolenskianos, poltavianos. Na cidade e ao redor, vagueavam em grupo vultos cinzentos, amargurados, de "famintos", vagabundos de Azóv e da Táurida deslocavam-se num trote lupino.

Fomos a Kertch.

Meu companheiro cumpriu a palavra e não me incomodou; mas estava muito esfomeado, batucava com os dentes como lobo, ao ver alguém comendo, e dava-me uma sensação de horror, com as descrições das diferentes iguarias que era capaz de ingerir. Começou também a lembrar-se de mulheres. A princípio, de relance, com suspiros de lástima; depois, com mais freqüência, com sorrisos vorazes de "homem oriental"; finalmente, chegou a ponto de não deixar passar perto uma pessoa do sexo feminino, quaisquer que fossem sua idade e aparência, sem partilhar comigo alguma obscenidade prático-filosófica, a respeito deste ou daquele dos seus aspectos. Tratava de mulheres com tamanha liberdade, com tal conhecimento do objeto, e considerava-as de um ponto de vista tão surpreendentemente direto, que só me restava ir cuspindo para o lado... Certa vez, tentei demonstrar-lhe que a mulher era um ser em nada pior que ele mesmo, mas, vendo que não somente se ofendia com as minhas opiniões, mas era até capaz de atingir um estado de furor, por causa da humilhação a que, segundo sua opinião, eu o submetia, abandonei as minhas tentativas, até uma ocasião em que ele estivesse saciado.

Não nos dirigíamos mais para Kertch beirando a costa, mas pela estepe, a fim de encurtar caminho; no alforje, tínhamos apenas um bolachão de cevada, de umas três libras, comprado a um tártaro com os nossos derradeiros cinco copeques. Não davam resultado as tentativas de Chakro de pedir pão nas aldeias; em toda parte, respondiam-lhe lacônicos: "Vocês são muitos..." Era uma grande verdade: com efeito, tornaram-se terrivelmente numerosos os homens que procuravam um pedaço de pão, naquele ano difícil.

Meu companheiro não suportava os "famintos", seus concorrentes na coleta de esmolas. Apesar das dificuldades do caminho e da má alimentação, a reserva de forças vitais não lhe permitia adquirir o aspecto esgotado e lastimável, de que eles podiam orgulhar-se com justiça, como de algo superior; vendo-os ainda de longe, ele dizia:

— Estão vindo de novo! Pfui, pfui, pfui! Por que andam por aí? Será que a Rússia não tem mais espaço? Não compreendo! O povo da Rússia é muito estúpido!

E quando eu lhe explicava os motivos que obrigaram o estúpido povo russo a caminhar pela Criméia, à procura de pão, balançava a cabeça incrédulo, e retrucava:

— Não compreendo! Como pode ser?!... Lá na Geórgia, não acontecem coisas assim estúpidas!

Chegamos a Kertch já noite fechada e fomos forçados a pernoitar sob as pontes que ligavam o cais à praia. Não nos fazia mal ocultar-nos: sabíamos que, pouco antes da nossa chegada, fora conduzida para fora de Kertch toda a gente supérflua, isto é, os vagabundos, e temíamos ir parar nas mãos da polícia; e como Chakro estivesse viajando com passaporte alheio, isso poderia trazer-nos sérias complicações.

As ondas do estreito borrifaram-nos copiosamente, a noite inteira; ao amanhecer, esgueiramo-nos para fora do abrigo, encharcados e com frio. Andamos o dia inteiro à beira-mar e só conseguimos ganhar dez copeques, que recebi da mulher de um *pope*,[6] para quem carreguei da feira um saco de melões.

Era preciso atravessar o estreito para ir a Taman. Nenhum barqueiro quis aceitar-nos como remadores para aquela travessia, por mais que eu pedisse. Todos tinham prevenção contra os vagabundos, que efetuaram ali, pouco antes da nossa chegada, muitas proezas heróicas, e, não sem fundamento, éramos incluídos naquela categoria.

Ao anoitecer, enraivecido contra os meus insucessos e contra o mundo inteiro, decidi-me a um feito algo arriscado e, sobrevindo a noite, tratei de realizá-lo.

---

6 Sacerdote russo.

— IV —

De noite, eu e Chakro acercamo-nos devagarinho da alfândega flutuante, junto à qual havia três chalupas, presas com correntes a anéis, parafusados ao paredão de pedra do cais. Estava escuro, soprava o vento, as chalupas chocavam-se, tilintavam as correntes... Eu podia balançar um daqueles anéis até amolecê-lo e arrancá-lo da pedra.

Em cima, numa altura de uns cinco *sajens*,[7] estava caminhando o soldado de sentinela na alfândega, e assobiava entre os dentes. Quando se detinha perto de nós, eu interrompia o trabalho, mas era uma cautela supérflua; ele não podia supor que, embaixo, houvesse um homem, imerso n'água até o pescoço. Além disso, as correntes tilintavam incessantemente, mesmo sem a minha ação. Chakro já se entendera no fundo de uma das chalupas e murmurava-me algo, que eu não conseguia distinguir, devido ao barulho das ondas. Eu estava segurando o anel... Uma onda soergueu o barco e o atirou na direção oposta à margem. Apoiava-me à corrente, nadando junto à chalupa, depois entrei nela. Arrancamos duas tábuas do arcabouço do barco e, pregando-as nos ganchos, em lugar de remos, fomos navegando...

Agitavam-se as ondas, e Chakro, sentado na pôpa, ora sumia da minha vista, desabando com aquela parte do barco, ora levantava-se muito acima de mim e, gritando, quase me caía em cima. Aconselhei-lhe que não gritasse, se não queria ser ouvido pela sentinela. Calou-se então. Eu via certa mancha branca, em lugar do seu rosto. Ele estava segurando o leme continuamente. Não tínhamos tempo de trocar de função e temíamos caminhar pelo barco, para mudar de lugar. Eu gritava sobre o que era preciso fazer, e ele, compreendendo-me no mesmo instante, agia depressa, como se fosse marinheiro nato. Pouco me adiantavam as tábuas, que substituíam remos. O vento soprava-nos na pôpa e eu não me preocupava muito com a direção para onde nos levava, cuidando apenas para que a proa ficasse em perpendicular com o estreito. Era fácil determinar essa direção, pois ainda se viam as luzes de Kertch. As ondas espiavam por cima do bordo e faziam um barulho irritado; quanto mais longe penetrávamos no estreito, mais altas se tornavam. Já se ouvia, ao longe, um rugido selvagem, ameaçador... O barco deslocava-se cada vez mais veloz, e era

---

7 *Sajem* — Medida correspondente a 2,13 m.

a todo momento mais difícil manter a direção. Com freqüência crescente, caíamos em fossas profundas ou saltávamos para cima de colinas d'água, enquanto a noite se tornava mais escura e mais baixas as nuvens. Desapareceram as luzes além da pôpa, e então veio-nos uma sensação terrível. Dava a impressão de que o espaço das águas iradas não tinha fim. Nada se via, a não ser as ondas, que vinham voando de dentro da treva. Arrancaram-me das mãos uma das tábuas, e atirei sozinho a outra para o fundo do barco, agarrando-me ao bordo. Chakro uivava selvagemente, cada vez que o barco saltava para cima. Eu me sentia ridículo e impotente naquela treva, rodeado pela fúria dos elementos, que abafavam a minha voz. Sem esperança no coração, possuído de um desespero mau, via ao redor somente aquelas ondas, de jubas branquicentas, que se espalhavam em borrifos salgados, e as nuvens em cima de mim, densas, cabeludas, também se pareciam com ondas... Compreendia apenas o seguinte: tudo o que sucedia em volta de mim poderia tornar-se ainda imensuravelmente mais forte e terrível, e eu sentia despeito porque tudo aquilo se refreava e não queria mostrar-se em toda a magnitude. A morte era inevitável. Tornava-se neceessário, porém, enfeitar com algo aquela lei indiferente, que tudo nivela, pois ela é demasiado grosseira e difícil. Se me fosse dado escolher entre a morte pelo fogo ou por afogamento num pântano, preferiria a primeira: apesar de tudo, é de certo modo mais decente...

. . . .

— Vamos armar a vela! — gritou Chakro.

— Onde está? — perguntei.

— Meu *tchekmém*...[8]

— Atire-o para cá! Não largue o leme!...

Chakro começou a agitar-se, silenciosamente, na pôpa.

— Segure!...

Atirou-me o seu *tchekmém*. Arrastando-me sobre o fundo do barco, arranquei mais um tábua do arcabouço, preguei nela uma das mangas do *tchekmém,* encostei a tábua ao banco do barco, segurei-a com o pé e, mal pegara a outra manga e a aba, aconteceu algo inesperado... O barco saltou até uma altura extraordinária, depois voou para baixo, e eu caí n'água, tendo numa das mãos o *tchekmém* e agarrando com a outra uma corda, estendida ao longo

---

[8] Espécie de blusão caucasiano, com dobras atrás.

do bordo externo. As ondas saltavam-me com estrépido sobre a cabeça, eu engolia a água salgada e amarga. Ela me enchera os ouvidos, a boca, o nariz... Agarrando-me fortemente com as mãos à corda, erguia-me e abaixava-me na água, batendo com a cabeça contra o bordo e, depois de atirar o *tchekmém* para o fundo do barco, procurava também saltar para lá. Teve êxito uma das minhas dez tentativas, fiquei a cavalo no barco e, no mesmo instante, vi Chakro, que dava cambalhotas na água, seguro com ambas as mãos à mesma corda que eu acabava de largar. Aquela corda passava, aliás, ao redor de todo o barco, presa pelos anéis de ferro do bordo.

— Vivo! — gritei-lhe.

Ele saltou alto por cima da água e foi bater no fundo do barco. Amparei-o e ficamos cara a cara. Eu continuava a cavalo no barco, os pés enfiados nas amarras, como se fossem estribos, mas isso era pouco seguro e qualquer onda podia atirar-me fora do selim. Chakro agarrou-me os joelhos e encostou a cabeça com força em meu peito. Tremia com todo o corpo e eu sentia sacudirem-se os seus maxilares. Era preciso fazer algo! O fundo do barco estava escorregadio, como se ali tivessem passado manteiga. Disse a Chakro que ele devia descer novamente à água, seguro pelas cordas de um dos bordos, e que eu faria o mesmo, do outro lado. Em vez de responder, pôs-se a empurrar-me no peito com a cabeça. As ondas, em dança selvagem, saltavam a cada momento por cima de nós e por pouco não nos derrubavam; uma corda machucava-me horrivelmente o pé. No campo visual, surgiam, por toda parte, altas colinas d'água e desapareciam com estrépito.

Repeti o que dissera, dessa vez num tom autoritário. Chakro pôs-se a bater com intensidade ainda maior com a cabeça em meu peito. Não se podia molengar. Empurrei de mim suas mãos, uma após outra, e comecei a impeli-lo para dentro d'água, procurando fazer com que ele agarrasse as cordas com as mãos. E então aconteceu algo que me assustou mais que tudo, naquela noite.

— Está me afogando? — murmurou Chakro e espiou-me o rosto.

Era realmente terrível! Era terrível a sua pergunta, ainda mais terrível o tom de voz em que fora feita, e no qual soavam uma tímida submissão, um pedido de clemência e um último suspiro de homem que perdeu a esperança de escapar a um fim trágico. Mais terríveis ainda eram, porém, os olhos sobre o rosto molhado e de uma palidez mortal!...

Gritei-lhe:

— Segure-se com mais força! — e desci também à água, segurando a corda. Bati em algo com o pé e, no primeiro momento, nada pude compreender, de tanta dor. Em seguida, compreendi. Acendeu-se em mim algo cálido, fiquei como embriagado e me senti forte como jamais.

— Terra! — gritei.

É possível que os grandes navegantes, que descobriram novas terras, gritassem esta palavra, ao vê-las, com um sentimento mais intenso, mas duvido que o fizessem mais alto. Chakro pôs-se a uivar e nos atiramos n'água. Todavia, ambos esfriamos em pouco tempo: tínhamos ainda água até o peito e em nenhuma parte se viam indícios mais positivos de terra firme. As ondas eram ali mais fracas e não saltavam já, mas rolavam com indolência por cima de nós. Felizmente, não larguei a chalupa. Chakro e eu pusemo-nos um de cada lado e, segurando as cordas de salvamento, caminhamos cautelosos, arrastando o barco atrás de nós.

Chakro balbuciava algo e ria. Eu espiava em volta, preocupado. Estava escuro. Atrás e à direita de nós, era mais forte o ruído das ondas; na frente e à esquerda, mais atenuado; caminhamos para a esquerda. O chão era firme, de areia, mas com muitos buracos; por vezes, perdíamos o fundo e, então, remávamos com as pernas e um dos braços, segurando com o outro o barco; outras vezes, porém, a água nos chegava apenas aos joelhos. Nas partes mais fundas, Chakro uivava e eu tremia de medo. E, de repente — salvação! — fulgiu em frente uma chama...

Chakro pôs-se a gritar com todas as forças; mas eu me lembrava muito bem de que o barco pertencia ao Estado e, pouco depois, obriguei-o a lembrar-se também desse fato, Calou-se, mas, passados instantes, ressoou o seu pranto. Eu não tinha meios de o consolar.

A água tornava-se cada vez mais rasa... pelos joelhos... pelas canelas... Continuávamos a puxar o barco aduaneiro; num dado momento, porém, faltaram-nos as forças e abandonamo-lo. Em nosso caminho, havia não sei que tora negra. Pulamos por cima e, descalços, caímos sobre ervas espinhosas. Era dolorido e representava uma falta de hospitalidade, por parte da terra, mas não nos incomodamos com isso e corremos em direção do fogo. Ficava a uma versta e, ardendo alegremente, parecia estar rindo ao nosso encontro.

— V —

Três cachorros enormes e cabeludos pularam de alguma parte na treva e lançaram-se contra nós. Chakro, que não cessara de chorar convulsivamente, soltou um uivo e caiu ao solo. Atirei contra os cachorros o *tchekmém* molhado e abaixei-me, procurando com as mãos uma pedra ou um pau. Nada encontrei, somente o capim arranhou-me as mãos. Os cachorros, solidários entre si, continuavam pulando sobre nós. Assobiei com toda a força, enfiando dois dedos na boca. Afastaram-se de um salto e, no mesmo instante, ouviram-se passos e vozes de gente correndo.

Pouco depois, estávamos junto a uma fogueira, numa roda de quatro pastores, com roupas de pele de carneiro.

Dois estavam sentados no chão e fumavam; o terceiro, alto, de barba negra e cerrada e com um chapéu de pele cossaco, permanecia de pé, atrás de nós, apoiado num pau, com uma enorme saliência, em forma de raiz, na extremidade; o quarto, um jovem louro, estava ajudando Chakro, que chorava, a despir-se. A partir de uns cinco *sájens* de nós, a terra estava coberta, numa grande extensão, de uma grossa camada de algo denso, cinzento, semelhante a ondas, e lembrando neve de primavera, que já tivesse começado a derreter-se. Somente prestando atenção prolongada e fixamente, podiam-se distinguir vultos de ovelhas, fortemente apertadas entre si. Havia ali alguns milhares, comprimidas pelo sono e pela treva noturna, numa camada densa, tépida e grossa, que cobria a estepe. Às vezes, baliam, queixosas e assustadas...

Fiquei secando o *tchekmém* sobre a fogueira, enquanto contava aos pastores toda a verdade, inclusive sobre o meio pelo qual conseguira o barco.

— Mas, onde está o barco? — perguntou-me um velho severo e grisalho, que não tirava os olhos de mim.

Contei-lhe.

— Vá, Mikhal, espiar...

Mikhal, o de barba negra, atirou o cajado ao ombro e caminhou para a praia.

Chakro, que tremia de frio, pediu-me que lhe desse o *tchekmém,* quente, mas ainda molhado; o velho disse, porém:

— Espere! Vá correndo um pouco, para esquentar o sangue. Corra em volta da fogueira, ande!

Chakro a princípio não compreendeu, mas, depois, arrancou-se de repente do lugar e, nu, pôs-se a executar uma dança selvagem, saltando sobre a fogueira como uma bola, rodando no mesmo lugar, batendo os pés, gritando com toda a força e agitando os braços. Era um quadro engraçado. Dois pastores torciam-se no chão, gargalhando a mais não poder, mas o velho, de rosto sério, impassível, procurava bater palmas, no ritmo da dança; não conseguia percebê-lo, porém, e ficava olhando os passos de Chakro, balançando a cabeça e movendo os bigodes, gritando o tempo todo com voz cheia e grossa:

— Gai-ga! Assim, assim! Gai-ga! Butz, butz!

Iluminado pela fogueira, Chakro retorcia-se que nem uma cobra, saltava sobre um pé só, batia rapidamente ambos, e seu corpo, brilhando ao braseiro, cobria-se de gotas graúdas de suor, que pareciam vermelhas como sangue.

Agora, já os três pastores estavam batendo palmas, e eu me secava, tiritando junto à fogueira, e pensava que a aventura por mim vivida faria feliz algum admirador de Cooper ou Júlio Verne, com aquele naufrágio, os aborígenes hospitaleiros, a dança do selvícola ao redor da fogueira...

Eis que Chakro já está sentado no chão, envolto no capote, e come algo, espiando-me com os olhos negros, nos quais há um fulgor que desperta em mim um sentimento desagradável. Sua roupa está secando, pendurada sobre umas varas, fincadas no chão, perto da fogueira. Deram-me também pão e toucinho salgado.

Chegou Mikhal e sentou-se, em silêncio, ao lado do velho.

— E então? — perguntou este.

— O barco está lá — disse Mikhal.

— A água não vai levá-lo?

— Não.

Calaram-se todos, examinando-me.

— Que fazer? — perguntou Mikhal, sem se dirigir propriamente a qualquer pessoa. — Levá-los à aldeia, à presença do *atamã*?[9] Ou diretamente ao pessoal da alfândega?

Ninguém lhe respondeu. Chakro estava comendo tranqüilamente.

— Pode-se levá-los ao *atamã*... ou também à alfândega... — disse o velho, depois de um silêncio.

— Espere, vovô... — comecei.

Mas não me deu atenção alguma.

---

9 Chefe cossaco.

— Assim, Mikhal! O barco está lá?

— Isso, está sim...

— E então... a água não vai levá-lo?

— Não leva... não.

— Que fique lá. Amanhã, os barqueiros vão a Kertch e podem levá-lo. Por que não levariam um barco vazio? Hem? Aí está... E agora, vocês, rapazes esfarrapados... assim... Como?... Não tiveram medo? Não? Te-te... Era só avançar mais meia versta, e estariam no mar. Que iam fazer se fossem parar no mar? Hem? Vocês iam se afogar como uns machados, os dois... Afogar-se, e é tudo.

O velho calou-se e olhou-me, um sorriso zombeteiro por sobre os bigodes.

— Por que fica aí parado, rapagão?

Eu estava enfadado com as considerações, e não as compreendendo, tomava-as por zombarias a nosso respeito.

— Estou ouvindo você! — disse eu, bastante irritado.

— Bem, e então? — interessou-se o velho.

— Ora, nada.

— Por que fica provocando, nesse caso? É de boa ordem, acaso, provocar alguém mais velho que a gente?

Permaneci calado.

— Não quer comer mais? — prosseguiu o velho.

— Não quero.

— Então, não coma, se não quer. Mas, quem sabe, vai levar pão para o caminho?

Estremeci de alegria, mas não deixei que o percebesse.

— Para o caminho, eu levaria... — disse tranqüilamente.

— Aí!... Dêem a ele pão e toucinho... E, quem sabe, têm aí mais alguma coisa? Nesse caso, dêem também.

— Mas, eles vão embora? — perguntou Mikhal.

Os outros dois ergueram os olhos para o velho.

— E que vão fazer aqui com a gente?

— Mas, nós pretendíamos levá-los ao *atamã* ou ao pessoal da alfândega... — disse Mikhal desapontado.

Chakro agitou-se junto à fogueira e, curioso, retirou a cabeça de dentro do capote. Estava calmo.

— Que vão eles fazer em casa do *atamã*? Mais tarde, irão para lá... se quiserem.

— E o barco? — não sossegava Mikhal.

— O barco? — repetiu o velho. — Que importa o barco? Não está lá?

— Está... — respondeu Mikhal.

— Então, que fique lá. E, de manhã, Ivachka vai empurrá-lo até o cais... de lá, será levado para Kertch. Não há mais nada a fazer com o barco.

Fiquei olhando fixamente para o velho pastor e não pude surpreender o menor movimento em seu rosto fleumático, queimado, marcado pelo vento, e sobre o qual pulavam as sombras da fogueira.

— Contanto que não resulte disso algum pecado, às vezes... — começou a ceder Mikhal.

— Se você não bater com a língua, é possível que não aconteça nenhum pecado. E se a gente os leva ao *atamã*, penso que isso deve resultar em aborrecimentos para nós e para eles. Temos que tratar da nossa vida, e eles precisam andar. Eh! Vocês ainda vão para longe? — perguntou o velho, embora eu já lhe tivesse contado para onde íamos.

— Até Tiflis...

— É muita estrada! Está vendo: o *atamã* é capaz de segurá-los aqui e, nesse caso, quando vão chegar? O melhor mesmo é deixar que continuem o seu caminho. Hem?

— Por que não? Que partam! — concordaram os companheiros do velho, quando este, concluindo a sua arrastada peroração, apertou fortemente os lábios e olhou para todos, de modo interrogador, enrolando nos dedos a barba cinzenta.

— Bem, vão com Deus, rapazes! — o velho sacudiu o braço. — E o barco nós vamos mandar para destino certo. Está bem?

— Obrigado a você, vovô! — disse eu, arrancando o chapéu da cabeça.

— Obrigado por quê?

— Obrigado, irmão, obrigado! — repeti, comovido.

— Mas por que este obrigado? Coisa esquisita! Eu digo a vocês: vão com Deus, e este fica dizendo: obrigado! Será que você tinha medo de que eu ia mandá-lo ao diabo, eh?

— Pois é, foi pecado, mas tive medo!... — disse eu.

— Oh!... — e o velho ergueu as sobrancelhas. — Por que vou mandar um homem seguir pelo mau caminho? É melhor sempre mandá-lo por aquele mesmo caminho que vou seguindo. Talvez a gente ainda se encontre e então vamos ser conhecidos já. Às vezes, pode ser que um precise ajudar o outro... Até a vista!...

Tirou o cabeludo chapéu de carneiro e inclinou-se em nossa direção. Os seus companheiros fizeram o mesmo. Perguntamos pela estrada para Anapá e partimos. Chakro estava rindo de algo.

— VI —

— Por que ri? — perguntei-lhe.

Eu estava extasiado com o velho pastor e com a sua moral, extasiava-me também com a aragem fresca, prenunciadora do amanhecer, e que nos soprava bem no peito, e ainda com o fato de que o céu limpara-se de nuvens e, pouco depois, o sol sairia para o claro céu e nasceria um dia lindo, luminoso...

Chakro piscou com malícia o olho em minha direção e soltou uma gargalhada mais sonora ainda. Eu sorria também, ouvindo o seu riso alegre, sadio. As duas ou três horas que passamos junto à fogueira dos pastores e o saboroso pão com toucinho fizeram com que a viagem cansativa nos deixasse apenas uma quebreira fraca nos ossos; mas esta sensação não estorvava nossa alegria.

— Ora, por que está rindo? Está contente porque ficou vivo, sim? Vivo e, além disso, alimentado?

Chakro meneou negativamente a cabeça, empurrou-me com o cotovelo de lado, fez para mim uma careta, deu nova gargalhada e se pôs novamente a falar em seu linguajar arrevesado:

— Não compreendes por que é engraçado? Não? Vai saber já! Sabe o que eu ia fazer, quando nos levassem para o *atamã* da alfândega? Não sabe? Eu ia dizer a respeito de você: ele quis me afogar! E ia chorar. Os outros ficavam com pena de mim e não iam prender-me! Compreende?

Quis a princípio interpretar as suas palavras como um gracejo, mas — ai! — consegui persuadir-me da seriedade dos seus propósitos. Ficou convencendo-me de modo tão fundamentado e claro que, em vez de eu ficar possesso, com aquele cinismo ingênuo, invadiu-me um sentimento de profunda compaixão por ele. Que mais se pode sentir em relação a um homem que, com o sorriso mais luminoso e no tom mais sincero, fala à gente da sua intenção de nos matar? Que fazer com ele, se encara tal ação como uma graciosa, uma espirituosa brincadeira?

Pus-me a demonstrar com animação a Chakro toda a imoralidade do seu propósito. Retrucou-me com simplicidade que eu não compreendia as vantagens a tirar do ato e que esquecia a circunstância de estar ele vivendo com passaporte falso, comportamento que não lhe granjearia decerto elogios...

De repente, fulgurou em mim um pensamento cruel...

— Espere. Você acredita que eu realmente queria afogá-lo?

— Não!... Quando você me empurrou para a água, acreditei; mas caiu por sua vez na água, deixei de acreditar!

— Graças a Deus! Exclamei. — Ora, obrigado por isso também!

— Não, não me diga: obrigado! Eu é que vou agradecer a você! Lá, junto à fogueira, você estava com frio, e eu também... o capote era seu, mas você não o tomou para si. Secou-o e me deu. E não pegou nada para si. Obrigado a você por isso. Compreendo que você é uma pessoa muito boa. Vamos chegar a Tiflis e receberá uma recompensa por tudo. Vou levar você à casa de meu pai. Vou dizer a meu pai: é este o homem! Dá comida pra ele, dá bebida e, quanto a mim, manda-me ficar com os burros, na cocheira! Isto é que eu vou dizer! Você vai viver lá em casa, vai ser jardineiro, vamos te dar vinho para beber, comida à vontade!... Ah, ah, ah!... Tua vida vai ser muito boa! Muito fácil!... Vai beber e comer do mesmo prato comigo!...

Passou muito tempo relatando as belezas da vida que pretendia arrumar para mim em Tiflis. Ouvindo, pensei no grande infortúnio dos homens que, tendo-se armado de uma nova moral, de novos desejos, caminharam solitários para frente e, depois, encontram na estrada companheiros que lhes são estranhos, incapazes de compreendê-los... É dura a vida de gente assim solitária! Pairam no ar, por cima da terra... Mas pairam nele como sementes de bom cereal, embora apodreçam raramente em solo fecundo...

Amanhecia. Os longes do mar já estavam brilhando com um tom róseo-dourado.

— Quero dormir! — disse Chakro.

Paramos. Deitou-se num buraco, escavado pelo vento na areia seca, não longe do mar, e, enrolando-se até a cabeça no *tchekmém,* adormeceu pouco depois. Fiquei sentado junto dele, olhando o mar.

Este vivia a sua livre existência, repleta de movimento poderoso. Bandos de ondas rolavam ruidosas para a margem e se quebravam sobre a areia, que silvava fracamente, absorvendo água. Sacudindo as crinas brancas, as ondas dianteiras batiam ruidosamente com o peito contra a margem e recuavam, repelidas por ela, mas encontravam outras, que avançavam para apoiá-las. Fortemente abraçadas, em meio à espuma e aos borrifos, rolavam novamente para a margem e batiam nela, ansiando por ampliar os limites de sua vida. Do horizonte à margem, em toda a extensão do mar, nasciam estas ondas flexíveis e vigorosas, e avançavam, avançavam sempre, em massa compacta, fortemente ligadas entre si pela unidade de objetivo... O sol iluminava cada vez mais vivamente os seus espigões; nas ondas distantes, sobre o horizonte, eles pareciam vermelhos sangüíneos. Nenhuma gota se perdia sem vestígio, nesse movimento titânico da massa aquática, e esta parecia animada de um propósito consciente, que seria conseguido com aqueles golpes largos e ritmados. Era sedutora a bela coragem das ondas dianteiras, que saltavam ousadas sobre a margem silenciosa, e fazia bem ver como, atrás delas, avançava calma e solidariamente todo o mar, o potente mar, já tingido pelo sol com todas as cores do arco-íris e repleto da consciência de sua beleza e força...

Um navio enorme surgiu além do cabo, cortando as ondas, e, balançando-se com imponência sobre a superfície agitada do mar, avançou veloz pelos espigões das vagas, que se atiravam furiosas contras os seus bordos. Belo e forte, brilhando ao sol com os seus metais, poderia, noutra ocasião, conduzir o pensamento para a orgulhosa obra criadora dos homens, que escravizavam os elementos... Mas, a meu lado, jazia um homem-elemento.

— VII —

Caminhávamos pela região de Tiersk. Chakro estava desgrenhado e maltrapilho ao extremo e diabolicamente irritado, embora não passasse mais fome, pois havia bastante possibilidade de ganho. Constatei que ele era incapaz para qualquer trabalho. Certa vez, experimentou ficar junto a uma debulhadeira, para separar a palha com um ancinho, mas, depois de trabalhar metade de um dia, deixou o serviço, pois a ferramenta lhe fizera calos sangrentos nas palmas das mãos. De outra feita, participamos de um destocamento de espinheiros, e ele esfolou com a enxada a pele do pescoço.

Avançávamos com bastante lentidão: dois dias de trabalho, um de caminhada. Chakro comia sem nenhuma contenção e, graças ao seu apetite, eu não conseguia economizar o necessário para lhe comprar alguma peça de roupa. E todas as partes do seu vestuário estavam povoadas de variados furos, cobertos relaxadamente de remendos coloridos.

Uma vez, em não sei que aldeia cossaca, retirou do meu alforje cinco rublos, acumulados ali em segredo e com grande dificuldade, e, ao anoitecer, apareceu na casa junto à horta em que eu estava trabalhando; vinha bêbado e acompanhado de uma gorda cossaca, que me cumprimentou:

— Boa tarde, herege maldito!

E quando, surpreendido com aquele epíteto, perguntei-lhe por que eu era herege, respondeu-me, com solenidade:

— Porque você, diabo, proíbe o rapaz de amar o sexo feminino! Como é que você pode proibir, se a lei autoriza?... Excomungado!...

Chakro estava ao lado dela e acenava afirmativamente com a cabeça. Embriagado ao extremo, balançava, ao fazer qualquer movimento, todo o corpo, como se fosse desparafusar-se. Tinha o lábio inferior caído. Os olhos turvos estavam dirigidos para o meu rosto de modo fixo e vago.

— Eh, por que você arregalou assim os olhos para nós? Dá cá seu dinheiro! — pôs-se a gritar a valente mulher.

— Que dinheiro? — admirei-me.

— Dá cá, dá cá! Senão, eu levo você à casa do comando! Passe cá os cento e cinqüenta rublos que tomou dele em Odessa!

Que podia eu fazer? Aquela mulher dos diabos, embriagada como estava, era capaz realmente de ir à casa do comando, e as autoridades da aldeia cossaca, severas com toda a gente que vagueia, nos prenderiam. Quem sabe o que não resultaria dessa prisão, para mim e para Chakro! Comecei a tratar a mulher com diplomacia, o que, naturalmente, não me custou grandes esforços. Consegui pacificá-la com o auxílio de três garrafas de vinho. Desabou então por terra, no meio de melancias, e adormeceu. Pus Chakro para dormir e, na manhã seguinte, partimos da aldeia, deixando a mulher com as melancias.

Quase doente de bebedeira, o rosto amassado e inchado, Chakro cuspia com muita freqüência e suspirava profundamente. Tentei conversar com ele, mas não me respondia e apenas sacudia de vez em quando a cabeça cabeluda, como um carneiro.

Caminhamos por um atalho estreito, sobre o qual se arrastavam cobrinhas vermelhas, serpenteando aos nossos pés. O silêncio reinante mergulhava-nos numa condição de langor e devaneio. Acompanhavam-nos lentamente pelo céu rebanhos negros de nuvens. Fundindo-se, elas cobriram todo o céu atrás de nós, enquanto, na frente, ele permanecia claro, embora farrapos de nuvens o tivessem invadido e, passando à nossa frente, estivessem voando com petulância para alguma parte. Alhures, ao longe, rolava o trovão, os seus sons de resmungo aproximavam-se cada vez mais. Caíam gotas de chuva. O capim ciciava com som metálico.

Não tínhamos onde nos proteger. Ficou tudo escuro, e o ciciar do capim ressoou mais alto, de modo assustado. Retumbou o trovão, as nuvens estremeceram, banhadas de luz azul. Uma chuva graúda desabou em torrentes, e os golpes de trovão repercutiram, incessantemente, sobre a estepe deserta. O capim, dobrado pelos golpes do vento e da chuva, deitava-se ao solo. Tudo tremia, inquietava-se. Cegando os olhos, raios esfacelavam nuvens... Em meio ao seu profundo fulgor, erguia-se ao longe a cadeia de montanhas, cintilante de fogos azuis, argêntea e fria, e, quando se apagavam os raios, desaparecia, como se caísse num abismo escuro. Tudo reboava, estremecia, repelia e engendrava sons. Era como se o céu, turvo e irado, se limpasse, pelo fogo, da poeira e de toda a abjeção, erguida até ele da terra, e esta parecia estremecer, temerosa da ira celeste.

Chakro estava rosnando, como um cachorro assustado. E eu me sentia alegre, era como se me colocasse acima de tudo o que é habitual, observando aquele quadro poderoso e sombrio da tempestade na estepe. O caos magnífico apaixonava e infundia uma disposição heróica, impregnando a alma de terrível harmonia...

E eu quis participar dela, expressar de algum modo o sentimento, transbordante em mim, de êxtase perante aquela força. A chama azul, que invadira o céu, parecia arder em meu peito também; e de que modo poderia eu expressar a minha grande emoção, o meu êxtase? Pus-me a cantar, alto, com toda a força. Rugia o trovão, raios fulgiam, ciciava o capim, e eu cantava, sentindo-me em absoluta comunhão com todos os sons... Desvairava, o que era desculpável, pois a ninguém prejudicava, além de mim mesmo. A tormenta no mar e a tempestade na estepe! — não conheço fenômenos mais grandiosos na natureza.

Portanto, eu gritava, firmemente convicto de que a ninguém incomodaria com tal comportamento e não colocaria pessoa alguma na necessidade de submeter o meu modo de agir a uma crítica severa. De repente, porém, algo me puxou com força as pernas e sentei-me, involuntariamente, numa poça d'água...

Chakro fitava-me bem no rosto, com olhos sérios e irados.

— Você ficou louco? Não ficou? Não? Ora, cale-se! Não grite! Vou rebentar-lhe a goela! Compreende?

Surpreendi-me e, a princípio, perguntei-lhe de que modo o incomodava...

— Assusta-me! Compreende? O trovão ribomba, é Deus quem fala, e você grita... Que pensa?

Declarei-lhe que tinha, assim como ele, direito de cantar, se quisesse.

— Mas eu não quero! — declarou categórico.

— Não cante, então! — concordei.

— Não cante você também! — sugeriu-me Chakro com severidade.

— Não, será melhor eu cantar...

— Escute: o que é que você pensa? — pôs-se a falar enfurecido. — Quem é você? Tem casa? Tem mãe, pai? Tem parentes? Terra? Quem é você sobre a terra? Pensa que é gente? Eu é que sou gente! Tenho tudo!... — Bateu no peito. — Sou príncipe!... E você... você não é nada! Não tem nada! Eu sou conhecido em Kutaís, em Tiflis!... Compreende? Não deve ir contra mim. Está me prestando serviço? Vai ficar contente com isso! Vou pagar dez vezes! Você me faz isso? Mas não pode proceder de outro modo; você mesmo me disse que Deus mandou servir a todos sem recompensa! Mas eu vou recompensar você! Por que judia de mim? Está me doutrinando, me assusta? Quer que eu seja como você! Isso não serve!... Eh, eh, eh!... Pfui, pfui!...

Falava, fazia estalar a língua, fungava, suspirava... Eu fitava-lhe o rosto, escancarando de surpresa a boca. Evidentemente, desabafava diante de mim toda a indignação, todas as ofensas e descontentamentos comigo, acumulados durante a nossa viagem. Para se tornar mais convincente, apontava-me o dedo no peito e sacudia-me o ombro e, nos trechos mais incisivos, vinha sobre mim com todo o seu corpanzil. A chuva nos encharcava; em cima, não cessava de ribombar o trovão, e Chakro, para ser ouvido por mim, gritava a plenos pulmões.

O tragicômico da minha situação aparecia-me mais nítido que tudo o mais e obrigou-me a soltar uma gargalhada, com todas as forças...

Chakro cuspiu para um lado e virou a cabeça.

— VIII —

... Quanto mais nos aproximávamos de Tiflis, mais concentrado e taciturno se tornava Chakro. Apareceu algo novo em seu rosto emagrecido, mas, apesar de tudo, imóvel. Perto de Vladikavkráz, entramos numa aldeia circassiana e fomos contratados para colheita de milho

Depois de trabalhar dois dias entre circassianos que, não falando quase o russo, não cessavam de rir de nós e nos xingavam em sua língua, resolvemos deixar a aldeia, assustados com a crescente má vontade da população. Quando nos afastamos da aldeia umas dez verstas, Chakro arrancou de repente de baixo da camisa um embrulho de musselina caucasiana, que me mostrou triunfalmente, exclamando:

— Não precisamos trabalhar mais! Vamos vender isso e, depois, comprar de tudo! Bastará até Tiflis! Compreende?

Eu estava indignado, furioso, e, arrancado-lhe das mãos o pano, atirei-o para um lado e olhei para trás. Os circassianos não são de brincadeira. Pouco antes, ouvimos dos cossacos o seguinte: um vagabundo, ao partir da aldeia em que trabalhava, levara consigo uma colher de ferro; os circassianos alcançaram-no, revistaram-no, encontraram a colher e, abrindo-lhe a barriga a punhal, enfiaram a colher bem no fundo, depois partiram calmamente, deixando-o na estepe, onde os cossacos encontraram-no quase morto; contou-lhes o ocorrido e morreu a caminho da aldeia cossaca. Mais de uma vez, os cossacos advertiram-nos sobre os circassianos, contando histórias instrutivas no gênero, e eu não tinha motivo para não acreditar nelas.

Comecei a lembrá-lo a Chakro. Estava parado diante de mim, ouvia-me e, de repente, em silêncio, os dentes arreganhados, sobrolho franzido, atirou-se sobre mim como um gato. Por uns cinco minutos, ficamos espancando-nos a sério e, finalmente, Chakro gritou-me com furor:

— Chega!...

Esgotados, passamos muito tempo em silêncio, sentados frente a frente... Chakro olhou com lástima na direção em que eu atirara a musselina roubada e disse:

— Por que brigamos? Fa, fa, fa!... Muito estúpido. Foi de você que roubei? O que lamenta? Tenho pena de você, por isso roubei... Você trabalha, eu não sei fazer nada... que vou fazer? Quis ajudar você...

Tentei explicar-lhe o que é um roubo...

— Por favor, fique quieto! Tem uma cabeça que parece um pau... — disse com desprezo e explicou: — Se você estiver morrendo, não vai roubar? E então? Isso é vida? Cale-se!

Temendo tornar a irritá-lo, mantinha-me calado. Era já o segundo caso de roubo, pois, ainda ao passarmos pelo litoral, furtara uma balança portátil de uns pescadores gregos. Então, quase brigamos também.

— Bem, vamos continuar caminho? — disse, depois que nos acalmamos um pouco, reconciliamo-nos e descansamos.

Caminhamos mais. Ele tornava-se cada dia mais carrancudo e olhava-me esquisito, de soslaio. Certa vez, quando já havíamos atravessado o desfiladeiro de Darial e descíamos a serra de Gudaur, disse:

— Daqui a um ou dois dias, chegaremos a Tiflis. Tze, tze! — deu um estalo com a língua e desabrochou como uma flor. — Vou chegar em casa. Onde esteve? Viajando! Irei aos banhos... aí! Vou comer muito... ah, muito! Vou dizer a minha mãe: estou com muita fome! Direi a meu pai: perdoe-me! Vi muito sofrimento, vi toda espécie de vida! Os vagabundos são gente muito boa! Quando encontrar algum vou dar um rublo, vou levar a um botequim, vou dizer: "Toma vinho, eu também já fui vagabundo!" Vou dizer de você a meu pai... Aqui está o homem... que foi para mim como um irmão mais velho... Ensinou-me coisas... Bateu em mim, o cachorrão!... Deu-me de comer. Agora, vou dizer, alimente-o por isso. Alimente-o um ano inteiro, aí é que está! Está ouvindo, Maksim?

Eu gostava de ficar ouvindo quando ele falava daquele modo; adquiria, em tais momento, algo singelo e infantil. Tais falas eram interessantes, ainda, pelo fato de eu não ter em Tiflis uma pessoa conhecida, e estar se aproximando o inverno: sobre a serra de Gudaur, havíamos já topado uma tempestade de neve. Tinha um pouco de esperança em Chakro.

Caminhamos depressa. Eis Mtzkhet, antiga capital da Ibéria.[10] Chegaremos a Tiflis amanhã.

Ainda de longe, a umas cinco verstas, vi a capital do Cáucaso, comprimida entre duas montanhas. O fim da caminhada! Eu estava contente com algo e Chakro, indiferente. Os olhos embotados, dirigidos para frente, cuspia para o lado a saliva faminta, agarrando freqüentemente a barriga, com uma careta doentia. Era a conseqüência de ter comido cenoura crua, colhida pelo caminho.

— Você está pensando que eu, um nobre georgiano, vou entrar na minha cidade de dia, tão sujo e esfarrapado? Na-ão!... Vamos esperar que anoiteça. Espere!

Sentamo-nos junto à parede de não sei que edifício abandonado e, enrolando cada um o último cigarrinho de que dispunha, fumamos,

10 Antiga região do Cáucaso meridional.

tiritando. Um vento forte e cortante vinha da Estrada Militar da Geórgia.[11] Chakro estava sentado, cantarolando entre os dentes uma canção dolente... Eu pensava num quarto aquecido e em outras vantagens da vida sedentária sobre a nômade.

— Vamos! — Chakro ergueu-se com expressão decidida.

Escurecera. A cidade acendia as suas luzes. Era bonito: gradualmente, uma a uma, as luzinhas saltavam de alguma parte para a treva, que envolvia o vale, onde se escondera a cidade.

— Escute! Me passe este capuz, para esconder o rosto... senão, os conhecidos podem me reconhecer...

Dei-lhe o capuz. Estamos andando pela rua Ólguinskaia. Chakro assobia algo que expressa decisão.

— Maksim! Está vendo uma estação de bonde, junto à ponte Veríiski? Fique sentado ali e me espere! Espere-me, por favor! Vou entrar numa casa, perguntar a um amigo pelos meus, pelo pai, pela mãe...

— Vai demorar?

— É um instantinho só!...

Meteu-se rapidamente em não sei que beco escuro e estreito e desapareceu nele... para sempre.

Nunca mais encontrei esse homem, meu companheiro durante quase quatro meses, mas lembro-me dele freqüentemente, com um sentimento bom e um riso alegre.

Ele me ensinou muita coisa que não se encontra em grossos infólios, escritos por gente sábia, pois a sabedoria da vida é sempre mais profunda e mais ampla que a sabedoria dos homens.

1894.

11 Estrada de rodagem que atravessa as montanhas do Cáucaso.

VOVÔ ARKHIP E LIONKA

Esperando a balsa, deitaram-se ambos à sombra da margem escarpada e, por muito tempo, olharam em silêncio as ondas rápidas e turvas do Kubã, a seus pés. Lionka cochilou, mas vovô Arkhip sentiu uma dor surda comprimir-lhe o peito e não pôde adormecer. Os seus vultos arrepelados, torcidos, mal se destacavam sobre o fundo marrom escuro da terra, como duas lastimáveis pelotas, uma algo maior que a outra; os semblantes cansados, queimados, cobertos de poeira, combinavam com o tom pardacento dos farrapos.

O vulto ossudo e comprido de vovô Arkhip estendeu-se, atravessando a faixa estreita de areia, que se espraiava, qual fita amarela, ao longo da margem, entre a escarpa e o rio; cochilando, Lionka encolheu-se todo, ao lado do avô. Era pequeno, frágil e, em seus andrajos, parecia um galho torcido, arrancado do avô, velha e seca árvore, trazida e atirada sobre aquela areia pelas ondas do rio.

Erguendo-se sobre o cotovelo e apoiando a cabeça, o avô olhou para a margem contrária, banhada de sol e toscamente orlada de raras touceiras de vimeiro, das quais surgia o bordo negro da balsa. Tudo ali era vazio e enfadonho. A faixa cinzenta da estrada partia da margem e afundava-se na estepe; era implacavelmente reta, seca, e inspirava desalento.

Os olhos opacos e inchados do velho, de pálpebras vermelhas, inflamadas, piscavam com inquietação e, o rosto sulcado de rugas petrificara-se numa expressão de cruel angústia. A cada momento, tossia de modo contido e, olhando para o neto, cobria a boca com a mão. A tosse era rouquenha, sufocante, obrigava o avô a soerguer-se do chão e espremia em seus olhos lágrimas graúdas.

Os únicos sons na estepe eram a sua tosse e o balbuciar tranqüilo das ondas sobre a areia... A estepe estendia-se de ambos os lados do rio, imensa, marrom, queimada de sol, e somente ao longe, sobre o horizonte, e mal perceptível à vista senil, agitava-se magnífico o mar de ouro dos trigais e tombava diretamente sobre ele o céu de uma cor viva e ofuscante. Delineavam-se ali três vultos esbeltos de choupos distantes; davam a impressão de diminuir e crescer alternadamente, enquanto o céu e o trigo oscilavam, erguendo-se e abaixando-se. E, de repente, tudo sumia, por trás da película brilhante e prateada da miragem de estepe.

Essa película ondulante, enganadora, de cor viva, jorrava por vezes, dos longes quase até a margem do rio, e então ela própria parecia um rio, que tivesse escorrido de súbito do céu, puro e tranqüilo como este.

Vovô Arkhip, que desconhecia o fenômeno, esfregava os olhos e pensava no íntimo, com angústia, que o calor e a estepe estavam-lhe tirando a vista, como haviam tirado o resto de forças a suas pernas.

Naquele dia, sentia-se ainda pior que nos demais. Percebia que ia morrer em breve e, embora o considerasse com absoluta indiferença, sem pensamentos, como algo obrigatório, inelutável, preferiria morrer longe dali, em sua terra e, além disso, comovia-o fortemente a lembrança do neto... Para onde iria Lionka?...

Formulava essa pergunta, algumas vezes ao dia, e sempre, nessas ocasiões, algo se comprimia nele, e vinha tamanha náusea que lhe dava vontade de regressar imediatamente para casa, para a Rússia.

Era longo, no entanto, o caminho para a Rússia... De qualquer modo, não chegaria, haveria de morrer alhures, na estrada. Ali no Kubã, as esmolas eram abundantes; era tudo gente de posses, embora de gênio difícil e zombeteiro. Justamente por serem ricos, não gostavam de mendigos...

Detendo sobre o neto o olhar umedecido de lágrimas, o avô afagou-lhe cautelosamente a cabeça, com a mão áspera.

O menino mexeu-se e ergueu para ele os olhos azuis claros, grandes, profundos, pensativos como os de um adulto, e que pareciam ainda maiores em seu rostinho magro, cavado de varíola, com lábios finos, exangues, e nariz pontudo.

— Vem vindo? — perguntou e, colocando a mão por sobre os olhos, como um pequeno escudo, olhou para o rio, que refletia os raios do sol.

— Não, ainda não saiu. Está parada. Para que vai se mexer? Ninguém chama, ela fica parada... — começou a falar lentamente Arkhip, continuando a afagar a cabeça do neto. — Você cochilou?

Lionka sacudiu a cabeça de modo vago e estendeu-se na areia. Ficaram por algum tempo em silêncio.

— Se eu soubesse nadar, ia tomar banho — disse Lionka, olhando fixamente para o rio. — E como corre! Em nossa terra, não existem rios assim. Por que se agita? Corre, parece que tem medo de chegar atrasado...

Descontente, desviou os olhos da água.

— Escute uma coisa — disse o avô, depois de refletir um pouco — vamos tirar os cintos, amarrá-los um no outro, e eu vou te prender os pés. Você poderá ir na água, tomar banho...

— Ora-a!... — arrastou razoavelmente Lionka. — Inventa cada coisa! Ou você pensa que ela não vai te arrastar? Desse jeito nos afogamos.

— E é verdade! O rio leva mesmo. Veja como puxa... Imagine como transbordará na primavera, irra!... Será uma desgraça para o campo! Eles não construíram dique!

Lionka não tinha vontade de conversar e deixou sem resposta as palavras do avô; tomou um punhado de barro seco e desmanchou-o em poeira com os dedos, a expressão séria e concentrada.

O avô olhava para ele e pensava em algo, franzindo o sobrolho.

— Aí está... — começou a falar Lionka, em voz baixa e monótona, sacudindo a poeira das mãos. — Essa terra agora... apanhei um pouco, esfreguei e fez-se poeira... são uns pedacinhos pequenininhos, quase não se enxerga...

— Ora, e então? — perguntou Arkhip, e começou a tossir, olhando através das lágrimas, para os olhos grandes do neto, que tinham um brilho seco. — Por que diz isso? — acrescentou, terminado o acesso de tosse.

— Assim... — Lionka sacudiu a cabeça. — Quero dizer: ela é toda assim!... — apontou para o outro lado do rio. — E quanta coisa existe construída sobre ela... Quantas cidades atravessamos! Que coisa! E quanta gente em toda parte!

E, não sabendo expressar seu pensamento, Lionka ficou novamente silencioso, ensimesmado, espiando ao redor.

O avô permaneceu também algum tempo calado e, em seguida, aproximando-se muito do neto, pôs-se a falar com carinho:

— Como você é inteligente! Disse certo: é tudo poeira... as cidades, os homens, eu e você, tudo poeira. Eh, você, Lionka, Lionka!... se tivesse instrução!... ia longe. E o que vai ser de você?...

O avô apertou contra si a cabeça do neto e beijou-a.

— Espere... — gritou Lionka, libertando os cabelos de linho das mãos tortas e trêmulas do avô e ficando um pouco mais vivo. — Que diz você? Poeira? As cidades e tudo?

— Assim foi feito por Deus, pombinho. É tudo terra, e a própria terra é poeira. E tudo morre sobre ela... Assim é! E por isso o homem deve viver e trabalhar resignado. Não demora muito, eu também vou morrer... — saltou o avô para outro assunto e acrescentou, com angústia: — Para onde você irá então, sem mim?

Lionka ouvia com freqüência essa pergunta do avô; estava já cansado de falar da morte, voltou-se silenciosamente para outro lado, arrancou uma erva, meteu-a na boca e pôs-se a mastigá-la devagar.

Mas era este um ponto doloroso para o avô.

— Por que você fica quieto? Como vai passar sem mim? — perguntou em voz baixa, inclinando-se para o neto e tornando a tossir.

— Você já disse isto... — Lionka tinha um ar descontente e distraído e olhava de viés para o avô.

Essas conversas desagradavam-lhe ainda por terminar freqüentemente em briga. O avô falava por muito tempo sobre a proximidade da sua morte. Lionka ouvia-o, a princípio com ar concentrado, assustava-se com as perspectivas de uma situação nova, chorava, mas, aos poucos, cansava-se e passava a não ouvir mais o avô, entregando-se a seus próprios pensamentos, enquanto o velho, percebendo isto, zangava-se e queixava-se de que Lionka não o amava, não apreciava devidamente tudo o que fazia por ele, e, por fim, afirmava que o menino queria a morte próxima do avô.

— Então, eu não falei? Você ainda é tolinho, não pode compreender sua própria vida. Quantos anos tem você? Fez dez apenas. É fraco, não serve para o trabalho. Para onde poderá ir? Pensa que a gente boa vai ajudar você? Se você tivesse dinheiro, eles ajudavam a gastar, é assim que acontece. E pedir esmola não é agradável, mesmo para mim que sou velho. É preciso inclinar-se diante de cada um, pedir a todos. E as pessoas xingam a gente, às vezes chegam a bater, enxotam para longe... Pensa que consideram o menino como gente? Ninguém! Faz dez anos que ando pelo mundo, por isso sei. Dão um valor de mil rublos a cada pedaço de pão. Alguém nos dá um pedaço e pensa logo que lhe vão abrir, no mesmo instante, as portas do paraíso! Por que pensa você nos dão esmola? Quase sempre, é para sossegar a consciência. Aí está, amigo, e não por piedade! Alguém empurra um pedaço para você, e já não se envergonha de comer também. Uma pessoa farta é um animal selvagem. E nunca tem pena do faminto. O saciado e o faminto são inimigos, de século em século um é grão de areia no olho do outro. Por isso, não podem ter pena um do outro, nem se compreender...

O avô animou-se de rancor e angústia. Tremeram-lhe os lábios, os olhos senis e turvos piscaram depressa nas molduras vermelhas das pálpebras e pestanas, as rugas apareceram mais realçadas no rosto escuro.

Lionka não gostava dele nesse estado e tinha um pouco de medo de algo.

— Pois eu pergunto a você o que vai fazer com o mundo. Você é uma criança fraquinha, e o mundo, um animal selvagem. E ele vai te engolir de uma vez. E eu não quero isso... Gosto de você, meu filhinho! Só tenho a você e você só tem a mim... Como vou morrer, então? Não posso morrer e deixar você... Deixar-te para quem?... Senhor!... Por que te irritas contra Teu servo?! Não posso viver e não devo morrer, porque preciso cuidar dessa criança. Tratei dela sete anos... em meus braços... velhos... Ajuda-me, Senhor!...

O avô sentou-se e pôs-se a chorar, enfiando a cabeça entre os joelhos, as pernas trêmulas.

Rolava o rio apressadamente para longe, marulhava sonoro junto à margem, como se quisesse abafar com aquele marulhar o pranto do velho. O céu sem nuvens sorria com uma cor viva, derramando por toda parte um calor abrasador, ouvindo tranqüilamente o barulho revolto das ondas turvas.

— Chega, não chore, vovozinho — disse Lionka, num tom severo, olhando para o lado, e, voltando o rosto para o avô, acrescentou: — O senhor já falou de tudo isso. Não vou me perder. Vou trabalhar em alguma taverna...

— Vão moer-te de pancada... — gemeu o avô, entre lágrimas.

— Talvez não me matem assim. E, se não derem cabo de mim?! — gritou Lionka arrebatado. — E então? — Não deixarei que qualquer um me maltrate!...

Mas, de repente, se aquietou, e, depois de um silêncio, disse baixinho:

— Ou, então, vou para um mosteiro...

— Se fosse para um mosteiro! — suspirou o avô, animando-se, e novamente começou a torcer-se, num acesso de tosse sufocante.

Sobre as suas cabeças, ressoaram gritos e um ranger de rodas...

— Ba-a-alsa!... Ba-al-sa, vá! — a goela vigorosa de alguém estremecia o ar.

Apanhando os alforjes e os bastões, puseram-se de pé.

Uma carreta correu sobre a areia, com um rangido agudo. Vinha nela em pé um cossaco e, derrubando para trás a cabeça, coberta com um chapéu felpudo, descido sobre uma orelha, preparava-se para soltar um *hei*; aspirava o ar com a boca aberta, o que fazia inflar-se ainda mais seu peito largo. Os dentes brancos brilhavam-lhe vivamente na moldura sedosa da barba negra, que se iniciava junto aos olhos, injetados de sangue. Sob a camisa desabotoada e a jaqueta, atirada descuidadamente nos ombros, via-se o corpo cabeludo, queimado de sol. E todo o seu vulto, grande e firme, o cavalo, malhado, carnudo, e também repulsivamente grande, as rodas da carreta, altas, cobertas de grossos pneumáticos, ressumavam saciedade, força, saúde.

— Hei!... Hei!...

O avô e o neto descobriram-se e fizeram profunda saudação.

— Bom dia! — replicou sonoramente o recém-chegado e, olhando para a outra margem, onde se via esgueirar-se lenta e desajeitadamente, para fora dos arbustos, a balsa negra, pôs-se a examinar fixamente os mendigos. — Da Rússia?

— Sim, homem misericordioso! — respondeu Arkhip, fazendo nova saudação.

— Passa-se fome, lá na terra de vocês, hem?

Pulou da carreta para o chão e pôs-se a repuxar algo nos arreios.

— As próprias baratas morrem de fome.

— Ho-ho! As próprias baratas estão morrendo? Quer dizer que não sobraram migalhas, que se comeu tudo? Vocês comem muito depressa. E, com certeza, trabalham mal. Porque, se a gente trabalha direito, não acontece fome.

— Mas a causa principal, meu bondoso senhor, está na terra. Não dá cria. Sugamos já toda a terra.

— A terra? — o cossaco sacudiu a cabeça. — A terra deve dar cria sempre, para isso foi dada ao homem. Diga: não foi a terra, foram as mãos. As mãos não prestam. Se as mãos são boas, até a pedra dá cria.

Chegou a balsa.

Dois cossacos robustos, de cara vermelha, que apoiavam as pernas grossas no chão da balsa, impeliram-na com estrépito contra a margem, balançaram o corpo, soltaram o cabo e, olhando um para o outro, puseram-se a resfolegar.

— Calor? — o recém-chegado arreganhou os dentes, fazendo entrar seu cavalo na balsa e encostando a mão no chapéu.

— Se está! — respondeu um dos balseiros, enfiando as mãos no fundo dos bolsos das calças largas, e moveu o nariz, aspirando com força o ar.

O outro sentou-se no chão e, fungando, pôs-se a tirar a bota.

O avô e Lionka entraram na balsa e encostaram-se ao bordo, espiando para os cossacos.

— Bem, vamos! — comandou o dono da carreta.

— E você não está trazendo nada para beber? — perguntou-lhe aquele que estivera examinando a carreta. Seu companheiro tirou a bota e, franzindo o sobrolho, ficou espiando dentro do cano.

— Não. Mas, o que há? É pouca a água do Kubã?

— Água!... não falo de água.

— Aguardente? Não trago aguardente.

— E por que não? — aquele que interrogava, ficou pensativo, fixando os olhos no chão da balsa.

— Ora, ora, vamos!

O cossaco cuspiu nas mãos e agarrou o cabo. O passageiro pôs-se a auxiliá-lo.

— E você, vovô, por que não ajuda? — dirigiu-se a Arkhip o balseiro entretido com a bota.

— Como posso, meu caro? — respondeu o outro com voz cantante, num tom lastimoso e balançando a cabeça.

— De fato, nem é preciso ajudar. Eles se arranjam sozinhos!

E como se quisesse convencer o velho da verdade de suas palavras, ajoelhou-se e deitou-se no chão da balsa.

Seu companheiro injuriou-o com indolência e, não recebendo resposta, bateu com força os pés.

Impelida pela correnteza, que batia surdamente em seus flancos, a balsa estremecia e se balançava, avançando devagar.

Olhando a água, Lionka sentia girar docemente a cabeça e grudarem-se num cochilo os olhos, cansados da corrida veloz das ondas. Embalavam-no o murmúrio abafado do avô, o ranger do cabo e o saboroso bater das ondas; quis deixar escorregar para o chão da balsa o corpo, amolecido naquela sonolência, mas, de repente, algo lhe deu um repelão tão forte que o fez cair.

Espiou ao redor, os olhos muito abertos. Os cossacos riam dele, fazendo atracar a balsa, com apoio num toco chamuscado da margem.

— Então, adormeceu? Você é fraquinho. Sente-se na carreta, vou levá-lo até a aldeia. Você, vovô, sente-se também.

Agradecendo ao cossaco, a voz intencionalmente fanhosa, o avô subiu fungando para a carreta. Lionka também pulou para dentro dela, e puseram-se a caminho, entre nuvens de poeira miúda e negra, que sufocava o avô numa tosse convulsiva.

O cossaco entoou uma canção arrastada. Cantava com sons estranhos, interrompendo as notas no meio e terminando-as com um assobio. Parecia desfiar um novelo, cortando os fios junto a cada nó.

As rodas rangiam num tom lastimoso, rodopiava a poeira. Sacudindo a cabeça, o velho não parava de tossir, e Lionka pensava em que iam chegar pouco depois à aldeia, e que seria preciso cantar, sob as janelas, com voz fanhosa: "Jesus Cristo, nosso Senhor..." Novamente, os meninos da aldeia iam provocá-lo e as mulheres importuná-lo com perguntas sobre a Rússia. Nessas ocasiões, era desagradável também olhar para o avô, que tossia com maior freqüência, dobrava-se ainda mais, o que o incomodava e causava-lhe dor, e falava com voz muito chorosa, entre soluços, relatando fatos jamais acontecidos... Dizia que, na Rússia, o povo morria nas ruas e nelas ficava, pois não havia quem recolhesse os cadáveres, porque todos estavam atordoados de fome... Nunca e em lugar nenhum vira com o avô algo semelhante. Tudo aquilo era necessário, porém, para receber mais esmolas. Mas, onde se havia de meter tanta esmola? Em casa, sempre se podia vender por quarenta e, mesmo, por cinqüenta copeques um *pud*[1] de comida, mas, naquela terra, ninguém queria comprá-la. Depois, era preciso jogar na estepe aqueles pedaços, às vezes muito saborosos até.

— Vão pedir esmola? — perguntou o cossaco, espiando por cima do ombro os dois vultos encarquilhados.

— Naturalmente, respeitável senhor! — respondeu-lhe vovô Arkhip com um suspiro.

---

[1] Medida de peso, correspondente a cerca de 16 quilos.

— Fique em pé, vovô, quero mostrar a vocês onde moro; venham dormir em minha casa.

O avô tentou levantar-se, mas caiu, batendo com a ilharga contra o bordo da carreta, e pôs-se a soltar gemidos abafados.

— Eh, você velho!... — resmungou compadecido o cossaco. — Bem, tanto faz, não precisa olhar; quando chegar a hora de se recolher, pergunte por Andréi Tchórni, sou eu. E agora, desça daí. Adeus!

Avô e neto estavam junto a um grupinho de choupos e ulmeiros. Além de seus troncos, viam-se telhados, cercas, erguiam-se, por toda parte, para o céu, outros grupos de vegetação. A folhagem estava vestida de poeira cinzenta, e a casca dos troncos grossos e eretos fendera-se com o calor.

Bem em frente dos mendigos, um beco estreito estendia-se entre dois tapumes; caminharam por ele, com o passo largado de gente que já andou muito a pé.

— Bem, Lionka, como vamos andar agora, juntos ou separados? — perguntou o avô e, sem esperar resposta, acrescentou: — Juntos, é melhor; você recebe muito pouco. Não sabe pedir...

— E para que receber muito? De qualquer jeito, não se come tudo... — respondeu carrancudo Lionka, olhando ao redor.

— Para quê? Você é engraçado!... E se, de repente, aparece uma pessoa e nos compra tudo? Aí está para quê!... Vai-nos dar dinheiro. E dinheiro é muito importante: com ele, você não se perde, depois que eu morrer.

E, com um sorriso carinhoso, o avô afagou a cabeça do neto.

— Sabe você quanto juntei pelo caminho? Hem?

— Quanto? — perguntou Lionka com indiferença.

— Onze e meio!... Está vendo?!

Mas Lionka não se impressionou com aquela quantia, nem com a voz jubilosa do avô.

— Eh, você, criança, criança! — suspirou o velho. — Então vamos separados, não?

— Separados...

— Bem... Encontre-se comigo junto à igreja, vá.

— Está bem.

O avô dobrou para outro beco, à esquerda, e Lionka dirigiu-se para frente. Depois de uns dez passos, ouviu uma exclamação trêmula: "Meus benfeitores, gente caridosa!..." Essa exclamação parecia o som obtido quando a mão corre as cordas de uma gusla desafinada. Lionka estremeceu e estugou o passo. Sempre que ouvia o peditório do avô, tinha uma sensação desagradável e uma espécie de angústia, e, quando alguém recusava algo ao velho, o menino tinha um acesso de desalento, esperando que o avô fosse logo romper em pranto.

Chegavam ainda ao seu ouvido as notas trêmulas, lastimosas, da voz do velho, que pairavam sobre a aldeia, no ar cálido e sonolento. Em volta, tudo estava quieto, como se fosse noite. Lionka acercou-se do tapume e sentou-se à sombra dos ramos de uma cerejeira, estendidos por sobre a rua. Em alguma parte, uma abelha zunia sonoramente.

Deixando cair dos ombros o alforje, o menino pôs sobre ele a cabeça e, depois de olhar um pouco para o céu, através da folhagem sobre seu rosto, adormeceu profundamente, protegido dos olhares dos transeuntes por sarças esparsas e pela sombra quadriculada do tapume...

Foi despertado por sons estranhos, que oscilavam no ar, tornado já mais frio, com a aproximação da noite. Alguém chorava nas proximidades, de modo infantil: precipitada e incessantemente. Os sons de pranto faleciam numa nota fina, em tom menor, e, de súbito, com nova força, inflamavam-se e jorravam, aproximando-se cada vez mais de Lionka. Ergueu a cabeça e olhou para a rua, através das plantas silvestres.

Caminhava por ela uma menina de uns sete anos, vestida com asseio, de rosto rubicundo, inchado de lágrimas, que ela enxugava a cada momento com a barra da anágua. Caminhava lentamente, arrastando os pés descalços pela rua, erguendo uma poeira densa, e parecia ignorar para onde e para que estava andando. Tinha grandes olhos negros, que apareciam ofendidos, tristes e úmidos, e as orelhinhas, finas, róseas, espiavam de modo petulante, entre as mechas de cabelos castanhos, despenteados, que lhe caíam sobre a testa, as faces, os ombros.

Pareceu a Lionka muito engraçada, apesar das lágrimas; engraçada e alegre... E devia ser levada também!...

— Por que você está chorando? — perguntou, pondo-se de pé, quando ela chegou perto.

A menina estremeceu e deteve-se, cessando imediatamente o pranto, mas continuando a soluçar baixinho. Depois que o olhou por alguns instantes, estremeceram-lhe novamente os lábios, franziu-se o rosto, agitou-se o peito e, tornando a romper em pranto, afastou-se.

Lionka sentiu comprimir-se algo dentro dele e, de repente, foi em seu encalço.

— Não chore. Você já é grande, uma vergonha! — disse, ainda antes de alcançá-la; chegando perto, espiou para seu rosto e tornou a perguntar: — Por que todo esse choro?

— Si-im! — arrastou ela. — Se fosse com você... — e, de súbito, deixou-se cair na poeira da estrada, escondendo o rosto nas mãos e lamentando-se em desespero.

— Ora! — Lionka sacudiu a mão com desdém — Mulher!... Isso mesmo: mulher. Ora, você!...

Mas isso nada adiantou. Vendo jorrar as lágrimas entre os dedos finos e róseos da menina, Lionka sentiu-se triste também e teve vontade de chorar. Inclinou-se sobre ela e, erguendo cautelosamente a mão, tocou-lhe de leve os cabelos; mas, assustado com sua própria audácia, retirou a mão, no mesmo instante. Ela continuou chorando e não dizia nada.

— Escute! — começou Lionka, depois de um silêncio, sentindo uma necessidade insistente de auxiliá-la. Por que isso? Bateram em você, não?... Isso passa!... Ou é alguma outra coisa? Diga-me então! Menina — eh?

Sem tirar as mãos do rosto, a menina balançou com tristeza a cabeça e, por fim, respondeu em meio aos soluços, lentamente, com um mover de ombros:

— O lenço... perdi!... Papai trouxe da feira... azul claro, com florzinhas, e eu pus na cabeça e perdi. — E chorou novamente, mais alto e com mais força, soluçando e exclamando com voz gemente, de modo estranho: — o-o-o!

Lionka sentiu-se impotente para ajudá-la e, recuando com timidez, olhou, triste e pensativo, o céu que escurecia. Sentia-se mal e tinha muita pena da menina.

— Não chore!... pode ser que se encontre... — murmurou baixinho, mas, percebendo que ela não o ouvia, afastou-se ainda mais, pensando que, certamente, o pai haveria de castigá-la por aquela perda. E, no mesmo instante, imaginou o pai, cossaco negro e grande, espancando-a, enquanto ela, ofegante de lágrimas e toda trêmula de dor e medo, espoja-se no chão, a seus pés...

O menino ergueu-se e se afastou, mas, depois de uns cinco passos, voltou-se de novo, abruptamente, parou diante dela, apertando-se contra o tapume, e procurou lembrar algo bom e carinhoso...

— Você devia sair do meio da rua, menina! E deixe de chorar! Vá para casa e conte tudo como aconteceu. Perdi e pronto... Você está muito triste?...

Começou a dizer isto em voz baixa, compadecida, e, terminando com uma exclamação indignada, alegrou-se, vendo-a erguer-se do chão.

— Isso é que está bem!... — prosseguiu, sorrindo e com vivacidade. — Agora, vá. Quer? Posso ir com você e contar tudo. Vou defender você, não tenha medo!

E Lionka moveu os ombros com altivez, depois de espiar ao redor.

— Não precisa... — murmurou ela, sacudindo lentamente a poeira do vestido e não cessando de soluçar.

— Então, posso ir? — disse alto Lionka, com absoluta decisão, e desviou o boné sobre a orelha.

Estava agora diante dela, as pernas muito afastadas, o que fez agitarem-se animadamente seus andrajos. Ia batendo firmemente no chão com o pau que trazia e olhava fixamente a menina, e os olhos grandes e tristes dele cintilavam de um sentimento altivo, corajoso.

A menina olhou-o de viés, espalhando as lágrimas com as mãos sobre o rostinho, e, depois de um novo suspiro, disse:

— Não precisa, não venha... Mamãezinha não gosta de mendigos.

E, afastando-se, voltou duas vezes a cabeça.

Lionka sentiu fastio. Insensivelmente, com movimentos vagarosos, modificou sua atitude provocante, decidida, tornou a dobrar o corpo, aquietou-se, atirando para cima do ombro o alforje, que, até então, estivera pendente do seu braço, gritou no encalço da menina, depois que esta já dobrara a esquina do beco:

— Adeus.

Ela voltou a cabeça na direção do menino, sem se deter, e desapareceu.

Aproximava-se a noite e pairava no ar o abafamento pesado e peculiar que prenuncia a tempestade. O sol já estava baixo e os cimos dos choupos inflamaram-se com um rubor ligeiro. Mas, devido às sombras do anoitecer, que envolveram seus ramos, as árvores, imóveis e espigadas, tornaram-se mais densas e mais altas... O céu sobre os choupos escurecia também, tornava-se veludoso e parecia descer mais sobre a terra. Alhures, ao longe, havia gente falando e, mais longe ainda, do outro lado do rio, cantavam. Esses sons, suaves, mas densos, pareciam também impregnados de abafamento.

Lionka sentiu fastio ainda maior e, até, medo de algo. Quis ir para junto do avô, espiou ao redor e avançou rapidamente pelo beco.

Não tinha vontade de pedir esmola. Caminhando, sentia bater no peito o coração, tão depressa, tão depressa, que vinha uma preguiça particular de andar e pensar... Não lhe saía, porém, da memória a menina e vinham pensamentos: que está acontecendo com ela? Se é de uma casa rica, vai apanhar, pois os ricos são todos avarentos; mas, se é pobre, talvez não apanhe... Em casa de gente pobre, gostam mais das crianças, porque esperam delas trabalho. Os pensamentos agitavam-se com insistência em sua cabeça e um sentimento torturante, consagrador, de angústia, que seguia seus pensamentos como uma sombra, tornava-se, a cada momento, mais pesado e apossava-se dele de modo cada vez mais integral.

As sombras do anoitecer tornavam-se mais abafadas, mais densas. Ao encontro de Lionka, surgiram cossacos e cossacas, que passavam sem lhe prestar atenção, pois já se acostumaram ao afluxo de gente faminta da Rússia. Ele fazia escorregar preguiçosamente o olhar embaçado sobre seus vultos nutridos, graúdos, e caminhava depressa em direção da igreja, cuja cruz brilhava, além das árvores em frente.

Vinha ao seu encontro o ruído do rebanho que voltava. Eis também a igreja, larga, acachapada, com cinco cúpulas, pintadas de azul claro, rodeada de choupos, cujos cimos cresceram mais que as cruzes do templo, inundadas pelos raios do poente, e que brilhavam, através da verdura, com uma cor róseo-dourada.

Eis ainda o avô, caminhando para o adro, dobrado sob o peso do alforje, espiando para os lados, a palma da mão encostada à testa.

Atrás do avô, caminha pesada e largadamente um aldeão de chapéu muito descido sobre a fronte e com uma vara na mão.

— Está vazio o teu saco? — perguntou o avô, acercando-se do neto, que o esperava junto ao gradil da igreja. — E eu, veja quanto!... — e, fungando, derrubou dos ombros para o chão o seu saco de brim, repleto de coisas — Uh!... como dão bem esmola por aqui! Que bom!... Ora, por que você está com essa cara?

— Dói a cabeça... — disse baixo Lionka, descambando ao chão, vamos para a pousada. Como se chama aquele cossaco. Hem?

— Andréi Tchórni.

— Vamos perguntar: onde mora Andréi Tchórni? Aí está um homem que vem para cá... sim... Gente boa, nutrida! E comem sempre pão de trigo. Boa tarde, meu bom senhor!

O cossaco chegou rente a eles e disse devagar, em resposta à saudação do avô:

— Boa tarde a vocês também!

A seguir, escarranchando as pernas e fixando sobre os mendigos os olhos grandes, completamente inexpressivos, coçou-se em silêncio.

Lionka olhava para ele de modo interrogador, o avô piscava os olhos senis, também com uma pergunta neles, o cossaco mantinha-se calado e, finalmente, estendendo a língua para fora até a metade, procurou apanhar com ela a ponta do bigode. Tendo concluído com êxito essa operação, impeliu o bigode para dentro da boca, mastigou-o, expeliu-o também com a língua; finalmente, rompeu o silêncio, que se tornara já angustioso, e disse preguiçosamente:

— Bem, vamos à assembléia da aldeia!

— Para quê? — estremeceu o avô.

Lionka sentiu também estremecer algo dentro de si.

— É preciso... São ordens. Vamos!

Voltou-lhes as costas e pôs-se a andar, mas, virando-se mais uma vez e vendo que não saíam do lugar, gritou-lhes, desta vez zangado:

— O que estão esperando?!...

Então, o avô e Lionka seguiram-no, a passo rápido.

Lionka olhava fixamente o velho e, vendo que lhe tremiam os lábios, apalpava ligeiramente algo sob a axila, pensou que o avô fizera novamente uma das suas travessuras, como daquela vez, em Taman. Teve medo, ao lembrar aquele episódio: o avô roubava roupa num quintal e fora apanhado com ela.

Os cossacos ficaram rindo deles, xingaram-nos, bateram-lhes até, e, finalmente, expulsaram-nos de noite da aldeia. Pernoitara com o avô na margem da baía, na areia, e, durante toda a noite, o mar esbravejara de modo ameaçador. Rangia a areia, transportada pelas ondas, que batiam na praia... E o avô não cessava de gemer e de rezar a Deus, num murmúrio, chamando-se de larápio e pedindo perdão.

— Lionka...

O menino estremeceu com um empurrão do lado e olhou para o avô. Este tinha agora o rosto mais alongado, mais seco e cinzento, e que não cessava de tremer.

O cossaco ia caminhando uns cinco passos na frente, fumava cachimbo, espancava com a vara as inflorescências de bardana e não voltava a cabeça para olhá-los.

— Escute... segure aqui... atire isso no mato... mas repare bem o lugar... para apanhar mais tarde... — murmurou o velho quase imperceptivelmente, e, apertando-se contra o neto, sem interromper a marcha, meteu-lhe na mão um paninho, formando uma pelota.

Lionka afastou-se, estremecendo de medo, que enregelou todo o seu ser, e aproximou-se mais do muro, junto ao qual o mato crescera denso. Fixando os ombros largos do cossaco, estendeu a mão para o lado, olhou-a e jogou o pano entre as ervas...

Caindo, ele desembrulhou-se, e aos olhos de Lionka perpassou rapidamente um lenço azul claro com flores, imediatamente ocultado pela imagem da pequena menina chorando. Surgiu-lhe como se fosse viva, sobrepondo-se ao cossaco, ao avô e a tudo que os cercava... Os sons dos seus soluços ressoaram de novo e com nitidez aos ouvidos de Lionka, e ele teve a impressão de ver tombarem, diante de si, gotinhas luminosas de lágrimas...

Nesse estado de quase inconsciência, chegou, atrás do avô, ao local da assembléia, ouviu um zunir abafado, que não podia e não queria reconhecer, viu, como através de um nevoeiro, os cossacos espalhando do alforje do velho, sobre uma grande mesa, pedaços diversos, e estes caíram suavemente, com um ruído surdo... Em seguida, abaixaram-se sobre aquilo muitas cabeças com chapéus altos; as cabeças e os chapéus eram sombrios, taciturnos, e através do nevoeiro, que o rodeava, balançavam-se, ameaçando o menino com algo terrível... Depois, o avô, que balbuciava rouquenhamente, passou a girar, como um pião, nos braços de dois rapagões avantajados...

— Não deviam fazer isso, gente ortodoxa!... Sou inocente, o Senhor é testemunha! — gritou o velho, com voz esganiçada, penetrante.

Lionka rompeu em pranto e deixou-se cair no chão.

Acercaram-se dele então. Levantaram-no, fizeram com que se sentasse num banco e apalparam-lhe todos os andrajos, que cobriam seu corpinho miúdo.

— Mente a Danílovna, mulher do diabo! — trovejou alguém, parecendo bater nos ouvidos de Lionka, com a voz cheia e irritada.

— E quem sabe se eles esconderam em algum lugar? — gritaram outros, ainda mais alto, em resposta.

Lionka sentia todos aqueles sons baterem-lhe na cabeça e teve tanto medo que perdeu os sentidos, parecendo mergulhar de repente numa negra fossa, que abrisse diante dele um bocejo sem fundo.

Quando voltou a si, tinha a cabeça sobre os joelhos do avô, sobre seu rosto reclinava-se o do velho, lastimoso e enrugado mais que de costume, e dos olhos de Arkhip, que piscavam assustados, iam também caindo sobre a testa de Lionka lágrimas miúdas e turvas, que lhe faziam muita cócega, rolando-lhe sobre as faces, em direção do pescoço...

— Já está melhor, querido?!... vamos embora daqui. Vamos, soltaram a gente, os malditos!

Lionka levantou-se, sentindo algo pesado irrigar-lhe a cabeça, que parecia a ponto de cair-lhe dos ombros... Segurou-a e balançou-a de um lado para outro, gemendo baixinho.

— Está doendo a cabecinha? Queridinho meu!... Judiaram de nós dois... Animais! Sumiu um punhal e uma meninota perdeu um lenço, e eles logo caíram em cima de nós!... Oh, meu Deus!... por que me castigas?

A voz rangente do avô arranhava de certo modo Lionka, e este sentia inflamar-se, dentro de si, uma fagulha ardente, que o obrigava a afastar-se ainda mais do velho. Afastou-se e olhou ao redor...

Estavam sentados na saída da aldeia, sob a sombra densa dos ramos de um choupo torcido. Descera a noite, erguera-se a lua, e sua luz láctea e prateada, inundando o espaço plano da estepe, tornara-o de certo modo mais estreito do que fora de dia, mais estreito e ainda mais deserto e triste. De longe, da estepe, que se confundia com o céu, erguiam-se nuvens e deslizavam sobre ela suavemente, ocultando a lua e lançando sobre a terra sombras densas. Essas sombras apertavam-se contra o chão, arrastavam-se sobre a terra vagarosamente, com ar de cisma, e, de repente, desapareciam, como se sumissem dentro da terra, através das fendas, originadas pelos embates ardentes dos raios de sol... Chegavam vozes da aldeia, e, em alguns pontos, acendiam-se luzinhas, que se comunicavam, pestanejando, com as estrelas de um dourado vivo.

— Vamos, querido!... é preciso andar — falou o avô.

— Vamos ficar aqui mais um pouco!... — disse Lionka, baixinho.

Gostava da estepe. Caminhando nela de dia, aprazia-lhe olhar para frente, para o ponto em que a abóbada do céu apoia-se sobre o peito amplo da planura... Imaginava lá grandes, maravilhosas cidades, povoadas de gente boa, que jamais vira, e a quem não seria preciso pedir pão, pois haveria de dá-lo sozinha. E quando a estepe, estendendo-se cada vez mais amplamente a seus olhos, fazia erguer-se dela de repente uma aldeia cossaca, que já conhecia, e que se parecia, por suas casas e habitantes, com todas aquelas que vira antes, entristecia-se e sentia despeito, por aquele engano.

E agora olhava pensativo para a distância, de onde vinham esgueirando-se lentamente algumas nuvens. Pareciam-lhe a fumaça das mil chaminés daquela cidade, que tinha tanta vontade de ver... Sua contemplação foi interrompida pela tosse seca do avô.

Lionka olhou fixamente o rosto do velho, molhado de lágrimas, enquanto este engolia ar com avidez.

Iluminado pelo luar e coberto de sombras estranhas, que caíam sobre ele dos farrapos de chapéu, das sobrancelhas e da barba, aquele rosto, com a boca que se mexia convulsivamente, os olhos muito abertos, que luziam com certo êxtase secreto, era terrivelmente lastimoso, e, provocando em Lionka aquele sentimento novo para ele, obrigava-o a afastar-se mais do avô...

— Bem, vamos ficar, vamos ficar!... — balbuciava este e, sorrindo estupidamente, procurava algo sob a axila.

Lionka virou a cabeça e pôs-se a olhar novamente para a distância.

— Lionka!... Olhe aqui!... — soluçou de repente o avô, exaltado, e, dobrando-se todo, devido à tosse sufocante, estendeu para o neto um objeto comprido e brilhante. — De prata! Prata de verdade!... Vale uns cinqüenta rublos!...

Tremiam-lhe de avidez e de dor as mãos e os lábios, torcia-se todo o seu rosto.

Lionka estremeceu e afastou-lhe a mão.

— Esconda-o depressa!... ah, vovô, esconda!... — balbuciou, implorando e espiando rapidamente ao redor.

— Ora, que é isso, bobinho? Está com medo, querido?... Espiei pela janela e vi que estava ali pendurado... apanhei-o — nheque! — e escondi embaixo da aba... depois, deixei-o entre os arbustos. Vinha gente da aldeia, eu deixei cair o chapéu, abaixei-me e apanhei-o... Eles são tolos!... E apanhei também o lenço — está aqui!...

Arrancou com mãos trêmulas o lenço para fora dos farrapos e agitou-o junto ao rosto de Lionka.

Ante os olhos do menino rasgou-se uma cortina de névoa e surgiu o seguinte quadro: ele e o avô estão caminhando pela rua da aldeia o mais depressa que podem, evitando os olhares dos transeuntes, caminham assustado, e Lionka tem a impressão de que cada um terá direito de bater em ambos, de cuspir neles, de xingá-los... Tudo o que os rodeia: cercas, casas, árvores, está envolto numa estranha neblina e balança-se como se fosse ao vento... e zunem vozes severas, zangadas... esse difícil caminho é infinitamente demorado, e não se vê a saída da aldeia para o campo, oculta como está pela massa das casas, que se balançam e ora se aproximam deles, como se quisessem esmagá-los, ora se afastam, rindo-lhes no rosto com as manchas escuras das janelas... e, de repente, ressoa de uma das janelas: "Gatunos! Gatunos! Gatunos! Ladrãozinho!..." Lionka lança à socapa um olhar para o lado e vê à janela aquela menina que encontrara chorando e que pretendera defender... ela apreende seu olhar e mostra-lhe a língua, enquanto seus olhinhos azuis faíscam, zangados e agudos, e espicaçam Lionka como agulhas.

Esse quadro ressuscitou na memória do menino e desapareceu instantaneamente, deixando atrás de si o sorriso mau, que ele lançou ao rosto do avô.

O velho não cessava de falar, interrompendo-se com a tosse, agitava os braços, sacudia a cabeça e enxugava o suor, que aparecia em grandes gotas, nas rugas de seu rosto.

Uma nuvem pesada e em farrapos ocultou a lua, Lionka quase não via mais o rosto do avô... Colocou ao lado deste a menina que chorava, fez surgir sua imagem diante de si e comparou ambos em pensamento. O velho fraco, ávido, esfarrapado, de voz rangente, ao lado da menina que ofendera, chorosa, mas sadia, cheia de viço, bonita, pareceu a Lionka desnecessário e quase tão mau como o Kaschchéi do conto.[2] Como era possível? Por que a ofendera? Não era seu parente...

Entretanto, o avô ia rangendo:

— Se pudesse juntar cem rublos!... Então, eu morreria em paz...

— Ora! — algo abrasou-se, de repente, em Lionka — Fique quieto! Eu morria, eu morria... E nunca chega a morrer, aí é que está... Fica roubando!... — exclamou com a voz esganiçada e, de súbito, pôs-se de pé, tremendo com todo o corpo — Velho ladrão que você é!... U-u! — e, comprimindo o punho miúdo e seco, sacudiu-o ante o nariz do avô, que silenciara; mais uma vez, Lionka deixou-se cair pesadamente ao solo, prosseguindo entre os dentes: — Roubou de uma criança... Ah, que bom!... Velho, mas não deixa de fazer das suas... Isso não será perdoado a você no outro mundo!...

---

2 Referência ao conto popular russo *Kaschchéi, o imortal*.

1894.

De repente, toda a estepe estremeceu e alargou-se, depois que a banhou uma luz azul clara, de ofuscar... A névoa que a vestia tremeu também e desapareceu por um instante... Reboou o trovão e, retumbando, rolou sobre a estepe, sacudindo-a, bem como ao céu, pelo qual voava agora, com rapidez, uma densa multidão de nuvens negras, que afogara a lua.

Escureceu. Alhures, ao longe, faiscou um raio, silenciosa, mas ameaçadoramente, e passado um momento, tornou a ribombar o trovão... Sobreveio um silêncio, que parecia sem fim.

Lionka fazia o sinal da cruz. O avô permanecia sentado, imóvel, como se estivesse unido ao tronco da árvore, ao qual encostara o ombro.

— Vovozinho!... — murmurou Lionka, terrivelmente assustado, esperando novo trovão. — Vamos à aldeia!

O céu tornou a estremecer e novamente se abrasou com uma chama azul clara, atirando sobre a terra um golpe metálico, vigoroso. Era como se milhares de placas de ferro se despencassem sobre a terra, batendo uma na outra...

— Vovozinho!... — gritou o menino.

Seu grito, abafado pelo eco do trovão, ressoou como um golpe num sino pequeno e quebrado.

— Que é isso?... Está com medo... — disse o avô com voz rouca, sem se mexer.

Começaram a cair gotas graúdas de chuva e seu ruído soava misteriosamente, como se os prevenisse de algo. Ao longe, expandira-se já num som largo, único, semelhante ao esfregar de uma enorme vassoura sobre a terra seca, mas ali, junto ao velho com seu neto, cada gota que caía ao solo ressoava de modo abrupto e sincopado, morrendo sem eco. Os ribombos aproximavam-se cada vez mais e o céu abrasava-se com maior freqüência.

— Não vou à aldeia! É melhor que este cão velho, este ladrão... seja afogado pela chuva... morto pelo trovão!... — dizia, ofegante, o avô — Não vou!... Vá sozinho... A aldeia fica ali... Vá!... Não quero que você fique aqui!... Vá! Ande, ande!... Vá!...

O velho gritava já com voz abafada, rouquenha.

— Vovozinho!... Perdão!... — implorou Lionka, aproximando-se dele.

— Não irei... Não vou perdoar... Cuidei de você durante sete anos!... Tudo para você... vivia... para você também. Pensa que preciso de alguma coisa?... Estou morrendo... morrendo... E você diz: ladrão... Ladrão pra quê? Para você... tudo isso é para você... Tome agora... tome... Para a tua vida... toda... eu ia juntando... e roubava também... Deus está vendo tudo... Ele sabe... que roubei... sabe... vai me castigar. Não perdoará este velho cão... o roubo. Já me castigou... Senhor... Como me castigaste!... Castigaste, hem?... Mataste-me pela mão de uma criança!... Está certo, Senhor!... Muito bem!... És justo, Senhor! Manda buscar minha alma... Oi!...

A voz do avô ergueu-se, tornando-se penetrante e esganiçada, introduzindo no peito de Lionka um sentimento de pavor.

Sacudindo a estepe e o céu, o trovão ribombava agora de modo tão sonoro e rápido, como se cada estrondo quisesse contar à terra algo absolutamente indispensável a esta, e, procurando passar um à frente do outro, rugiam quase sem cessar. Tremia o céu, estraçalhado pelos raios, tremia também a estepe, ora abrasando-se toda com chama azul, ora mergulhando numa treva fria, pesada e compacta, que a diminuía de modo estranho. Por vezes, um raio iluminava o espaço ao longe, que parecia fugir apressadamente do ruído, daqueles rugidos...

Desabou a chuva e suas gotas, brilhando ao faiscar dos raios que nem aço, ocultaram as luzes da aldeia, que tremeluziam hospitaleiras.

Lionka estava petrificado de horror, de frio e de um sentimento angustioso de culpa, despertado nele pelo grito do avô. Dirigiu para frente os olhos muito arregalados, temendo pestanejar, e, mesmo quando as gotas d'água, escorrendo por sua cabeça molhada pela chuva, penetravam-lhe nos olhos, continuava prestando atenção à voz do avô, que se afogava num mar de sons potentes.

Lionka sentia que o velho estava sentado imóvel, mas tinha a impressão de que devia desaparecer, ir para alguma parte e deixá-lo ali sozinho. Sem perceber, aproximou-se pouco a pouco do avô e, tocando-o com o cotovelo, estremeceu, esperando algo terrível...

Rasgando o céu, um raio iluminou a ambos, lado a lado, torcidos, miúdos, banhados por bátegas de água despejadas pelos galhos da árvore...

O avô balançava o braço no ar e não cessava de balbuciar, cansado e ofegante.

Olhando o seu rosto, Lionka soltou um grito de pavor... Ao fulgor azul do raio, o velho parecia morto e os olhos foscos, que se moviam sobre aquele rosto, estavam dementes.

— Vovozinho!... Vamos!... — gritou esganiçadamente, metendo a cabeça entre os joelhos do avô. Este inclinou-se sobre ele, envolveu-o com suas mãos finas e ossudas, apertou-o fortemente e, continuando a apertá-lo, pôs-se a uivar com voz forte e penetrante, como um lobo apanhado numa armadilha.

Levado por aquele uivo quase à loucura, Lionka libertou-se do abraço, pôs-se de pé e correu para frente, como uma flecha, os olhos desmesuradamente abertos, cegado pelos raios, caindo, erguendo-se e afundando cada vez mais na treva, que ora desaparecia, com o fulgor azul do raio, ora, compacta, tornava a envolver o menino, alucinado de pavor.

E a chuva, caindo, soava de modo frio, monótono, angustioso. Tinha-se a impressão de que, na estepe, nada jamais existira, além do ruído da chuva, do brilho dos raios e do ribombar irritado do trovão.

Na manhã seguinte, meninos cossacos, que estiveram brincando nos arredores da aldeia, alarmaram os seus moradores com o seguinte relato: sob um choupo jazia o velho mendigo, provavelmente esfaqueado, pois junto dele havia um punhal.

Mas, quando os cossacos adultos foram verificar o fato, constataram que não era verdade. O velho ainda vivia. Depois que os homens acercaram-se dele, tentou erguer-se, mas não conseguiu. Tinha perdido a fala e não cessava de perguntar algo a todos, os olhos lacrimejantes, e corria com eles a multidão, mas nada encontrava e não recebia qualquer resposta.

Morreu ao anoitecer e foi enterrado no mesmo lugar em que o encontraram: considerou-se que não devia ser levado ao cemitério, pois, em primeiro lugar, era de fora; em segundo, larápio; e, em terceiro, morrera ser receber a extrema unção. A seu lado, acharam na lama o punhal e o lenço.

Lionka foi encontrado dois ou três dias mais tarde.

Por cima de um valo na estepe, nas proximidades da aldeia, começaram a rodopiar bandos de corvos e, quando se foi ver do que se tratava, encontrou-se o menino, que jazia de braços abertos e rosto para baixo, na lama fluida, que ficara, após a chuva, no fundo do valo.

A princípio, resolveram enterrá-lo no cemitério, por ser ainda criança, mas, depois de pensar um pouco, colocaram-no ao lado do avô, sob o mesmo choupo. Cobriram-no com um montículo de terra, sobre o qual ergueram uma cruz tosca de pedra.

1894.

CERTA VEZ, NO OUTONO

Certa vez, no outono, passei por uma situação muito desagradável e incômoda: estava sem vintém e desabrigado, na cidade a que acabava de chegar e onde não tinha uma pessoa conhecida.

Tendo vendido, nos primeiros dias, todas as partes do traje sem as quais se pode passar, saí para a localidade chamada *A Foz*, onde havia um cais e, em tempo de navegação, fervia uma buliçosa vida de trabalho, mas onde permanecia então tudo deserto e silencioso nos últimos dias de outubro.

Fazendo estalar com os pés a areia úmida e examinando-a com insistência, no desejo de encontrar nela restos de alimentos, vaguei solitario entre os prédios desertos e os barracões de comércio, pensando em como é bom estar saciado...

Em determinadas condições de cultura, é mais fácil satisfazer a fome do espírito que a do corpo. Vagueando pelas ruas, vêem-se edifícios, que não são feios ao extremo e, pode-se dizê-lo sem perigo de engano, razoavelmente decorados por dentro, e isso é suscetível de provocar pensamentos agradáveis sobre a arquitetura, a higiene e ainda sobre muitos outros temas, doutos e elevados. Encontram-se pessoas bem agasalhadas, vestidas com todo conforto: são educadas e sempre se afastam de você, evitando delicadamente constatar o triste fato de que você existe. Juro por Deus, a alma de um faminto sempre se alimenta melhor e mais saudavelmente que a alma de uma pessoa saciada. Eis uma situação da qual se pode tirar uma conclusão muito espirituosa, a favor das pessoas saciadas!...

... Aproximava-se a noite, chovia, vinha do Norte um vento entrecortado. Ele assobiava nos desertos barracões e vendinhas, batia nas janelas dos hotéis, fechadas com tábuas, e aos seus golpes, as ondas do rio espumavam, espadanavam de modo barulhento contra a areia da margem, erguendo alto suas cristas brancas, lançavam-se alternadamente para a turva lonjura, saltando apressadas umas sobre as outras... Tinha-se a impressão de que o rio sentia a proximidade do inverno e, assustado, corria para alguma parte, a fim de fugir das cadeias do gelo, que o vento Norte podia lançar sobre ele, naquela mesma noite. O céu era pesado e soturno, despencavam dele, incessantemente, gotículas mal perceptíveis de chuva. A dolente elegia da natureza era sublinhada, ao redor de mim, por dois salgueiros quebrados e disformes e por um barco largado, de borco, junto às suas raízes.

O barco, de fundo esburacado, e árvores assaltadas pelo vento frio, velhas e lastimosas... Tudo em volta estava destruído, estéril e morto, e o céu continuava a verter lágrimas intermináveis. Deserto e sombrio era o ambiente ao redor, dava a impressão de que tudo estava morrendo, que eu, pouco depois, seria o único sobrevivente, e que me esperava também a morte frígida.

E eu tinha então dezessete anos, uma idade linda!

Caminhava, caminhava sobre a areia fria e úmida, batendo com os dentes trinados em honra ao frio e à fome e, de repente, em minhas minuciosas pesquisas de algo comestível, tendo passado pelos fundos de um dos barracões, vi ali um vulto encolhido ao solo, com roupa feminina, molhada de chuva e colada aos ombros inclinados. Parando bem perto, procurei distinguir o que fazia. Constatei então que estava cavando com as mãos um buraco na areia, procurando penetrar assim num dos barracões.

— Por que faz isso? — perguntei, acocorando-me ao lado.

Soltou uma exclamação em voz baixa e ergueu-se de um salto. Como ela me fitasse com os olhos cinzentos muito abertos, repletos de medo, vi que era uma jovem da minha idade, com um rostinho muito agradável, infelizmente enfeitado com três grandes equimoses, Isto o estragava, embora as equimoses estivessem agrupadas com uma proporcionalidade admirável: eram duas iguais, uma embaixo de cada olho, e outra maior sobre a testa, bem em cima do nariz. Percebia-se, naquela simetria, o trabalho de um artista, que se aperfeiçoara muito no ofício de estragar fisionomias humanas.

A jovem me olhava, e o medo em seus olhos foi-se extinguindo gradualmente... Sacudiu a areia das mãos, corrigindo a posição do lenço de chita que tinha sobre a cabeça, encolheu-se um pouco e disse:

— Você também deve estar com fome, não?... Então, cave também, minhas mãos já se cansaram. Ali — acenou com a cabeça para o barracão — certamente tem pão... Ainda estão vendendo nesse barracão...

Pus-me a cavar. Depois de esperar um pouco e olhar, sentou-se ao lado e começou a ajudar-me...

Trabalhamos em silêncio. Não posso dizer agora se, naquele momento, eu me lembrava do código penal, da moral, da propriedade e das demais coisas que, na opinião de gente conhecedora, é preciso ter em mente em todos os momentos da vida. Desejando manter-me o mais próximo da verdade, devo confessar: se não me engano, estava tão entretido em cavar um buraco para penetrar no barracão que esquecera completamente tudo, a não ser o que poderia existir dentro dele...

Anoitecia. Condensava-se cada vez mais ao redor de nós uma treva gélida, úmida, pegajosa. As ondas pareciam esbravejar com som abafado, e a chuva tamborilava com estrépito e freqüência crescentes nas tábuas do barracão... Em alguma parte, repercutiu já o som da matraca de um guarda-noturno...

— Está assoalhado? — perguntou-me em voz baixa a minha ajudante. Eu não compreendi a que se referia, e continuei calado.

— Estou perguntando se o barracão é assoalhado. Se tem soalho, estamos trabalhando à toa. A gente cava um buraco e encontra umas tábuas grossas... Como se vai arrancá-las? É melhor arrombar o cadeado, que é muito frágil...

As boas idéias raramente visitam as cabeças das mulheres, mas, como estão vendo, apesar de tudo, às vezes aparecem lá... Sempre apreciei as boas idéias e sempre procurei aproveitá-las na medida do possível.

Encontrando o cadeado, dei um puxão, arrancando-o com as argolas... Minha cúmplice torceu no mesmo instante o corpo e, como uma cobra, esgueirou-se para dentro da abertura quadrangular do barracão. Ressoou de lá sua exclamação aprobatória:

— Muito bem, bichão!

Um pequeno elogio de mulher me é mais caro que todo um ditirambo da parte de um homem, ainda que este seja eloqüente como todos os oradores da antigüidade somados. Mas, naquela ocasião, eu estava de ânimo bem menos amável que atualmente e, sem prestar atenção ao cumprimento da jovem, perguntei-lhe lacônico e assustado:

— Tem alguma coisa?

Pôs-se a relacionar com monotonia as suas descobertas.

— Um cesto de garrafas... Sacos vazios... Guarda-chuva. Balde de ferro.

Nada daquilo era comestível. Senti esvanecerem-se minhas esperanças... Mas, de repente, gritou com vivacidade:

— Aí! Encontrei...

— Quem?

— Pão... redondo... Apenas, está molhado... Segure!

Um pão rolou a meus pés, seguido pela minha valorosa cúmplice em pessoa. Separei um pedaço, enfiei-o na boca e já estava mastigando.

— Ora, me dê também... Temos que sair daqui. Para onde vamos? — Perscrutou a treva, nas quatro direções... Tudo aparecia escuro, molhado, barulhento...

— Olhe aquele barco virado... vamos até lá!

— Vamos! — Caminhamos, repartindo pelo caminho a nossa presa e enchendo com ela a boca... A chuva tornava-se mais forte, rugia o rio, vinha de alguma parte um assobio prolongado, zombeteiro, como se alguém grande e que nada temesse estivesse vaiando todas as instituições da terra, aquela feia noite de outono e nós dois, que éramos os seus heróis... Aqueles assobios provocavam no coração uma dolência mórbida; apesar de tudo, eu comia gulosamente, sendo imitado pela jovem, que ia caminhando à minha esquerda.

— Como se chama? — perguntei-lhe, não sei para quê.

— Natacha! — respondeu, mastigando ruidosamente.

Fitei-a e meu coração apertou-se dolorido; olhei para a treva na minha frente e tive a impressão de que a carantonha irônica do meu destino sorria-me com expressão misteriosa e fria...

... A chuva batia incessantemente sobre a madeira do barco, seu ruído suave inspirava pensamentos tristes, e o vento assobiava, penetrando através do fundo esburacado, da fenda em que saltitava uma apara de madeira, estalando de modo inquieto e lastimoso. As ondas do rio espadanavam contra a margem e ressoavam tão monótonas e desalentadas, como se contassem algo, insuportavelmente aborrecido e difícil, que as tivesse enfastiado até a repugnância, algo de que quisessem fugir e de que, apesar de tudo, fosse indispensável falar. O ruído da chuva fundia-se com o espadanar das ondas e, sobre o barco virado, pairava o prolongado e profundo suspiro da terra, ofendida e cansada por aquela eterna alternância do verão, fulgurante e tépido, e do outono, frio, enevoado e úmido. As lufadas percorriam a margem deserta e o rio espumante e entoavam dolentes canções...

O compartimento sob o barco era desconfortável: acanhado, úmido; o fundo furado deixava penetrar gotas miúdas e frias de chuva, irrompiam ali golfadas de vento... Ficamos sentados em silêncio, tremendo de frio. Lembro-me de que estava com sono. Natacha encostou o ombro ao bordo do barco, encolhendo-se numa pequena pelota. Abraçando os joelhos, sobre os quais colocara o queixo, olhava fixamente o rio, e tinha desmesuradamente abertos os olhos, que apareciam enormes sobre a mancha branca do rosto, graças às equimoses embaixo deles. Não se movia e eu senti que aquela imobilidade e silêncio despertavam em mim, gradualmente, uma sensação de medo ante a minha vizinha... Queria travar conversa com ela, mas não sabia começar.

Ela própria falou.

— Que vida amaldiçoada!... — disse de modo nítido e num tom de profunda convicção.

No entanto, não era uma queixa. Havia naquelas palavras demasiada indiferença, para que fosse realmente uma queixa. Simplesmente, uma pessoa havia refletido como podia e, depois de refletir, chegara a determinada conclusão, que expressara em voz alta, e à qual eu nada tinha a retrucar, sem entrar em contradição comigo mesmo. Por isso, continuei calado. E ela, como se nada notasse, permanecia sentada e imóvel.

— Seria melhor rebentar talvez... — tornou a falar Natacha, dessa vez de modo quieto e pensativo. E, novamente, não ressoou em sua voz qualquer nota de queixa. Via-se que uma pessoa, tendo refletido sobre a existência, examinara-se e chegara calmamente à convicção de que, para se proteger contra as zombarias da vida, era incapaz de fazer algo que não fosse exatamente "rebentar".

Senti uma náusea indescritível face a uma tal nitidez de pensamento e percebi que, se continuasse calado, certamente romperia em pranto... E isto seria vergonhoso diante daquela mulher, tanto mais que ela não chorava. Resolvi, pois, travar conversa.

— Quem foi que bateu em você? — perguntei, não tendo inventado algo mais inteligente.

— É sempre o Pachka... — respondeu em voz alta e ritmada.

— Mas quem é?

— Amante... um padeiro...

— Bate em você muitas vezes?

— Sempre que se embriaga...

E de repente, aproximando-se de mim, pôs-se a falar-me de si, de Pachka e das relações entre eles. Ela era *da vida alegre*, e ele um padeiro de bigodes ruivos e que tocava muito bem harmônica. Visitara-a no *estabelecimento* e agradara-lhe muito, por ser um homem alegre, e que se vestia com apuro. Usava camisa russa de quinze rublos e botas com *sobressalentes*... Por este motivo, Natacha apaixonou-se por ele, que se tornou seu *de crédito*. Nessa qualidade, começou a tirar dela o dinheiro que outros visitantes davam-lhe de gorjeta e embriagando-se com aquele dinheiro, pôs-se a espancá-la, o que ainda não seria nada, se não se *enredasse* com outras raparigas, na sua presença.

— Pensa que isso não me ofende? Não sou pior que as outras... Quer dizer que o canalha zomba de mim. Há três dias, pedi à patroa uma folga, fui à casa dele e lá encontrei sentada a Dunka, completamente bêbada. Ele também estava tocado. Disse a ele: "Você é canalha, canalha! Embrulhão!" Espancou-me toda. Deu-me pinotes, puxou-me os cabelos, judiou de mim de todo jeito... Ainda não seria nada. Mas rasgou-me toda a roupa... Que fazer agora? Como vou aparecer diante da patroa? Rasgou tudo: o vestido, o casaquinho, estava ainda novinho, e arrancou-me o lenço da cabeça... Meu Deus! Que será agora? — pôs-se de repente a soluçar, com voz angustiada, entrecortada.

O vento soluçava também, cada vez mais vigoroso e frio... Meus dentes começaram novamente a dançar. Ela encolhia-se igualmente de frio, aproximando-se tanto de mim que eu via já, através da treva, o fulgir dos seus olhos...

— Como vocês homens são todos sórdidos! Se pudesse, esmagava todos vocês, mutilava um por um. Se um de vocês rebentasse... eu lhe cuspia na cara sem dó nem piedade! Carantonhas infames!... É um tal de pedinchar, pedinchar, abanando o rabo, como um cachorro canalha, mas basta que uma imbecil ceda a vocês, e está tudo pronto! Logo vocês pisam nela... Mostrengos malditos...

Dizia impropérios muito variados, mas não havia força neles: não percebi qualquer raiva ou ódio aos "mostrengos malditos". De modo geral, o tom era calmo, em contraste com o conteúdo da fala, e a própria voz, tristemente pobre de tonalidades.

Mas tudo isso atuava sobre mim com mais força que os mais expressivos e convincentes livros e discursos pessimistas, que eu havia ouvido, que ouviria ainda, e que até hoje ouço e leio. E isso pela razão, compreendam-me, de que a agonia de um moribundo é sempre mais forte e natural que as mais exatas e artísticas descrições da morte.

Sentia-me mal, certamente mais de frio que das conversas da minha vizinha de compartimento. Pus-me a gemer baixinho e rangi os dentes.

E, quase no mesmo instante, senti sobre mim duas mãos pequenas e frias: uma delas tocou-me o pescoço, a outra pousou-me no rosto, e, ao mesmo tempo, ressoou uma pergunta alarmada, doce, carinhosa:

— Que tem?

Eu estava disposto a pensar que a pergunta vinha de alguém que não fosse Natacha, que dissera, pouco antes, serem todos os homens uns canalhas e que desejara ver a desgraça de todos. Mas ela pôs-se a falar apressadamente...

— Que é? Hem? Está com frio, não? Vai ficar gelado? Ah, você! Fica aí sentado, quieto... que nem uma coruja! Devia dizer há muito tempo que estava com frio... Bem... deite-se no chão... estenda-se e eu também vou me deitar... assim! Agora me abrace... com mais força... Aí está; com certeza, agora sente mais calor... Depois, vamo-nos deitar de costas um para o outro... De algum jeito, vamos passar esta noite... Que aconteceu com você? Foi bebida? Despediram do emprego?... Não é nada!...

Ela me consolava... procurava animar-me...

Seja eu três vezes maldito! Quanta ironia contra mim mesmo, naquele fato! Pensem um pouco! Naquele tempo, eu estava seriamente preocupado com os destinos da humanidade, sonhava com uma reorganização da estrutura social, com revoluções políticas, lia toda espécie de livros diabolicamente sábios, a profundidade de cujos pensamentos era certamente inatingível aos próprios autores; naquele tempo, eu procurava de todas as maneiras transformar-me numa "considerável força ativa". E quem me aquecia com seu corpo era uma mulher vendida, criatura infeliz, machucada, acuada, para a qual não havia lugar na vida, nem preço, e que eu, antes disso, não pensara em ajudar, do modo como ela me ajudava, e, mesmo que o tivesse pensado, provavelmente não saberia ser-lhe de algum auxílio.

Ah, eu estava pronto a pensar que tudo aquilo acontecia comigo em sonho, num sonho absurdo e difícil...

Mas — ai! — não me era lícito pensá-lo, pois caíam sobre mim gotas frias de chuva, um peito de mulher apertava-se fortemente contra o meu, soprava-me no rosto seu hálito morno, ainda que com um resquício ligeiro de vodca... mas um hálito tão vivificante... O vento uivava e gemia, batia a chuva contra o barco, espadanavam as ondas, e nós, apesar de fortemente apertados um contra o outro, tremíamos de frio. Tudo isso era completamente real, e estou certo de que ninguém viu um sonho tão ruim e difícil como aquela realidade.

E Natacha não cessava de falar, daquele jeito tão carinhoso e participante, exclusivo das mulheres. Sob o influxo de suas falas ingênuas e carinhosas, certa chamazinha começou a crepitar docemente dentro de mim e, com isso, algo derreteu-se em meu coração.

Então, as lágrimas jorraram em torrentes dos meus olhos e lavaram do meu coração muito rancor, angústia, estupidez e lama, que se acumularam nele, em turbilhão, antes daquela noite... Natacha procurava convencer-me:

— Ora, basta, queridinho, não chore! Chega! Se Deus quiser, você vai se curar, arranjará de novo um emprego... tudo será bom...

E não cessava de me beijar. Muito, sem conta, ardentemente...

Eram os primeiros beijos femininos, oferecidos pela vida, e foram os beijos melhores, pois todos os seguintes custaram-me terrivelmente caro e nada me deram.

— Ora, não chore, que tipo original! Amanhã mesmo, vou arranjar um canto para você, se não sabe onde ir... — ouvi, como num sonho, um murmúrio doce e convincente.

... Ficamos deitados e abraçados, até a aurora...

E, ao amanhecer, esgueiramo-nos dali e fomos para a cidade... Em seguida, despedimo-nos amistosamente e nunca mais nos encontramos, embora, durante cerca de meio ano, eu procurasse em todos os antros a simpática Natacha, com quem passara a noite por mim descrita, aquela noite, certa vez no outono...

Se já morreu — como seria bom para ela! — que descanse em paz! E se está viva — paz para a sua alma! E que não desperte em seu espírito a consciência da queda... pois seria um sofrimento supérfluo, infrutífero para a vida...

A VELHA IZERGUIL

— I —

Ouvi estes contos à beira-mar, perto de Akkerman, na Bessarábia.

Uma vez, ao anoitecer, terminada a vindima do dia, o grupo de moldavos com que eu trabalhava fora para a praia. A velha Izerguil e eu ficamos na sombra densa das videiras e, deitados, permanecemos em silêncio, vendo dissolverem-se na bruma espessa da noite as silhuetas dos que foram em direção ao mar.

Caminhavam cantando e rindo; os homens — bronzeados, de vistosos bigodes negros e abundantes cabelos, em caracóis até os ombros, de jaqueta e calças largas; as mulheres e moças — alegres, de corpos flexíveis e olhos azuis escuros, igualmente bronzeadas. Traziam soltos os cabelos sedosos e negros; o vento ligeiro e tépido brincava com eles e fazia tilintar as moedas amarradas entre as tranças. O vento deslizava em ondas largas e regulares, mas, de quando em vez, parecia saltar um obstáculo invisível e, originando um forte impulso, desatava os cabelos das mulheres, que pareciam então crinas fantásticas a elevar-se acima de suas cabeças. Isso dava àquelas mulheres um aspecto estranho e fabuloso. Afastavam-se cada vez mais de nós, enquanto a noite e a imaginação tornavam-nas mais belas ainda.

Alguém tocava violino... uma jovem cantava com voz macia de contralto, ouviam-se risos...

O ar estava impregnado de penetrante maresia e das emanações gordurosas da terra, que fora abundantemente regada pela chuva, pouco antes do anoitecer. Vagavam ainda pelo céu farrapos de nuvens, vistosos, de estranhas cores e formatos, ora delicados como espirais de fumaça, cinzento e negro-azulados, ora abruptos, qual fragmentos de rochas, negros-foscos ou marrons. Brilhavam afavelmente, entre eles, partículas azuis de céu, pontilhadas de ouro pelas estrelas. Sons e perfumes, nuvens e gente — tudo era estranhamente belo e triste qual o começo de um conto maravilhoso. Tudo parecia ter parado em seu crescimento e estar morrendo. Extinguia-se o ruído das vozes, afastando-se e transformando-se em suspiros tristes.

— Por que não foste com eles? — perguntou-me a velha Izerguil, com um aceno de cabeça.

O tempo dobrara-a, e seus olhos, outrora negros, eram agora turvos e lacrimejantes. Sua voz seca tinha um timbre estranho: estalava, como se a velha falasse com os ossos.

— Não quero! — respondi.

— Uh!... vocês, russos, já nascem velhos. São todos sombrios como demônios... nossas raparigas têm medo de ti... E, no entanto, és jovem e forte...

Despontara a lua. Seu disco era grande e sangüíneo. Parecia ter surgido das entranhas dessa estepe, que devorara tantos corpos humanos e embebera-se de tanto sangue — por isso, provavelmente, era tão nutrida e dadivosa. Desceram sobre nós as sombras rendadas da folhagem, e cobrimo-nos com elas, como se fossem uma rede. Sobre a estepe, à nossa esquerda, deslizaram sombras de nuvens impregnadas do reflexo azulado do luar, que as tornava mais claras e transparentes.

— Olha, lá vai Larra!

Olhei na direção indicada pela velha, com a mão trêmula, de dedos tortos, e vi: sombras deslocavam-se, eram muitas, e uma delas, mais escura e densa, movia-se mais depressa e mais baixo que as irmãs — provinha de um farrapo de nuvem, que deslizava mais próximo da terra e mais rapidamente que as demais.

— Não há ninguém ali! — disse eu.

— És mais cego que eu, velha. Olha: aquele lá, escuro, que corre sobre a estepe!

Olhei mais uma vez e, novamente, nada vi, a não ser uma sombra.

— É uma sombra! Por que a chamas de Larra?

— Porque é ele. Tornou-se já como sombra — é tempo! Vive há milhares de anos, o sol secou-lhe o corpo, o sangue e os ossos, e o vento espalhou-os como poeira. Eis o que pode fazer Deus a um homem, para lhe castigar o orgulho.

— Conta-me como foi! — pedi à velha, pressentindo uma daquelas belas histórias, que se originam nas estepes.

E a velha contou-me o seguinte:

"Muitos milhares de anos passaram desde que isso aconteceu. Bem longe, nas terras de além-mar, na direção do nascer do sol, existe o país do grande rio, onde cada folha de árvore e talo de capim dá tanta sombra quanto precisa o homem, para se cobrir do sol, que é inclemente por lá.

Tão dadivosa é a terra daquele país!

Vivia lá uma tribo poderosa. Pastavam seus rebanhos e consumiam em caçadas sua força e coragem, celebravam festins depois de cada caçada, entoavam canções e divertiam-se com as raparigas.

Certa vez, durante um festim, uma delas, de cabelos negros e carinhosa como a noite, foi raptada por uma águia que descera dos céus. As flechas atiradas contra a ave pelos homens da tribo caíram, deploráveis, de volta à terra. Então, eles foram procurar a jovem, mas não a encontraram. E acabaram por esquecê-la, como se esquece tudo sobre a terra."

A velha suspirou e calou-se. Sua voz rangia e soava como se por ela murmurassem todos os séculos passados, que se materializaram em seu peito nas sombras das recordações. O mar acompanhava com doce marulhar uma das lendas antigas, que talvez se tenham formado em suas praias.

"Regressou vinte anos mais tarde, esgotada e ressequida, mas acompanhada de um jovem bonito e forte, como ela própria fora. E, quando lhe perguntaram onde estivera, contou que a águia levara-a para as montanhas e vivera com ela como se fossem marido e mulher. Disse também que o jovem era filho deles e que o pai não existia mais: quando começara a debilitar-se, erguera-se pela última vez muito alto, para os céus, e, dobrando as asas, caíra pesadamente sobre os ressaltos agudos das montanhas e morrera...

Todos olharam com espanto para o filho da águia e viram que em nada se distinguia deles; apenas, seus olhos eram frios e altivos como os do rei das aves. Conversaram com ele, que respondia ou calava-se, conforme sua vontade, e, quando vieram os anciães da tribo, falou com eles de igual para igual. Isso os ofendeu, e eles o chamaram de flecha sem penas e sem ponta, dizendo-lhe também que eram respeitados e obedecidos por milhares de homens como ele e por um número duas vezes maior de gente mais velha. Mas o rapaz encarou-os ousado e respondeu que não existia gente como ele e que, se todos os respeitavam, ele não queria fazê-lo. Oh!... zangaram-se de verdade então. Zangaram-se e disseram:

— Não há lugar para ele em nosso meio! Que vá para onde quiser.

Ele riu e foi para onde queria — em direção de uma bonita jovem, que o olhava fixamente. Em seguida, abraçou-a. Era a filha de um dos anciães que o condenaram. E embora ele fosse belo, repeliu-o, pois temia o pai. Repeliu-o e afastou-se, mas ele a golpeou e, quando a jovem caiu, pisou-lhe o peito com tal força que o sangue jorrou de sua boca para o céu. Ela emitiu um suspiro, contorceu-se como uma cobra e morreu.

Todos os que viram isso ficaram imobilizados de pavor: era a primeira vez que viam matar assim uma mulher. E permaneceram por muito tempo em silêncio, olhando para ela, que jazia de olhos abertos e boca ensangüentada, e para ele, que permanecia de pé a seu lado, sozinho contra todos, e estava orgulhoso: não baixara a cabeça e parecia chamar sobre esta o castigo. Depois, quando voltaram a si, agarraram-no, amarraram-no e assim o deixaram, considerando que matá-lo ali mesmo seria simples demais e não os satisfaria.

Avançava a noite, enchendo-se de sons estranhos e suaves. Marmotas assobiavam tristemente na estepe, estremecia entre a folhagem das videiras o cricri vidrento dos grilos, a folhagem suspirava, num murmúrio, o disco cheio da lua, que fora vermelho-sangüíneo, empalidecia, afastando-se da Terra, e, empalidecendo, inundava cada vez mais a estepe de uma treva azulada...

E então eles se reuniram para inventar uma execução à altura do crime... Quiseram esquartejá-lo, amarrando-o a cavalos, mas pareceu-lhes insuficiente. Pensaram em fazer com que cada guerreiro lhe desse uma flechada, e abandonaram a idéia. Alguém alvitrou que fosse queimado vivo, mas a fumaça da fogueira não lhes permitiria ver os seus sofrimentos. Havia muitas sugestões; não se encontrava, porém, algo tão bom que satisfizesse a todos. E enquanto isso, a mãe dele permanecia ajoelhada diante dos guerreiros, sem encontrar lágrimas nem palavras, para implorar-lhes o perdão do filho. Discutiram muito tempo e, finalmente, um homem muito sábio falou, depois de refletir muito:

— Perguntemos-lhe por que fez isso.

Perguntaram-lhe e ele respondeu:

— Desamarrem-me, pois não vou falar amarrado!

E, depois que o desamarraram, perguntou:

— Que querem? — de tal modo, como se eles fossem escravos.

— Tu ouviste... — disse o sábio.

— Mas, para que explicar-vos as minhas ações?

— Para que te compreendamos. Tu, que és orgulhoso, escuta! De qualquer modo, hás de morrer... Permite-nos, pois, compreender o que fizeste. Vamos ficar vivos e nos será útil saber mais do que sabemos agora...

— Está bem, vou dizer, embora eu mesmo talvez não compreenda ao certo o que sucedeu. Matei-a, segundo me parece, porque me repeliu e eu precisava dela.

— Mas ela não era tua! — disseram-lhe.

— Mas, usais acaso somente aquilo que é vosso? Vejo que cada homem tem de seu unicamente a fala, as mãos e as pernas... e, no entanto, usufrui animais, mulheres, terras... e muitas coisas mais.

Disseram-lhe que, por tudo que o homem toma, tem que pagar consigo mesmo: com sua inteligência e força e, às vezes, com a própria vida. Mas ele respondeu que desejava conservar-se intato.

Falaram com ele por muito tempo e, finalmente, perceberam que se considerava o primeiro sobre a terra e que, além de si, nada mais via. Ficaram aterrorizados, quando compreenderam a solidão a que se condenava. Não tinha tribo, nem mãe, nem gado, nem esposa, e nada disso almejava.

Depois que os homens perceberam isto, começaram a deliberar novamente sobre o modo de castigá-lo. Mas, dessa vez, não deliberaram longamente. O sábio, que não os interrompera antes, tomou a palavra:

— Esperai! Existe um castigo, um castigo terrível. Não o inventaríeis em mil anos! O castigo está nele próprio! Deixai que parta, que seja livre. Eis o seu castigo!

O que sucedeu então foi grandioso. Um trovão reboou nos céus, embora não houvesse nuvens. Eram as forças celestes que confirmavam as palavras do sábio. Todos inclinaram a cabeça e se dispersaram. E o jovem, que recebeu a partir de então o nome de Larra, que significa: o excluído, o expulso — o jovem riu alto, acompanhando com seu riso os homens que o abandonavam, e ficou sozinho e livre como o pai. Mas seu pai não fora criatura humana, e ele era homem. E então começou a viver, livre como as aves. De quando em quando, ia à tribo e roubava gado, raparigas, tudo o que queria. Atiravam nele, mas as flechas não podiam atravessar-lhe o corpo, coberto pelo manto invisível do castigo supremo. Era ágil, rapinante, forte, cruel, e não defrontava os homens face a face. Viam-no somente de longe. E por muitos anos vagou assim solitário em torno dos homens, por muitos e muitos anos. Mas eis que, de uma feita, acercou-se dos homens e, quando se atiraram contra ele, não se moveu e não esboçou qualquer movimento de defesa. Então, um deles adivinhou e gritou alto:

— Não toqueis nele! Quer morrer!

E todos se detiveram, não desejando matá-lo e desse modo aliviar a morte daquele que lhes causara mal. Detiveram-se e riram dele. E ele tremia, ouvindo aquele riso, e procurava algo sobre seu peito, agarrando-o com as mãos. E, de repente, atirou-se contra os homens, erguendo contra eles uma pedra. Mas eles apenas evitaram seus golpes, sem lhe dar outros, e, quando caiu, exausto e com um grito de angústia, ao solo, afastaram-se e ficaram observando-o de longe. Ergueu-se e, levantando um punhal perdido por alguém na luta, dirigiu-o contra o próprio peito. Mas o punhal quebrou-se, como se golpeasse uma pedra. E ele caiu novamente ao solo, batendo neste por muito tempo com a cabeça. Mas a terra afastava-se dele, afundando para se desviar dos seus golpes.

— Ele não pode morrer! — disseram alegremente os homens.

E foram-se, deixando-o sozinho. Ficou deitado de rosto para cima, seguindo as águias potentes que volteavam no céu, como pontos negros. Havia tamanha tristeza em seus olhos que bastaria para envenenar todos os homens do mundo. E assim ficou desde então, sozinho e livre, esperando a morte. E agora ele caminha, caminha por toda parte... Vês? Já se tornou como uma sombra e assim ficará para sempre! Não compreende as palavras dos homens, nem suas ações — nada. Está sempre procurando algo e caminha, caminha... Não tem vida, e a morte não lhe sorri. E não há lugar para ele entre os homens... Eis como foi castigado o homem por seu orgulho!"

A velha soltou um suspiro, calou-se, e sua cabeça, descambando sobre o peito, balançou estranhamente diversas vezes.

Olhei-a. Pareceu-me que o sono a estivesse dominando. E, não sei por que, tive muita pena da velha Izerguil. O final do relato fora comunicado num tom elevado e ameaçador, mas, apesar de tudo, havia nele algo de assustado e servil.

Na praia, teve início um canto estranho. A princípio, ressoou uma voz de contralto; cantou duas ou três notas e foi seguida por uma segunda, que entoou a canção desde o começo, enquanto a primeira continuava... Uma terceira, uma quarta e uma quinta voz também se fizeram ouvir na mesma ordem. E, de repente, a canção foi iniciada também por um coro masculino.

Cada voz de mulher soava com absoluta independência, todas pareciam riachos multicores que caíssem de um ponto elevado, saltando e retinindo, desaguando na onda densa das vozes masculinas, que se erguiam harmoniosas para a altura; mergulhavam nela, escapavam, libertando-se, abafavam-na e, novamente, uma após outra, erguiam-se revoluteando, fortes e puras, cada vez mais alto.

As vozes abafavam o fragor das ondas...

— II —

— Já ouviste cantar assim em algum outro lugar? — perguntou Izerguil, erguendo a cabeça e sorrindo com a boca desdentada.

— Não ouvi, nunca...

— E não hás de ouvir. Nós gostamos de cantar. Só gente bonita pode cantar bem — gente bonita que ama a vida. Nós gostamos de viver. Olha, não se cansaram acaso durante o dia aqueles que lá estão cantando? Trabalharam desde o erguer até o pôr do sol e, mal desponta a lua, estão cantando! Os que não sabem viver, iriam dormir. E os que amam a vida estão cantando.

— Mas a saúde... — comecei.

— A saúde sempre bastará para uma vida. Saúde! Se tivesses dinheiro, não irias gastá-lo? Pois bem, a saúde é como o ouro. Sabes o que eu fazia quando moça? Ficava tecendo tapetes, desde o erguer até o pôr do sol, quase sem me levantar. Era viva como um raio de sol e precisava ficar imóvel como uma pedra. E permanecia sentada por tanto tempo que, às vezes, todos os meus ossos começavam a estalar. E, chegada a noite, corria a beijar aquele que eu amava. E assim corri durante três meses, enquanto havia amor. Todo aquele tempo, passei as noites em casa dele. E, apesar disso, vê quanto vivi — o sangue bastou! E quanto amei! Quantos beijos dei e tomei...

Fitei-lhe o rosto. Os seus olhos negros permaneciam foscos apesar de tudo, a recordação não os avivara. O luar iluminava seus lábios secos e fendidos, o queixo aguçado, com fiapos de cabelos brancos, e o nariz enrugado, recurvo qual bico de coruja. Tinha covas negras em lugar de faces e, numa delas, via-se um cacho de cabelo cor de cinza, que escapara do trapo vermelho, no qual trazia enrolada a cabeça. A pele do rosto, do pescoço e das mãos estava toda coberta de rugas, e, a cada movimento da velha Izerguil, podia-se esperar que aquela pele seca se rompesse completamente, se desfizesse em pedaços e, diante de mim, se erguesse o esqueleto nu, de olhos negros e foscos.

Começou novamente a narrar, com sua voz que estalava:

"— Eu vivia com minha mãe, perto de Falmi, à margem do Birlat, e tinha quinze anos, quando ele apareceu em nosso povoado. Era alto, alegre, de corpo flexível e bigodes negros. Ficou sentado no barco e nos gritou com voz sonora, através das janelas: "Eh, vocês aí, não têm vinho e comida para mim?" Olhei pela janela, por entre os ramos dos freixos, e vi o rio todo azulado ao luar e o rapaz, de camisa branca e um cinto largo, de pontas abertas sobre a ilharga, que estava com um pé no barco, o outro na margem. Balançava o corpo e cantava não sei o quê. Quando me viu, disse: "Que bonitona mora aí, e eu nem sabia!" Como se já conhecesse todas as outras bonitonas! Dei-lhe vinho e carne de porco cozida... E, quatro dias mais tarde, já me dera toda a ele... Passávamos as noites andando de barco. Ele vinha, assobiava baixinho, como a marmota, e eu pulava como um peixe, da janela para o rio. E andávamos de barco... Era um pescador vindo do Prut e, depois, quando minha mãe soube de tudo me bateu, ele procurou convencer-me a acompanhá-lo à Dobrudja e ainda mais longe, à foz do Danúbio. Mas, naquele tempo, eu não gostava mais dele: só sabia cantar e beijar, e nada mais! Isto já me aborrecia. Os salteadores andavam então por aquelas bandas, para ver as amantes... Pois bem, aquelas sim tinham vida alegre. Uma criatura esperava muito tempo o seu valentão dos Cárpatos, pensavam que já estivesse na prisão ou tivesse sido morto em alguma briga e, de repente, ele despencava dentro de casa como se caísse do céu, isso quando não vinha com dois ou três companheiros. Trazia presentes ricos, pois ganhavam tudo facilmente. O bandoleiro ficava em festim em casa dela e vangloriava-se da sua amante diante dos companheiros. E isso, naturalmente, agradava às mulheres. Pedi, pois, a uma amiga, que tinha o seu bandoleiro, que me mostrasse os rapazes... Como se chamava ela? Esqueci... Dei para esquecer tudo. Também, já passou muito tempo, é para esquecer mesmo! Ela me apresentou a um valentão. Era bonito... Ruivo, todo ruivo — bigodes e caracóis! Cabeça de fogo. Tinha gênio triste; ora se mostrava carinhoso, ora lutava e rugia como uma fera. Uma vez bateu-me no rosto... Saltei que nem uma gata para o peito dele e cravei-lhe meus dentes na face... Desde aquele dia, ficou com uma reentrância na face e gostava de que eu a beijasse..."

— E onde foi parar o pescador? — perguntei.

"— O pescador? Ficou por lá mesmo... aderiu aos bandoleiros. A princípio, quis convencer-me de que não o abandonasse, ameaçou atirar-me n'água, mas depois aderiu a eles e arranjou outra... Foram enforcados juntos: o pescador e meu bandoleiro. Quis ver o enforcamento. Foi na Dobrudja. O pescador caminhava pálido para a forca e chorava, enquanto o bandoleiro fumava o cachimbo. Foi andando e fumando, as mãos nos bolsos, um bigode pendido sobre o ombro, o outro sobre o peito. Viu-me, tirou o cachimbo da boca e gritou: "Adeus!..." Passei um ano inteiro lastimando-o. Eh!... Isso aconteceu quando eles quiseram voltar para os Cárpatos. Foram à casa de um romeno, para a despedida, e lá os apanharam. Somente aqueles dois (alguns foram mortos, os restantes fugiram)... Apesar de tudo, o romeno pagou o que fez... Queimaram-lhe a propriedade, com o moinho e todo o trigo. Ficou na miséria."

— Foste tu? — perguntei ao acaso.

"Os bandoleiros tinham muitos amigos, eu não era a única... Quem era melhor amigo, celebrou as exéquias..."

A canção à beira-mar cessara e a velha era acompanhada agora apenas pelo fragor das ondas — aquele som melancólico e rebelde era um esplêndido acompanhamento ao relato da vida rebelde. A noite tornava-se cada vez mais suave e, dentro dela, multiplicava-se o reflexo azulado do luar, enquanto os sons indefinidos da vida atarefada de seus habitantes invisíveis atenuavam-se, abafados pelo marulhar crescente das ondas... pois o vento aumentava de intensidade.

"Depois, amei um turco. Estive no harém dele, em Escutári. Vivi lá uma semana inteira. Não era mau. Mas acabei por aborrecer-me: mulheres e mais mulheres... Tinha oito... Passavam os dias comendo, dormindo e tagarelando tolices... Ou então brigavam, cacarejando como galinhas... O turco já não era moço. De cabelos grisalhos e muito importante, rico. Falava como um grão-senhor... Tinha olhos negros... uns olhos que se fixavam na alma da gente. Gostava muito de rezar. Vira-o em Bucareste... Andava pela feira como um rei e olhava com uma importância... Sorri para ele. Na mesmo noite, fui agarrada na rua e levada para sua casa. O turco vendia sândalo e palma e viera a Bucareste fazer compras. — Vens comigo? — perguntou. — Oh, sim, irei! — Está bem! — E fui. O turco era bem rico. Tinha já um filho — um moreninho de corpo flexível... Um rapazinho de dezesseis anos. Fugi com ele... Fomos para Lom-Palanka, na Bulgária... Lá, uma búlgara golpeou-me no peito com o punhal, por causa do noivo dela ou do marido — não me lembro mais.

Passei muito tempo doente, num convento de freiras. Quem cuidava de mim era uma moça polonesa... vinha visitá-la às vezes o irmão, também monge, de um mosteiro próximo a Artzer-Palanka. Era assim... como um verme, e estava sempre se torcendo diante de mim... Quando sarei, fui com ele para a Polônia."

— Espera!... E o que foi feito do turquinho?

"O menino? Ora, ele morreu, o menino. De saudades de casa ou de amor... o fato é que foi secando, feito uma árvore ainda não desenvolvida, que recebe sol em excesso... e assim continuou secando por muito tempo... lembro-me como ficava deitado, já transparente e azulado, um pedaço de gelo, mas o amor ainda ardia nele... E só pedia que me inclinasse e o beijasse... Depois, piorou ainda, quase não se movia mais. Ficava deitado e me pedia, num tom de lamento, que nem mendigo, que me deitasse ao lado e o aquecesse. Eu me deitava. Mas era só deitar-me e ele se inflamava. Um dia, acordei, e ele já estava frio... morto... Chorei sobre seu corpo. Quem sabe? Talvez fui eu quem o matou. Era já duas vezes mais velha. E tão forte, suculenta... e ele, afinal, que era? Um menino!..."

Suspirou e persignou-se três vezes (antes, nunca o fizera diante de mim), murmurando algo, os lábios ressequidos.

— Bem foste para a Polônia... — disse eu, para ajudá-la.

"Sim... com aquele polaquinho miúdo. Era engraçado e sórdido. Quando precisava de mulher, acarinhava-me como um gato, e era melífluo e ardente, mas, quando não me desejava, açoitava-me com palavras como chicotadas. Certa vez, caminhávamos à margem de um rio e ele me disse uma palavra orgulhosa, ofensiva. Oh! Oh!... Zanguei-me e fervi como piche! Tomei-o nos braços e levantei-o como uma criança (ele era muito pequeno mesmo), comprimindo-lhe as ilhargas com tanta força que ficou completamente azul. Tomei impulso e atirei-o da margem para o rio. Ficou gritando de um jeito engraçado. Olhei-o de cima, vendo como se debatia. Depois, fui embora. E nunca mais o encontrei. Tive sorte nisso: nunca encontrei mais tarde aqueles que amei um dia. Esses encontros não são bons, é o mesmo que encontrar defunto."

A velha calou-se, com um suspiro. Fiquei imaginando os homens que ressuscitava para mim. Eis o bandoleiro bigodudo, ruivo-afogueado: caminha para a morte, fumando calmamente o cachimbo. Tinha com certeza olhos azuis e frios, que olhavam para tudo com expressão firme e concentrada. A seu lado, o pescador do Prut, de bigodes negros: chorava, não querendo morrer, e em seu rosto, pálido de angústia pré-mortal, perderam o brilho aqueles olhos alegres, e os bigodes, molhados de lágrimas, pendiam tristemente nos cantos da boca entortada. Eis o turco velho e importante, com certeza um déspota fatalista, e, a seu lado o filho, flor pálida e frágil do Oriente, envenenada de beijos. E eis o vaidoso polaco, galante e cruel, eloqüente e frio... E todos não são mais que pálidas sombras, e aquela que eles beijaram está sentada a meu lado, viva, mas ressequida pelo tempo, sem corpo, sem sangue, com um coração sem desejos e olhos sem fogo — quase uma sombra também.

Prosseguiu:

"Na Polônia, minha vida tornou-se difícil. Habitam lá homens frios e falsos. Eu não conhecia aquela língua de víboras. Estão sempre silvando... mas, silvando o quê? Foi Deus quem lhes deu uma língua assim de cobras, porque são falsos. Fui andando, sem saber para onde, e vi como eles se preparavam para a revolta contra vocês, russos. Cheguei à cidade de Bóchnia. Um judeu me comprou, não para si, mas para me negociar. Concordei com isso. Para viver, é preciso saber fazer algo. Eu não sabia nada e, por isso, pagava comigo mesma. Mas pensava naquele tempo que, se conseguisse algum dinheiro, para voltar à pátria, ao Burlat, romperia as correntes, por mais fortes que fossem. Pois bem, vivi por lá. Ricos senhores vinham a minha casa e promoviam festins. Isto lhes custava caro. Brigavam por minha causa e arruinavam-se. Um deles procurou por muito tempo conquistar-me e, certa vez, chegou com um criado carregando um saco. O *pan*[1] tomou aquele saco nas mãos e virou-o sobre minha cabeça. As moedas de ouro martelavam-me a cabeça e eu me sentia alegre, ouvindo o seu tinir, quando caíam no chão. Mesmo assim, mandei embora o *pan*. Tinha um rosto gordo, úmido, e barriga que

---

[1] Senhor, em polonês.

parecia um grande travesseiro. Lembrava um porco na ceva. Mandei-o embora, apesar de me dizer que tinha vendido todas as suas terras, as casas e os cavalos, para me cobrir de ouro. Naquele tempo, eu amava um *pan* digno, de rosto retalhado. Sim, o seu rosto fora retalhado em cruz pelos sabres dos turcos, com quem guerreara pouco antes, em defesa dos gregos. Que homem! Que tinha a ver com os gregos, se era polaco? Mas foi lutar ao lado deles, contra seus inimigos. Retalharam-lhe o rosto, teve um olho vazado e deceparam-lhe dois dedos da mão esquerda. Que tinha a ver com os gregos, se era polaco? Mas tinha, sim: amava as façanhas. E se um homem ama façanhas, sempre saberá realizá-las e encontrará um lugar em que sejam possíveis. Sabes? Na vida, sempre há lugar para façanhas. E aqueles que não as encontram para si, são simplesmente preguiçosos ou covardes, ou não compreendem a vida, pois, se os homens compreendessem a vida, cada um quereria deixar nela sua sombra. E então a vida não devoraria os homens, sem deixar sinal... Oh, aquele polonês retalhado era um homem bom! Estava pronto a ir até o fim do mundo para fazer alguma coisa. Com certeza, os homens de vocês o mataram durante a revolta. E por que foram vocês lutar contra os húngaros? Bem, bem, fica quieto!..."

E, depois de ordenar que me calasse, a velha Izerguil, de repente, também se calou e ficou pensativa.

"Conheci igualmente um húngaro. Um dia, saiu de minha casa — foi no inverno — e somente na primavera, quando a neve se derreteu, encontraram-no em meio do campo, com a cabeça traspassada por uma bala. Pois é! Sabes? O amor destrói não menos vidas humanas que a peste; é só contar, palavra... Mas, em que ponto parei? Estava falando sobre a Polônia... Sim, lá desempenhei o meu último papel. Encontrei um fidalgo... Bonito como o demônio! E eu já era velha, eh, velha! Tinha já quarenta anos? Creio que sim... Ele era orgulhoso e, além disso, mimado por nós, mulheres. Custou-me caro... sim. Quis tomar-me logo para si, mas eu não me entreguei. Nunca fui escrava de ninguém. Tinha acabado tudo com aquele judeu e dera-lhe muito dinheiro... E já estava morando em Cracóvia. Tinha tudo: cavalos, ouro, criados... O fidalgo ia a minha casa, um demônio orgulhoso, e só queria que eu mesma me atirasse aos seus braços. Tivemos brigas... Lembro-me até que estava ficando mais feia, por causa disso. Levou muito tempo... Finalmente, venci: ele me implorou de joelhos... Mas, apenas me tomou, logo me largava. Compreendi então que estava velha... Ah, foi bem amargo! Muito amargo mesmo!... Eu amava aquele diabo... e ele, encontrando-me, dava risada... era um homem sórdido! Ria de mim com os demais, e eu sabia disso. Bem, foi um pedaço amargo, é o que posso dizer! Mas ele estava perto e, apesar de tudo, deliciava-me a olhá-lo. E quando foi lutar contra vocês, russos, fiquei muito desgostosa. Fiz esforços para me dominar, mas não consegui. E resolvi ir atrás dele, que estava naquele tempo nos arredores de Varsóvia, numa floresta.

Mas, quando cheguei ali, soube que os poloneses foram batidos pelos homens de vocês... e que ele estava prisioneiro numa aldeia, não muito longe.

Quer dizer — pensei — que não o verei mais! E tinha vontade de vê-lo... Vesti-me de mendiga, fingi que era perneta, e fui, de rosto coberto, para a aldeia em que ele estava. Por toda parte, cossacos... custou-me caro ficar ali! Soube em que lugar estavam os poloneses e vi que era difícil conseguir passagem. Mas precisava fazer isto. E, de noite, arrastei-me até aquele lugar. Rastejava pelos canteiros de uma horta, quando vi uma sentinela atravessada no caminho... E já estava ouvindo como os poloneses cantavam e conversavam alto. Entoavam uma canção... em honra à Mãe de Deus... E aquele também estava cantando... o meu Arcadek. Senti amargura, ao pensar que antigamente os homens se arrastavam atrás de mim... e que chegara a minha vez de rastejar atrás de gente, como uma cobra, e rastejar talvez para a morte. A sentinela já estava à escuta, o corpo dobrado para frente. Que fazer? Levantei-me do chão e avancei contra o soldado. Não tinha faca, nem qualquer outra arma, a não ser minhas mãos e minha língua. Lamentei não ter levado uma faca. Murmurei: "Espera!..." Ele já encostara a baioneta na minha garganta. Disse-lhe baixinho: "Não me mates, espera, escuta se tens alma! Não te posso dar nada, mas peço..." Ele abaixou a arma e disse, também em murmúrio: "Vai embora, mulher! Anda! Que queres?" Disse-lhe que tinha um filho encerrado ali... "Estás compreendendo, soldado? Um filho! Também és filho de alguém, não é verdade? Então, olha para mim — tenho um rapaz como tu, e eis onde se encontra! Deixa-me olhar para ele, talvez morra logo... e talvez tu sejas morto amanhã... tua mãe não vai chorar por ti? E não será duro morrer sem ter olhado para tua mãe? Pois é duro para meu filho também. Tem pena de ti mesmo, dele e de mim, que sou mãe!..."

Ah, quanto tempo falei com ele! Estava chovendo e ficamos encharcados. O vento uivava e rugia, empurrando-me ora nas costas, ora no peito. Eu permanecia na frente do soldado de pedra e balançava o corpo... E ele só dizia: "Não!" E cada vez que eu ouvia a sua palavra fria, sentia abrasar-me um desejo mais ardente de ver o meu Arcadek... Eu falava e media o soldado com os olhos — era miúdo, seco, e não parava de tossir. Caí no chão, diante dele, enroscando-me em seus joelhos; depois, continuando a implorar com palavras ardentes, derrubei-o. Caiu na lama. Com um movimento rápido, voltei seu rosto de encontro à terra e comprimi sua cabeça dentro de um poça, para que não gritasse. Não gritava, porém, e somente se debatia, procurando derrubar-me de seus ombros. Fiquei afundando com as mãos sua cabeça na lama. Morreu sufocado... Lancei-me então em direção do barracão em que estavam cantando os poloneses. "Arcadek!..." — murmurava eu nas fendas da parede. São espertos esses poloneses — ouvindo-me, não deixaram de cantar! Vi seus olhos frente aos meus.

— Podes sair daqui?

— Sim, através do soalho.

— Então, anda.

Pois bem, quatro deles arrastaram-se para fora do barracão e, entre eles, o meu Arcadek.

— Onde estão as sentinelas? — perguntou.

— Está deitado ali! — e caminharam em silêncio, dobrados até o chão.

Chovia e o vento uivava com fragor. Saímos da aldeia e andamos muito tempo através da floresta, em silêncio. Caminhávamos depressa. Arcadek segurava-me a mão, a sua era quente e trêmula. Oh!... estava tão bem com ele, enquanto se calava. Foram os últimos instantes: os últimos instantes bons da minha vida sequiosa. Mas, eis que saímos para o campo e paramos. Todos quatro me agradeceram. Ah, eles me falaram de algo por muito tempo! Ouvia-os e olhava o meu *pan*. Que ia fazer comigo? Abraçou-me e falou-me com ar importante... Não me lembro do que me disse, mas era algo assim que eu o salvara, e, agora, em sinal de agradecimento, ele ia me amar... Ajoelhou-se diante de mim e me disse com um sorriso: "Minha rainha!" Cão mentiroso que era!... Empurrei-o com o pé e lhe daria um golpe no rosto, se não se afastasse e não se erguesse de um salto. Terrível e pálido, permaneceu diante de mim... Os outros três também adquiriram expressão sombria. Todos calados. Olhei-os... Lembro-me de que fiquei apenas enfastiada e veio-me uma preguiça... Disse-lhes:

— Vão embora!

Os cães me perguntaram:

— Vais voltar para indicar nossa direção?

Que gente sódida! Apesar de tudo, foram embora. Caminhei também... No dia seguinte, fui aprisionada por gente de vocês, mas logo me soltaram. Vi então que já era tempo de fazer um ninho, chega de viver como cuco! Já estava corpulenta, de asas enfraquecidas e penugem fosca... Era tempo, sim! Fui para a Galícia e, de lá, passei para Dobrudja. E já faz quase três dezenas de anos que vivo aqui. Tive um marido moldavo, morreu há um ano. E estou vivendo! Vivo sozinha... não, com aqueles lá."

A velha fez um gesto na direção do mar. Ali, estava tudo em silêncio. De quando em vez, nascia um som breve e enganador, mas desfalecia a seguir.

"Eles gostam de mim. Conto-lhes muitas histórias. Precisam disso. São jovens ainda, todos... Sinto-me bem com eles. Olho e penso: houve um tempo em que também fui assim... Somente, no meu tempo, havia nas criaturas mais força e um fogo mais forte e, por isso, vivia-se melhor e com mais alegria... Sim!..."

Calou-se. Eu me sentia triste a seu lado. Cochilou, enquanto balançava a cabeça, murmurando algo... talvez rezando.

Uma nuvem erguia-se do mar — negra, pesada, de linhas severas, lembrando uma cordilheira. Arrastava-se para dentro da estepe. Farrapos de nuvens desprendiam-se da sua cumeeira, voavam na sua frente e apagavam as estrelas, uma após outra. Esbravejava o mar. Perto de nós, entre os vinhedos, havia gente beijando-se, murmurando, soltando suspiros. Um cão uivava ao longe, na estepe. O ar irritava os nervos, com um cheiro estranho, que fazia cócegas nas narinas. Bandos de sombras caíam das nuvens sobre a terra, arrastavam-se, desapareciam, tornavam a aparecer... Em lugar da lua, ficara uma mancha fosca e opalina, que era de vez em quando completamente oculta por um farrapo cinzento-azulado de nuvem. E, nos longes da estepe, agora negra e terrível, que parecia ocultar-se e esconder algo, ardiam pequenos fogos azulados. Apareciam por um instante, ora aqui, ora acolá, e apagavam-se, como se algumas pessoas se tivessem espalhado sobre a planície e procurassem algo, acendendo fósforos que o vento apagasse em seguida. Eram línguas de fogo azuis-celestes e muito estranhas, que lembravam algo fantástico.

— Estás vendo as fagulhas? — perguntou-me Izerguil.

— Aquelas azuladas? — repliquei, apontando para a estepe.

— Azuis-celestes? Sim, são elas... Quer dizer que estão voando, assim mesmo! Ora, ora... Eu não as enxergo mais. Muitas coisas já não vejo.

— De onde vêm essas fagulhas? — perguntei.

Tinha ouvido algo sobre a sua origem, mas queria conhecer a versão da velha Izerguil.

— Essas fagulhas provêm do coração chamejante de Danko. Era uma vez no mundo um coração que se incendiou... E é dele que vêm essas fagulhas. Vou contar-te isso... É também um conto antigo... Sim, tudo antigo! Estás vendo quantas coisas havia nos tempos de antanho?... E hoje em dia, já não existe algo semelhante — nem obras, nem gente, nem contos como outrora... Por quê?... Diga-me! Não dirás, não... Que sabes? O que sabem todos vocês, moços? E-he-he!... Deveriam olhar com atenção para as coisas antigas — pois lá se encontram todas as soluções... Mas vocês não olham e, por isso, não sabem viver... Não vejo acaso a vida? Ah, vejo tudo, apesar da vista ruim! Estou vendo que os homens não vivem mais, estão sempre se acomodando, acomodando, e nisso põem toda a vida. E, depois de se roubarem a si próprios, gastando inutilmente o tempo, ficam queixando-se do destino. Que tem o destino a ver com isso? Cada um é seu próprio destino! Vejo agora toda espécie de gente, só não há gente forte! Onde estão eles?... E há também cada vez menos gente bonita.

A velha ficou pensativa, conjeturando sobre onde foram parar os homens fortes e belos e, ao mesmo tempo, examinava a estepe escura, como se procurasse nela uma resposta.

Fiquei esperando o conto, calado, com medo de que, se lhe perguntasse algo, a velha Izerguil se distraísse novamente.

E então, ela iniciou o relato.

— III —

"Viviam outrora sobre a terra certos homens. Florestas intransponíveis cercavam de três lados os acampamentos desses homens e, do quarto, ficava a estepe. Eram alegres, fortes e valentes. Mas chegou um tempo difícil: apareceram tribos estranhas e expulsaram aqueles homens para o fundo da floresta. Pântanos e trevas — nada mais havia por lá, pois a floresta era antiga e os ramos estavam tão densamente entrelaçados que não se via por entre eles o céu, e os raios do sol mal podiam abrir caminho através da folhagem espessa. Mas, quando seus raios caíam sobre a água dos pântanos, erguia-se um mau cheiro, que matava os homens um após outro. Então, as mulheres e crianças da tribo puseram-se a chorar, enquanto os pais ficavam pensativos e amargurados. Era preciso sair daquela floresta e, para isso, havia dois caminhos: um — para trás, onde estavam os inimigos fortes e perversos, o outro — para frente, por entre árvores gigantescas, que se abraçavam fortemente com os ramos vigorosos e tinham as raízes nodosas fundamente lançadas no limo pegajoso do pântano. Essas árvores pétreas permaneciam imóveis e silentes de dia, envoltas num lusco-fusco cinzento, e, de noite, quando se acendiam fogueiras, aglomeravam-se ainda mais densamente, em torno dos homens da tribo. E sempre, dia e noite, havia ao redor daqueles homens um anel de treva espessa, que parecia preparar-se para esmagá-los. E eles estavam habituados à amplidão das estepes. E era ainda mais terrível, quando o vento batia nas cumeeiras das árvores e toda a floresta ressoava com um som rouquenho, como se fizesse ameaças e entoasse um cântico por aquela gente. Eram, apesar de tudo, homens fortes, que poderiam empenhar-se em luta mortal com aqueles que os derrotaram uma vez, mas não deviam morrer em combate, pois tinham tradições e, se eles morressem, aquelas tradições desapareceriam da vida. E, por isso, permaneciam sentados, pensativos, nas longas noites, sob o ruído abafado da floresta, em meio do mau cheiro venenoso do pântano. Enquanto ficavam sentados, as sombras das fogueiras saltitavam ao redor, num bailado mudo, e parecia que não eram sombras dançando, mas os maus espíritos da floresta e do paul, que triunfavam... Os homens continuavam sentados, pensando. Mas não há nada — nem o trabalho, nem as mulheres — que esgote tanto o corpo e a alma dos homens como os pensamentos tristes. E os homens se enfraqueceram com tais pensamentos... O medo nasceu entre eles e acorrentou-lhes os braços fortes, as mulheres fizeram nascer o terror, com seus prantos sobre os cadáveres dos mortos pelo mau cheiro e sobre o destino dos vivos, acorrentados pelo medo — e ouviram-se na floresta palavras medrosas, a princípio tímidas e a meia voz, depois cada vez mais altas... Queriam já ir ao encontro do inimigo e levar-lhe como dádiva a própria liberdade, e nenhum deles, assustados com a morte, temia agora a vida na escravidão... Mas, então, surgiu Danko e sozinho salvou a todos."

Era evidente que a velha contava com freqüência a história do coração chamejante de Danko. Tinha a fala cantante, e sua voz, rechinante e abafada, representava nitidamente diante de mim o ruído da floresta, em que homens infelizes e perseguidos morriam das exalações venenosas do pântano...

"Danko, um daqueles homens, era jovem e belo. Os belos são sempre valentes. E eis que ele disse aos companheiros:

— Ppensando, não se remove uma pedra. Nada acontece a quem nada faz. Por que estamos consumindo nossas forças em pensamentos e tristezas? Levantem-se, caminhemos através da floresta, ela deve ter um fim — tudo no mundo tem o seu fim! Vamos! Andem!...

Olharam para ele e viram que era o melhor de todos, porque em seus olhos luzia muita força e havia um fogo vivo.

— Conduze-nos — disseram.

E ele os conduziu..."

A velha calou-se um pouco e olhou para a estepe, onde a treva continuava densa. As fagulhas do coração chamejante de Danko acendiam-se alhures, ao longe, e pareciam flores azuis-celestes, que desabrochassem no ar por um instante apenas.

"Foram conduzidos por Danko. Caminharam unidos atrás dele, pois tinham confiança em seu guia. Era um caminho difícil! Estava escuro e, a cada passo, o paul escancarava a goela ávida e apodrecida, engolindo gente, e as árvores atravancavam o caminho como uma poderosa muralha. Tinham os ramos entrelaçados e as raízes espalhadas por toda parte, qual serpentes, e cada passo custava muito suor e muito sangue àqueles homens. Caminharam por muito tempo... Tornava-se cada vez mais densa a floresta, as forças exauriam-se cada vez mais! E então começaram a murmurar contra Danko, dizendo que ele, jovem e inexperiente, conduzira-os em vão, não se sabia para onde. Quanto a ele, caminhava na frente de todos, animado e com expressão luminosa.

Mas, um dia, a tormenta desabou sobre a floresta, as árvores murmuraram com som abafado e ameaçador. E então, a mata ficou escura, como se ali se tivessem reunido todas as noites que houvera no mundo, desde que ela surgira. Caminhavam os homens pequenos, por entre as árvores grandes, sob o ribombo terrível do trovão, e, balançando-se, as árvores gigantes rangiam, fazendo ressoar canções irritadas, enquanto os relâmpagos, passando sobre as cumeeiras da floresta, iluminavam-na por um instante com um fogo azul e frio e desapareciam com a mesma velocidade, assustando os homens. E as árvores, iluminadas pelo fogo frio dos relâmpagos, pareciam vivas, como se alongassem, em torno dos homens que fugiam da prisão das trevas, os seus braços tortos e compridos, entrelaçando-os numa rede compacta, tentando deter aqueles homens. E algo lúgubre, escuro e frio olhava, da treva dos ramos, para os que passavam. Era um caminho difícil, e os homens cansados fraquejaram. Mas tinham vergonha de confessar sua debilidade e, em seu rancor, assanharam-se contra Danko, o homem que caminhava na frente deles. Começaram a censurá-lo, por não saber governá-los.

Detiveram-se e, sob o fragor triunfante da floresta, dentro da treva trêmula, os homens cansados e enfurecidos puseram-se a julgar Danko.

— Tu — disseram — és um homem nulo e nocivo para nós! Conduziste-nos e cansaste-nos e, agora, vais morrer por isso!

— Dissestes: conduze-nos e eu vos conduzi! — gritou Danko, enfrentando-os com o peito. — Tenho intrepidez suficiente para conduzir-vos e, por isso, o fiz! E vós? Que fizestes em vosso próprio auxílio? Caminhastes apenas e não soubestes conservar forças para um caminho mais longo! Apenas caminhastes, caminhastes, como um rebanho de ovelhas!

Mas estas palavras os deixaram ainda mais enfurecidos.

— Hás de morrer! Hás de morrer! — rugiram.

E a floresta não cessava de ressoar, acompanhando os seus gritos, enquanto os relâmpagos dilaceravam a treva em farrapos. Danko olhou para aqueles por quem aceitara sua tarefa e viu que eram como feras. Muitos homens estavam parados em torno dele, mas não havia nobreza em seus rostos, e ele não podia esperar clemência. Então, a indignação ferveu em seu coração também, mas tinha tanta compaixão pelos homens que aquela indignação se apagou. Amava os homens e pensava que sem ele poderiam perder-se. E seu coração inflamou-se com o fogo do desejo de salvá-los, de levá-los para um caminho fácil e, em seus olhos, luziram os raios daquela chama poderosa... Vendo isso, os homens pensaram que seus olhos estivessem brilhando assim de furor, e ficaram à espreita, como lobos, esperando que Danko lutasse com eles, e começaram a cercá-lo, mais unidos entre si, para que lhes fosse mais fácil agarrar e matar Danko. Ele compreendeu a intenção dos homens, e seu coração inflamou-se mais ainda, pois essa intenção despertara nele a tristeza.

A floresta continuava entoando sua lúgubre canção, reboava o trovão, chovia...

— Que farei pelos homens? — gritou Danko, mais alto que o trovão.

E, de repente, dilacerou o peito com as mãos e, arrancando dele o coração, ergueu-o muito acima da cabeça.

Ardia com a intensidade do sol, e ainda mais intensamente, e toda a floresta silenciou, iluminada por aquele facho do grande amor pelos homens, e a treva espalhou-se diante daquela luz, caindo trêmula na bocarra podre do paul, bem no fundo da floresta. E os homens surpresos estacaram como pedras.

— Vamos! — gritou Danko e correu para o seu lugar, na frente, segurando muito alto o coração chamejante e iluminando com ele o caminho para os homens.

Todos lançaram-se atrás dele, maravilhados. A floresta tornou a ressoar, balançando surpreendida os cimos das árvores, mas seu ruído foi abafado pelos passos dos homens que corriam. Todos corriam depressa e ousadamente, atraídos pelo espetáculo maravilhoso do coração chamejante. E agora pereciam, mas pereciam sem queixas nem lágrimas. E Danko estava sempre na frente, e seu coração ardia, sem cessar!

E eis que, de repente, a floresta abriu-se diante dele, ficando para trás densa e silenciosa, e Danko e aqueles homens mergulharam imediatamente no mar da luz solar e do ar puro, lavado pela chuva. A tormenta ficara para trás, sobre a floresta, e ali luzia o sol, suspirava a estepe, brilhava a erva com o adamantino das gotas de chuva e o rio faiscava em ouro... Anoitecia, e os raios do poente faziam com que o rio parecesse vermelho, como o sangue que jorrava, numa golfada quente, do peito dilacerado de Danko.

O valente e altivo Danko lançou o olhar diante de si, sobre a amplidão da estepe — lançou o olhar alegre sobre a terra e riu com orgulho. Depois, caiu e morreu.

Os homens, jubilosos e repletos de esperança, não notaram sua morte e não viram que ainda ardia, junto ao corpo de Danko, o seu valoroso coração. Somente um homem cauteloso o notou e, temendo algo, pisou com o pé aquele coração altivo... E ele se desfez em fagulhas, apagou-se...

Eis de onde provêm as fagulhas azuis celestes, que aparecem sobre a estepe antes da tormenta!"

Agora, depois que a velha terminou seu bonito conto, um silêncio profundo passou a reinar sobre a estepe, como se ela estivesse assombrada com a força do valente Danko, que abrasara seu coração pelos homens e morrera sem lhes pedir recompensa. A velha cochilava. Olhei-a e pensei: quantos contos e recordações ficaram ainda em sua memória! E pensei ainda no grande coração chamejante de Danko e na imaginação humana, criadora de tantas lendas belas e vigorosas.

Soprou o vento e desnudou por entre os farrapos o peito seco da velha Izerguil, que adormecia cada vez mais profundamente. Cobri seu velho corpo e me deitei, ao lado, sobre a terra. A estepe estava escura e silenciosa. As nuvens arrastavam-se lenta e aborrecidamente pelo céu... O mar ressoava com um som abafado e dolente.

1895.

UM "ACOMPANHAMENTO"

Pela rua da aldeia, entre as casas brancas de taipa, avança, com uivos selvagens, estranha procissão.

A multidão caminha, apertados uns contra os outros, lentamente, move-se como uma grande vaga, e, na frente, vai um cavalinho hirsuto, de cabeça pendida. Levantando uma das patas dianteiras, sacode estranhamente a cabeça, como se quisesse bater com a cara de pelos ásperos contra a poeira da estrada e, quando desloca a pata traseira, a garupa inclina-se para o chão, como se o animal fosse cair.

Uma mulher completamente nua, quase menina, tem as mãos amarradas com corda à parte dianteira da carreta. Caminha de modo estranho, de lado; os seus pés tremem e se dobram; a cabeça, de revoltos cabelos ruivos escuros, está erguida e ligeiramente tombada para trás; os olhos, muito abertos, dirigem para a distância um olhar embotado, que nada tem de humano... Todo o seu corpo aparece coberto de manchas azuis e purpúreas, umas redondas, outras alongadas. O seio esquerdo, rijo e virginal, está cortado, vertendo sangue... Este já formou um traço vermelho sobre a barriga e, mais em baixo, sobre a coxa esquerda, até o joelho, mas, na barriga da perna, está oculto por uma placa marrom de poeira. Tem-se a impressão de que hajam arrancado do corpo dessa mulher uma tira fina e comprida de pele e, provavelmente, bateram-lhe por muito tempo com uma acha de lenha sobre a barriga, que está horrivelmente inchada e azul.

Os pés, pequenos e aprumados, mal pisam a poeira cinzenta, todo o seu corpo se contorce, e não se consegue de modo algum compreender por que ela ainda se mantém sobre aqueles pés, cobertos, como todo o corpo, de equimoses, por que não cai ao chão e, suspensa pelas mãos, não se deixa arrastar atrás da carreta, sobre a terra cálida...

E, na carreta, está um mujique alto, de camisa branca e chapéu preto de pele, sob o qual pende-lhe em diagonal sobre a testa a mecha de cabelo de um ruivo vivo. Numa das mãos, segura as rédeas, noutra, o chicote e, metodicamente, fustiga com ele, uma vez, o dorso do cavalo, outra vez, a pequena mulher, que mesmo sem isso já foi espancada a ponto de perder a figura humana. Os olhos do mujique ruivo estão injetados de sangue e fulgem de maldoso triunfo. Os cabelos sombreiam-lhes a cor esverdeada. As mangas da camisa, arregaçadas até os cotovelos, deixam ver os braços robustos, densamente cobertos de pêlo ruivo. Tem a boca aberta, cheia de dentes brancos e aguçados. De vez em quando, exclama com voz rouquenha:

— E-eia... bru-uxa! Irra! E-eia! Aí! Mais uma!...

E atrás da carreta e da mulher, avança a multidão e também grita, uiva, assobia, ri, ulula, estimula o mujique... Molecotes vão correndo... Às vezes, um deles passa na frente de todos e grita palavras cínicas no rosto da mulher. Então, uma explosão de riso na multidão abafa os demais sons e o fino assobio do chicote no ar... Vão mulheres de rostos excitados e olhos fulgurantes de prazer... Vão homens e gritam algo repugnante, para aquele que está de pé na carreta... Ele volta a cabeça e dá gargalhadas, a boca desmesuradamente aberta. O chicote bate no corpo da mulher... Aquele chicote, comprido e fino, retorce-se junto ao ombro, fica preso na axila... Então, o mujique puxa com força. A mulher solta um grito esganiçado e cai de costas na poeira... Muitos da multidão correm até lá e, inclinando-se sobre ela, ocultam-na com seus corpos.

O cavalo estaca, mas, instantes depois, retoma a marcha, e a espancada mulher continua a caminhar junto à carreta. E o pobre cavalo, movendo-se lentamente, continua a sacudir a cabeça de pêlos ásperos, como se quisesse dizer:

— Coisa abominável ser um animal! Os homens obrigam-nos a participar de cada baixeza...

E o céu, o céu meridional, está perfeitamente sereno: nenhuma nuvenzinha, e o sol generoso esparge os raios ardentes...

. . . .

Não descrevi aí uma imagem alegórica da perseguição e tortura da verdade; não, infelizmente não é uma alegoria. Isto se chama um *acompanhamento*. Assim castigam os maridos a traição de suas mulheres. É uma cena de costumes, que eu vi, em 15 de julho de 1891, na aldeia de Kandíbovka, no distrito de Nicoláiev, governo de Kherson.

1895.

POR DESFASTIO

...Lançando turbilhões de uma fumaça pesada e cinzenta, o trem de passageiros, qual réptil imenso, desaparecia nos longes da estepe, no mar amarelo dos trigais. Com a fumaça do trem, dissolvia-se também, no ar cálido, um ruído irritado, que, por alguns minutos, rompia a quietude indiferente da planura ampla e deserta, no meio da qual a pequena estação despertava, com sua solidão, um sentimento de tristeza.

E, depois que o som abafado do trem, mas, apesar de tudo, um som de vida, dissolveu-se, expirou sob a cúpula luminosa do céu sem nuvens, reinou novamente, em volta da estação, um silêncio angustioso.

A estepe era amarela dourada, o céu, de um azul claro intenso, e ambos, imensuráveis. Os prédios marrons da estação, deixada entre eles, davam a impressão de uma pincelada casual, que estragasse o centro de um quadro melancólico, realizado pacientemente por um pintor desprovido de imaginação.

Diariamente, vêm da estepe para a estação um trem ao meio-dia e outro às quatro da tarde, e permanecem ali dois minutos. Esses quatro minutos são o principal e único divertimento da estação e trazem novas impressões a seus funcionários.

Em cada trem, há uma chusma de gente variada, trajada de modos diversos. Aparecem por um instante; surgem nas janelas dos vagões seus rostos cansados, impacientes, ou marcados de indiferença; depois, toca o sinal, ressoam apitos, e aqueles rostos largam-se com estrépido e velozmente, sobre a estepe, para a distância, para as cidades, onde ferve uma vida ruidosa.

Os funcionários da estação têm curiosidade de ver esses rostos e, depois de acompanhar o trem, partilham as observações captadas a toda velocidade. Jaz em torno da estepe silenciosa, em cima, um céu indiferente, e em seus corações, uma inveja torva dos homens que, diariamente, apressam-se a caminho de algum lugar e passam por eles, que permanecem confinados no deserto, parecendo viver fora da vida.

Ei-los que, depois de se despedir do trem, estão de pé sobre a plataforma da estação, acompanhando com os olhos a fita negra, que desaparece no mar dourado dos trigais, e mantêm-se silenciosos, sob a impressão da vida, que passou voando por eles.

Estão aí quase todos: o chefe da estação, um louro bonachão e corpulento, com grandes bigodes de cossaco; seu ajudante, moço, arruivado, com uma barbicha pontuda; o guarda da estação, Lucá, miúdo, esperto e ágil, e um dos sinaleiros, Gomozov, mujique encorpado, de barba larga, silencioso.

A mulher do chefe, pequena, gorda, e que sofre muito com o calor, fica sentada num banco, junto à porta da estação. Tem sobre os joelhos uma criança adormecida, com o mesmo rosto vermelho e rechonchudo da mãe.

O trem desaparece sob uma rampa, dá a impressão de ter sumido na terra.

Nesse momento, o chefe da estação diz à mulher:

— Então, Sônia, está pronto o samovar?

— Claro, — responde ela, baixo e preguiçosamente.

— Lucá! Você... varra o leito da estrada e a plataforma... está vendo quanta coisa jogaram aí...

— Eu sei, Matviéi Iegórovitch...

— Sim... bem, e então? Vamos tomar chá, Nicolai Pietróvitch?

— Como de costume — diz o ajudante.

E, depois de acompanhar a passagem do trem vespertino, Matviéi Iegórovitch pergunta à mulher:

— Então, Sônia, está pronto o jantar?

Depois, dá a Lucá a ordem de sempre e convida o ajudante, que toma refeições em casa deles:

— Bem, e então? Vamos jantar?

E o ajudante responde ponderado:

— Como de costume...

Vão da plataforma para a sala, em que há muitas flores e pouca mobília, onde cheira a cozinha e fraldas, e, sentados à mesa, conversam sobre o que passou por eles velozmente.

— Notou, Nicolai Pietróvitch, na segunda classe, uma moreninha de amarelo? Um pão-de-ló!...

— Não era má. Acontece que se veste sem gosto — responde o ajudante.

Fala sempre com laconismo e convicção, pois se considera um homem instruído e conhecedor da vida. Tem curso ginasial completo. Possui um caderninho com capa de percalina preta em que anota palavras de gente famosa, fisgadas por ele em folhetins de jornal e em livros, caídos casualmente em suas mãos. O chefe considera-o, sem dúvida, uma autoridade em todos os assuntos que não sejam de serviço e ouve-o com atenção. Agrada-lhe particularmente a sabedoria daquele caderninho, com a qual se extasia com simplicidade. A observação do ajudante sobre o traje da morena provoca a pergunta:

— Mas, o amarelo não combina com as morenas?

— Estou falando do corte e não da cor — explica Nicolai Pietróvitch, passando meticulosamente geléia de um vaso de vidro para o seu pires.

— O corte é outra história! — concorda o chefe.

Sua mulher intervém na conversa, porque esse tema lhe é familiar. Mas, visto que a inteligência dessa gente está pouco cultivada, a conversa arrasta-se com moleza e só de raro em raro toca seus sentimentos.

A estepe, num silêncio encantado, e o céu, altivo em sua magnífica tranqüilidade, espiam pela janela.

Quase de hora em hora, aparecem trens de carga, mas os empregados que neles viajam já são conhecidos há muito. Todos aqueles condutores são gente semi-adormecida, que sente sobre si o peso da viagem enfadonha pela estepe. Às vezes, relatam as ocorrência da estrada: na versta número tanto, o trem esmagou um homem, ou falam das novidades no serviço: Fulano foi mutilado, Beltrano transferido. Essas novidades não são discutidas, mas devoradas, como um glutão devora um prato saboroso e raro.

O sol desliza lentamente do céu para o bordo da estepe e, quando atinge quase o solo, torna-se purpúreo. Desce sobre a planura uma luz avermelhada, que provoca um sentimento de angústia, uma atração confusa para a distância, para longe daquele vazio. Depois, o sol toca ligeiramente a terra, desaparece preguiçoso dentro dela ou além. No céu, por muito tempo ainda, ressoa docemente a música das cores vivas do crepúsculo, mas vai empalidecendo e chega o anoitecer, tépido e silene. Acendem-se as estrelas e tremeluzem, parecendo assustadas com a vida enfadonha sobre a terra.

Ao crepúsculo, a estepe se estreita; de todos os lados, a treva esgueira-se silenciosa para a estação. E eis que chega a noite, negra, taciturna.

Acendem-se luzes na estação; acima das demais e de brilho mais intenso, a luz esverdeada do semáforo. Em volta dele, a treva e o silêncio.

Ressoa por vezes uma campainha, aviso da chegada de um trem; o som apressado do sino voa para a estepe e some nela rapidamente.

Pouco após o toque, surge correndo dos longes escuros um fogo vermelho e cintilante, e a quietude da estepe estremece com o reboar surdo do trem, que se encaminha para a estação solitária, cercada de treva.

A camada inferior da pequena sociedade da estação vive de modo algo diverso da aristocracia. O guarda Lucá luta continuamente com o desejo de dar uma escapada para ver a mulher e o irmão, numa aldeia a sete verstas da estação. Tem lá um trem doméstico, conforme diz a Gomozov, quando pede ao silencioso e grave sinaleiro que o substitua no plantão.

Ouvindo a palavra "doméstico", Gomozov sempre suspira profundamente e diz a Lucá:

— Pois não, vá. As coisas domésticas exigem o olho do dono, é verdade...

Mas o outro sinaleiro, Afanássi Iágodka, velho soldado, de rosto redondo, rubicundo, coberto de cerdas grisalhas, homem zombeteiro e maldoso, não acredita em Lucá.

— Doméstico! — exclama com um risinho — Mulher!... Compreendo de que se trata... Tua mulher é viúva, não? Ou mulher de soldado?

— Ah, você, governador-passarinheiro! — replica com desprezo Lucá.

Chama Iágodka de governador-passarinheiro porque o velho soldado ama apaixonadamente as aves. Toda a sua guarita tem penduradas, por fora e por dentro, gaiolas de diferentes tamanhos; uma barulheira de aves ressoa nela, bem como ao redor, o dia todo, incessantemente. Codornizes aprisionadas pelo soldado soltam sem parar seus gritos monótonos, os estorninhos balbuciam longos discursos, avezinhas de plumagem variada gorjeiam incansáveis, assobiam e cantam, adoçando a vida solitária do militar. Este cuida delas em todas as horas de folga e trata-as com carinho e dedicação, embora não dê mostras de qualquer interesse pelos companheiros de serviço. Chama Lucá de víbora, Gomozov de roceiro e, sem se acanhar, diz-lhes na cara que são bajuladores de mulher e que se deveria espancá-los por isso.

Lucá presta geralmente pouca atenção ao que ele diz, mas, quando o soldado consegue irritá-lo, o outro fica por muito tempo xingando-o com virulência:

— Rato de quartel, comedor de migalhas! Que pode você compreender, corneteiro de cabra reformada? Você, toda a vida, ficou armando o canhão, para enxotar sapos, e montando guarda ao repolho do regimento... é da sua conta dar opinião? Vá cuidar das codornas, capitão-passarinheiro!

Depois de ouvir tranqüilamente os impropérios do guarda, Iágodka ia queixar-se dele ao chefe da estação, e este enxotava o soldado, gritando que não queria ser incomodado com bobagens. Então, Iágodka procurava Lucá e, por sua vez, punha-se a xingá-lo, sem se apressar, calmamente, com palavrões escabrosos, que faziam o outro fugir pouco depois, cuspindo para o lado.

Diante daquelas réplicas do soldado, Gomozov suspirava e defendia-se, encabulado:

— Que fazer? Não se pode fazer nada com este aqui... Naturalmente... tudo isso é baboseira... mas, não julgue e não será julgado...

Certa vez, o soldado respondeu-lhe, com um risinho:

— Pôs-se a gralha a dizer sempre o mesmo pra gentalha! Não julgue, não julgue... mas, se a gente não vai julgar a conduta dos outros, as pessoas não têm o que dizer...

Além da esposa do chefe, havia na estação mais uma mulher: a cozinheira Arina. Tinha perto de quarenta anos e era muito feia: atarracada, de seios pendentes, sempre suja e maltrapilha. Andando, fazia cair o peso do corpo ora sobre uma, ora sobre a outra perna, e em seu rosto picado de bexiga brilhavam olhos estreitos e assustados, cercados de rugas. Havia algo servil e abatido em seu vulto disforme, os lábios grossos cerravam-se constantemente como se ela quisesse pedir perdão, aos pés de todas as pessoas, e não se atrevesse a chorar. Gomozov passou na estação oito meses, sem prestar atenção especial a Arina. Encontrando a mulher, dizia: "Viva!"; ela respondia-lhe de modo igual, trocavam ainda duas ou três frases e, em seguida, cada um ia para seu lado. Uma vez, porém, Gomozov foi à cozinha do chefe da estação e propôs a Arina que lhe costurasse umas camisas. Ela concordou e, pronta a encomenda, levou-a.

— Obrigado — disse Gomozov. — Três camisas, a dez copeques cada, são trinta copeques que devo a você... Está certo?

— Está... — respondeu Arina.

Gomozov ficou pensativo e passou muito tempo quieto.

— E você vem de que governo? — perguntou finalmente à mulher, que não cessava de olhar a barba dele.

— De Riazan...

— É longe! E como veio parar aqui?

— Foi assim... sou sozinha... solitária...

— Desse jeito, pode-se ir parar mais longe ainda... — suspirou Gomozov. E, novamente, passaram muito tempo calados.

— Eu também sou sozinho. Venho do governo de Níjni-Nóvgorod, do distrito de Siergátch... Mas, já tive casa, mulher, duas crianças... A mulher morreu na epidemia de cólera, e as crianças assim, à toa... E eu... de desgosto saí dos trilhos. Si-im... Tentei, depois, acomodar-me de novo, mas não era mais possível, a máquina estava de parafusos soltos, não queria mais funcionar. E eu saí... naturalmente para longe do meu caminho certo... e já é o terceiro ano que ando por aí...

— É ruim não ter um canto da gente — disse baixo Arina.

— Se é!... Você é viúva?

— Sou moça...

— Qual! — duvidou Gomozov com sinceridade.

— Juro por Deus que sou moça — assegurou Arina.

— Por que não se casou então?

— Quem me aceitaria? Não tenho nada de meu... e sou feia de rosto...

— Si-im... — arrastou pensativo Gomozov e, afagando a barba, pôs-se a olhá-la de modo inquiridor. Informou-se depois sobre quanto ganhava.

— Dois e meio...

— Assim. Bem... quer dizer que devo a você trinta copeques? Escute uma coisa... venha buscá-los de noite... a umas dez horas, hem? Vou pagar então... vamos tomar chá, conversar um pouco, para passar o tempo... Somos sozinhos os dois... venha!

— Virei — disse ela com simplicidade e partiu.

Depois, chegando à casa dele pontualmente às dez da noite saiu de lá de madrugada.

Gomozov não a chamou mais a sua casa e não lhe pagou aqueles trinta copeques. Ela mesma apareceu ali, dócil e embotada, e ficou silenciosa diante dele, que, deitado no catre, olhou para ela e, aproximando-se da parede, disse:

— Sente-se.

E, depois que ela se sentou, foi dizendo:

— Escute uma coisa: você tem que guardar segredo. Que ninguém fique sabendo de nada, nada! Senão, isso não será bom para mim... eu já não sou jovem e você também... Compreende?

Ela fez um aceno afirmativo com a cabeça.

Acompanhando-a à saída, deu-lhe roupa a consertar e lembrou-lhe mais uma vez:

— Nem uma alma viva deve saber, nada, nada!

E assim viveram eles, escondendo de todos sua ligação.

Arina esgueirava-se para a casa dele, de noite, quase rastejando. Ele a recebia com complacência, com um ar senhoril, e, por vezes, dizia-lhe francamente:

— Que cara mais feia você tem!

A mulher dirigia-lhe um sorriso pálido, de culpa, e ao partir, levava quase sempre algum trabalho a fazer.

Não se viam com freqüência. Às vezes, porém, Gomozov encontrava-a na estação e dizia-lhe a meia voz:

— Venha hoje...

E ela ia obedientemente, aparecendo com uma expressão tão séria em seu rosto bexigoso, como se viesse cumprir uma obrigação, cuja importância começasse a compreender.

E ao voltar para casa, o seu rosto tinha novamente a habitual expressão mortiça de culpa e de susto.

Por vezes, parando em algum canto ou atrás de uma árvore, ficava olhando longamente a estepe. Lá, reinava a noite, e aquele silêncio severo trazia ao coração da mulher uma sensação de medo.

De uma feita, após a partida do trem da tarde, a chefia da estação providenciou um chá no jardim, sob as janelas da casa de Matviéi Iegórovitch, na sombra densa dos choupos.

Fazia aquilo com freqüência, nos dias quentes; apesar de tudo, era uma variação na monotonia.

Tomavam chá e permaneciam em silêncio, depois de esgotar as impressões fornecidas pelo trem.

— Hoje, está mais quente que ontem — disse Matviéi Iegórovitch, passando com uma das mãos o copo vazio à mulher e enxugando com a outra o suor do rosto.

Recebendo o copo, a mulher declarou:

— Por causa da caceteação, é que dá impressão de fazer mais calor...

— Hum!... Pode ser... realmente... Nesse caso, é bom jogar baralho... mas, somos apenas três...

Nicolai Pietróvitch moveu os ombros e, franzindo o sobrolho, disse destacando as sílabas:

— O jogo de cartas, segundo Schopenhauer, representa a falência de todo pensamento.

— Essa é boa! — comoveu-se Matviéi Iegórovitch. — Como é?... Falência do pensamento... si-im! E quem foi que disse isso?

— Schopenhauer, alemão, filósofo...

— Fi-ilósofo? Hum...

— E esses filósofos têm emprego nas universidades? — perguntou, curiosa, Sófia Ivânovna.

— Isto é... como dizer? Isso não é um cargo, mas... pode-se dizer, uma capacidade natural... Pode ser filósofo cada um... que nasce com o hábito de pensar e procurar em tudo o começo e o fim. Naturalmente, existem filósofos nas universidades... mas eles podem existir por aí... e mesmo trabalhar numa estrada de ferro.

— E são bem pagos aqueles que trabalham nas universidades?

— Depende da inteligência...

— Se houvesse um quarto parceiro, iamos fazer uma bela partida de uíste! — disse Matviéi Iegórovitch, com um suspiro.

E a conversa desfaleceu.

Cantam calhandras no céu azul, outras saltitam sobre os choupos, ou passam para os ramos do framboeseiro e assobiam baixinho. A criança chora no quarto.

— Arina está lá? — pergunta Matviéi Iegórovitch.

— Naturalmente... — responde com laconismo Sófia Ivânovna.

— É uma mulher original essa Arina. Repare, Nicolai Pietróvitch...

— A originalidade constitui o primeiro sinal da banalidade — diz Nicolai Pietróvitch, como se fosse para si mesmo, com um ar pensativo, cismador.

— Como? — anima-se o chefe.

E depois que Nicolai Pietróvitch repete persuasivamente a frase, o outro franze com doçura o sobrolho e Sófia Ivânovna diz, com uma vozinha lânguida:

— Como o senhor lembra bem o que lê... mas eu, no segundo dia, não me lembro de mais nada, nem que me matem... Faz pouco tempo, li num número da *Seara* uma coisa interessante, muito divertida, mas não me lembro de uma palavra ao menos!

— Questão de hábito — explica lacônicamente Nicolai Pietróvitch.

— Não, isso é melhor que aquele... como se chama? Ah, Schopenhauer... — diz sorrindo Matviéi Iegórovitch. — Resulta que tudo o que é novo será velho!

— E o contrário também, pois um poeta já disse: "A vida tem a sua economia: a roupa nova sai do velho pano — eis a sabedoria!"

— Irra, diabo! O senhor vai citando como quem peneira grãos.

Matviéi Iegórovitch ri satisfeito, sua mulher tem um sorriso simpático, Nicolai Pietróvitch está lisonjeado e tenta em vão escondê-lo.

— Quem foi que disse aquilo sobre a banalidade?

— Bariátinski,[1] um poeta.

— E aquilo outro?

— Outro poeta: Fófanov.[2]

— Gente esperta! — aprova Matviéi Iegórovitch os poetas e, com voz cantante, com um sorriso de prazer, repete os versos de Fófanov.

O enfado parece brincar com eles: livra-os por um instante do seu apertado abraço, depois torna a envolvê-los. Então, ficam novamente calados, abanando-se por causa do calor, intensificado pelo chá.

Na estepe, existe apenas sol.

— Sim, comecei a falar da Arina — lembra Matviéi Iegórovitch. — É uma estranha mulher, olho para ela e fico surpreendido. Dá a impressão de ter levado uma paulada, não ri, não canta, fala pouco... um tronco de árvore! Mas, ao mesmo tempo, trabalha muito bem e, sabe, cuida tanto da Liólia, é tão atenciosa com a criança...

---

1 A. P. Bariátinski (1798-1844).
2 K. M. Fófanov (1862-1911).

Fala baixo, não querendo que Arina ouça as suas palavras, através da janela, pois sabe que não se pode elogiar uma empregada, sob pena de ficar exigente. A mulher interrompe-o, adquirindo um ar sombrio, muito significativo.

— Ora, deixe disso... você não sabe tudo a respeito dela!

Do amor escrava,
Eu sou tão fraca,
Luto comigo,
Demônio e amigo!

Cantarola baixinho e em recitativo Nicolai Pietróvitch, batendo com uma colher na mesa, para marcar o ritmo. Sorri.

— O quê? O que foi? Ela... ora, ora, é mentira de vocês dois!

E Matviéi Iegórovitch dá uma alta gargalhada. Tremem-lhe as bochechas e de sua testa escorrem rapidamente gotinhas de suor.

— Isso não tem nada de engraçado! — interrompe-o a mulher. — Em primeiro lugar, ela tem que cuidar da criança; em segundo: você está vendo como saiu o pão? Fermentou demais, queimou no forno... E por que?

— Si-im, realmente, o pão não está grande coisa... é preciso repreendê-la! Mas, juro por Deus! Isso... isso eu não esperava! Ela é que nem massa de pão! Ah, diabos! Mas, quem é ele? O Lucachka? Vou zombar dele, diabo senil! Ou é Iágodka? Ah, beiço barbeado!

— Gomozov... — diz laconicamente Nicolai Pietróvitch.

— Como? Um mujique tão respeitável? O-ho? Mas, vocês não estão inventando coisas, hem?

Matviéi Iegórovitch diverte-se ao extremo com esse caso engraçado. Ora dá gargalhada com os olhos umedecidos, ora fala seriamente sobre a necessidade de fazer aos amantes uma repreensão severa, depois imagina as conversas ternas entre ambos e torna a dar estrepitosas gargalhadas.

Por fim, perde completamente a linha. Nicolai Pietróvitch faz então uma cara séria, e Sófia Ivânovna interrompe abruptamente o marido.

— Ah, diabos! Como vou rir deles! É interessante... — não sossega Matviéi Iegórovitch.

Surge Lucá e informa:

— O telégrafo está batendo...

— Já vou. Dê um aviso ao quarenta e dois.

Pouco depois, vai, acompanhado pelo ajudante, à estação, onde Lucá bate no sino, com pancadas repetidas, transmitindo o aviso. Nicolai Pietróvitch senta-se ao aparelho e consulta a estação vizinha: "Posso enviar o trem N.º 42?" — enquanto seu chefe caminha pela sala, sorri e diz:

— Vamos fartar-nos de zombar deles, diabos... apesar de tudo, vamos rir um pouco ao menos, por desfastio...

— Isto é permissível! — concorda Nicolai Pietróvitch, acionando a chave do aparelho.

Ele sabe que um filósofo deve expressar-se com laconismo.

Não tardou a surgir para eles a ocasião de rir.

Uma noite, Gomozov foi ver Arina na adega, onde, por ordem do amante e com autorização da patroa, ela arrumara o leito, no meio de variada tralha doméstica. O ambiente era fresco e úmido, e as cadeiras quebradas, tinas, tábuas e toda espécie de destroços adquiriam, na treva, contornos assustadores. Ficando sozinha no meio daquilo tudo, Arina assustou-se tanto que quase não dormiu e, deitada sobre feixes de feno, de olhos abertos, não cessou de murmurar baixinho as orações que conhecia.

Gomozov chegou, passou muito tempo apertando-a e beliscando-a e, depois de cansado, adormeceu. Mas, pouco depois, Arina acordou-o com um murmúrio alarmado:

— Timofiéi Pietróvitch! Timofiéi Pietróvitch.[3]

— E então? — perguntou Gomozov, meio adormecido.

— Fomos trancados...

— Como assim? — perguntou, dando um salto.

— Chegaram e... puseram cadeado...

— Mentira! — murmurou assustado e com ira, empurrando-a para longe.

— Vá ver sozinho — disse ela docilmente.

Ele se levantou e, esbarrando em tudo o que encontrava pelo caminho, acercou-se da porta, empurrou-a e, depois de um silêncio, disse com ar sombrio:

— Foi o soldado...

Atrás da porta, ressoou alegre gargalhada...

— Deixe-me sair! — pediu alto Gomozov.

— O que? — ressoou a voz do soldado.

---

[3] O uso do patronímico indica tratamento respeitoso.

— Peço que me deixe sair...

— De manhã, vamos deixar — disse o soldado, afastando-se.

— Estou de plantão, diabo! — gritou Gomozov, com irritação e súplica.

— Vou fazer plantão por você... fique aí!...

E o soldado afastou-se.

— Ah, cachorro! — murmurou com angústia o sinaleiro. — Espere... apesar de tudo, você não tem o direito de me trancar... Temos um chefe... o que vai você dizer a ele? Perguntará: onde está Gomozov, hem? Responda-lhe então...

— Mas, vai ver que foi o próprio chefe quem mandou fazer isto — disse Arina baixo e com desalento.

— O chefe — repetiu assustado Gomozov. — Para que? — e, depois de um silêncio, gritou para ela: — É mentira!

A mulher respondeu-lhe com um suspiro profundo.

— O que vai acontecer? — perguntou o sinaleiro, sentando-se sobre uma tina junto à porta. — Que vergonha para mim! E é tudo por sua causa, diabo feio, por causa de você... u-u!

Cerrando o punho, fez ameaça na direção de onde vinha o som da sua respiração. Ela continuava em silêncio.

Cercava-os a treva úmida, impregnada de um cheiro de chucrute, de mofo e ainda de algo penetrante, que fazia cócega no nariz. Fitas de luar esgueiravam-se através das fendas da porta. Além, reboava um trem de carga, que saía da estação.

— Por que não fala, estafermo? — disse Gomozov, com rancor e desprezo. — Que vou fazer agora? Você criou um caso desses e fica quieta? Pense, demônio: o que vamos fazer? Onde vou parar com essa vergonha? Ah, meu Deus! Por que fui me ligar com uma mulher assim!

— Vou pedir perdão — disse baixinho Arina.

— O que?

— Pode ser que perdoem...

— Que me adianta isso? Façamos de conta que perdoem a você, e depois? Vou ficar ainda com a vergonha ou não? Vão deixar de rir de mim?

Após um silêncio, pôs-se de novo a censurá-la e xingá-la. E o tempo passava com uma lentidão cruel. Finalmente, a mulher pediu-lhe com voz trêmula:

— Perdoe-me, Timofiéi Pietróvitch!

— Era caso de perdoar a você com uma bordoada na cara! — rugiu ele.

E novamente seguiu-se um silêncio, sombrio, torturante, repleto de sofrimento calado.

— Meu Deus! Se ao menos amanhecesse mais depressa — implorou angustiada Arina.

— Fique quieta... eu mostro a você como amanhece! — ameaçou-a Gomozov e começou novamente a dirigir-lhe pesadas censuras. Seguiu-se a tortura pelo silêncio. E a crueldade do tempo crescia a cada momento, com a aproximação da manhã, como se cada segundo se demorasse em desaparecer, gozando da ridícula situação daquela gente.

Gomozov cochilou finalmente, mas despertou com o grito do galo, que ressoou ao lado da adega.

— Eh, você... bruxa! Está dormindo? — perguntou surdamente.

— Não — respondeu Arina, com um suspiro profundo.

— Seria melhor dormir — propôs o sinaleiro com ironia. — Eh, você...

— Timofiéi Pietróvitch! — exclamou Arina, quase esganiçadamente. — Não fique bravo comigo! Tenha pena de mim! Peço-lhe pelo amor de Jesus Cristo: tenha pena! Sou sozinha no mundo, completamente sozinha! E você é para mim... uma pessoa tão próxima... você é para mim...

— Não uive, não faça rir as pessoas! — deteve Gomozov, com severidade, o murmúrio histérico da mulher, que o amolecera um pouco. — Fique quieta... se Deus nos mata...

E, novamente, ficaram esperando em silêncio cada momento seguinte. Mas os momentos passavam e nada lhes traziam. Eis que, finalmente, brilharam nas fendas da porta raios de sol e, com fios fulgurantes, cortaram a escuridão da adega. Pouco depois, ressoaram passos ao lado. Alguém acercou-se da porta, ficou um pouco ali e afastou-se.

— Mm-meus carrascos! — mugiu Gomozov e cuspiu. Nova espera, silenciosa e tensa.

— Senhor!... tem piedade... — murmurou Arina.

Parece que alguém se esgueira sorrateiro para a adega... Faz barulho o cadeado e ressoa a voz severa do chefe:

— Gomozov! Tome Arina pela mão e venha para fora, ande, rápido!...

— Vá você! — disse Gomozov a meia voz. Arina aproximou-se e, baixando a cabeça, ficou ao seu lado.

Abriu-se a porta, diante dela estava o chefe da estação. Fazia saudações com a cabeça, dizendo:

— Minhas congratulações pelo matrimônio legítimo! Venham! Música!

Gomozov deu um passo para além do umbral e deteve-se, atordoado com o estrugir de um barulho absurdo. Além da porta, estavam Lucá, Iágodka e Nicolai Pietróvitch.

Lucá esmurrava um balde e gritava algo, com uma voz de tenor caprino; o soldado tocava corneta; Nicolai Pietróvitch agitava o braço e, inflando as bochechas, imitava com os lábios uma trombeta:

— Pum! Pum! Pum-pum-pum!

O balde emitia um som agudo, a corneta uivava e rugia, Matviéi Iegórovitch dava gargalhada, a mão no quadril. Seu ajudante gargalhava também, vendo Gomozov parando diante deles, atordoado, com rosto cinzento e um sorriso encabulado nos lábios trêmulos. Imóvel, como se fosse de pedra, Arina estava de pé atrás dele, a cabeça muito pendida sobre o peito.

Timofiéi disse a Arina:
Eu te juro, vida minha...

— ia cantando Lucá uma baboseira, fazendo para Gomozov repulsivas caretas. O soldado aproximou-se do sinaleiro e, encostando-lhe a corneta ao ouvido, tocava, tocava.

— Ora, andem... ora... tome-lhe o braço! — gritava o chefe da estação, rebentando de riso. Sua mulher estava sentada no patamar da escada e, balançando o corpo, exclamava esganiçadamente:

— Mótia... chega... ah! eu morro!

Por um momento ditoso,
Sofro séculos de dor!

— cantava Nicolai Pietróvitch, bem no nariz de Gomozov.

— Urra, aos casadinhos de novo! — comandou Matviéi Iegórovitch, quando Gomozov deu um passo para frente. E os quatro soltaram um *urra,* rugindo o soldado com voz de baixo.

Arina caminhava atrás de Gomozov, de cabeça erguida, boca escancarada e braços largados. Seus olhos dirigiam-se com expressão embotada para frente, mas era improvável que vissem algo.

— Mótia, mande que... se beijem!... ha, ha, ha!

— Casadinhos de novo, está amargo![4] — gritou Nicolai Pietróvitch, enquanto Matviéi Iegórovitch encostava-se numa árvore, pois o riso impedia-o de manter-se ereto. O balde não cessava de reboar, uivava a corneta, rugia, zombava, e Lucá dava uns passos de dança, cantando:

Que embrulhada mais confusa
Pões na sopa, minha Arina!

E Nicolai Pietróvitch fazia novamente com os lábios:

— Pum-pum-pum! Tra-ta-ta! Pum! Pum! Tra-ra-ra!

Gomozov foi até a porta da caserna e desapareceu. Arina ficou no pátio, rodeada por aquela gente possessa. Eles gritavam, gargalhavam, assobiavam-lhe no ouvido e pulavam em volta dela, num acesso de alegria demente. A mulher mantinha-se de rosto imóvel, desgrenhada, suja, ridícula e lastimável.

— O casadinho fugiu e... ela ficou — girtava Matviéi Iegórovitch para sua mulher, apontando Arina, e novamente se torcia de riso.

Arina voltou a cabeça na sua direção e passou ao lado da caserna, caminhando para a estepe. Foi seguida de assobios, gritos e gargalhadas.

— Basta! Deixem-na! — gritou Sófia Ivânovna. — Deixem que volte a si! Tem que preparar o jantar.

Arina caminhou para a estepe, para além do limite da estação, onde aparecia uma faixa cerdosa de trigo. Ia devagar, como alguém profundamente pensativo.

— Como, como? — interrogava Matviéi Iegórovitch os participantes da brincadeira, que relatavam uns aos outros pormenores miúdos sobre o comportamento dos recém-casados. E todos davam gargalhadas. Nicolai Pietróvitch encontrou, mesmo aí, tempo e lugar para um dos seus pequenos ditos de sabedoria.

— Eu digo: rir não é pecado,
Se a gente vê algo engraçado!

---

[4] Nos casamentos russos, os convidados erguem taças de vinho, gritando: "Amargo!" — para que os nubentes se beijem.

— disse a Sófia Ivânovna e acrescentou, com ar compenetrado: — mas, rir muito faz mal!

Na estação, riram muito naquele dia, mas jantaram mal, porque Arina não apareceu para cozinhar, e o jantar foi feito pela própria mulher do chefe. Mas até o mau jantar não matou a boa disposição. Gomozov não saiu da caserna até a hora de seu plantão e, ao sair, foi chamado ao escritório do chefe, onde Nicolai Pietróvitch, sob as gargalhadas de Matviéi Iegórovitch e de Lucá, pôs-se a interrogá-lo sobre como ele "seduzira" a sua beldade.

— Quanto à originalidade, foi o pecado número um — observou Nicolai Pietróvitch ao chefe.

— Foi pecado mesmo — disse o sério sinaleiro, com um sorriso taciturno. Compreendera que, se conseguisse contar o acontecido, caçoando de Arina, haveriam de zombar menos dele. Foi relatando:

— A princípio, ela me piscava os olhos.

— Piscava os olhos?! Ha-ha-ha! Nicolai Pietróvitch, imagine só aquela carantonha piscando os olhos para ele, que maravilha!

— Pois bem, ela ia piscando e eu, vendo aquilo, pensava comigo mesmo: "Ela quer coisa!" Depois se ofereceu para me costurar umas camisas.

— "Mas não estava na costura a força"... — observou Nicolai Pietróvitch e explicou para o chefe: — Sabe, isso é de Niekrassov,[5] da poesia *Tola e Elegante*... Continue, Timofiéi!

E Timofiéi continuou a falar, fazendo a princípio violência sobre si mesmo, depois excitando-se gradualmente com a mentira, pois via que esta lhe era útil.

E aquela de quem ele falava permanecia então deitada na estepe. Penetrara profundamente no mar dos trigais, descera pesadamente ao solo e ficou por muito tempo imóvel sobre a terra. Depois que o sol esquentou-lhe as costas, a ponto de não poder mais suportar seus raios abrasadores, voltou-se de peito para cima e fechou o rosto com as mãos, para não ver o céu, demasiado luminoso, com o sol muito fulgurante no fundo.

Ciciavam secamente as espigas de trigo, em volta daquela mulher esmagada pela vergonha e, incessantemente, grilos inúmeros cricrilavam, com expressão preocupada. Fazia calor. Tentou lembrar algumas orações, mas não conseguiu, rodopiavam-lhe diante dos olhos carantonhas que riam, e aos ouvidos, soava em cantilena a voz de

[5] N. A. Niekrassov (1821-1877).

tenor de Lucá, uivava a corneta, estrugiam gargalhadas. Essas sensações ou o calor comprimiam-lhe o peito e, desabotoando o casaquinho, expôs o corpo aos raios do sol, esperando que lhe aliviassem a respiração. E enquanto o sol queimava-lhe a pele, perfurava-lhe o peito uma sensação semelhante a azia. Suspirando profundamente, murmurava de raro em raro:

— Senhor!... tem piedade...

Em resposta, ressoavam o ciciar seco das espigas e o barulho dos grilos. Soerguendo a cabeça sobre as ondas de trigo, ela via seus matizes dourados, a negra chaminé da bomba d'água, que surgiu numa ravina, longe da estação, e, nesta, os telhados dos prédios. Nada mais havia na infinita planura amarela, coberta pela cúpula azul clara do céu, e Arina tinha a impressão de estar sozinha sobre a terra, deitada bem no centro desta, e que ninguém, jamais, viria partilhar o peso da sua solidão, ninguém, jamais...

Ao anoitecer, ouviu gritos:

— Arina! Arichka, dia-abo!

Uma voz era de Lucá, a outra do soldado. Quis ouvir uma terceira, mas ele não a chamou; lágrimas abundantes deslizaram então rapidamente pelas faces bexigosas da mulher, para o peito. Chorava e esfregava o peito nu contra a terra tépida e seca, a fim de abafar aquela azia, que a torturava com intensidade crescente. Chorava e mantinha-se silenciosa, contendo os gemidos, como se temesse que alguém a ouvisse e proibisse-lhe o pranto.

Depois, sobrevindo a noite, engueu-se e caminhou lentamente para a estação.

Chegando ali, encostou os ombros à parede da adega e ficou muito tempo no mesmo lugar, olhando para a estepe. Surgiam e desapareciam trens de carga. Ouviu como o soldado contava aos condutores sua vergonha e como estes davam gargalhadas. As gargalhadas espalhavam-se até longe, pela estepe deserta, em que marmotas assobiavam quase imperceptivelmente.

— Senhor! Tem piedade... — suspirava a mulher, apertando-se contra a parede. Mas esses suspiros não aliviavam o peso que lhe comprimia o coração.

De manhãzinha, esgueirou-se cautelosamente para o sótão da estação e enforcou-se, depois de preparar um laço com a corda sobre a qual estava secando roupa que lavara.

Foi encontrada dois dias depois, devido ao cheiro do cadáver. A princípio, todos se assustaram; em seguida, ficaram conjeturando: quem seria culpado? Nicolai Pietróvitch demonstrou, de modo irrefutável, que o culpado era Gomozov. Então, o chefe da estação deu um soco na cara do sinaleiro e ordenou-lhe, ameaçador, que se calasse.

Chegaram autoridades, procederam a uma sindicância. Constatou-se que Arina sofria de melancolia... Ordenou-se aos trabalhadores da turma de conserto que a levassem à estepe para enterrar. Depois que isto se cumpriu, a ordem e a tranqüilidade tornaram a reinar na estação.

E novamente seus habitantes passaram a viver quatro minutos por dia, consumindo-se, depois, de enfado e solidão, de ociosidade e calor, espiando com inveja para os trens que passavam velozmente.

...E, no inverno, quando as tempestades varrem a estepe com seus uivos e rugidos, cobrindo a pequena estação de neve e de sons selvagens, a vida dos seus habitantes torna-se ainda mais enfadonha.

1897.

NA ESTEPE

Saímos de Pierekóp com a pior disposição de ânimo — famintos como lobos e enfurecidos contra o mundo inteiro. Durante a metade daquelas vinte e quatro horas, havíamos aplicado sem êxito todos os nossos esforços e talentos, para roubar ou ganhar honestamente algo e, quando nos convencemos finalmente de que não conseguiríamos uma coisa nem outra, resolvemos caminhar adiante. Para onde? Adiante, apenas.

Estávamos prontos a ir adiante, sob todos os pontos de vista mesmo, por aquela senda da existência que há muito seguíamos; cada um de nós decidira-o em silêncio, e isso fulgia nitidamente no brilho soturno dos nossos olhos famintos.

Éramos três. Havíamos travado relações pouco antes, em Kherson, num botequim à margem do Dniéper.

Um era soldado de batalhão ferroviário e dizia ter trabalhado, depois, como mestre de linha. Ruivo e musculoso, tinha olhos cinzentos e frios. Sabia falar alemão e possuía um conhecimento minucioso da vida carcerária.

Nossa gente não gosta de falar muito do seu passado, para o que sempre tem razões mais ou menos fundadas. Por isso, acreditávamos uns nos outros, pelo menos aparentemente, pois, no íntimo, cada um acreditava mal até em si mesmo.

Quando o nosso segundo companheiro, homenzinho seco e miúdo, de lábios finos, sempre ceticamente encolhidos, dizia ser um ex-estudante da Universidade de Moscou, eu e o soldado aceitávamos isso como uma verdade. No fundo, era-nos indiferente em absoluto se ele fora estudante, investigador da polícia ou ladrão. Importava unicamente o fato de que, ao travarmos relações, era igual a nós: passava fome, desfrutava nas cidades uma atenção especial da polícia e, nas aldeias, um tratamento desconfiado por parte dos mujiques, odiava tanto a polícia como os mujiques, com o ódio de uma fera acuada, faminta, e sonhava com uma vingança universal contra tudo e contra todos. Em suma, também por sua situação face aos reis da natureza e aos senhores da vida, e ainda por seu estado de ânimo, era uma erva do nosso campo.

O terceiro era eu. Por modéstia, que me é própria desde os cueiros, nada direi das minhas qualidades e, não querendo aparecer como ingênuo, silenciarei também sobre os meus defeitos. Mas, à guisa de material para minha caracterização, posso dizer que sempre me considerei melhor que os demais e que, até hoje, não modifiquei completamente minha opinião a respeito.

Havíamos, pois, saído de Pierekóp e caminhávamos adiante, esperando encontrar alguns pastores crimeanos, a quem sempre se pode pedir pão, e que muito raramente o recusam aos passantes.

Eu ia ao lado do soldado, o "estudante" caminhava atrás. Este trazia pendurado aos ombros algo que lembrava um paletó; sobre a cabeça, angulosa e bem raspada, repousava um resto do chapéu de abas largas; calças cinzentas, de remendos multicores, estavam muito ajustadas a suas pernas finas; havia amarrado aos pés, com cordinhas trançadas com o forro do seu terno, um par de canos de bota encontrado na estrada; chamara aquele arranjo de sandálias e caminhava em silêncio, erguendo muita poeira e fazendo faiscar os olhos pequenos e esverdeados. O soldado usava uma camisa de algodão vermelho, que, segundo dizia, obtivera "manualmente" em Kherson; por cima da camisa, tinha um colete forrado de algodão e, na cabeça, um quepe de soldado, de cor indefinida, "com o círculo superior descido sobre a sobrancelha direita", conforme o regulamento militar; calças largas pendiam-lhe sobre as pernas. Estava descalço.

Eu também ia descalço.

Ao redor, estendera-se em todos os sentidos a estepe, como atirada ali por um golpe de gigante e, coberta com a cúpula abrasada do céu azul e sem nuvens, jazia qual imensa travessa, redonda e negra. A estrada cinzenta e empoeirada cortava-a com uma faixa larga e queimava-nos os pés. Aqui e ali, surgiam linhas cerdosas de trigo colhido, que tinham uma estranha semelhança com as faces há muito não barbeadas do soldado.

Ele cantava com voz rouquenha de baixo:

— ... Cantamos e louvamos o Teu domingo sagrado...

Fora uma espécie de diácono da igreja do batalhão, conhecia numerosos hinos e antífonas e abusava desse conhecimento, cada vez que, por um motivo qualquer, nossa conversa enlanguescia.

Na frente, sobre o horizonte, erguiam-se vultos de contornos macios e suaves tonalidades, do lilá ao róseo-claro.

— Devem ser as montanhas da Criméia — disse o "estudante".

— Montanhas? — exclamou o soldado — Você as está vendo muito cedo. São nuvens. Veja, parecem doce de mirtilo com leite...

Observei que seria muito agradável se as nuvens fossem realmente feitas daquele doce.

— Ah, diabo! — gritou o soldado, cuspindo para um lado. — Se ao menos encontrássemos uma alma viva! Ninguém... A gente se vê reduzido a chupar a própria pata como os ursos no inverno...

— Eu avisei que era preciso ir em direção dos lugares povoados — disse em tom doutoral o "estudante".

— Você avisou! — indignou-se o soldado. — Você é sábio e, por isso mesmo, deve falar. Que lugares povoados são esses? Diabo sabe onde ficam!

O "estudante" calou-se, encolhendo os lábios. Punha-se o sol, as nuvens no horizonte matizavam-se de tons variados, impossíveis de definir com a palavra. Cheirava a terra e sal.

E o nosso apetite crescia mais ainda, com aquele cheiro seco e saboroso.

Algo nos sugava os intestinos. Era uma sensação estranha e desagradável: tinha-se a impressão de que, de todos os músculos do corpo, os líquidos escorriam lentamente para alguma parte, se evaporavam, e que os músculos iam perdendo a sua viva elasticidade. Uma sensação de secura, que picava, enchia a cavidade da boca e a faringe; enevoava-se a cabeça e manchas escuras surgiam-nos ante os olhos. Por vezes, elas tomavam o aspecto de pedaços fumarentos de carne ou de pães redondos. A recordação provia aquelas "visões mudas do passado" dos respectivos cheiros, e, então, sentia-se uma faca revolver-se dentro do intestino.

Apesar de tudo, continuávamos caminhando e descrevíamos um ao outro as nossas sensações, lançando olhares penetrantes para os lados, para ver se descobríamos algum rebanho, o ouvido atento, a fim de perceber se não ressoava o rechinar da carroça de algum tártaro, que levasse frutas para um mercado armênio.

Mas a estepe mantinha-se erma e silente.

Na véspera daquele dia difícil, comemos, os três, quatro libras de pão de centeio e umas cinco melancias, mas havíamos percorrido perto de quarenta verstas: a despesa não correspondia à receita! Tendo adormecido na praça do mercado de Pierekóp, acordamos de fome.

O "estudante" aconselhara-nos, com justeza, que não nos deitássemos para dormir e nos ocupássemos durante a noite... mas, em sociedade distinta, não se costuma falar em voz alta sobre planos de transgressão do direito de propriedade, e eu me calo. Quero apenas ser verídico, não está nos meus interesses ser grosseiro. Sei que, em nossa época, de tamanho progresso cultural, as pessoas tornam-se cada dia mais delicadas de sentimentos, e mesmo quando agarram o próximo pelo gasnete, com o evidente propósito de estrangulá-lo, esforçam-se por fazê-lo com a possível amabilidade e com o respeito a todas as regras de decência cabíveis no caso. A experiência do meu próprio gasnete obriga-me a constatar esse progresso dos costumes, e é com um sentimento agradável de convicção que eu confirmo: tudo se desenvolve e aperfeiçoa no mundo. Em particular, este admirável processo confirma-se incisivamente pelo aumento anual de prisões, botequins e casas de tolerância...

Pois bem, iamos engolindo a saliva faminta e procurando abafar, com a conversa amigável, a dor que sentíamos no intestino; caminhávamos pela estepe deserta e silenciosa, envolvida nos raios avermelhados do poente; na frente, o sol descia devagar nas nuvens macias, profusamente coloridas por seus raios, e atrás de nós e dos lados, uma névoa azulada, erguendo-se da estepe para o céu, tornava mais estreitos os horizontes inóspitos.

— Juntem, irmãos, o que é preciso para uma fogueira — disse o soldado, erguendo do chão um raminho. — Vamos ter que pernoitar na estepe. Quanto orvalho! Galhos, capim, tudo serve!

Espalhamo-nos pelas beiradas da estrada, ajuntando mato seco e tudo o que pudesse arder. Cada vez que nos abaixávamos, surgia no corpo um desejo ardente de cair ao chão e comer a terra, negra, gorda, comer muito, até o esgotamento, e depois adormecer. Adormecer, ainda que fosse para sempre, mas não deixar de comer, mastigar e sentir a massa morna e espessa descer lentamente da boca, através do ressequido esôfago, para o estômago, que ardia no desejo de absorver algo.

— Se ao menos achássemos umas raízes... — suspirou o soldado. — Há umas raízes que servem para comer...

Mas não havia qualquer espécie de raiz, na terra negra e lavrada. A noite meridional aproximava-se rapidamente, e ainda não se apagara o derradeiro raio de sol, mas no céu azul escuro já fulgiam estrelas e, ao redor, as sombras fundiam-se, tornando mais exígua a planura infinita da estepe...

— Irmãos — disse a meia voz o "estudante" — tem um homem deitado, ali à esquerda...

— Um homem? — duvidou o soldado. — Mas, que faria deitado ali?

— Vá perguntar. Com certeza, deve ter pão, já que se preparou para pernoitar na estepe.

O soldado olhou na direção em que o homem estava deitado e cuspiu para o lado, com ar decidido:

— Vamos até lá!

Somente os olhos verdes e penetrantes do "estudante" podiam distinguir um homem, naquele montículo escuro, que se alteava, a uns cinqüenta *sájens*[1] à esquerda da estrada. Fomos em sua direção, caminhando depressa sobre os torrões da lavra, e sentíamos que a esperança de comer, surgida em nós, tornava ainda mais agudas as dores da fome. Estávamos já perto do homem, mas este não se mexia.

— Talvez não seja um homem — disse o soldado com ar sombrio, expressando o pensamento de todos.

Mas nossa dúvida dissipou-se no mesmo instante, pois o montículo começou de repente a mover-se, cresceu e vimos que era realmente um homem vivo; ajoelhado, estendia o braço em nossa direção e dizia com voz abafada e trêmula:

— Não se aproximem, senão eu mato!

Um estalido curto e seco ressoou no ar turvo.

Estacamos, como se obdecêssemos a uma voz de comando, e permanecemos alguns segundos em silêncio, atordoados com aquela recepção pouco amável.

— Que ca-a-nalha! — balbuciou expressivo o soldado.

— Si-im — disse pensativo o "estudante". — Está andando com revólver... neste mato tem coelho...

— Eh! — gritou o soldado, que sem dúvida resolvera algo.

O homem permanecia em silêncio, sem modificar a atitude.

— Eh, você aí! Nós não vamos lhe fazer mal. Queremos apenas pão. Tem aí? Dê-nos um pouco, irmão, pelo amor de Jesus Cristo!... Seja maldito, excomungado!

---

1 *Sajem* — Medida correspondente a 2,13 m.

O soldado proferiu as últimas palavras para dentro dos bigodes. O homem permanecia calado.

— Escute! — falou de novo o soldado, com um tremor de raiva e desespero. — Estou dizendo para nos dar pão! Não vamos chegar até você... pode jogá-lo para nós...

— Bem — disse laconicamente o homem.

Poderia dizer-nos: "Meus queridos irmãos!" — e, mesmo que tivesse infundido a essas três palavras os mais puros e sagrados sentimentos, elas não nos excitariam e humanizariam como aquele abafado e lacônico:

— Bem!

— Não tenha medo de nós, homem de bem — disse o soldado, com um sorriso suave, embora o homem não pudesse ver seu sorriso, pois estava separado de nós de vinte passos pelo menos.

— Somos gente de paz, estamos indo da Rússia para Kuban... gastamos tudo pelo caminho, comemos o que trazíamos e já é o segundo dia que estamos de jejum...

— Segura! — disse o homem de bem, levantando o braço. Uma coisa preta perpassou-nos diante dos olhos e caiu perto, sobre a terra lavrada. O "estudante" correu para apanhá-la.

— Segura mais este! Não tenho mais...

Depois que o "estudante" recolheu aquela original dádiva, constatamos que possuíamos umas quatro libras de pão dormido de trigo. Tinha sido rolado na terra e estava muito velho. O pão dormido é mais nutritivo que o fresco, pois contém menos umidade.

— Assim... e assim... e assim! — o soldado distribuiu, concentrado, as fatias. — Espere... não está igual! Tenho que tirar um pedacinho de pão de uns cinco *zolotnikes*;[2] recebendo-o, coloquei-o na boca.

Pus-me a mastigar, lentamente, mal contendo o movimento convulsivo dos maxilares, prontos a despedaçar uma pedra. Dava-me um prazer agudo sentir as convulsões do aparelho digestivo e contentá-lo aos poucos, gota a gota. Uma após outra, as porções engolidas, tépidas, indescritivelmente saborosas, penetravam-me no estômago e davam a impressão de transformar-se imediatamente em sangue e miolo. Uma estranha alegria, doce e vivificante, aquecia o coração, à medida que se enchia o estômago. Esqueci os dias malditos de fome

[2] *Zolotnik* — medida de peso, correspondente a 1/16 da libra.

crônica, esqueci meus companheiros, imerso no gozo daquelas sensações.

Mas, quando atirei da palma da mão para dentro da boca as derradeiras migalhas de pão, senti uma vontade mortífera de comer.

— Aquele excomungado deve ter ainda toucinho, ou alguma carne... — balbuciava o soldado, sentado no chão, diante de mim, esfregando a barriga com as mãos.

— Certamente; o pão tinha um cheiro de carne... E, com certeza, tem mais pão — disse o "estudante" e acrescentou baixinho:

— Se não fosse o revólver...

— Quem é ele?

— Deve ser gente como nós...

— Cachorrão! — exclamou o soldado.

Estávamos sentados num grupo compacto, olhando de vez em quando na direção de nosso benfeitor, igualmente sentado e armado de revólver. De lá, não vinha um som, um sinal de vida sequer.

Em volta, a noite acumulava suas forças sombrias. A estepe estava imersa num silêncio de morte e cada um ouvia o respirar dos companheiros. De quando em quando, ressoava em alguma parte o assobio melancólico da marmota... As estrelas, flores vivas do céu, ardiam sobre nossas cabeças... Queríamos comer.

Digo com orgulho: eu não era pior nem melhor que meus companheiros de ocasião, naquela noite algo estranha. Propus que nos levantássemos e nos lançássemos contra aquele homem. Não precisávamos fazer-lhe mal, mas iamos comer tudo o que encontrássemos. Atiraria em nós, mas pouco importava! Dos três, acertaria no máximo em um e, mesmo nesse caso, uma bala de revólver dificilmente mataria.

— Vamos! — disse o soldado, pondo-se de pé.

O "estudante" levantou-se mais lentamente.

E avançamos, quase correndo. O "estudante" mantinha-se atrás.

— Companheiro! — gritou com censura o soldado.

Ao nosso encontro, chegou um balbucio abafado e o estalido agudo do gatilho. Fulgiu uma chama, ressoou surdamente um tiro.

— Não acertou! — gritou alegremente o soldado, alcançando o homem com um salto. — Bem, demônio, agora te mostro...

O "estudante" correu para o alforje.

E o "demônio", que estivera ajoelhado, caíra de rosto para cima, e, abrindo os braços, gemia...

— Que diabo! — admirou-se o soldado, depois de erguer o pé para um pinote naquele homem. — Será que ele atirou em si mesmo? Eh, você aí! Que é que há? Eh! Você se suicidou, não?

— Tem carne, não sei que bolachas e pão... é muito, irmãos! — ressoou a voz alegre do "estudante".

— Bem, com os diabos, rebenta aí... Vamos comer! — gritou o soldado.

Retirei o revólver da mão do homem, que deixara de gemer e já estava deitado imóvel. Havia ainda uma bala no tambor.

Comemos novamente, em silêncio. O homem permanecia deitado, igualmente silencioso, sem mover um membro. Não lhe prestamos atenção.

— Será possível, meus irmãos do peito, que vocês fizeram isso unicamente pelo pão? — ouviu-se, de repente, uma voz rouquenha e trêmula.

Estremecemos todos. O "estudante" até engasgou e, dobrando-se para o chão, começou a tossir.

Tendo mastigado um pedaço, o soldado pôs-se a dizer impropérios.

— Alma de cachorro, queria que você rebentasse como um pau seco! Pensou que íamos tirar o couro de você? Pra que precisamos dele? Focinho de imbecil, demônio do inferno. Eh, está armado e atira nas pessoas! Excomungado...

Soltando impropérios, continuava a comer, o que lhes diminuía a força, o caráter expressivo...

— Espere um pouco; depois de comer, vamos ajustar contas com você — prometeu o "estudante", maldoso.

Ressoaram então na quietude noturna soluços que pareciam uivos e que nos assustaram:

— Meus irmãos... como ia saber? Atirei... porque estava com medo. Estou indo de Novo Atos... para o governo de Smolensk... Meu Deus! A febre me derrubou... apenas se põe o sol, é uma desgraça! Foi por causa da febre que saí de Atos... trabalhava lá de carpinteiro... sou carpinteiro... Em casa, tenho mulher... duas meninas... faz mais de três anos que não as vejo... meus irmãos! Comam tudo...

— Vamos comer mesmo, não precisa pedir — disse o "estudante".

— Deus do céu! Se soubesse que vocês são gente de paz, gente boa... pensam que ia atirar? Mas, meus irmãos, a estepe, de noite... tenho culpa?

Falava e chorava ou, mais exatamente, emitia um uivar trêmulo e assustado.

— Que chorão! — disse com desprezo o soldado.

— Deve ter cobre — observou o "estudante".

O soldado entrecerrou os olhos, dirigiu-os para ele e sorriu.

— Você é esperto... Escutem, vamos acender a fogueira e dormir...

— E ele? — quis saber o "estudante".

— Que vá com os diabos! Pensa que vamos assá-lo?

— Seria bom — disse o "estudante", sacudindo a cabeça pontuda.

Fomos buscar o comestível largado no ponto em que o carpinteiro nos detivera com seu grito, trouxemo-lo e, pouco depois, estávamos sentados ao redor da fogueira, que crepitava docemente na noite sem vento, iluminando o pequeno espaço ocupado por nós. Estávamos sonolentos, embora fôssemos capazes de cear mais uma vez.

— Irmãos! — chamou o carpinteiro. Permanecia deitado a três passos e, às vezes, eu tinha a impressão de que murmurava algo.

— Sim? — disse o soldado.

— Posso chegar até vocês... perto do fogo? Está chegando a hora da minha morte... meus ossos estão doendo!... Meus Deus! Parece que não vou chegar em casa...

— Arraste-se até aí — permitiu-lhe o "estudante".

O carpinteiro arrastou-se lentamente até a fogueira, como se temesse perder um braço ou uma perna. Era um homem alto, muito emagrecido; sua roupa estava toda muito folgada, pendendo, os olhos foscos refletiam a dor que o consumia. O rosto entortara-se, era ossudo, e mesmo com a iluminação da fogueira, tinha uma cor amarelo-terrosa, uma cor de morte. Tremia todo, provocando uma piedade mesclada de desprezo. Estendendo para o fogo os braços compridos e magros, esfregava os dedos ossudos, cujas falanges dobravam-se lenta e molemente. Inspirava repugnância até.

— Por que você está andando a pé, nesse estado? Por avareza, não? — perguntou o soldado, com ar sombrio.

— Deram-me um conselho... não vá por água, disseram... atravesse a Criméia, o ar é bom, disseram. Mas eu não consigo mais andar, estou morrendo, irmãos! Vou morrer sozinho na estepe... os pássaros vão bicar meu corpo e ninguém me reconhecerá... A mulher... as filhas vão me esperar... escrevi para lá... e meus ossos serão lavados pela chuva da estepe... Meu Deus, meu Deus!

Pôs-se a uivar de modo lastimoso, como um lobo ferido.

— Oh, diabo! — enfureceu-se o soldado, levantando-se de um salto... — Por que fica choramingando? Por que não deixa as pessoas descansarem? Está morrendo? Pois rebente, mas fique quieto...

— Vamos dormir — disse eu. — E você, se quer ficar junto do fogo, pare realmente com estes uivos...

— Ouviu? — disse com braveza o soldado. — Pois bem, comperenda isso. Pensa que vamos cansar-nos cuidando de você, porque ficou jogando pão em cima de nós e porque atirou contra nós de revólver? Diabo azedo! Se fôssemos outra gente... irra!...

O soldado calou-se e estendeu-se no chão.

O "estudante" já estava deitado. Deitei-me também. O assustado carpinteiro encolheu-se numa pelota e, aproximando-se do fogo, pôs-se a olhá-lo em silêncio. Ouvi baterem-lhe os dentes. O "estudante" deitara-se à esquerda e, ao que parece, adormecera no mesmo instante, encolhido também numa pelota. O soldado olhava o céu, as mãos cruzadas sob a nuca.

— Que noite, hem? Quantas estrelas... — disse, dirigindo-se a mim. — O céu parece mesmo um cobertor. Gosto, meu amigo, desta vida de vagabundo. Passa-se frio e fome, mas tem-se muita liberdade... Não há uma chefia... A gente pode, se quiser, comer a própria cabeça, e ninguém dirá uma palavra. Sofri muita fome estes dias, fiquei furioso... mas, agora, estou aí deitado, olhando para o céu... As estrelas estão me piscando: "Não é nada, Lakútin, siga adiante e não fraqueje diante de ninguém..." E o coração sente-se bem... E você... como se chama? Eh, carpinteiro! Não fique zangado comigo e não tenha medo de nada... Se comemos seu pão, não tem importância: você tinha pão, nós não tínhamos, por isso comemos o seu... Mas você, homem esquisito, atira nas pessoas de revólver... Será que não compreende que uma bala pode causar muito estrago a uma pessoa? Fiquei muito irritado com você, e se você não caísse, recebia o merecido por sua insolência. E quanto ao pão, amanhã você vai chegar a Pierekóp e poderá comprar mais, naturalmente tem dinheiro... Faz muito tempo que apanhou essa febre?

Ressoaram ainda por muito tempo, em meus ouvidos, o baixo do soldado e a voz trêmula do carpinteiro doente. A noite escura e quase negra descia cada vez mais sobre a terra, e o ar fresco, suculento, entrava-me em torrente no peito.

Vinham da fogueira uma claridade tranqüila e uma quentura vivificante... Os meus olhos grudavam-se.

....

— Levante-se! Depressa! Vamos!

Abri os olhos assustado e levantei-me de um salto, no que fui ajudado pelo soldado, que me dera um forte puxão.

— Bem, depressa! Caminha!

Seu rosto estava sombrio e alarmado. Olhei ao redor. Erguia-se o sol, um raio róseo caía sobre o rosto imóvel, azul, do carpinteiro. Tinha a boca aberta, os olhos saltaram-lhe desmesuradamente das órbitas, e o olhar vítreo expressava horror. Sua roupa estava rasgada sobre o peito e permanecia deitado numa atitude pouco natural de coisa quebrada. O "estudante" desaparecera.

— Que está olhando? Anda, eu lhe digo! — falou em tom compenetrado o soldado, puxando-me pelo braço.

— Morreu? — perguntei, estremecendo com a fresca matinal.

— Claro que sim. Se alguém estrangulasse você, também morria — explicou.

— Foi o "estudante"? — exclamei.

— E quem havia de ser? Você? Eu? Aí está um sábio... Liquidou o homem com muita habilidade... e deixou os companheiros em apuros. Se eu soubesse, matava ontem aquele "estudante". Matava de um golpe com o punho na têmpora... e seria um canalha a menos no mundo! Você compreende o que ele fez? Agora, temos que andar de modo que ninguém nos veja na estepe. Compreendeu? Porque vão encontrar hoje esse carpinteiro e verão que foi estrangulado e roubado. E vão vigiar nossa gente... De onde está chegando? Onde passou a noite? É verdade que eu e você não temos nenhum objeto... a não ser o revólver dele, que trago debaixo da camisa. Que objeto!

— Larga isso — aconselhei.

— Largar? — disse pensativo... — É uma coisa de valor... E, quem sabe, não nos apanham ainda?... Não, eu não vou largar... Vale uns três rublos. Tem ainda uma bala... E-eh! E se eu soltasse esta mesma bala no ouvido de nosso caro companheiro? Quanto dinheiro aquele cachorro abocanhou, hem? Excomungado!

— E as filhas do carpinteiro... — disse eu.

— Filhas? Que filhas? Ah, desse aí... Bem, elas vão crescer, não será conosco que se casarão... nem é assunto para conversa... Vamos, irmão, mais depressa... Para onde iremos?

— Não sei... Tanto faz.

— Também eu não sei e sei que tanto faz. Vamos para a direita, o mar deve ficar nessa direção.

Caminhamos para a direita.

Voltei a cabeça. Longe de nós, na estepe, erguia-se um montículo escuro, sobre o qual fulgia o sol.

— Quer ver se ressuscitou? Não tenha medo, não se vai levantar, para correr atrás de nós... Aquele sábio é um rapaz habilidoso, resolveu o caso pela base... Ora, que companheiro! Pregou-nos uma boa! Eh, irmão! As pessoas estão se estragando, cada ano se estragam mais! — disse com tristeza o soldado.

A estepe, silente e deserta, banhada inteiramente pelo sol fulgurante da manhã, estendia-se ao redor, confundindo-se no horizonte com o céu, numa suave gradação de luz — tão clara, tão doce e generosa, que parecia impossível a existência de algo negro e injusto, em meio da imensa amplidão daquela livre planura, coberta pela cúpula azul clara do céu.

— E olha que já estou com fome, irmão! — disse meu companheiro, enrolando um cigarrinho.

— Que vamos comer hoje, onde e como?

Um problema!

. . . .

Meu vizinho no hospital terminou deste modo seu relato e me disse:

— Isto é tudo. Fiquei muito amigo daquele soldado e juntos chegamos ao distrito de Kars. Era um bom rapaz, muito experimentado, um vagabundo de verdade. Eu o respeitava. Fomos juntos até a Ásia Menor, mas lá nos perdemos de vista...

— Lembra-se às vezes do carpinteiro? — perguntei.

— Como vê, ou como ouviu...

— E... nada?

Riu.

— E que devo sentir nessas ocasiões? Não tenho culpa daquilo que lhe aconteceu, como você não tem culpa do que sucedeu comigo... E ninguém tem culpa de nada, pois todos somos a mesma coisa: uns animais.

1897.

VINTE E SEIS E UMA

Poema

Éramos vinte e seis. Vinte e seis máquinas vivas, encerradas num porão úmido, onde, de manhã à noite, amassávamos farinha, preparando broas e roscas. As janelas do nosso porão davam para uma fossa, escavada diante dele e revestida de tijolos, verdes de umidade. Prendia-se aos caixilhos da janela, por fora, uma densa rede de arame, e a luz do sol não podia penetrar até nós, através dos vidros, cobertos de pó de farinha. O patrão vedara as janelas com metal, para que não pudéssemos dar um pedaço de seu pão aos mendigos e àqueles dos nossos camaradas que passavam fome, por falta de trabalho. O patrão chamava-nos de gatunos e dava-nos ao jantar, em vez de carne, tripas podres...

Era abafada e acanhada a vida naquele caixote de pedra, sob um teto baixo e pesado, coberto de fuligem e teias de aranha. Sentíamos tudo difícil e tínhamos náuseas, entre aquelas grossas paredes, pintadas de manchas de sujeira e mofo... Erguíamo-nos às cinco da manhã, faltos de sono e, embotados, indiferentes, já nos sentávamos à mesa às seis, para transformar em broas a massa que fora preparada por companheiros, enquanto dormíamos. E durante todo o dia, da manhã às dez da noite, uns de nós permaneciam à mesa, espalhando com as mãos a massa enrijecida e balançando o corpo para não se petrificar, enquanto outros misturavam água à farinha. E o dia inteiro, fervia e ronronava, de modo pensativo e dolente, a água no caldeirão, em que se coziam as broas, e a pá do forneiro esbarrava rápida e raivosamente contra a parte inferior do forno, atirando pedaços escorregadios de massa sobre os tijolos abrasados.

De manhã à noite, ardia lenha num dos lados do forno, e o reflexo rubro da chama tremia sobre a parede da oficina como se risse de nós em silêncio. O enorme fogão parecia a cabeça repelente de um monstro fantástico. Dava a impressão de se ter erguido do chão, escancarando a larga fauce, repleta de chama deslumbrante, soprava sobre nós seu hálito quente, e contemplava nosso trabalho infindável, com as duas negras aberturas dos ventiladores, que tinha na frente. Aquelas duas profundas reentrâncias pareciam olhos, os olhos desapaixonados e impiedosos de um monstro: tinham sempre o mesmo olhar escuro, como se, cansados de contemplar os escravos e nada esperando deles de humano, desprezassem-nos com o frio desdém da sabedoria.

Dia a dia, em meio à poeira de farinha, à lama, que trazíamos do pátio com os pés, em meio ao calor sufocante e fétido, espalhávamos a massa e fazíamos broas, molhando-as com o nosso suor, e tínhamos ao nosso trabalho um ódio implacável, jamais comíamos o que saía de nossas mãos e preferíamos pão preto às broas. Sentados à mesa comprida, frente a frente, nove contra nove, movíamos por longas horas, mecanicamente, nossas mãos e dedos, e já estávamos tão habituados ao nosso trabalho que, às vezes, nem prestávamos mais atenção aos nossos próprios movimentos. Encaramo-nos tanto que cada qual já conhecia todas as rugas no rosto dos companheiros. Não tínhamos de que falar, estávamos habituados a isso e permanecíamos calados o tempo todo, quando não nos insultávamos, pois sempre há motivo para se insultar um homem, sobretudo se é um companheiro. Mas, era também de raro em raro que nos insultávamos. De que pode ser culpado um homem, se está meio morto, quase petrificado, se todos os seus sentimentos foram esmagados sob o peso do trabalho? Mas o silêncio é terrível e torturante somente para aqueles que já disseram tudo e nada mais têm a dizer. Para os que ainda não começaram a falar, o silêncio é simples e fácil... Cantávamos às vezes, começando assim: de repente, enquanto trabalhávamos, alguém emitia um pesado suspiro de cavalo cansado e entoava baixinho uma dessas canções monótonas, cuja melodia doce e melancólica sempre alivia a tristeza que embarga a alma do cantador. Canta um de nós e, a princípio, ouvimos em silêncio aquela canção solitária, que enlanguesce e se extingue sob o pesado teto do porão, como a débil chama de uma fogueira, acesa na estepe, numa noite úmida de outono, quando o cinzento céu pende sobre a terra qual teto de chumbo. Depois outro cantor junta sua voz à do primeiro e já são duas as vozes que pairam, suaves e dolentes, em meio ao calor de nossa acanhada fossa. E de súbito, outras vozes erguem-se em coro, e a canção lança-se para o alto que nem uma onda, torna-se mais forte, mais estrondosa, e como que afasta os muros úmidos e pesados de nossa prisão de pedra...

Cantam todos os vinte e seis. Vozes sonoras, há muito afinadas entre si enchem a padaria, que parece estrangular a canção. Esta bate contra a pedra das paredes, geme, chora e vivifica o coração, com uma dor suave, uma comichão, resolve nele velhas feridas e desperta a angústia... Os cantores suspiram profunda e pesadamente. Ora um deles interrompe de chofre a canção, fica ouvindo por muito tempo o canto dos companheiros e, novamente, une sua voz à onda geral; ora outro emite um grito dolente: "Eh!" — e canta, os olhos cerrados, e talvez a onda larga dos sons lhe pareça uma estrada para alguma parte, na distância, uma estrada larga, iluminada por um fúlgido sol, e sobre a qual ele se veja caminhando...

A chama do forno oscila sem cessar, a pá do forneiro não pára de roçar o tijolo, ronrona a água no caldeirão, e o refluxo do fogo sobre a parede vacila de modo sempre igual, com um rir silente... E nós cantamos, com palavras alheias, nossa embotada aflição, a pesada angústia de homens vivos privados de sol, a nossa angústia de escravos. E assim vivemos, os vinte e seis, no porão daquela grande casa de pedra, e era uma vida tão difícil como se todos os três andares do edifício estivessem erguidos diretamente sobre nossos ombros...

Mas além das canções, tínhamos ainda algo bom, amado por nós, e que talvez nos substituísse o sol. No segundo andar, havia uma oficina de bordados e ali vivia, entre muitas moças bordadeiras, a criada Tânia, de dezesseis anos. Cada manhã, encostava-se à vidraça do postigo, aberto na porta que comunicava o quartinho de entrada com a nossa padaria, um rostinho miúdo, rosado, com olhos alegres, azuis claros, e uma voz sonora, carinhosa, gritava-nos:

— Prisioneirinhos! Quero broinhas!

Todos nos voltávamos ao ouvir aqueles sons límpidos e olhávamos com alegria e ar bonachão para aquele rosto de moça, que nos sorria de modo tão simpático. Sentíamo-nos felizes de ver aquele nariz apertado contra o vidro e os dentes alvos e miúdos, que brilhavam entre os lábios grossos, abertos num sorriso. Apressávamo-nos em abrir-lhe a porta, empurrando-nos, e ela entrava, tão alegre e afável, em nossa padaria. Apresentava-nos o avental e, com a cabeça ligeiramente inclinada para o lado, parava diante de nós, sempre sorridente. Caía-lhe, do ombro sobre o peito, uma trança comprida e grossa de cabelos castanhos. Nós, gente suja, escura e feia, olhamos para ela de baixo para cima, pois a soleira da porta fica quatro degraus acima do chão, olhamos para ela, as cabeças voltadas para cima, damos-lhe bom-dia e dizemos-lhe certas palavras especiais, que somente para ela encontramos. Quando lhe dirigimos a palavra, torna-se mais meiga a nossa voz e mais comedidos os gracejos. Em relação a ela, tudo em nós é diferente. O forneiro retira do forno uma pazada de broas, as mais douradas e apetitosas, e empurra-as com agilidade para o avental de Tânia.

— Cuidado, não se deixe apanhar pelo patrão! — dizemos. Ri com ar maroto e grita-nos alegre:

— Até a vista, prisioneirinhos! — e desaparece depressa, qual um camundonguinho.

Apenas isso... Mas, por muito tempo após sua partida, conversamos agradavelmente a seu respeito, dizemos sempre o mesmo que ontem e que antes, porque ela, nós e tudo em volta somos o mesmo que já éramos ontem e antes também... É muito difícil e torturante viver, quando nada muda em volta, e se isso não mata para sempre a alma de um homem, quanto mais ele vive, mais torturante se torna a imobilidade do que o rodeia... Falávamos sempre de mulheres de tal modo que, freqüentemente, sentíamos repugnância de ouvir nossa própria fala grosseira e impudente, mas era compreensível, pois as mulheres que conhecíamos talvez nem merecessem outras palavras. Mas, jamais falávamos mal de Tânia. Nunca alguém se permitiu tocá-la com a mão, e ela não ouviu de nós sequer um gracejo mais livre. Talvez isso ocorresse pelo fato de jamais ter ficado mais tempo conosco (passava aos nossos olhos, como uma estrela caída do céu, e desaparecia), ou talvez por ser pequena e muito bonita, e tudo o que é belo desperta o respeito, mesmo em gente rude. E ainda: embora nosso trabalho de forçados nos transformasse em bois estúpidos, permanecíamos homens e, como todos os homens, não podíamos viver sem venerar algo. Perto de nós, ninguém existia melhor que ela, e ninguém, a não ser ela, prestava atenção em nós, que vivíamos no porão, ninguém, embora a casa fosse habitada por dezenas de pessoas. E finalmente, devia ser o mais importante, todos a considerávamos algo nosso, algo que existia graças unicamente às nossas broas: havíamos estabelecido como uma obrigação dar-lhe broas quentes, e isso tornara-se para nós um sacrifício diário ao ídolo, quase um ofício divino, e cada dia nos unia mais à moça. Além das broas, dávamos a Tânia muitos conselhos: agasalhar-se melhor, não correr depressa pela escada, não carregar feixes pesados de lenha. Ouvia nossos conselhos com um sorriso, respondia com uma risada e nunca nos obedecia, mas não nos ofendíamos: era-nos apenas necessário demonstrar-lhe que nos preocupávamos com ela.

Freqüentemente, dirigia-se a nós com algum pedido, que abríssemos, por exemplo, a pesada porta da adega, que picássemos lenha. Executávamos aquilo com alegria e, mesmo, com orgulho, aquilo e tudo o mais que ela quisesse.

Mas, quando um de nós pediu-lhe que consertasse a sua camisa única, ela fungou com desprezo e disse:

— Só faltava isso, imagine!...

Rimos muito daquele original e nunca mais pedimos algo à moça. Nós a amávamos, e está dito tudo. O homem sempre quer dedicar seu amor a alguém, embora, às vezes, oprima e macule com ele, e possa envenenar a vida do próximo com aquele amor, porque, amando, não respeita a quem ama. Nós devíamos amar Tânia, pois não tínhamos outra pessoa a quem amar.

Sucedia, às vezes, um de nós comentar:

— Por que mimamos tanto essa garota? Que tem ela de especial? Hem? Estamos muito ocupados com ela!

Interrompíamos abrupta e grosseiramente aquele que ousava falar assim. Precisávamos amar algo e o havíamos encontrado. E aquilo que amávamos, os vinte e seis, devia permanecer imaculado para cada um, como nosso sacrário, e quem nos contrariasse nisso seria nosso inimigo. Talvez não amemos exatamente aquilo que é bom, mas somos vinte e seis e, por isso, sempre queremos ver sagrado para os demais aquilo que nos é caro.

Nosso amor não é menos difícil que o ódio... e talvez exatamente por essa razão, alguns orgulhosos afirmem que nosso ódio honra mais o objeto que o amor... Mas, se assim é, por que eles não fogem de nós?

Além do compartimento destinado à confecção das broas, nosso patrão tinha uma padaria, instalada na mesma casa e separada de nossa fossa por uma parede. Os padeiros eram quatro e mantinham-se afastados de nós, considerando seu trabalho mais limpo que o nosso. Julgando-se, por isso, melhores que nós, não iam à nossa oficina e riam de nós com desdém, quando nos encontravam no pátio. Também não iamos àquela parte da casa, pois o patrão nos proibira fazê-lo, com medo de que roubássemos pãezinhos de leite. Não gostávamos dos padeiros, porque os invejávamos: faziam um trabalho mais leve que o nosso, ganhavam mais, recebiam melhor alimentação, tinham uma padaria ampla e clara, e eram todos limpos, sadios — detestáveis para nós. Éramos todos amarelos e cinzentos: três sofriam de sífilis, diversos de sarna, um estava completamente torcido de reumatismo. Em dias feriados e nas horas vagas em geral, eles vestiam paletó e calçavam botas rangentes, dois tinham sanfona, e iam todos passear no jardim municipal, enquanto nós usávamos uns trapos sujos e perneiras de pano ou calçado de tília, e a polícia não nos deixava entrar no jardim municipal. Podíamos, acaso, gostar dos padeiros?

E eis que uma vez soubemos que o forneiro deles dera para beber e fora despedido pelo patrão. Este já contratara outro, um soldado que usava colete de cetim e relógio com correntinha de ouro. Tínhamos curiosidade de ver um tipo tão elegante e, na esperança de encontrá-lo, corríamos a cada momento para o pátio.

Mas ele mesmo apareceu em nossa oficina. Abrindo a porta com um tranco, deixou-a escancarada, parou sorridente no umbral e disse-nos:

— Deus os ajude! Bom dia, rapazes!

O ar frio penetrava pela porta em turbilhão, qual densa nuvem, e rodopiava-lhe aos pés, enquanto ele permanecia no umbral, olhando-nos de cima, e sob seus bigodes muito claros e habilmente torcidos luziam dentes graúdos e amarelos. O seu colete era realmente algo especial: azul, bordado com flores, todo brilhante e com botões de pedrinhas vermelhas. E havia a correntinha...

Era bonito aquele soldado, alto, sadio, de faces coradas, e seus olhos grandes e claros tinham uma boa expressão, carinhosa e suave. Usava um gorro branco, fortemente engomado, e sob seu avental limpo, sem uma manchinha, apareciam os bicos finos das botas da moda, cuidadosamente lustradas.

Nosso forneiro pediu-lhe respeitosamente que fechasse a porta. Fez isto sem se apressar e começou a interrogar-nos sobre o patrão. Interrompendo um ao outro, dissemos-lhe que nosso patrão era um explorador, um gatuno, um malvado sem coração, dissemos tudo o que se podia e devia dizer sobre o patrão, mas que não se pode escrever aqui. O soldado ouvia, movia os bigodes e examinava-nos com seu olhar macio e claro.

— E vocês têm muitas garotas por aqui... — disse de repente.

Alguns de nós riram respeitosamente, outros fizeram carinha doce, alguém explicou que havia nove garotas ao todo.

— Vocês usam? — perguntou o soldado, piscando o olho.

Rimos novamente, mas não muito alto, encabulados... Muitos de nós gostariam de parecer ao soldado uns valentes rapagões, como ele próprio, mas nenhum sabia fazê-lo. Alguém confessou, em voz baixa:

— Não é para nós...

— Sim, é difícil para vocês! — exclamou o soldado, com um acento de convicção, examinando-nos fixamente. — Vocês... não sei... falta qualquer coisa... Não têm postura... boa apresentação... uma aparência conveniente! E a mulher gosta da aparência no homem! Quer que o corpo tenha aprumo... e tudo bem arrumado! E além disso, ela respeita a força... Que o braço seja assim!

O soldado retirou do bolso a mão direita e mostrou-nos o braço desnudo até o cotovelo... Era branco, vigoroso, coberto de uma lanugem dourada e brilhante.

— A perna, o peito, tudo deve ter firmeza... E, além disso, que o homem se vista de acordo... como exige a beleza... As mulheres gostam de mim. Eu não as chamo, não procuro atraí-las, elas mesmas me saltam no pescoço, cinco de uma vez...

Sentou-se sobre um saco de farinha e ficou contando por muito tempo como as mulheres gostavam dele e quão valentemente se portava com elas. Depois que partiu e depois que a porta se fechou atrás dele com um gemido, passamos muito tempo em silêncio, pensando nele e no que nos contara. Em seguida, pusemo-nos de repente a falar, todos ao mesmo tempo, e imediatamente ficou claro que todos gostamos dele. Era tão simples e simpático: viera, ficara sentado um pouco, conversara conosco. Ninguém nos visitava, ninguém nos falava daquele modo amigável... E ficamos conversando a respeito dele e dos seus futuros êxitos junto às bordadeiras, que, encontrando-nos no pátio, ora evitavam cruzar-nos de frente e comprimiam os lábios de modo ofensivo, ora caminhavam bem na nossa direção, sem se desviar, como se não existíssemos em seu caminho. Ficávamos sempre extasiando-nos apenas com elas, quer no pátio, quer quando passavam junto a nossas janelas, no inverno, com uns chapeuzinhos e peliças de tipo especial e, no verão, igualmente de chapéu e segurando sombrinhas multicores. Em compensação, conversávamos sobre essas moças de modo tal que, se nos ouvissem, certamente se enfureceriam de vergonha e mágoa.

— Eu receio que ele... estrague também a Tâniuchka — disse, de repente, o forneiro, preocupado.

Calamo-nos todos, surpresos com aquelas palavras. Havíamos esquecido Tânia: o soldado parecia tê-la oculto de nós, com seu vulto avantajado e bonito. Iniciou-se, em seguida, ruidosa discussão: uns diziam que Tânia nunca chegaria àquilo, outros afirmavam que não poderia resistir ao soldado, e, finalmente, outros ainda ofereciam-se para quebrar as costelas dele, caso começasse a importunar Tânia. Por fim, todos resolveram vigiar o soldado e Tânia, prevenir a moça de que tivesse cuidado com ele... E assim terminou a discussão.

Decorreu cerca de um mês.O soldado assava pão, saía a passeio com as bordadeiras, entrava freqüentemente em nossa oficina, mas não falava de conquistas femininas, limitando-se a torcer os bigodes e a lamber com gosto os lábios.

Tânia vinha todas as manhãs buscar broinhas e, como de costume, era simpática, alegre, carinhosa conosco. Tentávamos falar-lhe do soldado, e ela chamava-o de "bezerro de olhos grandes" e outros apelidos engraçados, o que nos acalmou. Tínhamos orgulho de nossa menina, ao ver como as bordadeiras procuravam o soldado. O modo pelo qual Tânia o tratava pareceu elevar-nos também e, como se nos orientássemos por aquela atitude, começamos igualmente a tratá-lo com desdém. E passamos a amá-la mais ainda, recebendo-a de manhã com redobrada alegria e complacência.

Certa vez, porém, o soldado veio ver-nos um pouco embriagado, sentou-se e começou a rir e, quando lhe perguntamos de que estava rindo, explicou:

— Duas se pegaram por minha causa... Lidka e Gruchka... E como se amarganharam, hem! Ha-ha! Puxaram-se pelos cabelos, caíram no chão, uma ficou a cavalo... ha-ha-ha! Foi um tal de arranhar-se... de rasgar vestidos... muito engraçado! E por que as mulheres não sabem brigar honestamente? Por que se arranham, hem?

Estava sentado no banco, sadio, limpo, alegre, e não cessava de dar gargalhadas. Permanecíamos calados. Sem sabermos por quê, ele desagradava-nos daquela vez.

— Vejam só que sorte eu tenho com o mulherio, hem?! Muito engraçado. É só piscar e... está perdida mais uma! Dia-a-bo!

Suas mãos brancas, cobertas de pelo brilhante, ergueram-se e tornaram a cair sobre os joelhos, com um estalo sonoro. Dirigia-nos um olhar agradavelmente surpreendido, como se ele próprio estivesse sinceramente admirado de sua sorte com as mulheres. Sua carantonha gorda reluzia com ar auto-suficiente e feliz, e ele continuava lambendo com gosto os lábios.

Nosso forneiro fez esbarrar com força e raiva a pá contra a beirada do fogão e, de repente, disse com ar de mofa:

— Não é vantagem aplicar grande força para derrubar uns pinheirinhos, quero ver você pôr abaixo uma árvore grande...

— Isso é comigo, não? — perguntou o soldado.

— Com você...

— Mas, por que?

— Não é nada... foi assim!

— Não, espere! De que se trata? Que árvore grande?

Nosso forneiro não respondeu, trabalhando rapidamente com a pá dentro do forno: jogava dentro dele broas cozidas, apanhava as prontas e atirava-as com estrépito ao chão, para serem apanhadas por moleques, que as penduravam sobre esfregões. Parecia ter esquecido o soldado e o assunto da conversa. Mas o outro ficou, de repente, inquieto. Pôs-se de pé e caminhou para o fogão, arriscando-se a chocar-se com o peito contra a lâmina da pá, que se movia convulsivamente no ar.

— Não, diga-me de quem se trata. Você me ofendeu... Eu? Não me escapa nenhuma, na-ão! E você me diz coisas que me ofendem tanto...

Com efeito, parecia sinceramente ofendido. Provavelmente, não tinha um motivo para se respeitar, além da sua capacidade de seduzir mulheres. Talvez não houvesse nele algo mais de animado e somente aquela capacidade lhe desse a consciência de ser um homem vivo.

Realmente, há pessoas para as quais o mais precioso e melhor na vida é constituído por alguma doença do corpo ou do espírito. Carregam-na sempre e têm nela a razão da existência, sofrem por ela e dela retiram o alimento, tornam-na motivo de queixa aos demais e, com isso, despertam a atenção do próximo. Com ela, orientam para si a compaixão dos homens e, além dela, nada possuem. Tirai-lhes essa doença, curai-os, e serão infelizes, privados do único meio de manter-se em vida: estarão completamente vazios. A vida de um homem é, por vezes, tão pobre que, involuntariamente, se vê forçado a apreciar seu vício, a viver dele. Pode-se dizer que, freqüentemente, os homens são viciados por fastio.

O soldado ofendeu-se, foi avançando sobre o nosso forneiro, uivando:

— Não, você tem que me dizer: quem é?

— Dizer? — o forneiro voltou-se bruscamente em sua direção.

— E então?!

— Conhece a Tânia?

— E então?

— Aí está! Experimente...

— Eu?

— Você!

— Ela? Seria muito fácil!

— Veremos!

— Vai ver! Ha-ha!

— Ela te...

— Um mês de prazo!

— Você é muito vaidoso, soldado!

— Duas semanas! Vou mostrar a vocês! Quem? A Tanka! Puf!...

— Ora, vá embora... está me estorvando!

— Duas semanas e pronto! Ah você...

— Vá embora, estou dizendo!

Nosso forneiro ficou, de repente, furioso e fez uma ameaça com a pá. O soldado recuou surpreendido, olhou-nos, disse em voz baixa e com maldade: "Pois está bem!" — e saiu da padaria.

Durante a discussão, permanecemos calados, acompanhando-a com interesse. Mas, depois que o soldado partiu, pusemo-nos a conversar alto e a fazer barulho.

Alguém gritou para o forneiro:

— Não foi boa coisa que você arranjou, Pável!

— Cuide do seu trabalho! — respondeu, enfurecido.

Sentíamos que o soldado fora atingido em sua corda mais sensível e que Tânia estava em perigo. Nós o sentíamos e, ao mesmo tempo, fomos todos possuídos de uma curiosidade ardente, que nos era agradável: o que ia suceder? Tânia conseguiria resistir ao soldado? E quase todos gritavam com convicção:

— Tanka? Vai resistir! Não se pode pegá-la com a mão!

Tínhamos uma vontade terrível de provar a fortaleza de nosso deusinho e nos esforçávamos em demonstrar um ao outro que era um deusinho forte, que sairia vitorioso daquele embate. Por fim, pareceu-nos que havíamos incitado pouco o soldado, que ele esqueceria a discussão, sendo necessário excitar melhor seu amor-próprio. A partir daquele dia, nossa vida tornou-se diferente, uma vida nervosa e tensa, que jamais conhecêramos. Passávamos dias inteiros a discutir, todos se tornaram mais inteligentes, de fala mais abundante e fluente. Tínhamos a impressão de que havíamos iniciado um jogo com o diabo, e que nossa aposta era Tânia. E quando soubemos, por intermédio de um dos padeiros do outro compartimento, que o soldado começara a "atacar a nossa Tanka", passamos a sentir um medo agradável e uma tal curiosidade de viver que nem percebemos quando o patrão, aproveitando-se do nosso excitamento, aumentara-nos de quatorze *pudes* de massa a tarefa cotidiana. O trabalho parecia não nos cansar sequer. O nome de Tânia não nos saía da língua o dia todo. E cada manhã, nós a esperávamos com uma impaciência especial. Às vezes, tínhamos a impressão de que ela entraria em nosso compartimento e já não seria aquela mesma Tânia, mas outra pessoa.

Todavia, nada lhe dissemos sobre a discussão. Nada lhe perguntamos e continuamos a tratá-la com amor e bondade. Mas, naquelas nossas relações com ela, havia penetrado furtivamente algo novo e estranho aos nossos sentimentos anteriores, e esse novo era uma aguda curiosidade, aguda e fria como uma lâmina de aço...

— Meus irmãos! Hoje termina o prazo! — disse certa manhã o forneiro, iniciando o trabalho.

Nós sabíamos isto bem, mesmo sem sua lembrança, mas, apesar de tudo, nos agitamos.

— Olhem para ela... vai chegar logo! — propôs o forneiro. Alguém exclamou, com lástima:

— Mas, como se vai perceber alguma coisa?

E isso deu lugar, novamente, a uma discussão acalorada e barulhenta. Íamos saber, por fim, a que ponto era puro e inacessível à lama o objeto em que havíamos depositado o que tínhamos de melhor. Naquela manhã, sentimos, de súbito e pela primeira vez, que realmente havíamos iniciado um grande jogo e que aquela prova da pureza de nosso deusinho poderia destruí-lo para nós. Durante todos aqueles dias, havíamos sabido que o soldado perseguia Tânia obstinada e incessantemente, mas, sem saber por que, ninguém de nós perguntara a ela de que modo tratava o soldado. E Tânia continuava a aparecer pontualmente cada manhã em nossa padaria, para apanhar broinhas, e tinha o ar de costume.

Naquele dia, não tardamos também a ouvir sua voz:

— Prisioneirinhos! Cheguei...

Apressamo-nos em abrir-lhe a porta e, quando entrou, recebemo-la calados, ao contrário do que costumávamos fazer. Olhando-a fixamente, não sabíamos de que falar com ela, o que perguntar. Formamos diante dela uma escura e silenciosa multidão. Pareceu surpreender-se com aquela recepção que lhe era estranha e, de repente, vimos que empalidecia, ficava inquieta, agitava-se. Perguntou com voz abafada:

— Que têm hoje?

— E você? — retrucou-lhe sombrio o forneiro, não tirando dela os olhos.

— Que há comigo?

— Na-ada...

— Ora, dêem-me depressa as broinhas...

Jamais ela nos apressara antes...

— Tem tempo! — disse o forneiro, sem se mover e sem tirar os olhos do seu rosto.

Então, ela virou-se bruscamente e desapareceu atrás da porta.

O forneiro apanhou a pá e disse calmamente, voltando-se para o forno:

— Quer dizer que está feito! Que soldado!... Canalha!...

Caminhamos para a mesa como um rebanho de carneiros, empurrando-nos, sentamo-nos em silêncio e pusemo-nos a trabalhar desanimados. Pouco depois, alguém disse:

— Mas, pode ser que...

— Ora, ora! Vá conversando! — gritou o forneiro.

Sabíamos todos que ele era pessoa inteligente, mais inteligente que nós. Compreendemos seu grito, como certeza da vitória do soldado... Sentíamos inquietude e tristeza...

O soldado chegou ao meio-dia, quando almoçávamos. Como de costume, vinha limpo e garridamente trajado e, como sempre, fitava-nos bem nos olhos. E nós tínhamos vergonha de olhá-lo.

— Bem, meus senhores, se quiserem, posso mostrar-lhes o que é a bravura de um militar — disse com um sorriso de orgulho. — Vocês vão sair para o quarto da frente e espiar pelas frestas... compreenderam?

Saímos e, tombados uns sobre os outros, encostamo-nos às fendas da parede de tábua, que dava para o pátio. Não esperamos muito. Pouco depois, Tânia atravessou o pátio, com passo precipitado e rosto inquieto, saltando sobre as poças de neve derretida e lama. Desapareceu atrás da porta da adega. Depois, o soldado caminhou também para lá, assobiando e sem se apressar. Tinha as mãos nos bolsos e seus bigodes mexiam-se...

Chovia e nós víamos as gotas caindo nas poças, que se franziam. Era um dia úmido, cinzento, dia de muito tédio. A neve jazia ainda sobre os telhados, mas já haviam aparecido sobre a terra manchas escuras de lama. E a neve sobre os telhados estava também coberta de faixas pardas, sujas. Chovia devagar, e era dolente o ressoar da chuva. Esperando, tínhamos frio e uma sensação desagradável...

O primeiro a sair da adega foi o soldado: caminhou vagarosamente pelo pátio, movendo os bigodes, as mãos enfiadas nos bolsos — era o mesmo de sempre.

Em seguida, Tânia saiu também de lá. Seus olhos... seus olhos luziam de alegria e felicidade e seus lábios sorriam. Caminhava como num sonho, balançando o corpo, com passos inseguros...

Não podíamos suportá-lo tranqüilamente. Atiramo-nos ao mesmo tempo para a porta, pulamos para o pátio e assobiamos, gritamos para ela com raiva, muito alto, com selvageria.

Vendo-nos, ela estremeceu e estacou, petrificada, como se estivesse enterrada na lama sob seus pés. Rodeamo-la e pusemo-nos a insultá-la, com maldade, sem nos conter, com palavras indecentes, dissemos-lhe obscenidades.

Fizemo-lo sem barulho, sem pressa, vendo que não tinha para onde ir, que estava rodeada por nós e que podíamos zombar dela à vontade. Não sei por que, não lhe batemos. Ficou parada no meio de nós, voltando a cabeça ora para um, ora para outro lado, ouvindo nossas ofensas. E nós lhe lançávamos em profusão crescente, com força a cada momento redobrada, a lama e o veneno de nossas palavras.

As cores fugiram-lhe do rosto. Seus olhos azuis claros, felizes instantes atrás, abriram-se desmesuradamente, seu peito respirava opresso e estremeciam-lhe os lábios.

Cercando-a, nós nos vingávamos nela, pois nos havia roubado. Pertencia-nos, havíamos gasto com ela o que tínhamos de melhor e, embora aquele melhor fossem migalhas de mendigos, éramos vinte e seis e ela uma só e, por isso, qualquer sofrimento que lhe causássemos, por maior que fosse, não corresponderia à sua culpa! Como a ofendemos!... Permanecia calada, dirigindo-nos olhares selvagens, e tremia com todo o corpo.

Ríamos, gritávamos, rugíamos... Outras pessoas juntaram-se ao grupo... Um de nós puxou Tânia pela manga do casaquinho...

De repente, seus olhos cintilaram. Sem se apressar, ergueu as mãos à cabeça e, arrumando o cabelo, disse alto, mas tranqüilamente, olhando-nos bem de frente:

— Eh vocês, infelizes prisioneiros!...

E caminhou diretamente sobre nós, como se não existíssemos na sua frente, como se não lhe impedíssemos o passo. Por isso, realmente, nenhum de nós embargou-lhe o caminho.

E saindo de nosso círculo, disse ainda sem se voltar em nossa direção, igualmente alto, com altivez e desdém:

— Ah, canalha infame...

E se foi, aprumada, bela, orgulhosa.

Ficamos no meio do pátio, na lama, sob a chuva e sob o céu cinzento e sem sol...

Depois, fomos também, em silêncio, para a nossa úmida fossa de pedra. Tal como antes, o sol jamais espiava pelas nossas janelas e Tônia nunca mais voltou!...

1899

CAIM E ARTIOM

Caim era um judeu miúdo, vivo, de cabeça pontuda e rosto amarelo e magro. Pequenas touceiras de cabelos ruivos e ásperos cresciam-lhe sobre as maçãs e o queixo, e o rosto espiava por trás deles como se estivesse dentro de uma velha e desgrenhada moldura de pelúcia, cuja parte superior fosse a pala de um boné sujo.

Sob a pala e as sobrancelhas ruivas, que pareciam rareadas com pinça, faiscavam olhos pequenos e cinzentos. Poucas vezes, detinham-se demoradamente em algum objeto, mas sempre corriam rápidos, de um lado a outro, e por toda parte semeavam sorrisos tímidos, aduladores, que procuravam captar as boas graças de alguém.

Quem via aqueles sorrisos compreendia imediatamente ser o medo que tinha de todos o sentimento fundamental do homem que assim sorria, um medo capaz de se elevar, no instante seguinte, ao pavor. Por isso, quando a preguiça não o impedia, cada um reforçava com zombarias cruéis e piparotes aquele sentimento sempre tenso do judeu, que lhe impregnara não apenas os nervos, mas, parecia, as próprias dobras do traje de alpaca, que, envolvendo-lhe o corpo ossudo, dos ombros à ponta dos pés, também tremia continuamente.

O judeu chamava-se Khaim,[1] mas alcunharam-no de Caim. Era um nome mais simples, mais conhecido, e continha muito de ofensivo. Embora não combinasse com aquela figurinha assustada, enfermiça, parecia a todos que o nome representava com perfeição o físico e a alma do judeu, ao mesmo tempo que o ofendia.

---

[1] Jaime.

Vivia entre gente perseguida pela adversidade, para a qual é sempre agradável ofender o próximo, e eles sabem fazê-lo, pois, por enquanto, é o único meio de vingança que possuem. E era difícil ofender Caim: quando o ridicularizavam, limitava-se a sorrir com ar de culpa e, por vezes, chegava mesmo a ajudar os demais a zombar de si próprio, como se pagasse adiantado a seus ofensores o direito de existir entre eles.

Vivia, naturalmente, de comércio. Caminhava pelas ruas, com uma caixa de madeira ao peito, gritando com voz fina:

— Graxa! Fósforos! Alfinetes! Agulhas! Artigos de armarinho! Tudo que é miudeza!

Mais um traço característico: tinha orelhas grandes, em abano, e que se moviam constantemente, como as de um cavalo assustadiço.

Comerciava em Chikhã, localidade em que se aglomeravam os miseráveis e famintos, os "homens refugados" da cidade. Chikhã consistia em uma rua estreita, de prédios velhos e altos. Neles se localizavam albergues, tavernas, padarias, armazéns de secos e molhados, que vendiam também ferro velho e toda espécie de trastes. Eram habitados por ladrões e compradores de objetos roubados, pequenos comerciantes e vendedoras de comestíveis. Nessa rua, havia sempre muita sombra, imundície e gente bêbada; no verão, pairava nela um cheiro denso de podridão e de vodca estragada. Como se temesse manchar os raios naquele monturo, o sol espiava para aquela rua unicamente de manhã cedinho, com cautela e por pouco tempo.

Ela se espalhara na encosta da montanha, não longe da margem do grande rio, e estava continuamente repleta de embarcadiços, moços de bordo, estivadores. Embriagavam-se e gozavam a vida a seu modo, enquanto os ladrões esperavam, em cantinhos escusos, que eles acabassem de se embriagar. Junto à calçada da rua, ficavam os potes de barro das vendedoras de *pelméns*,[2] os tabuleiros de doces e de dobradinha. A chusma de gente de trabalho, vinda do rio, devorava sofregamente a comida quente, os bêbados cantavam selvagemente e soltavam impropérios, os vendedores chamavam fregueses com voz sonora, elogiando a mercadoria; carros passavam ruidosos, esgueirando-se com dificuldade entre os magotes de gente, que enchia a rua, comprando ou vendendo, à espera de trabalho ou à espreita de algo. O caos de sons rodopiava sobre a rua estreita, convertida

[2] Espécie de pastéis.

num canal de esgoto, e quebrava-se contra as paredes sujas de seus prédios.

Naquele canal, de lodo fervente, repleto de ruído ensurdecedor e de falas cínicas, sempre formigavam crianças de todas as idades, mas igualmente sujas, famintas e pervertidas. Elas corriam por ali da manhã ao anoitecer, subsistindo graças à bondade das vendedoras e à agilidade de suas próprias mãos, e, de noite, dormiam nas proximidades, junto a um portão, sob a barraca de doces ou no vão de uma janela de porão. De madrugada, aquelas vítimas esquálidas do raquitismo e da escrofulose já estavam de pé, a fim de novamente roubar pedaços saborosos de comida e pedir os imprestáveis para venda. De quem eram aquelas crianças? De todos...

Pois bem, era nessa rua que vagueava Caim, dia após dia, apregoando suas mercadorias e vendendo-as a mulheres da rua. Elas tomavam-lhe emprestado, por algumas horas, vinte copeques, obrigando-se a pagar vinte e dois, e sempre saldavam criteriosamente o compromisso. De modo geral, Caim fazia na rua grandes negócios: comprava a trabalhadores em farra, camisas, bonés, botas e harmônicas; a mulheres, saias, casaquinhos, adornos baratos, depois trocava esses objetos ou vendia-os com um lucro de dez copeques. E a cada hora, era vítima de zombarias, pancadas e, às vezes, até roubado. Não se queixava de tudo isso, mas apenas esboçava sorrisos tragicamente humildes.

Às vezes, agarrado num dos cantos escuros da rua por dois ou três rapagões, impelidos pela fome ou pela embriaguez a um estado que os tornava aptos até a um assassínio, o judeu, derrubado ao solo por um soco ou, tão-somente, pela sensação de pavor, permanecia aos pés de seus assaltantes e, trêmulo, esquadrinhando convulsivamente os bolsos, implorava-lhes:

— Senho-ores! Meus bons senhores! Não levem tudo... Como vou comerciar?

E seu rosto magro estremecia com sorrisos sem conta.

— Ora, pare com esses pios! Basta dar-nos trinta copeques...

Aqueles bons senhores compreendiam que não se devia arrancar da vaca toda a teta, para conseguir leite.

Acontecia erguer-se e caminhar ao lado deles pela rua, sorrindo e gracejando; eles também falavam, num tom condescendente, caçoando de Caim, e todos se portavam com simplicidade e franqueza. Depois de uma dessas ocorrências, parecia ainda mais magro, apenas.

Dava a impressão de não estar em bons termos com a comunidade israelita. Raramente, alguém o via com um correligionário e sempre se percebia que este tratava Caim com altivez e desprezo. Corria, na rua, o boato de que pesava sobre ele o *Kherem*[3] e, por algum tempo, as vendedoras ambulantes apelidaram-no de amaldiçoado.

O fato era pouco provável, embora se notassem na conduta de Caim evidentes sinais de heresia, pois não guardava o descanso sabático e comia carne que não era *cócher*.[4] Muitos faziam-lhe, com insistência, perguntas ou exigências, para que explicasse como ousava transgredir tais preceitos. Encolhia-se então numa pelota, sorria e livrava-se da insistência com um gracejo, ou fugia, sem contar jamais algo sobre a fé e os costumes judaicos.

Mesmo os infelizes garotos daquela rua perseguiam-no, atirando-lhe, aos ombros e para dentro de sua caixa, bolas de lama, cascas de melancia e outras imundícies. Ele procurava detê-los com palavras carinhosas; mais freqüentemente, porém, fugia deles para o meio da multidão, onde não ousavam persegui-lo, com medo de serem pisados pela turba.

Assim vivia de um dia para outro, conhecido de todos e por todos perseguido, comerciava, tremia de medo, sorria, mas eis que o destino sorriu-lhe também...

Cada recanto da vida tem seu déspota. Quem desempenhava este papel em Chikhã era o galhardo Artiom, enorme rapagão, de cabeça coberta por um denso chapéu de cabelos negros e crespos, que lhe caíam sobre a fronte em caprichosos anéis, descendo até as magníficas sobrancelhas de veludo e aos imensos olhos castanhos, alongados, sempre encobertos de uma névoa oleosa. Tinha nariz de uma correção clássica, lábios vermelhos, suculentos, cobertos de grandes bigodes negros; todo o seu rosto redondo, límpido, amorenado, era etxraordinariamente belo e correto; os olhos, embaçados de bruma, pareciam realçar e explicar sua beleza. Alto, esbelto, de peito amplo, sempre com um sorriso nos lábios, era em Chikhã o terror dos homens e a alegria das mulheres. Passava a maior parte do dia deitado ao sol, e ali, pesado e indolente, aspirava o ar e a luz, com suspiros len-

[3] Em hebraico, anátema.

[4] Em iídiche, alimento conforme ao ritual.

tos, que faziam erguer-se, com força e regularmente, seu peito vigoroso.

Tinha uns vinte e cinco anos. Cerca de três anos antes, chegara à cidade com um grupo[5] de estivadores de Prómzino[6] e, passado o período de navegação,[7] ficara para hibernar ali, depois de compreender que podia viver agradavelmente, mesmo sem trabalhar, explorando apenas sua força e beleza. E, desde então, o rapaz de aldeia e estivador transformara-se no favorito das vendedoras de *pelméns*, donas de armazéns e outras mulheres de Chikhã. Essa espécie de ocupação permitia-lhe ter, quando quisesse, comida, vodca e tabaco; nada mais sabia desejar, e assim vivia.

As mulheres insultavam-se e lutavam por sua causa; as casadas eram denunciadas aos respectivos maridos, e maridos e amantes espancavam-nas cruelmente. Artiom era indiferente a tudo isso, aquecia-se ao sol, espreguiçando-se como um gato, e esperava que despertasse nele um dos poucos desejos que lhe eram acessíveis.

Comumente, ficava deitado sobre a montanha, em cuja encosta apoiava-se a rua. Bem em frente, via o rio, além do qual, até o horizonte, estendiam-se vastas pastagens; aqui e ali, apareciam manchas cinzentas sobre o tapete verde e uniforme: eram aldeias. Naquela direção, havia sempre quietude, luminosidade, verdor... Voltando a cabeça para a esquerda, via a rua, do começo ao fim; fervia nela uma vida barulhenta; fixando os olhos naquela multidão animada e escura, distinguia os vultos de gente conhecida, ouvia um ulular faminto e talvez pensasse em algo. Em volta dele, sobre a montanha, cresciam densamente ervas daninhas, surgiam bétulas solitárias e esquálidas e touceiras quebradas de sabugueiro; ali, vagabundos curtiam a bebedeira e jogavam cartas, consertavam a roupa ou descansavam do trabalho ocasional e das brigas.

— Titio Artiom, tia Mária mandou avisar você que o marido dela viajou, é para você alugar hoje um barco e ir com ela para o campo...

— A-assim — arrasta preguiçosamente Artiom, e um sorriso turvo aparece-lhe nos olhos magníficos.

---

5 No original, *artiel*, isto é, grupo reunido para trabalho em comum, e que atuava em bases de divisão equitativa dos ganhos e de responsabilidade comum. Tais grupos eram freqüentes na Rússia czarista.

6 Vila do governo de Simbirsk, de onde saía para o Volga os melhores, isto é, os mais fortes, estivadores. — N. do A.

7 Esta é interrompida no inverno.

— Mas sem falta...

— Posso... é... escuta... mas, qual delas é tia Mária?

— Uma vendeira — diz com censura o enviado.

— Vendeira... não é mesmo? Aquela que tem casa junto da loja de ferragem?

— Nada disso!... Quem mora junto da loja de ferragem é Aníssia Nicoláievna...

— Ora, ora, irmão, bem que eu sabia... Falei à toa... por brincadeira!... Como se pudesse esquecer... conheço bem a Mária.

Mas o enviado não está convencido disso; quer cumprir bem seu encargo e explica a Artiom, num tom persuasivo:

— Mária é aquela pequena, corada, ao lado da banca de peixe...

— Ora, ora!... Ao lado da banca de peixe! Cada um que aparece! Que engraçado!... Pensa que vou confundir? Está bem, diga a Mária que eu vou. Ande!

Então, o enviado imprime à cara a mais doce expressão e arrasta:

— Titio Artiom, me dá um copequezinho!

— Um copequezinho? E se eu não tenho? — diz Artiom, enfiando simultaneamente as mãos nos bolsos das calças largas. E sempre acaba por encontrar alguma moeda. Com um sorriso de alegria, o enviado sai às carreiras, a fim de comunicar à apaixonada vendedora de fígado o cumprimento do encargo e receber dela a devida recompensa. Conhece o valor do dinheiro e precisa dele não somente por estar faminto, mas também porque fuma cigaros, bebe vodca e tem seus pequenos casos de amor. No dia seguinte a uma de tais cenas, Artiom está ainda mais inacessível às impressões do cotidiano e ainda mais magnífico, em sua rara beleza de animal vigoroso, mas dócil. Assim se arrastava aquela existência farta, quase inconsciente, mas tranqüila, apesar dos inúmeros ciumentos, ciumentas e invejosos, por estar guardada pela força terrível do punho de Artiom.

Às vezes, porém, algo ameaçador, escuro, condensava-se nos olhos castanhos do belo rapagão; suas sobrancelhas de veludo uniam-se com expressão severa, uma ruga profunda sulcava-lhe a fronte morena. Erguia-se e ia de seu covil para a rua e, quanto mais se aproximava da multidão agitada, mais se arredondavam as meninas de seus olhos, as narinas pequenas estremeciam com maior freqüência. Trazia pendente do ombro esquerdo uma jaqueta amarela, de fazenda campônia, o direito estava coberto com a camisa e, através desta, via-se quão vigoroso era aquele ombro. Não gostava de botas e andava sempre de calçado de tília; as perneiras brancas, de tiras lindamente cruzadas, desenhavam-lhe em relevo a barriga da perna. Caminhava lentamente, como uma grande nuvem de tempestade...

Na rua, todos conhecem seus modos e já vêem, por seu rosto, o que têm a esperar de Artiom. Ressoa um murmúrio de aviso:

— Lá vem Artiom!...

Muitos apressam-se a limpar o caminho para o belo rapagão, empurrando para o lado tabuleiros com mercadoria, vasilhas de barro com alimento quente, dirigem-lhe sorrisos aduladores, acenam-lhe com a cabeça... Ele avança, em meio a sinais de atenção e de temor à sua força, avança taciturno, silencioso, de uma beleza selvagem de fera corpulenta.

Eis que esbarra num tripé com tabuleiro de dobradinha, fígado, bofes, e tudo isso voa sobre a calçada suja. O vendedor solta um grito desesperado e se põe a praguejar.

— E por que você fica no caminho? — pergunta Artiom, com expressão tranqüila, mas ameaçadora.

— Não podia passar por outro lado, touro? — uiva o vendedor.

— E se eu quero passar por aqui?

Sob as maçãs do rosto de Artiom aparecem grandes tumescências, seus olhos parecem pregos aquecidos ao rubro. O vendedor percebe isto e balbucia:

— A rua é estreita para você...

Artiom prossegue lentamente seu caminho. O vendedor vai à taverna, apanha lá água fervente, lava com ela a mercadoria e, cinco minutos depois, grita novamente, por toda a rua:

— Fígado, bofes, coração quente! Embarcadiço! Venha comprar, vou cortar um pedaço de língua! Titia, compre pescoço! Quem quer coração quente? Fígado, bofes!

Une-se a este ulular de vozes um cheiro denso de podridão, vodca, suor, peixe, alcatrão, cebola.

Os homens caminham pelo meio da rua, impedindo o movimento dos cavalos, gritam, regateiam, riem. Bem no alto, serpenteia a faixa azul do céu, turva de pó e sujeira, erguida para o ar por esta rua, em que até as sombras das casas parecem úmidas e penetradas de imundície...

— Artigos de armarinho! Linha! Agulhas! — apregoa Caim, seguindo com os olhos Artiom, mais terrível para ele que para os demais.

— Bolo de pera, quem come não desespera! — reboa a voz sonora de uma jovem confeiteira.

— Cebolinha, cebolinha verde-e!... — replica outra voz.

— Kvá-ás! Kvá-ás![8] — coaxa rouquenhamente um velho baixote e gordo, de rosto rubicundo, sentado à sombra do barril com sua mercadoria.

E o homem conhecido na rua pelo estranho apelido de Noivo Esfarrapado vende a um embarcadiço uma camisa suja, mas forte, que acaba de despir, gritando-lhe convincente:

— Brutamontes! Onde vai comprar por vinte copeques uma peça de tanto efeito? Com uma camisa dessas, pode-se ir pedir a mão de uma mulher do comércio, com milhões de dote! Dia-abo!

De repente, em meio ao uivar e ulular coletivo, selvagem, mas harmônico, perpassa um acento tilintante de voz infantil:

— Um copequezinho, pelo amor de Cristo... a um órfão sozinho no mundo... sem pai nem mãe...

O nome de Cristo ressoa naquela rua, de modo estranho e alheio a tudo.

— Artiucha! Venha cá! — exclama carinhosamente a despachada mulher de soldado, Dária Grômova, que vende *pelméns.* — Por onde anda sumido? Por que esquece a gente?

— Vendeu muito? — pergunta-lhe calmamente Artiom e derruba-lhe a mercadoria, com um ligeiro ponta-pé. Os *pelméns,* amarelos e pegajosos, escorregam pelas pedras da calçada e desprendem vapor, enquanto Dária, pronta a lutar, grita furiosa:

— Olhos de sem-vergonha! Lará-a-pio! Como é que a terra te suporta, camelo de Astracã?!

Os espectadores dão gargalhadas, zombando dela, todos sabem que vai perdoá-lo a Artiom.

E ele prossegue, no mesmo avanço vagaroso, empurrando a todos, ora chocando-se contra as pessoas com o peito, ora pisando-as. E à sua frente, ligeiro como uma cobra, arrasta-se o murmúrio de aviso:

— Aí vem Artiom!

Mesmo quem ouve pela primeira vez aquelas palavras, sente a ameaça que contêm e cede caminho a Artiom, espiando cautelosamente o vulto possante do belo rapagão.

Eis que Artiom encontra um vagabundo, seu conhecido. Cumprimentam-se, e o primeiro aperta com tamanha força, com sua férrea

---

[8] Kvás — bebida fermentada, muito popular na Rússia.

pata, a mão do conhecido que este grita de dor e solta impropérios. Então, Artiom aperta-lhe o ombro com os dedos ou encontra algum outro meio de causar-lhe dor e, silenciosa e tranqüilamente, observa como o homem geme e suspira sob a sua mão, sufoca de sofrimento e murmura:

— Deixe-me, carrasco!...

Mas o carrasco é inflexível, como um juiz.

Caim ia parar também com freqüência nas mãos cruéis de Artiom, que brincava com ele como uma criança brinca com um inseto.

Aquele comportamento peculiar do atleta chamava-se em Chikhã "a saída de Artiucha". Criava-lhe inúmeros inimigos, mas estes não conseguiam vencer sua força monstruosa, embora o tentassem. Assim, certa vez, sete fortes rapagões, contando com os aplausos de toda a rua, decidiram castigar e domar Artiom. Dois deles pagaram muito caro aquela tentativa, os demais sofreram conseqüências ligeiras. Outra vez, diversos tendeiros, maridos ludibriados, contrataram um famoso atleta, açougueiro da cidade, que mais de uma vez saíra vencedor contra lutadores de circo, e que se encarregou, mediante elevada recompensa, a espancar Artiom, até deixá-lo quase morto. Este, que jamais se recusava a lutar "voluntariamente", arrancou do açougueiro o braço para fora da omoplata e, com um golpe "abaixo da alma",[9] deixou-o inconsciente no chão. Isso elevou ainda mais o prestígio da força de Artiom e, naturalmente, aumentou o número dos seus inimigos.

E ele prosseguiu, como sempre, em suas "saídas", derrubando tudo e todos em seu caminho. Que sentimentos expressava assim? Talvez fosse uma vingança contra a cidade e as normas de sua vida, da parte de um homem dos campos e das florestas, arrancado do solo natal, sentindo confusamente que a cidade o destruía insuflando veneno em seu corpo e em sua alma, e que, sentindo-o, lutasse daquele modo contra a força fatal, que o escravizava. Suas "saídas" terminavam às vezes na delegacia de polícia, onde recebia tratamento melhor que os demais homens de Chikhã, pois os policiais surpreendiam-se com a sua força fantástica, divertindo-se com ela, e sabiam que ele não era ladrão, nem sequer capaz de sê-lo, por demasiada estupidez. Mais freqüentemente, porém, depois de uma "saída", Artiom ia a alguma baiúca, onde o tomava sob a sua proteção uma das mulhe-

[9] No peito.

res por ele apaixonadas. Depois daquelas proezas, ficava taciturno e manhoso, algo estranho adensava-se em seus olhos, e a imobilidade do seu semblante fazia-o parecer um idiota. Alguma vendedora impregnada de gordura até os ossos, balzaqueana vigorosa, tratava dele então, com sentimento de temor e ares de proprietária daquele animal selvagem.

— Quer que mande buscar mais dois copos de cerveja, Artiucha? Ou algum licorzinho? Não quer comer alguma coisa? Por que está hoje tão mal-encarado?

— Deixe-me!... — dizia Artiom com voz abafada, e por alguns minutos ela cessava de se agitar a seu lado, mas, depois, punha-se novamente a embebedar o belo rapagão, pois sabia que Artiom era avaro de carícias, a não ser quando embriagado.

E eis que aprouve ao destino, por vezes demasiado brincalhão, fazer com que este homem e Caim se encontrassem.

Aconteceu o seguinte:

Certa vez, depois de uma "saída" e de um farto festim, que a seguira, Artiom encaminhava-se, cambaleando, em companhia de sua dama, à casa desta, por um beco estreito e deserto de arrabalde. Naquele lugar, alguns homens atiraram-se sobre ele e derrubaram-no imediatamente. Enfraquecido pelo vinho, defendia-se mal e, então, os homens vingaram nele durante quase uma hora as incontáveis ofensas que lhes infligira. A companheira de Artiom fugiu; a noite era escura, o lugar deserto, tudo favorecia os homens para um ajuste de contas integral, e eles agiram sem poupar forças. E quando, cansados, cessaram a ação, jaziam dois corpos imóveis: o do galhardo Artiom e o de um homem a quem chamavam Bode Vermelho.

Depois de conferenciar sobre o que deviam fazer com aqueles corpos, os valentões decidiram esconder Artiom debaixo de um lanchão quebrado durante o degelo, e que estava emborcado na margem do rio, e levar consigo o Bode Vermelho.

Arrastado em direção à margem, Artiom despertou com a dor, mas, percebendo que a condição de morto era mais vantajosa, permaneceu calado. Enquanto o arrastavam, cobriram-no de insultos, vangloriando-se dos golpes que lhe infligiram. Artiom ouviu Michka Vavilov dizer aos companheiros que procurara, o tempo todo, dar-lhe pontapés, sob a omoplata esquerda, para lhe esfacelar o coração.

Sukhopliúiev[10] contava que lhe batera na barriga, pois, se se estragam as tripas a um homem, este não poderá aproveitar a comida e, por mais que se alimente, não terá mais forças. Lomákin[11] declarou igualmente que, por duas vezes, calcara com os pés a barriga de Artiom. Os demais se haviam distinguido com o mesmo brilhantismo, do qual não cessavam de falar, até chegarem ao lanchão, debaixo do qual enfiaram Artiom. Este ouvira tudo, inclusive que, afastando-se, eles decidiram, por unanimidade, que Artiom nunca mais havia de se pôr de pé.

Eis que ficou sozinho, no escuro, sobre um monte de lixo úmido atirado sob o lanchão, durante a cheia, pelas ondas do rio. Era uma fresca noite de maio, e aquele frescor devolvia-lhe a cada momento a consciência. Mas, quando tentava arrastar-se até o rio, desmaiava novamente, devido a uma dor terrível por todo o corpo. E, depois, tornava a voltar a si, torturado pela dor e por uma sede insuportável. O rio parecia zombar de sua impotência, marulhando suavemente contra a margem, nas proximidades. Passou toda a noite naquela situação, temendo gemer e mexer-se.

De uma feita, porém, voltando a si, sentiu que lhe acontecera algo bom, que lhe suavizara muito as dores. Podia abrir com dificuldade um dos olhos e mal conseguia mover os lábios dilacerados, inchados. Era dia, pois raios de sol penetravam através das frinchas do barco, formando uma névoa em torno de Artiom. Depois, ele conseguiu levar a mão ao rosto e apalpou sobre ele trapos molhados. Tinha outros trapos sobre o peito e a barriga. Estava completamente despido, e o frio atenuava-lhe o sofrimento.

— Beber! — disse, adivinhando confusamente que alguém devia estar a seu lado. Uma trêmula mão passou por cima de sua cabeça e enfiou-lhe na boca o gargalo de uma garrafa. Esta dançava na mão de quem a servia, e batia nos dentes de Artiom. Depois de tomar água, quis saber quem estava a seu lado, mas a tentativa de voltar a cabeça foi mal sucedida e deixou-lhe dolorido o pescoço. Rouquejando e emitindo soluços, começou então a falar:

— Vodca... meter um copo na barriga... e, em cima, esfregar também... então, eu... me levantava, talvez...

— Levantar-se? O senhor não pode se levantar. O senhor está completamente azul e inchou como um afogado... Mas, quanto à vodca, pode ser, tenho vodca... uma garrafa inteira...

---

10 Nome que significa: "cospe seco".

11 Nome relacionado com *lomát* (quebrar).

Alguém falava baixo, com timidez e muito depressa. Artiom conhecia aquela voz, mas não se lembrava a quem pertencia, a qual das mulheres.

— Me dá — disse ele.

E, novamente, alguém, que parecia evitar seus olhos, estendeu-lhe a garrafa por trás, por cima de sua cabeça. Engolindo com dificuldade a vodca, Artiom espiava com um dos olhos o fundo úmido e negro do lanchão, coberto de cogumelos.

Tendo bebido mais de um quarto de garrafa, suspirou profundamente, aliviado, e, emitindo um som rouco do peito, pôs-se a falar francamente, com voz desprovida de qualquer inflexão:

— Puseram-me em bom estado... Mas espere... vou me levantar! Então, que se agüentem...

Ninguém lhe respondeu, mas ouviu um ruído ligeiro, como se alguém se afastasse dele de um salto; depois, tudo silenciou, apenas marulhavam as ondas e, em alguma parte, ao longe, ressoava a *Dubínuchka,*[12] acompanhada de uis. Ouviu-se uivar a sirena de um navio, calar-se e, passados alguns segundos, rugir taciturna, como se se despedisse da terra para sempre... Artiom passou muito tempo esperando uma resposta a suas palavras, mas tudo estava em silêncio sob o lanchão, o fundo pesado, impregnado de podridão esverdeada, balançava-se sobre sua cabeça, erguendo-se e abaixando-se como se quisesse cair de um arranco e esmagá-lo com seu peso.

Artiom sentiu pena de si mesmo. Penetrou-o a consciência nítida de sua impotência quase infantil e, ao mesmo tempo, um sentimento de humilhação. Ele, tão forte, tão belo, fora tão desfigurado, tão inutilizado!... Com mãos fracas, pôs-se a apalpar as reentrâncias e inchaços em seu rosto e peito, depois soltou impropérios com amargura e se pôs a chorar. Soluçava, movia as ventas, blasfemava e, deslocando a custo as pálpebras, espremia as lágrimas de que tinha repletos os olhos. Cálidas e graúdas, escorregavam-lhe pelas faces, penetravam-lhe nas orelhas, e Artiom sentia que aquelas lágrimas limpavam algo dentro dele.

— Está bem!... Esperem! — balbuciava em meio aos soluços.

E, de repente, ouviu que, nas proximidades, ressoavam outros soluços abafados e um murmúrio, que pareciam zombar de algo.

Ninguém lhe respondeu.

---

12 Canção de trabalho.

Reunindo todas as forças, Artiom virou-se então de lado, rugiu de dor, como um animal selvagem, ergueu-se sobre os cotovelos e vislumbrou, por entre a névoa, um vulto pequeno, comprimido numa pelota, junto ao bordo do lanchão. Abraçando os joelhos com os braços compridos e finos, aquele homem apertava contra eles a cabeça, enquanto lhe tremiam os ombros. Artiom teve a impressão de que era um rapazinho, um adolescente...

— Vem cá!

O outro não obedeceu e continuava a tremer, como se estivesse com febre. A dor e o medo daquele vulto fizeram com que se enevoassem os olhos de Artiom, e ele uivou:

— Ve-em!

Em resposta, desabou uma saraivada de palavras trêmulas, apressadas:

— O que foi que eu fiz de mal ao senhor? Por que grita comigo? Não o lavei com água, não lhe dei de beber, não lhe servi vodca? Não chorei quando o senhor chorou e não senti dor, quando o senhor gemia? Oh, Senhor meu Deus! Mesmo o que existe de bom em mim só me traz sofrimento! Que fiz eu de mau à sua alma ou à seu corpo? Que posso fazer-lhe de mau? Iá! Iá! Iá!

Tendo interrompido seu discurso com três soluços, aquele homem calou-se, agarrou a cabeça com as mãos e pôs-se a balançar o corpo de um lado para outro, sentado no chão.

— Caim? É!... ah, é você!

— Bem, e então?

— Você? Ora, ora! Só você? Ai-ai! Venha cá. Ora, que tipo engraçado!

Artiom ficou perplexo diante daquele fato inesperado, mas, ao mesmo tempo, sentiu acender-se nele certa alegria. Pôs-se mesmo a rir, ao ver como o judeu arrastava-se timidamente, de gatinhas, em sua direção, e como piscavam medrosos os olhinhos naquele rosto ridículo, seu conhecido.

— Venha, coragem! Juro por Deus que não toco em você! — julgou necessário dizer, para animar o judeu.

Caim arrastou-se até seus pés, deteve-se e começou a olhá-lo, com um sorriso temeroso e súplice; parecia esperar que espezinhassem o seu corpo, extenuado pelo temor.

— Ora!... Então, é você! E foi você que fez tudo aquilo? Quem te mandou aqui? Anfissa? — interrogou-o Artiom, movendo com dificuldade a língua.

— Vim sozinho!

— Sozinho? Mentira!

— Não estou mentindo, não! — murmurou depressa Caim. — Vim sozinho, por favor, creia-me! Vou contar como foi que vim. Escute, eu soube disso em Grabílovka...[13] Estava tomando chá, quando ouvi: Artiom foi espancado, de noite, até morrer. Não acreditei, claro! Alguém pode, acaso, bater no senhor até matar? Ri comigo mesmo. "Oh, pensei, que gente estúpida! Aquele homem é como Sansão, quem de vocês pode vencê-lo?" Mas eles vinham chegando e diziam todos: matamos de pancada, matamos! Xingavam o senhor, riam... Estavam todos contentes... e eu acreditei. Depois, soube que o senhor estava aqui... Algumas pessoas já tinham vindo para vê-lo e diziam que estava morto... Vim também e vi o senhor... estava gemendo. Pensei, olhando para o senhor: mataram o homem mais forte do mundo!... Que força, que força! Desculpe, mas fiquei com pena do senhor! Pensei que era preciso lavá-lo com água... fiz assim, e o senhor, por isso, começou a voltar a si... Alegrei-me... ih, como isso me alegrou... Não me acredita, não? Porque sou judeu, não é mesmo? Mas acredite... vou dizer-lhe por que me alegrei e o que pensei... vou dizer-lhe a verdade... não se zangará comigo?

— Aí está a cruz... Que um raio me parta! — exclamou com força o rapagão.

Caim aproximou-se mais e baixou ainda a voz.

— O senhor sabe como é boa a minha vida? O senhor sabe disso, não? Desculpe, mas não sofri acaso seus golpes? E o senhor não riu também do judeu piolhento? O que? Não é verdade? Hem? O senhor me perdoará minha verdade, pois jurou isso. Não fique zangado! Estou dizendo apenas que, igual aos demais, o senhor perseguia o judeu... Por que, hem? O judeu não será filho também do Deus de vocês e não foi o mesmo Deus que deu uma alma a ele e ao senhor?

Caim falava depressa, lançava uma pergunta após outra, sem esperar resposta; borbulharam dentro dele, de repente, todas as palavras com que registrava em seu coração as ofensas e escárnios que havia sofrido; despertaram nele todas e, agora, jorravam de seu coração numa torrente cálida, Artiom sentia-se constrangido.

---

13 Literalmente, *Lugar de Ladrões*.

— Escute, Caim — disse com voz abafada. — Deixe disso! Eu a você... se eu tocar você agora com um dedo... ou melhor, se algum outro... vou esfrangalhar completamente! Compreendeu?

— Aí — exclamou Caim em triunfo e até fez estalar a língua. — Muito bem! O senhor é culpado perante mim... desculpe! Não se zangue comigo, pelo fato, sabe, de ser culpado perante mim! Digo: culpado, mas eu sei, oh! eu sei que é menos culpado que os demais!... Eu compreendo! Todos eles cospem unicamente em mim sua saliva maligna, e o senhor cuspia em mim, mas também em todos eles! Ofendeu a muitos pior que a mim... Pensava então: "Aí está um homem forte, que bate em mim e me ofende não pelo fato de eu ser judeu, mas porque não sou melhor que os demais, e, no meio deles, carrego minha vida..." E... sempre com medo, eu gostava do senhor. Olhava para o senhor e pensava que o senhor era capaz de dilacerar a goela de um leão e espancar os filisteus... O senhor espancava-os... e eu gostava de ver como fazia isso... E eu tinha também vontade de ser forte... mas... sou como uma pulga...

Artiom emitiu um riso rouquenho.

— Está certo: que nem uma pulga!

Quase não compreendia o que dizia Caim, mas era-lhe agradável ver junto a si a figurinha do judeu. E, sob a fala quase murmurada e excitada de Caim, acumularam-se nele, lentamente, seus próprios pensamentos:

"Que horas serão agora? Vai ver que já é meio-dia. E nem uma, ao menos, vem visitar seu querido... Mas o judeu veio... ajudou-me, diz que gosta de mim, e eu o ofendia em outros tempos... Elogia a minha força... Será que ela vai voltar? Meu Deus, se voltasse!"

Suspirando profundamente, Artiom imaginava seus inimigos, espancados por ele e inchados como ele próprio naquele momento. Do mesmo modo, eles ficariam deitados, exangues, em alguma parte... Mas seriam visitados por gente de casa, por amigos, e não por um judeu...

Lançou um olhar para Caim e teve uma impressão de amargo na boca e na garganta. Cuspiu e suspirou profundamente.

Entretanto, Caim não cessava de falar, perturbado, o rosto contraído de excitação, e estremecendo com todo o corpo.

— E quando o senhor chorou, eu chorei também... tanta pena tive de sua força...

— E eu pensei: quem está aí, zombando de mim?

— Sempre amei sua força... E pedi sempre a Deus: Senhor nosso eterno, nos Céus, na Terra e nas alturas distantes! Que as coisas aconteçam de modo que eu me torne necessário a este homem forte! Que eu lhe preste um serviço, e sua força coloque-se em minha defesa! Que eu, por meio dela, fique protegido das perseguições, e que meus perseguidores pereçam, por ação dessa força! Assim rezei e, por muito tempo, pedi assim a meu Senhor que transformasse em meu defensor o mais forte dos meus inimigos, do mesmo modo como Ele deu por defensor a Mardoqueu um rei, que venceu todos os povos... E eis que o senhor chorava e eu chorava também... e, de repente, gritou comigo, e minhas orações desapareceram.

— Pensa que eu sabia, tipo original? — balbuciou Artiom com ar de culpa.

Mas Caim mal ouvia suas palavras. Balançava o corpo, sacudia os braços e não cessava de murmurar apaixonadamente, ressoando em seu murmúrio a alegria, a esperança, a adoração pela força daquele homem, o medo.

— Chegou meu dia, e eis-me sozinho a seu lado... Todos o abandonaram, mas eu vim até aqui... O senhor vai se curar, não é verdade, Artiom? Isso é perigoso? E vai lhe voltar a primitiva força?

— Vou me refazer... não se apoquente!... E vou cuidar de você como de uma criancinha, em recompensa por sua bondade...

Artiom percebeu que aos poucos melhorava: o corpo doía-lhe menos e parecia haver mais clareza em sua cabeça. É preciso defender Caim perante as pessoas, não é mesmo? Ele é tão bom, tão franco, diz tudo abertamente, o coração na mão. Depois de pensar isso, Artiom sorriu de repente. Havia muito, afligia-o um desejo indefinido, e, naquele instante, ele o compreendeu.

— Mas estou com fome! Você, Caim, devia me arranjar uma coisa para comer, não?

Caim pôs-se de pé com tal rapidez que, por pouco, não se machucou contra as saliências do lanchão. Seu rosto transfigurou-se, aparecendo nele algo viscoso e, ao mesmo tempo, de uma nitidez infantil. Artiom, aquele atleta lendário, pedia-lhe comida, a ele Caim!

— Vou fazer para o senhor tudo, tudo! Aliás, já temos aqui, no canto!... Deixei de reserva... eu sei disso! Se alguém está doente, deve comer... é, sim! E, a caminho daqui, eu gastei um rublo inteiro.

— Faremos as contas! Vou te devolver dez!... Eu posso... O dinheiro não é meu. Vou dizer: "me dá" — e alguém me dará...

Riu, bonachão, e, com aquele riso, o rosto de Caim iluminou-se de alegria.

— Eu sei... O senhor vai me dizer o que deseja? Vou fazer tudo, tudo!

— Bem... se é assim... faça-me uma fricção com vodca! Ainda antes de comer... você sabe?

— Como não? Vou fazer como o melhor dos médicos!

— Então, mãos à obra! Depois da fricção, vou me levantar...

— Levantar-se? Oh, não, o senhor não pode se levantar!

— Vou te mostrar se posso ou não! Pensa que vou passar a noite aqui? Tipo engraçado... Friccione-me o corpo e corra, em seguida, para o arrabalde, à casa da doceira Mokievna... E diga-lhe que vou fixar residência no galpão junto à casa dela... que ela ponha lá um pouco de palha ou coisa parecida! Vou ficar lá até me curar... isso! Vou pagar a você por tudo... não tenha dúvida!

— Eu acredito — disse Caim, derramando vodca sobre o peito de Artiom. — Acredito no senhor mais que em mim mesmo... Ah, eu conheço o senhor!

— U-u! Friccione, friccione... Não faz mal que doa... vá esfregando! A-a-a!... Isso, isso, isso!... — rosnava Artiom.

— Vou fazer tudo o que quiser, nem que seja preciso me afogar no rio... — ia se declarando Caim.

— Assim, assim, assim... Agora as costas, esfregue bem as costas... Ah, diabos! Mas, a mulher é que é culpada. Não fosse a mulher, eu não estaria embriagado... e, quando estou em mim, que alguém experimente me tocar!

Compenetrando-se do papel de criado, Caim declarou:

— Oh, mulheres! São todos os pecados do mundo... nós, judeus, temos mesmo uma oração matinal que diz: "Abençoado sejas, nosso Deus sempiterno, Senhor dos espaços, por não me teres criado mulher..."

— Ora, é mesmo? — exclamou Artiom. — Vocês rezam assim mesmo a Deus? Eh, como são vocês... Na verdade, o que é a mulher? É apenas estúpida... mas não se pode passar sem ela!... Mas uma coisa dessas, rezar assim a Deus... isso... quer dizer... isso ofende a mulher! Ela também sente...

Jazia, imóvel e imenso, aumentado ainda pela inchação, e Caim, pequeno, frágil, ofegante, atarefava-se junto dele, esfregando-lhe com toda a força o peito, a barriga, e tossindo com o cheiro de vodca.

A todo momento, passava gente pela margem do rio, ouviamse conversas, passos. O lanchão estava ao pé de uma escarpa arenosa, com mais de um *sajem*[14] de altura, de modo que se podia vê-lo de cima, mas somente da própria beirada da escarpa. Separava-o do rio uma faixa estreita de areia, coberta com toda espécie de lixo. Havia ainda sujeira debaixo dele. Mas, naquele dia, provocava profundo interesse. Caim e Artiom perceberam que havia gente passando por ali com freqüência, sentando-se sobre o fundo do lanchão e batendo com os pés nos bordos... Isso causou má impressão a Caim. Cessou de falar e, movendo-se silenciosamente perto de Artiom, sorria assustado e com ar de mágoa.

— Está escutando?...

— Ouço — sorriu satisfeito o rapagão. — Compreendo... querem verificar se vou refazer as forças em breve... eles têm que saber isso... para preparar as costelas... Diabos! Certamente, estão amargurados porque não morri... Perderam o trabalho...

— Mas, sabe de uma coisa? — murmurou-lhe ao ouvido Caim, com expressão de horror e de cautela no rosto. — Sabe? Se eu sair daqui e o senhor ficar sozinho... eles vão chegar até o senhor e... e...

Artiom abriu a boca e deixou escapar do peito uma rajada de riso rouquenho:

— Eh, figurinha! Pensa então que eles estão é com medo de você? Eh, você!...

— Ora! Eu posso servir de testemunha.

— Eles te dão um piparote... e era uma vez uma testemunha!... no outro mundo.

O medo de Caim foi expulso pelo riso de Artiom, e o lugar do medo ocupado, no peito apertado do judeu, por uma firme e jubilosa certeza. De então em diante, sua vida de Caim seguiria outro rumo, tinha já um braço poderoso, que sempre afastaria dele os golpes dos que o maltratavam impunemente...

Decorreu perto de um mês.

Ao meio-dia, hora em que a vida em Chikhã torna-se particularmente tensa, concentra-se e ferve, quando os vendedores de comida são rodeados de multidões de estivadores e embarcadiços e toda

---

[14] *Sajem* — Medida correspondente a 2,13 m.

a rua fica repleta do cheiro cálido de carne cozida estragada, nessa hora alguém gritou a meia voz:

— Aí vem Artiom!...

Alguns maltrapilhos, que andavam à toa pela rua, esperando ocasião favorável para uma de suas proezas, sumiram rapidamente. Os moradores de Chikhã puseram-se a olhar com alarma e curiosidade, de soslaio, para o lado de onde ressoava o aviso.

Havia muito que Artiom era esperado com profundo interesse, discutindo-se acaloradamente sobre o modo pelo qual se daria sua aparição.

Como em outros tempos, caminhou pelo meio da rua, com seu passo habitual e lento de homem saciado, que dá um passeio. Nada havia de novo em seu exterior. Como sempre, tinha o paletó pendente de um ombro, o boné de viés... E, como sempre, os negros anéis de cabelo caíam-lhe sobre a testa. Enfiara atrás do cinto o polegar da mão direita, a esquerda estava profundamente metida no bolso das calças largas, seu peito projetava-se para frente, como o de um atleta. Somente seu belo rosto parecia mais inteligente, como sucede semper, depois de uma doença. Caminhando, respondia às saudações com acenos preguiçosos da cabeça.

A rua acompanhava-o com um abafado murmúrio de surpresa e admiração, perante a força invencível que suportara golpes mortais. Muitos falavam de seu restabelecimento com rancor, insultando com desprezo aqueles que não souberam amassar os pulmões de Artiom. Realmente, não existe homem que não possa ser supliciado até a morte!... Outros formulavam com gosto suposições sobre como o rapagão ia liquidar as contas com o Bode Vermelho e seus companheiros. Mas a força é tanto mais sedutora quanto mais potente, e a maioria encontrava-se sob a influência da força de Artiom.

O rapaz entrou na Grabílovka, o clube de Chikhã.

Quando seu vulto alto e poderoso assumou no umbral da taverna, havia poucos freqüentadores na sala comprida e estreita, de teto abobadado, de tijolo. À vista de Artiom, ressoaram entre eles duas ou três exclamações, surgiu um agitado movimento, alguém precipitou-se para o canto mais afastado daquela cova úmida impregnada de fumo barato, embebida de sujeira e mofo.

Artiom correu lentamente os olhos pela taverna e respondeu à carinhosa saudação do taverneiro Savka Khlébnikov com uma pergunta:

— Caim não esteve aqui?

— Deve chegar daqui a pouco... Está quase na hora dele...

Artiom acercou-se da mesa, junto a uma das janelas, pediu chá e, colocando seus enormes braços sobre a mesa, examinou com indiferença os presentes. Havia na taverna umas dez pessoas, que se reuniram num magote, junto a duas mesas, de onde observavam Artiom. Quando seus olhos encontravam o olhar do belo rapaz, eles sorriam com subserviência, querendo certamente iniciar conversa com ele, que os encarava com expressão sombria, concentrada. E todos permaneciam em silêncio, não ousando dirigir-lhe a palavra. Atarefado atrás do balcão, Khlébnikov cantarolava algo sob o nariz e espiava em volta, com olhos de raposa.

Pelas janelas, entrava da rua um ruído sonoro, chegavam insultos escabrosos, juramentos, pregões. Nas proximidades, garrafas despencaram com estrépito, quebrando-se sobre as pedras da rua. Artiom enfadou-se de ficar sentado naquela adega sufocante...

— Eh, vocês, lobos — pôs-se, de súbito, a falar alto e lentamente. — Por que ficaram mansos? Arregalam aí os olhos e ficam calados...

— Podemos falar também, vossa terrível majestade! — disse o Noivo Esfarrapado, erguendo-se e caminhando na direção de Artiom.

Era um homem esquálido, de jaqueta de alpaca e calças de soldado, calvo, de barba pontuda, olhos pequenos e vermelhos, entrecerrados com malícia.

— Dizem que esteve doente, não? — perguntou, sentando-se em frente de Artiom.

— E então?

— Nada... Faz tanto tempo que não vemos você... A gente perguntava: por onde anda Artiom? Respondiam que ficou doente...

— Assim... E então?

— Mais uma vez: e então? Mas, passemos adiante... O que tiveste?

— E você não sabe?

— Fui eu que tratei de você?

— Está mentindo, cachorrão — sorriu Artiom. — E para que mente? Não sabe a verdade?

— Sei — disse o Noivo, sorrindo também.

— Para que mentir então?

— Porque sai mais inteligente...

— Mais inteligente. Eh, você... toco de vela!

— Mas, vá a gente contar a verdade a você, é capaz de se zangar...

— Era preciso, para isso, que te desse alguma importância!

— Obrigado! Não me oferece vodca, para celebrar o restabelecimento?

— Peça...

O Noivo pediu meia garrafa e ficou mais vivo.

— Você leva uma vida fácil, Artiom!... Sempre tem dinheiro...

— Bem, e então?

— Nada... As mulheres sempre livram você dos apuros, as malditas!

— Mas nem olham para você.

— Paciência. Não temos os pés necessários para seguir pelo caminho de você — suspirou o Noivo.

— Porque a mulher gosta de uma pessoa sadia. O que é você? Mas eu sou um homem limpo...

Era sempre nesse tom que ele conversava com os vagabundos. Sua voz indiferente, preguiçosa e densa, acrescia força especial e importância a suas palavras, sempre grosseiras, ofensivas. Talvez ele sentisse que aqueles homens eram, em muito, piores que ele, mas em tudo e sempre, mais inteligentes.

Surgiu Caim, tendo ao peito a caixa de mercadoria e, sobre o braço direito, um vestido amarelo de chita. Sob o peso do habitual sentimento de temor, parou à porta, esticou o pescoço e, com um sorriso inquieto, correu os olhos pelo interior da taverna, mas, vendo Artiom, seu rosto iluminou-se de alegria, Artiom olhava para ele, com um sorriso largo, e movia os lábios.

— Venha cá! — gritou para Caim e, dirigindo-se ao Noivo, ordenou-lhe, zombeteiro:

— Vá embora você! Dê lugar a uma pessoa...

A carantonha ruiva, cerdosa, do Noivo petrificou-se, por um instante, de surpresa; ergueu-se lentamente da cadeira, olhou para os companheiros, não menos abismados que ele, e para Caim, que se acercava silenciosa e cautelosamente da mesa... e, de repente, cuspiu com raiva para o chão:

— Puf!

Depois, caminhou devagar, calado, para sua mesa, onde ressoou de imediato um murmúrio abafado, em que se percebiam nitidamente acentos de zombaria e rancor. Caim não cessava de sorrir, perturbado, contente, e, ao mesmo tempo, olhava de soslaio e com alarma, em direção do ofendido Noivo e de seu grupo.

Artiom disse a Caim, com ar bonachão:

— Bem, vamos tomar chá, comerciante, quer?... Temos que comprar pastelão, está servido? Por que está olhando para lá?... Pode cuspir-lhes na cara, não tenha medo... Ora, vou dizer-lhes um sermão...

Levantou-se, atirou com um movimento dos ombros a jaqueta ao chão e aproximou-se da mesa dos descontentes. Alto e vigoroso, estufando o peito, alteando os ombros e ostentando de todos os modos sua força, permaneceu diante deles com um sorriso irônico nos lábios, e aqueles homens, petrificados em cautelosas posturas, ficaram calados, prontos a fugir.

— Bem — começou Artiom — que ladainha vocês estão cantando aí?

Queria dizer-lhes algo terrivelmente cruel, mas não encontrava palavras e, por isso, deteve-se...

— Fale de uma vez! — o Noivo Esfarrapado fez um gesto com a mão e entortou os lábios. — Ou então deixe-nos e saia por aí, cabeça de papelão!...

— Cale-se! — Artiom moveu as sobrancelhas. — Ficou zangado, roeu-se de inveja, porque sou amigo do judeu e mandei você embora... Digo agora a vocês todos: ele é melhor que vocês, este judeu! Porque nele existe bondade para com as pessoas... e em vocês não existe... Ele está, apenas, é muito maltratado... Agora, eu o tomo sob a minha proteção... e se algum estafermo ofendê-lo, terá que se haver comigo! Digo francamente: não vou bater, mas judiar...

Seus olhos faiscaram com brilho selvagem, estufaram-se as veias de seu pescoço e tremeram-lhe as narinas.

— Não me causaram qualquer mal, pelo fato de me terem espancado, quando eu estava bêbado! Não me tiraram força com isso, apenas me fizeram mais cruel ainda o coração... Saibam isso! Vou defender Caim e, para cada palavra de ofensa que lhe digam, vou judiar até a morte. Digam assim mesmo a todos...

Suspirou em toda a profundidade do peito, como se tivesse jogado para fora um peso e, voltando-lhe as costas, afastou-se.

— Boas falas! — exclamou a meia voz o Noivo Esfarrapado e fez um rosto triste, vendo Artiom sentar-se em frente de Caim.

Caim estava sentado à mesa, pálido de emoção, e não tirava de Artiom os olhos arregalados, repletos de um sentimento indescritível...

— Ouviu? — perguntou-lhe serenamente o belo rapagão. — Aí está... Saiba isso: se alguém mexer com você, corra para junto de mim e conte-me tudo. Imediatamente, irei desmontar os ossos de quem te ofendeu...

O judeu balbuciava, rezando a Deus ou agradecendo ao homem. O Noivo Esfarrapado e seus companheiros murmuraram algo entre si e foram saindo, um após outro, da taverna. Passando junto à mesa de Artiom, o Noivo cantarolou fanhosamente:

Se, com minha cabeça,
Tivesse dinheiro à beça,
Ah, que bom que seria,
Sem descanso eu beberia...

e, lançando um olhar para o rosto de Artiom, completou inesperadamente a canção com palavras improvisadas, fazendo uma careta e batendo em ritmo o pé:

Compraria os bobalhões,
Pra afogar nos vagalhões
Do mar!

— e sumiu depressa atrás da porta.

Artiom soltou impropérios e olhou ao redor. Na cova escura enfumaçada, de cheiro penetrante, ficaram apenas três pessoas: ele, Caim, sentado em frente, e Savka, atrás do balcão.

Os olhinhos de raposa de Savka encontraram-se com o olhar duro de Artiom e seu rosto comprido assumiu uma expressão da mais suave religiosidade.

— Você agiu admiravelmente, Artiom Mikháilitch! — disse, afagando a barba. — Justamente conforme mandam os Evangelhos... Como na parábola do Bom Samaritano... Caim estava coberto de chagas e pus... mas você não se enojou.

Artiom não ouvia suas palavras, mas apenas o eco. Refletido pelo teto abobadado da taverna, ele pairava em seu ar impregnado de cheiros e, parecendo adensar-se, penetrava nos ouvidos. Artiom permanecia calado e sacudia suavemente a cabeça, como se quisesse repelir aqueles sons. Mas eles ficavam pairando e impeliam-se para dentro dos seus ouvidos, irritando-o. O ambiente era abafado, cacete. Um peso estranho pousou sobre o coração de Artiom.

Ficou olhando fixamente para Caim. Queimando a boca, soprando sobre o pires, o judeu tomava chá de cabeça baixa, e o pires tremia-lhe nas mãos. Por vezes, Artiom surpreendia sobre seu rosto o olhar escorregadio de Caim e, devido àquele olhar, o rapagão sentia um fastio ainda maior. Um surdo descontentamento com algo crescia-lhe no peito, seus olhos ensombreciam-se, e ele olhava ao redor, com expressão selvagem. Pensamentos sem palavras giravam-lhe na cabeça, como as mós de um moinho. Antes, não o visitavam, mas vieram-lhe durante a doença. E não o abandonavam...

As janelas têm grades de ferro, um ruído ensurdecedor penetra por elas da rua. Massas pesadas de pedra pendem sobre a cabeça; o chão de tijolo, pegajoso de sujeira, coberto de lixo... E esse homem pequeno, andrajoso, assustado... Sentado em silêncio, não pára de tremer... E, nas aldeias, não tarda muito o início da ceifa. Além das margens do rio, em frente da cidade, o capim nos prados já chega quase à cintura. E, vindo de lá, o vento traz cheiros tentadores...

— Por que fica aí calado, Caim? — disse, descontente, Artiom. — Ou ainda está sempre com medo de mim? Eh, que homem perturbado!...

Caim ergueu a cabeça e pôs-se a balançá-la de modo estranho; seu rosto tinha uma expressão encabulada e lastimosa.

— Mas, que vou dizer? E com que língua vou falar ao senhor? Com esta — o judeu impeliu para fora a ponta da língua, mostrando-a a Artiom — com que eu falo a todas as demais pessoas? Não tenho eu vergonha de falar-lhe com esta língua? Pensa que não compreendo que o senhor também tem vergonha de sentar-se a meu lado? O que sou eu e o que é o senhor? O senhor é Artiom, um grande espírito, o senhor é como Judas Macabeu!... Que faria, se soubesse para que o Senhor o criou? Hem! Ninguém conhece os grandes mistérios do Criador e ninguém pode adivinhar para que lhe foi dada a vida. O senhor não sabe quantos dias e noites de minha vida passei pensando: para que vivo? Para que existem meu espírito e minha inteligência? Que sou eu para os homens? Uma escarradeira para sua saliva envenenada. E que são os homens para mim? Víboras, que me ferem a alma... Para que vivo sobre a terra? E para que só conheço desgraças... e o sol não tem um raio para mim!?

Dizia essas palavras num semimurmúrio apaixonado e, como em todos os momentos de excitação de sua alma sofredora, tremia-lhe todo o rosto.

Artiom não compreendia suas palavras, mas estava ouvindo e vendo que Caim se queixava. E isto aumentou a sensação penosa do rapaz.

— Ora, ora, você vem de novo com as suas coisas! — meneou a cabeça, contrariado. — Eu já disse que vou defendê-lo!

Caim riu baixinho, com amargura.

— Como vai o senhor defender-me, perante meu Deus? É Ele quem me persegue...

— Bem, quanto a isso, está certo. Não posso nada contra Deus — concordou Artiom com simplicidade e, compungido, aconselhou ao judeu: — Você deve ter paciência!... Não se pode fazer nada contra Deus.

Caim olhou para seu defensor e sorriu, igualmente de compaixão. Assim, a princípio, o forte compadeceu-se do inteligente, depois a inteligência compadeceu-se da força, e entre os interlocutores passou uma espécie de sopro, que os aproximou um pouco.

— Você é casado? — perguntou Artiom.

— Oh, tenho família grande demais para as minhas forças — suspirou profundamnete Caim.

— Que coisa! — disse o rapagão. Era-lhe difícil imaginar uma mulher que amasse Caim, e olhou com nova curiosidade para aquele homem tão débil, pequeno e sujo.

— Tinha cinco filhos, agora são quatro. Uma menina, Khaia, estava sempre tossindo, tossindo e morreu. Meu Deus... Senhor!... E minha mulher também está doente, não pára de tossir.

— Vida difícil que você tem — disse Artiom e ficou pensativo.

Caim ficou pensativo também, baixando a cabeça.

Pela porta da taverna, iam entrando vendedores de roupa velha, acercavam-se do balcão e conversavam a meia voz com Savka. Este contava-lhes algo em tom de mistério, piscava o olho em direção de Artiom e Caim, e seus interlocutores olhavam para ambos, surpreendidos e com expressão zombeteira. Caim já notara aqueles olhares e arrepiou-se, mas Artiom estava olhando para além do rio, para os campos... Não tardará a ouvir-se lá o assobio das foices, e, num brando cicio, o capim se deitará aos pés dos ceifeiros.

— Artiom... eu vou embora... Chegou esta gente — murmurou Caim — estão rindo do senhor por minha causa...

— Quem está rindo? — rugiu Artiom, despertando de seu devaneio e lançando em volta um olhar selvagem.

Mas, na taverna, todos estavam sérios, entretidos cada um com sua própria ocupação. Artiom não surpreendeu um olhar sequer. Franziu então o sobrecenho, com ar severo, e disse ao judeu:

— É mentira sua, está se queixando sem motivo... Olhe, assim não está certo! Queixe-se quando alguém o ofender realmente. Ou, quem sabe, você está me experimentando e disse aquilo de propósito?

Caim sorria com ar doentio, frente a Artiom, e nada respondeu. Permaneceram em silêncio por alguns minutos. Depois, Caim levantou-se, pendurou ao pescoço sua caixa e preparou-se a prosseguir caminho. Artiom estendeu-lhe a mão:

— Já vai? Está bem, vai tratar de seu comércio... Mas eu ainda vou ficar aqui...

Com ambas as mãozinhas, Caim sacudiu a enorme manopla de seu protetor e afastou-se rapidamente.

Na rua, dobrou uma esquina, parou e começou a espiar dali. Via a porta da taverna e não teve que esperar muito. Pouco depois, o vulto de Artiom surgiu nessa porta, como numa moldura. Tinha o cenho franzido e a expressão de quem teme ver algo desagradável. Passou muito tempo examinando atentamente as pessoas aglomeradas na rua, depois seu rosto adquiriu a expressão preguiçosa e indiferente que lhe era habitual, e ele caminhou através da multidão, para o ponto em que a rua apoiava-se contra a montanha, evidentemente em direção de seu lugar predileto.

Caim acompanhou-o com um olhar angustiado e, ocultando o rosto com as mãos, apoiou a testa na porta de ferro da despensa, junto à qual estava parado...

A séria ameaça de Artiom surtiu efeito: assustaram-se com ela e deixaram de perseguir o judeu.

Caim via claramente haver menos espinhos, nas sarças pelas quais caminhava para o túmulo. Os homens pareciam ter cessado de notar sua existência. Como dantes, esgueirava-se agilmente entre eles, apregoando a mercadoria, mas não lhe pisavam mais intencionalmente os pés, como outrora, não lhe empurravam as ilhargas secas, não lhe cuspiam dentro da caixa... Embora, antes, não existisse o olhar frio e hostil que passaram a dirigir-lhe.

Sensível a tudo que se referisse à sua pessoa, notou também esses novos olhares e perguntou a si mesmo o que significavam e que ameaça continham. Lembrava-se de que, antes, raramente embora, acontecia dirigirem-lhe a palavra amistosamente, por vezes informavam-se sobre a marcha de seus negócios e chegavam mesmo a gracejar, e esses gracejos nem sempre eram maldosos...

Caim ficava pensativo, aguçava os olhos e o ouvido. Certa vez, chegou-lhe às orelhas uma nova canção, composta pelo Noivo Esfarrapado, o trovador da rua. Aquele homem ganhava o pão com a música e o canto; serviam-lhe de instrumento oito colheres de pau, que segurava entre os dedos, impelindo-as contra as bochechas infladas, a barriga, e, movimentando os dedos, batia ainda as colheres uma contra a outra: obtinha assim um acompanhamento ao recitativo das quadras, compostas por ele mesmo. Se aquela música era pouco agradável, exigia, no entanto, do executante uma agilidade de prestidigitador; e a agilidade em todas as formas era apreciada pelo público da rua.

E eis que, um dia. Caim topou um grupo de gente, no meio do qual o Noivo, armado das suas colheres, falava com vivacidade:

— Eh, honrados senhores, futuros presidiários! Vou tocar para vocês uma canção fresquinha, acabo de assá-la no forno, ainda está quente o pedaço! É um copeque por cabeça, mas, quem tem focinho, paga mais carinho! Vou começar!

Entra o sol pela janela
E todos se alegram!
Mas, se em vez do sol, entro eu...

— Já ouvimos isso! — exclamou alguém do grupo.

— Sei que já ouviram! Naturalmente, não vou servir de graça o bolo antes do pão! — declarou o Noivo, batucando com as colheres e continuando a cantarolar:

Ai, vida minha amarga!
Esta sorte é uma traição.
Meu pai morreu enforcado
E enforcado meu irmão,
Mas, chegando a minha vez,
A corda rompeu-se então!...

— Que pena! — exclamou o público.

Todavia, iam atirando moedas ao Noivo, pois sabiam que era um homem de consciência e que, se prometera uma nova canção, haveria de executá-la.

— Lá vai a nova canção, saída de um arrancão!

E as colheres matraquearam num ritmo acelerado, insolente:

Um touro se fez amigo
De uma aranha. Aconteceu!
Querem agora imitá-los
Um burro mais um judeu.
Corre o touro pelos campos,
Vai a aranha na rabeira.
O judeu vende o seu burro
Pra casadas e solteiras.
Eh, titias. . .

— Devagar com o andor, vou desligar o motor! Ao senhor Caim, meus respeitos, com uma porretada no pescoço! Dignou-se ouvir a canção, comerciante? Não foi para o senhor que eu fiz, trate de continuar seu caminho!

Caim exibiu perante o artista os seus sorrisos e afastou-se dali, pressentindo algo.

Apreciava devidamente aqueles dias e temia perdê-los. Vinha à rua cada manhã, firmemente convencido de que, naquele dia, ninguém se atreveria a tirar-lhe seus copeques. Seus olhos tornaram-se um pouco mais claros e tranqüilos. Via Artiom todos os dias, mas, se o rapagão não o chamava, Caim não se acercava dele.

O outro raramente lhe fazia sinal e, fazendo isso, perguntava:

— E então? Vai vivendo?

— Oh, sim! Estou vivendo. . . e agradeço ao senhor! — dizia Caim, um brilho de alegria nos olhos.

— Não mexem com você?

— Como poderiam eles ir contra o senhor?! — exclama o judeu, assustado.

— Bem, isso, isso!. . . Mas, se acontecer alguma coisa, avise-me.

Media com olhos taciturnos a figurinha do judeu e despedia-o.

— Vá andando, vá comerciar!

Caim afastava-se rapidamente de seu defensor, surpreendendo sempre sobre si os olhares zombeteiros e maus do público, olhares que o assustavam.

Uma tarde, quando Caim já queria ir para casa, encontrou Artiom. O belo rapaz fez-lhe um aceno com a cabeça e chamou-o com o dedo. Caim acorreu para junto dele e viu que Artiom estava sombrio e taciturno como uma nuvem de outono.

— Acabou de comerciar? — perguntou.

— Já estava me preperando a voltar para casa...

— Espere, vamos andar um pouco, vou dizer umas coisas a você! — disse Artiom com voz abafada.

Avançou, imenso, pesado, e Caim foi andando atrás dele.

Saíram da rua, dirigiram-se para o rio, e Artiom encontrou um lugar sossegado, ao pé da escarpa, junto à água.

— Sente-se — disse a Caim.

O outro sentou-se, olhando de soslaio, assustado, para seu defensor. Artiom curvou os ombros e pôs-se a rolar lentamente um cigarro, enquanto Caim olhava o céu, a floresta de mastros junto à margem, as ondas tranqüilas, aquietadas em meio ao silêncio do anoitecer, e conjeturava sobre o que ia lhe dizer o rapagão.

— E então? — perguntou Artiom. — Vai vivendo?

— Estou vivendo, oh, agora não tenho medo...

— Espere! — disse Artiom.

Permaneceu longamente em silêncio, de um modo constrangedor, fazendo fumegar o cigarro, enquanto o judeu esperava suas palavras, repassado de pressentimentos confusos e medrosos.

— Si-im... Então, não o ofendem mais?

— Oh, eles temem o senhor! Eles todos são como cachorros, e o senhor é como um leão! E eu agora...

— Espere!

— E então? O que deseja dizer-me? — perguntou Caim com um tremor.

— Dizer? Não é fácil.

— Mas, o que é?

— Aí!... Está vendo... Vamos falar com franqueza. Tudo de uma vez!

— Seja!

— Tenho que dizer a você que não posso mais...

— Como? Não pode o quê?

— Nada! Não posso! Isso me enoja... não é para um homem como eu... — disse Artiom com um suspiro.

— Como? O que é que não serve para um homem como o senhor?

— Tudo, isso... você e... tudo!... Não quero mais saber de você, porque uma coisa dessas não é para mim.

Caim encolheu-se, como se tivesse apanhado um golpe.

— E se alguém ofender você, não me procure e não se queixe a mim... não vou te defender. Está compreendendo? Não devo fazer isso...

Caim permanecia calado, como um defunto.

Ditas aquelas palavras, Artiom suspirou livremente e prosseguiu, com mais clareza e coerência:

— Pelo fato de que você teve pena de mim então, eu posso pagar. Quanto é? Diga e receba. Mas... não posso ter pena de você. Isso não existe em mim... eu estava me forçando apenas... fingindo. Estava pensando que tinha pena, mas foi um engano. Eu não posso ter dó.

— Porque sou judeu? — perguntou em voz baixa Caim.

Artiom olhou para ele de viés e disse:

— Que importa você ser judeu? Somos todos judeus perante o Senhor...

— Então, por que? — perguntou Caim, ainda em voz baixa.

— Não posso! Compreende? Não tenho compaixão por você... nem por ninguém... Compreenda isso... A um outro, eu nem ia dizer isso, mas lhe daria simplesmente uma chapoletada na cabeça! Mas, a você eu digo...

— "Quem há de se erguer agora, por mim, contra os enfurecidos? Quem me defenderá contra os malfeitores?" — perguntou baixinho o judeu, com as palavras do salmo.

— Eu não posso! — meneou Artiom negativamente a cabeça. — Não tenho pena de você... E, quanto àquilo, será melhor pagar em dinheiro...

— "Oh, Deus vingador! Deus sempiterno das vinganças, surge em Teu fulgor, juiz da Terra..." — rezava Caim, encolhido numa pequena pelota.

Era doce e cálida a tarde de verão. A água do rio refletia, triste e carinhosa, os raios do poente. Uma sombra caiu da escarpa, sobre Caim e Artiom.

— Pense um pouco — disse Artiom, com expressão triste e convincente. — Que problema tenho agora? Você não compreende isso... mas eu, eu tenho que me vingar... Lembra-se como eles me bateram?

Rangeu os dentes e agitou-se sobre a areia, depois se deitou de costas, os pés estendidos para a água e as mãos atrás da cabeça.

— Agora, eu os conheço todos...

— Todos? — perguntou Caim, abatido.

— Todos! Vou começar a acertar as contas... E você me atrapalha...

— De que modo posso atrapalhar? — exclamou o judeu.

— Não é que me atrapalhe, mas a coisa é assim: fiquei com raiva de todas as pessoas. Aí é que está... Bem, por causa disso, você agora é demais para mim. Compreendeu?

— Não! — disse docemente o judeu e sacudiu a cabeça.

— Não compreende? Que tipo é você! É preciso ter pena de você, não é verdade? Bem, eu agora não posso ter pena de ninguém... Não tenho compaixão...

Deu um empurrão na ilharga do judeu e acrescentou:

— Não tenho nenhuma. Compreendeu?

Seguiu-se um silêncio prolongado. Em volta, pairavam, no ar cálido e cheiroso, ruídos do marulhar das ondas e certos sons abafados, como de suspiros, que vinham de longe, do rio sonolento e escuro.

— Que vou fazer agora? — perguntou finalmente Caim, mas não obteve resposta, porque Artiom cochilou ou ficou cismando em algo. — Como vou viver sem o senhor? — disse alto o judeu.

Artiom respondeu-lhe, olhando o céu:

— Pense nisso sozinho...

— Meu Deus, meu Deus!...

— A gente não pode dizer assim, de chofre, como se deve viver — replicou preguiçosamente Artiom.

Tendo dito o que queria, ficou no mesmo instante sereno, tranqüilo.

— Bem que eu sabia!... Ainda daquela vez, quando eu ia para lhe acudir, e o senhor estava bem machucado, eu já sabia que o senhor não podia me defender por muito tempo...

O judeu olhou para Artiom com expressão súplice, mas não encontrou seu olhar.

— O senhor... talvez seja porque eles caçoam do senhor por minha causa? — perguntou Caim cautelosamente, quase num murmúrio.

— Eles? Que me importam eles? — sorriu Artiom, abrindo os olhos. — Se eu quisesse, ia pôr você nos meus ombros e carregá-lo pela rua. Que dessem risada... Apenas, isso não resulta em nada... Deve-se fazer tudo conforme a verdade... O que não existe no coração, não existe mesmo... E eu vou falar com franqueza, irmão: tenho nojo de você ser assim... Aí é que está.

— Ah!... Verdade! E agora?! Devo ir?

— Vá, enquanto está claro... Por enquanto não vão tocar em você! Ninguém sabe de nossa conversa...

— E o senhor não vai dizer a ninguém, não? — pediu Caim.

— Ora, naturalmente! Mas, em todo caso, não me apareça com muita freqüência diante dos olhos.

— Está bem — concordou o judeu, suave e tristemente, e pôs-se de pé.

— Seria melhor você encontrar outro lugar para seu comércio — disse Artiom com indiferença. — Aqui, a vida tem um jeito muito violento...

— Mas, para onde iria eu?

— Ora, quanto a isso... faça como souber..

— Adeus, Artiom.

— Adeus, irmão!

E, ainda deitado, ele estendeu a mão para o judeu e comprimiu com os dedos aqueles ossos secos.

— Adeus. Não se ofenda...

— Eu não me ofendo — suspirou com voz abafada o judeu.

— Aí está... É melhor assim, julgue sozinho... Você de modo nenhum é companheiro para mim... Posso eu viver para você? Isso não combina...

— Adeus!

— Ora, vá andando...

Caim caminhou pela margem do rio, a cabeça pendida sobre o peito e muito curvado.

O belo Artiom voltou a cabeça em sua direção e, passados alguns instantes, deitou-se na posição anterior, o semblante dirigido para o céu, já escuro da aproximação da noite...

Vozes estranhas nasciam e diluíam-se no ar. O rio impelia as águas marulhantes contra a margem, de modo angustioso, dolente.

Depois de uns cinqüenta passos, Caim voltou, aproximou-se do vulto potente de Artiom, estendido ao solo, e, parando, perguntou baixinho e num tom respeitoso:

— Talvez o senhor mude de idéia?

Artiom permaneceu calado.

— Artiom? — chamou Caim e esperou longamente uma resposta. — Artiom? Pode ser que tudo isso foi assim de brincadeira, não? — repetiu o judeu com voz trêmula. — Lembre-se que quando eu... o senhor... hem? Artiom?! Ninguém foi ver o senhor, mas eu fui...

Em resposta, ressoou um débil roncar.

... Caim passou ainda muito tempo parado junto ao forte rapagão, olhando sempre para seu rosto inumanamente belo, suavizado pelo sono. O peito atlético erguia-se bastante e com regularidade, os bigodes negros, movendo-se com a respiração, descobriam os dentes brilhantes e fortes. Parecia sorrir...

Com um profundo suspiro e baixando mais ainda a cabeça, o judeu caminhou novamente pela margem do rio. Trêmulo de pavor diante da vida, avançava cauteloso; nos espaços abertos, iluminados pelo luar, diminuía o passo e, procurando a sombra, esgueirava-se lentamente...

Parecia um ratinho, um pequeno e medroso bicho de rapina, que avança para o ninho, através de inúmeros perigos, que o ameaçam de todos os lados.

A noite já descera, estava deserta a margem do rio...

1899.

NOVE DE JANEIRO[1]

A multidão lembrava a vaga escura do oceano, apenas desperta pela primeira lufada da tempestade, e deslizava devagar para frente; os rostos cinzentos dos homens pareciam a crista turva e espumante da onda.

Os olhos brilhavam de excitação, mas os homens olhavam-se como se não acreditassem em sua própria resolução, como se estivessem admirados de si mesmos. Palavras rodopiavam sobre a multidão, qual aves pequenas e cinzentas.

Falava-se com seriedade, em voz baixa, como se cada um se desculpasse ante os demais.

— É impossível suportar mais, por isso é que vamos...

— Sem uma razão, o povo não se mexe...

— Será posível que "ele" não compreenda isso?...

Falava-se, mais que tudo, a respeito "dele", uns procuravam convencer os outros de que "ele" era bondoso, humano e tudo compreenderia... Mas, não havia tinta nas palavras com que pintavam sua imagem. Sentia-se que havia muito, sempre talvez, não se pensara "nele" seriamente, não o imaginaram como uma pessoa da vida real, não sabiam o que era e, mesmo, compreendiam mal para que

---

[1] Data do *Domingo Sangrento,* (pelo Calendário Gregoriano), em que o povo, instigado por um agente provocador (o *pope* Gapon), saiu em grande manifestação, rumo ao Palácio de Inverno, em Petersburgo, carregando estandartes religiosos e retratos do czar, a fim de apresentar a este um humilde pedido, para que fossem melhoradas as condições de vida dos operários. A manifestação foi dissolvida a bala, havendo então centenas de mortos e feridos. A data pode ser considerada como o marco inicial da Revolução de 1905.

existia e o que podia fazer. Mas, naquele dia, "ele" era necessário, todos se apressavam a compreender este "ele" e, não conhecendo o que existia na realidade, criavam involuntariamente na imaginação algo imenso. Grandes eram as esperanças e exigiam algo grande para seu apoio.

Por vezes, ressoava na multidão uma atrevida voz humana:

— Companheiros! Não se enganem a si mesmos...

Sendo, porém, indispensável o auto-engano, a voz do homem era abafada pelo estrugir de exclamações de susto, de irritação.

— Queremos tudo às claras...

— Fica quieto, irmão...

— Além disso, o padre Gapon...

— Ele sabe...

A multidão marulhava indecisa no canal da rua, fragmentando-se em grupos isolados; fazia ressoar a voz, discutindo e argumentando, acotovelava-se contra as paredes das casas e novamente inundava o meio da rua como massa escura e rala; sentia-se nela o fermentar confuso das dúvidas, era evidente a espera tensa de algo que iluminasse, com a fé no êxito, o caminho para a meta, e com essa fé unisse, fundisse todos os fragmentos num corpo único, forte e esbelto. Procurava-se esconder a falta de fé e não se conseguia, percebiam-se uma confusa inquietação e certa sensibilidade particularmente aguda para os sons. Caminhava-se com cautela, de ouvido atento, espiava-se para frente, procurava-se algo teimosamente com os olhos. As vozes daqueles que acreditavam em sua própria força interior e não numa força externa despertavam na multidão uma irritação e um medo, demasiado agudos para aquele ser, convencido de seu direito de enfrentar em discussão franca a força que ele queria ver.

Mas, transbordando de rua em rua, a massa humana engrossava rapidamente, e esse intumescimento exterior provocava aos poucos uma sensação de crescimento interno,- despertava a consciência do direito do povo-escravo a pedir da autoridade atenção para sua desvalidez.

— Apesar de tudo, somos gente também...

— "Ele" compreenderá certamente, estamos pedindo...

— Deve compreender!... Não nos rebelamos...

— Novamente o padre Gapon...

— Companheiros! Liberdade não se pede...

— Ah, Senhor!

— Espera um pouco, irmão!

— Toca embora esse demônio!...

— Padre Gapon sabe melhor como fazer...

— Quando os homens precisam de fé, ela vem...

Um homem alto, de sobretudo negro, com um remendo ruivo no ombro, pôs-se de pê sobre um pedestal e, tirando o chapéu da cabeça calva, começou a falar alto, solene, com uma chama nos olhos e um tremor na voz. Falava "dele", do czar.

Sentia-se, porém, naquelas palavras e no tom de sua voz, algo de animação artificial, não se percebia aquele sentimento capaz de contaminar os demais e quase criar milagres. Tinha-se a impressão de que o homem forçava a si mesmo, procurando despertar na memória uma imagem há muito desfigurada, sem vida, apagada pelo tempo. Ela sempre fora distante do homem, mas, naquele momento, tornara-se necessária; o homem queria depositar nela suas esperanças.

E estas despertavam gradualmente o defunto à vida. A multidão ouvia com atenção, pois aquele homem refletia seus desejos, ela o sentia. E, embora uma representação fantástica de força evidentemente não se adaptasse à "sua" imagem, todos sabiam que aquela força existia, devia existir. O orador encarnou-a no ser que todos conheciam por estampas de folhinha, identificou-a com a imagem descrita nos contos; e, nas lendas, aquela imagem era humana. As palavras do orador, sonoras e compreensíveis, delineavam nitidamente um ser poderoso, bom, justo, que dedicava uma atenção paternal às necessidades do povo.

Vinha a fé, abraçava os homens, excitava-os, abafando o quieto murmúrio das dúvidas... Os homens entregavam-se, apressadamente, a uma disposição de ânimo havia muito esperada, apertavam-se, formando uma enorme bola de corpos com um único espírito, e o aperto, a proximidade de ombros e quadris, aquecia os corações com a tepidez da certeza, da esperança no êxito.

— Não precisamos de bandeiras vermelhas! — gritava o homem calvo. Agitando o chapéu, caminhava à frente da multidão, e seu crânio nu, de brilho apagado, balançava-se aos olhos dos homens, atraindo sua atenção.

— Vamos à presença de nosso pai!...

— Não deixará que nos ofendam!

— A cor vermelha é a cor de nosso sangue, companheiros! — ressoava teimosamente, sobre a multidão, uma voz sonora e solitária.

— Não há força que liberte o povo, a não ser a força do próprio povo.

— Não precisa!...

— Rebeldes, demônios!...

— Padre Gapon está com a cruz e este com uma bandeira.

— É jovem ainda e já quer comandar também...

Os menos imbuídos de fé caminhavam no fundo da multidão e de lá gritavam, com irritação e alarma:

— Toca embora este com a bandeira...

Os homens avançavam agora com rapidez, sem vacilações, e a cada passo contaminavam-se entre si, cada vez mais profundamente, com a unidade de disposição, com a embriaguez do auto-engano. O recém-criado "ele" despertava, com insistência, na memória, as velhas sombras de magníficos heróis, eco de contos ouvidos na infância, e, nutrido com a força viva do desejo de acreditar em algo, crescia desmesuradamente na imaginação...

Alguém gritava:

— "Ele" nos ama...

E, sem dúvida, a massa de gente acreditava sinceramente nesse amor do ser que ela própria acabava de criar.

Quando a multidão se espraiou da rua para a margem do rio e viu diante de si a linha comprida, quebrada, de soldados, que lhe interceptava o caminho para a ponte, os homens não foram detidos por aquele obstáculo tênue, cinzento. Nos vultos dos soldados, que se destacavam nitidamente sobre o fundo cinzento-azulado do rio largo, nada havia de ameaçador; eles saltitavam, procurando esquentar as pernas, agitavam os braços, empurravam-se. Em frente, do outro lado do rio, os homens viam um edifício escuro; quem os esperava ali era "ele", o czar, dono do edifício. Grande e poderoso, bom, cheio de amor, não podia, certamente, ordenar a seus soldados que não deixassem vir à sua presença o povo que o amava e que desejava falar-lhe de sua necessidade.

Mas, apesar de tudo, apareceu em muitos rostos uma sombra de perplexidade, e os que iam à frente da multidão diminuíram um pouco o passo. Uns olhavam para trás, outros afastaram-se para o lado, e todos procuravam mostrar aos demais que já sabiam da presença dos soldados e que isso não os surpreendia. Alguns olhavam calmamente para o anjo de ouro, que brilhava na altura, sobre a triste fortaleza, outros sorriam... A voz de alguém ressoou, compadecida:

— Os soldados estão com frio...

— Si-im...

— E têm que ficar aí!

— Os soldados são para manter a ordem.

— Quietos, rapazes!... Sentido!

— Vivam os soldados! — gritou alguém.

Um oficial de capuz amarelo caído sobre os ombros arrancou o sabre da bainha e também gritava algo ao encontro da multidão, agitando no ar o fio torcido de aço. Os soldados ficaram imóveis, ombro a ombro.

— Que estão fazendo? — perguntou uma mulher gorda.

Ninguém lhe respondeu. E, de repente, todos sentiram que era difícil avançar.

— Para trás! — ouviu-se o grito do oficial.

Alguns homens voltaram a cabeça: atrás deles, estava uma compacta massa de corpos, sobre a qual desaguava, em jorro contínuo, um rio escuro de gente; cedendo àquele impacto, a multidão desviava-se para os lados, enchendo a praça diante da ponte. Alguns saíram para frente e caminharam em direção do oficial, agitando lenços brancos. Gritavam:

— Vamos à presença de nosso soberano...

— Em completa ordem!...

— Para trás! Senão, mando atirar!...

Quando a voz do oficial chegou à multidão, esta respondeu com um eco sonoro de surpresa. Alguns da multidão já disseram antes que não lhes seria permitido ir à presença "dele", mas o ato de atirar contra o povo, que ia a "ele", em ordem, com fé em "sua" força e bondade, rompia a inteireza da imagem criada. 'Ele" era a força acima de todas as demais, não tinha a quem temer, nem por que repelir seu povo com balas e baionetas...

Um homem magro, alto, de rosto faminto e olhos negros, gritou de repente:

— Atirar? Não se atreva!...

E, dirigindo-se à multidão, prosseguiu alto, com rancor:

— E então? Eu disse que eles não deixariam passar...

— Quem? Os soldados?

— Os soldados não, mas lá...

Sacudiu o braço, apontando vagamente para a distância.

— Os que estão em cima... Hem? Eu já dizia!

— Isso ainda não se sabe...

— Quando souberem por que viemos, vão nos deixar passar!...

O barulho crescia. Ouviam-se gritos irados, ressoavam exclamações de ironia. O bom senso esboroara-se contra o absurdo daquele obstáculo e calava-se. Os movimentos dos homens tornaram-se mais nervosos e agitados; vinha do rio um frio penetrante. As pontas das baionetas brilhavam imóveis.

Trocando exclamações e obedecendo ao impulso que vinha de trás, os homens continuavam avançando. Os que haviam agitado lenços brancos, desviaram-se para o lado e sumiram na multidão. Mas todos os que iam na frente, homens, mulheres, adolescentes, agitavam também lenços brancos.

— Que tiros pode haver? Para que? — dizia com voz compenetrada um homem de idade, com manchas grisalhas na barba. — Eles apenas não deixam ir pela ponte, querem que se caminhe diretamente sobre o gelo...

E, de súbido, algo se esfarelou, nervosa e secamente, no ar, estremeceu, bateu na multidão com dezenas de flagelos invisíveis. Num instante, todas as vozes pareceram congeladas. A massa continuou a deslocar-se devagar, para frente.

— É pólvora seca... — disse ou perguntou uma voz incolor.

Mas gemidos ressoaram aqui e ali, alguns corpos deitaram-se aos pés da multidão. Soltando altos suspiros, uma mulher apertou o peito com a mão e caminhou a passos rápidos para frente, contra as baionetas, estendidas ao seu encontro. Homens e mais homens lançaram-se atrás dela, procurando envolvê-la, passar à frente.

E, mais uma vez, o estalido de uma descarga de fuzis, ainda mais sonora e irregular. Os que estavam junto a um tapume ouviram estremecer as tábuas, como se dentes invisíveis mordessem-nas raivosamente. Uma das balas ricocheteou ao longo da madeira do tapume e, arrancando dela aparas miúdas, atirou-as aos rostos dos homens. Estes caíam em grupos de dois ou três, sentavam-se, pondo as mãos à barriga, corriam mancando, arrastavam-se sobre neve e, por toda a parte, esta abrasou-se profusamente com manchas escarlates. Elas espraiavam-se, fumegavam, atraíam o olhar... A multidão recuou, parou um instante, pertificou-se e, de repente, ressoou um uivo selvagem, abalador, de centenas de vozes. Ele nasceu e correu no ar, qual nuvem ininterrupta, concentrada, trêmula, colorida, de gritos de aguda dor, de horror, de protesto, de angustiada perplexidade e chamados de socorro.

Baixando a cabeça, os homens lançaram-se para frente, aos magotes, a fim de recolher os mortos e os feridos. Os feridos gritavam também, ameaçavam com os punhos, todos os rostos transfiguraram-se num átimo e, em todos os olhos, apareceu um brilho quase demente. Não havia pânico, essa condição de horror negro e generalizado, que envolve de súbito os homens, varre os corpos num montão, como o vento as folhas secas, e tange, empurra cegamente a todos para alguma parte, no turbilhão selvagem da ânsia de se esconder. Havia horror, um horror queimando qual ferro gelado; ele congelava o coração, comprimia o corpo e obrigava a dirigir os olhos desmesuradamente abertos para o sangue, que empapava a neve, para os rostos, as mãos e as vestes sangrentas, para os cadáveres, terrivelmente tranqüilos, em meio à agitação alarmada dos vivos. Havia uma indignação corrosiva, um rancor angustioso e impotente, muita desorientação e muitos olhos estranhamente imóveis, sobrancelhas franzidas com expressão sombria, punhos fortemente apertados, gestos convulsivos e palavras cortantes. Parecia, porém, que no peito dos homens penetrara, sobretudo, uma fria surpresa, que mortificava o coração. Uns poucos momentos atrás eles caminhavam, vendo nitidamente, na frente, a meta, uma imagem fantástica aparecia majestosamente diante deles, compraziam-se em contemplá-la, apaixonavam-se por ela e alimentavam o espírito de esperanças grandiosas. Duas descargas, o sangue, os cadáveres, os gemidos, e todos se defrontaram, o coração dilacerado, com o vácuo cinzento, impotentes.

Revolviam-se no mesmo lugar, como envolvidos por algo que não pudessem romper; uns carregavam em silêncio e com ar preocupado os feridos, recolhiam cadáveres, outros olhavam o trabalho dos primeiros, como em sonho, atordoados, numa estranha inatividade. Muitos gritavam aos soldados palavras de censura, insultos e queixas, agitavam os braços, tiravam o chapéu, inclinavam-se em saudação não se sabia por que, ameaçavam com a ira terrível de alguém...

Os soldados permaneciam imóveis, de fuzis descidos sobre os pés, seus rostos eram igualmente imóveis, a pele das faces retesara-se, as maçãs salientaram-se agudamente. Tinha-se a impressão de que todos estivessem de olhos brancos e lábios congelados...

Em meio à multidão, alguém gritava histericamente:

— Foi engano! Aconteceu um engano, irmãos!... Tomaram-nos por outra gente! Não acreditem!... Vamos, irmãos, é preciso explicar!...

— Gapon é um traidor! — urrava um adolescente, trepando num lampião.

— Então, companheiros, viram como foram recebidos?...

— Espere, foi engano! Isso não pode acontecer, compreenda!

— Deixem passar um ferido!...

Dois operários e uma mulher conduziam um homem alto, magro; estava coberto de neve, o sangue escorria-lhe da manga do sobretudo. Seu rosto azulara-se, tornara-se ainda mais pontudo, e os lábios escuros, movendo-se fracamente, murmuraram:

— Eu dizia que não iam deixar!... Eles o escondem e pouco se importam com o povo!

— Cavalaria!

— Corre!

O paredão de soldados estremeceu e abriu-se em par, como um portão de madeira; cavalos atravessaram aquele espaço, dançando e fungando; um grito de oficial ressoou sobre as cabeças dos cavaleiros, sabres faiscaram como fitas de prata, cortando o ar, agitaram-se todos na mesma direção. A multidão permanecia imóvel e balançava-se, emocionada, esperando algo, não querendo crer.

Diminuíram os ruídos.

— Ma-arche! — ressoou um grito furioso.

Foi como um turbilhão de vento batendo no rosto dos homens, e a terra pareceu girar-lhes sob os pés, todos largaram a correr, empurrando, derrubando uns aos outros, abandonando os feridos, saltando por cima dos cadáveres. O ruído pesado dos cascos dos cavalos atingia os homens, uivavam os soldados, seus cavalos pulavam por cima dos feridos e dos mortos, cintilavam sabres, cintilavam igualmente gritos de horror e de dor, ouvia-se, por vezes, o assobio do aço e seu choque contra um osso. Os gritos de gente espancada fundiam-se num gemido prolongado e sonoro...

— A-a-a!...

Os soldados brandiam os sabres, golpeando as cabeças dos homens. Então, aqueles corpos uniformizados pendiam para o lado. Tinham os rostos vermelhos, desprovidos de olhos. Os cavalos relinchavam, arreganhando os dentes com expressão terrível, sacudindo a cabeça...

O povo foi impelido para as ruas... E, no mesmo instante em que desapareceu ao longe o ruído dos cascos dos cavalos, os homens estacaram ofegantes e fitaram-se, os olhos saltados. Em muitos rostos, surgiram sorrisos de culpa, alguém riu, exclamando:

— Ora, como corri!...

— E não se havia de correr!... — responderam-lhe.

E, de repente, vieram de todos os lados exclamações de surpresa, de susto, de rancor...

— Que foi isso, irmãos, hem?

— Está acontecendo um assassínio, gente ortodoxa!

— Por que?

— Isto é que é governo!

— Retalham gente com sabre, hem? Pisam-nos com os cavalos...

Perplexos, os homens mexiam-se sem sair do lugar, comunicando uns aos outros sua indignação. Não compreendiam o que se devia fazer, ninguém ia embora, cada um apertava-se contra os demais, procurando encontrar alguma saída naquela confusão colorida de sentimentos, olhavam-se com uma curiosidade alarmada e, apesar de tudo, mais surpreendidos que assustados, esperavam algo, prestando atenção com os olhos, com os ouvidos. Todos estavam excessivamente fustigados, esmagados pela perplexidade, esta sobrepujava os demais sentimentos, impedia de se formar um estado de ânimo mais natural, naqueles momentos inesperados, terríveis, inúteis, sem sentido, impregnados do sangue dos inocentes...

Uma voz jovem chamou energicamente:

— Eh! Vão apanhar os feridos!

Todos estremeceram e foram rapidamente na direção do rio. Ao encontro deles, homens aleijados, cobertos de sangue e de neve, arrastavam-se sobre a neve ou entravam na rua, balançando-se sobre as pernas. Os demais tomavam-nos nos braços, faziam parar carros de aluguel, mandavam embora os passageiros e levavam para alguma parte aqueles feridos. Todos se tornaram preocupados, sombrios, silenciosos. Examinavam os feridos com olhos perscrutadores, mediam algo em silêncio, comparavam, procuravam aprofundadamente respostas à interrogação terrível, que se erguera diante deles como uma sombra imprecisa, disforme e negra. Aquela sombra destruía a imagem do herói recém-inventado, do czar, fonte do bem e da misericórdia. Mas somente uns poucos atreviam-se a confessar que já estava destruída aquela imagem. Confessá-lo era difícil, significava privar-se da única esperança...

Estava caminhando o homem calvo, de sobretudo com um remendo ruivo, seu crânio opaco aparecia agora tinto de sangue, ele deixara pender os ombros e a cabeça, suas pernas dobravam-se. Conduziam-no um rapaz de ombros largos, sem chapéu, de cabeça crespa, e uma mulher de peliça rasgada e rosto embotado, sem vida.

— Espera, Mikhailo; como é isso? — balbuciava o ferido. — Não se pode atirar no povo!... Isso não deve acontecer, Mikhailo.

— Mas aconteceu! — gritou o rapaz.

— Atiraram... Retalharam gente a sabre... — observou tristemente a mulher.

— Quer dizer que foi dada ordem para isso, Mikhailo...

— Deram mesmo! — gritou com raiva o rapaz. — E você pensou que iam conversar com você? Que iam servir-lhe um copo de vinho?

— Espere, Mikhailo...

O ferido estacou, apoiando os ombros numa parede, e gritou:

— Gente ortodoxa!... Por que nos matam? Qual é a lei?... Foram ordens de quem?

Os homens passavam por ele, baixando a cabeça.

Numa esquina, junto a um paredão, aglomeraram-se algumas dezenas e, no centro, a voz rápida, ofegante, de alguém dizia, alarmada e rancorosa:

— Gapon esteve ontem com o ministro, ele sabia tudo o que ia acontecer, quer dizer que nos traiu, nos levou para a morte!

— Com que proveito?

— Que sei eu?

A perturbação espalhava-se por toda parte, surgiam diante de todos perguntas ainda imprecisas, mas cada um sentia já sua importância, sua profundidade, e a exigência severa, insistente, de uma resposta. Na chama daquela emoção, ardia rapidamente, até às cinzas, a fé num auxílio de fora, a esperança no maravilhoso libertador da miséria.

No meio da rua, caminhava uma mulher corpulenta, mal vestida, com um rosto bondoso de mãe e olhos grandes e tristes. Chorava e, segurando com a mão direita a esquerda ensangüentada, dizia:

— Como vou trabalhar? Como alimentar os filhos?... A quem vou me queixar? Gente ortodoxa, onde vai o povo encontrar defensores, se o próprio czar está contra ele?

Suas perguntas, sonoras e nítidas, despertaram os homens, sacudiram-nos e alarmaram-nos. Muitos acercavam-se dela rapidamente, corriam de todas as direções, ouviam suas palavras com ar atento e taciturno.

— Quer dizer que não existem leis para o povo?

Alguns deixavam escapar suspiros. Outros soltavam impropérios em voz baixa.

De alguma parte, chegou um grito agudo, raivoso.

— Recebeu uma ajuda: esmagaram a perna do filho...

— Pietrukha foi morto!

Havia muitos gritos, eles fustigavam os ouvidos e, despertando com freqüência sempre crescente um eco de vingança, o reflexo agudo dos sons provocava um sentimento de furor e a consciência da necessidade de defesa contra os assassinos. Uma decisão aparecia nos rostos pálidos.

— Companheiros! Apesar de tudo, vamos à cidade... talvez se consiga alguma coisa... Vamos, em pequenos grupos!

— Vão matar todo mundo...

— Vamos falar com os soldados; talvez eles compreendam que não existe uma lei para matar o povo!

— E talvez exista, como é que se vai saber?

A multidão modificava-se lenta, mas inexoravelmente, transformando-se em povo. A juventude espalhava-se em grupos pequenos, iam todos na mesma direção, novamente para o rio. E não cessava o transporte de mortos e feridos, cheirava a sangue fresco, ressoavam gemidos, exclamações.

— Iacov Zimin recebeu uma bem na testa...

— Obrigado ao nosso paizinho, o czar!

— Si-im, que recepção!

Ouviram-se alguns palavrões. Por um só deles, um quarto de hora antes, a multidão dilaceraria quem o pronunciasse.

Uma menina pequena corria, perguntando a todos:

— Não viram mamãe?

Os homens olhavam-na em silêncio e cediam-lhe caminho.

Ressoou, depois, a voz de uma mulher de braço esmigalhado:

— Estou aqui, aqui...

A rua se esvaziava. A juventude partia cada vez mais rapidamente. Os homens de idade iam também a alguma parte, taciturnos, sem se apressar, em grupos de dois e três, olhando de soslaio para os jovens que se afastavam. Falava-se pouco... Somente às vezes, não podendo conter a amargura, alguém exclamava não muito alto:

— Quer dizer que repeliram agora o povo?...

— Assassinos malditos!...

Lamentavam os mortos e começavam a perceber que fora morto também um preconceito duro, de escravos, silenciavam cautelosamente a respeito dele, não proferindo mais seu nome, que feria o ouvido, para não acordar no coração a angústia e a ira...

E talvez silenciassem sobre ele, temendo criar outro preconceito em substituição àquele que morrera.

... Em volta da residência do czar, os soldados formavam uma corrente maciça e sólida; sob as janelas do palácio, a cavalaria dispusera-se na praça, apareciam canhões, não muito grandes, lembrando de certo modo sanguessugas. Rodeava o edifício um cheiro de feno, de esterco, de suor de cavalo; um tinir de sabres e esporas, vozes de comando e um bater de cascos de cavalo oscilavam sob as janelas cegas.

Frente aos soldados, milhares de homens desarmados, enfurecidos, marcavam passo na neve; pairava sobre a multidão, qual poeira, o vapor acinzentado da respiração. Uma companhia de soldados, apoiando-se com um dos flancos contra a parede de um edifício, na esquina da Perspectiva Niévski, e, com o outro, contra a grade de ferro do jardim, fechava o caminho para a praça em frente do palácio. Quase comprimidos contra os soldados, estavam homens em trajes variados, na maioria operários, muitas mulheres e adolescentes.

— Dispersem-se, senhores! — dizia a meia voz um sargento. Caminhava à frente da companhia, afastando os homens dos soldados, com os braços e os ombros, procurando não ver os rostos humanos.

— Por que não nos deixa passar? — perguntavam-lhe.

— Para onde?

— À presença do czar!

O sargento parou um instante e exclamou com um sentimento que lembrava desalento:

— Mas eu lhes digo que ele não está!

— O czar não está?

— Claro! Já disseram a vocês que não está, vão embora!

— Não existe czar de uma vez? — interrogava com insistência uma voz irônica.

O sargento parou novamente e ergueu o braço.

— Por palavras assim, toma cuidado!

E, mudando de tom, explicou:

— Não está na cidade.

Alguém retrucou, no meio da multidão:

— Não está em lugar nenhum!

— Acabou!...

— Vocês o fuzilaram, diabos!

— Vocês pensaram que estavam matando o povo?

— Ninguém consegue matar o povo!... Sempre aparece mais gente...

— Vocês mataram o czar, compreendem?

— Vão embora, senhores! Não conversem!

— Quem é você? Soldado? Que é um soldado?

Alhures, um velhote de barba em ponta dizia animado aos soldados:

— Vocês são gente, nós também! Agora, vocês estão de capote militar, amanhã vão usar cafetã.[2] Vão querer trabalhar, precisarão comer. No haverá trabalho nem comida. Então, vocês, rapazes, se verão forçados a fazer o mesmo que nós agora... Quer dizer que será preciso atirar em vocês? Matá-los porque sentirão fome, hem?

Os soldados estavam com frio. Apoiavam-se ora sobre uma perna, ora sobre a outra, batiam os tacões nas pedras da rua, esfregavam as orelhas, mudando o fuzil de uma para outra mão. Ouvindo aquelas falas, suspiravam, moviam os olhos para cima e para baixo, faziam ruído com os lábios enregelados, assoavam-se. Os rostos, azulados de frio, apareciam monotonamente desalentados; os soldadinhos, embotados, miúdos, da altura dos seus fuzis com baioneta, pertenciam à décima-primeira companhia do 144º regimento de Pskov. Alguns, franzindo o sobrecenho, pareciam fazer pontaria,- apertando com tenacidade os dentes, provavelmente contendo à força um sentimento de rancor contra aquela massa de gente, por causa da qual era preciso padecer frio. Uma sensação de cansaço e angústia desprendia-se daquela fileira cinzenta, enfadonha, de soldados.

Impelidos por trás, os homens empurravam às vezes os soldados.

— Mais devagar! — dizia baixo um homenzinho de capote militar cinzento, em resposta aos empurrões.

A multidão gritava-lhes algo, cada vez mais acalorada. Os soldados ouviam-nos, piscando os olhos, torciam em caretas indefinidas os rostos, em que aparecia algo lastimoso e tímido...

— Não toque no fuzil! — gritou um deles a um jovem de chapéu felpudo. Este, porém, estava encostando o dedo no peito do soldado, dizendo:

— Você é soldado e não carrasco... Foi convocado para defender a Rússia dos inimigos, mas obrigam-no a fuzilar o povo... Compreenda! O povo é a própria Rússia!

— Nós não atiramos! — respondeu o soldado.

— Veja, aí está parada a Rússia, o povo russo! Ele quer ver seu czar...

Alguém interrompeu-lhe as palavras com um grito:

— Não quer!

[2] O cafetã russo é freqüentemente uma veste simples e popular.

— Que há de mal no fato de que o povo quis conversar com o czar sobre seus problemas? Bem, diga-me, hem?

— Não sei — disse o soldado com uma cusparada.

O vizinho dele acrescentou:

— Não temos ordem para conversar...

Suspirou com desalento e baixou os olhos.

Um soldadinho perguntou, de súbito, com afabilidade, a alguém parado em frente:

— Patrício, você não é de Riazan?

— De Pskov... Por que?

— Assim... Eu sou de Riazan...

E, com um sorriso largo, sacudiu os ombros de modo trêmulo.

Os homens agitavam-se diante do muro igual e cinzento, chocavam-se contra ele como as ondas de um rio contra as pedras da margem. Refluíam, tornavam a voltar. Provavelmente, muitos não compreendiam para que estavam ali, o que desejavam e esperavam. Não se percebia um objetivo nitidamente concebido, uma intenção definida. O que existia era um sentimento amargo de mágoa, de indignação e, em muitos, um desejo de vingança; isso unia todos, detinha-os na rua, mas não havia contra quem expandir este sentimento, em quem se vingar... Os soldados não despertavam rancor, não irritavam: estavam simplesmente embotados, infelizes, tinham frio, muitos não conseguiam deixar de tremer com todo o corpo, batiam os dentes.

— Estamos de pé desde as seis da manhã! — diziam. — Uma desgraça!

— Deite-se aí, então, para morrer...

— Por que vocês não vão embora, hem? Nós iamos também para o quartel, para lugar aquecido...

— Por que vocês se agitam? Estão esperando o quê? — perguntava o sargento.

Suas palavras, o rosto compenetrado e o tom de voz sério, convicto, aumentavam ainda o frio dos homens. Em tudo o que dizia, parecia haver um sentido particular, mais profundo que suas meras palavras.

— Não há o que esperar!... Apenas, a tropa sofre por causa de vocês...

— Vão atirar em nós? — perguntou-lhe um jovem de capuz.

O sargento calou-se por algum tempo e respondeu calmamente:

— Se mandarem, vamos!

Isso provocou uma explosão de censuras, impropérios, zombarias.

— Por que? Por que? — perguntava, com voz mais forte que os demais, um homem alto e ruivo.

— Estão desobedecendo às ordens das autoridades! — explicou o sargento, esfregando a orelha.

Os soldados ouviam as vozes da multidão e piscavam tristemente os olhos. Um deles exclamou baixinho:

— Que bom seria tomar agora alguma coisa quente!...

— Quer meu sangue? — perguntou-lhe a voz má, angustiada, de alguém.

— Não sou animal selvagem! — retrucou o soldado, ofendido e carrancudo.

Muitos olhos fitavam o semblante largo, achatado, da longa fileira de soldados, com uma curiosidade fria, silenciosa, com desprezo e repugnância. A maioria, porém, procurava aquecê-los com o fogo da sua excitação, fazer mover-se algo nos corações, fortemente comprimidos pela caserna, nas cabeças, repletas do lixo das instruções oficiais. A maior parte dos homens queria fazer algo, materializar de algum modo seus sentimentos e idéias, e debatia-se teimosamente contra aquelas pedras cinzentas e frias, que só queriam uma coisa: aquecer o corpo.

Os discursos soavam com ardor crescente, as palavras adquiriam novo colorido.

— Soldados! — dizia um homem corpulento, de barba grande e olhos azuis celestes. — Vocês são filhos do povo russo. O povo empobreceu, está esquecido, abandonado sem defesa, sem trabalho e sem pão. E hoje ele foi pedir ajuda ao czar, mas o czar ordena a vocês atirar nele, matar gente. Junto à ponte Tróitzki, mataram pelo menos cem. Soldados! O povo, vossos pais e irmãos, cuida não somente de si, mas de vocês também. Vocês estão atirando contra o povo, impelidos para o parricídio, o fratricídio. Pensem um pouco! Será que não compreendem que estão indo contra vocês mesmos?

Aquela voz calma e regular, o rosto bom e os cabelos grisalhos da barba, toda a figura do homem e suas palavras singelas, verdadeiras, pareciam comover os soldados. Baixando os olhos ante seu olhar, ouviam-no atentos, alguns balançavam a cabeça e suspiravam, outros franziam o cenho e olhavam em volta. Alguém aconselhou em voz baixa:

— Afaste-se, o oficial pode ouvir!

O oficial alto, de um louro branquicento, de grandes bigodes, caminhava devagar à frente da tropa e, calçando a luva na mão direita, dizia entre os dentes:

— Dispersem-se!... Vão embora! O quê? Converse mais um pouco, que eu mostro a você uma coisa!

Tinha o rosto gordo, rubicundo, e olhos redondos e claros, mas sem brilho. Caminhava sem se apressar, batendo fortemente os pés, mas, após sua chegada, o tempo correu mais rápido, como se cada segundo se apressasse a desaparecer, com medo de ficar repleto de algo abjeto e ofensivo. Tinha-se a impressão de que uma régua invisível passava sobre o terreno, atrás do oficial, acertando a fileira de soldados, que encolhiam a barriga, estufavam o peito, olhavam para a ponta das botas. Alguns mostravam com os olhos o oficial aos homens e faziam caretas zangadas. Estacando junto a um dos flancos da tropa, ele gritou:

— Sen-tido!

Os soldados estremeceram e petrificaram-se.

— Ordeno que se dispersem! — disse o oficial e, sem se apressar, tirou o sabre da bainha.

Dispersar-se era materialmente impossível: a multidão inundara densamente toda a pequena praça, e, da rua para a sua retaguarda, vinha cada vez mais gente.

Olhavam para o oficial com ódio, ele ouvia zombarias e impropérios, mas permanecia sob o seu impacto com firmeza e imobilidade. Seu olhar mortiço examinava a companhia, as sobrancelhas estremeciam ligeiramente. A multidão fez mais barulho, irritava-a provavelmente aquela tranqüilidade.

— Este é capaz de dar cada ordem!

— Mesmo sem comando, está pronto a cortar gente...

— Irra, tirou o arenque da lata...

— Eh, patrão! Está pronto para matar?

Crescia uma cólera impetuosa, surgia um sentimento de audácia sem cuidados, os gritos soavam mais alto, as zombarias com maior agudez.

O sargento olhou para o oficial, estremeceu, empalideceu e também tirou depressa o sabre da bainha.

Ressoou de súbito um canto sinistro de corneta. As pessoas olhavam para o corneteiro: inflara de modo tão estranho as bochechas e arregalara tanto os olhos, que o seu rosto parecia a ponto de rebentar, a corneta tremia-lhe na mão e soava de modo demasiadamente prolongado. Os homens abafavam o grito metálico e fanhoso com assobios sonoros, com um ulular, com sons esganiçados, maldições, censuras, gemidos de angustiosa impotência, gritos de desespero e audácia, provocada pela sensação da possibilidade de morrer no instante seguinte e da impossibilidade de evitar a morte. Não havia para onde escapar. Alguns vultos escuros atiraram-se ao chão e apertaram-se contra ele, outros escondiam o rosto nas mãos, mas o homem de barba grande abriu o sobretudo e permanecia à frente de todos, dirigindo para os soldados os seus olhos azuis. E falava, não cessava de dizer-lhes algo que submergia no caos de gritos.

Os soldados sacudiram os fuzis, colocaram-nos em pontaria, e todos se congelaram numa posição uniforme, atenta, as baionetas estendidas para a multidão.

Via-se que a fileira de baionetas pendia no ar nervosa e irregularmente: umas estavam demasiado erguidas, outras muito abaixadas, umas poucas apontavam bem para o peito dos homens, e todas pareciam macias, tremiam e como que se derretiam e entortavam.

Uma voz gritou alto, com horror e repugnância:

— Que estão fazendo? Assassinos!

As baionetas estremeceram forte e irregularmente, uma rajada desprendeu-se de modo assustador, os homens balançaram-se para trás, repelidos, pelo som, pelo choque das balas, pela queda de mortos e feridos. Alguns puseram-se a saltar silenciosamente a grade do jardim.

Jorrou mais uma rajada... outra...

Um menino, alcançado por uma bala sobre a grade do jardim, dobrou de repente o corpo e ficou pendurado de cabeça para baixo. Uma mulher alta, esbelta, de magníficos cabelos, mal soltou um *ah* e caiu suavemente ao lado dele.

— Malditos!... — gritou alguém.

Houve mais espaço e menos barulho. Os homens de trás fugiam para as ruas, para os pátios das casas, a multidão recuava pesadamente, obedecendo a impactos invisíveis. Entre ela e os soldados, ficaram alguns *sajens* de chão, completamente cobertos de corpos. Alguns, erguendo-se, corriam rapidamente para junto dos demais homens, outros levantavam-se com grande esforço, deixando atrás de si manchas de sangue e, balançando o corpo, iam também a alguma parte, acompanhados de um rastro sangrento. Muitos homens jaziam imóveis, de rosto para cima, para baixo ou para o lado, mas todos de corpo estendido, numa estranha tensão, assaltados pela morte, parecendo, porém, desvencilhar-se de suas mãos...

Cheirava a sangue. Este cheiro lembrava o hálito morno e salgado do mar, ao anoitecer, depois de um dia quente, era um cheiro mórbido que embriagava- e provocava uma sede má de senti-lo prolongada e abundantemente. Ele perverte a imaginação terrivelmente, como sabem os açougueiros, os soldados e outros assassinos profissionais.

Recuando, a multidão suspirava, as maldições, os impropérios e gritos de dor fundiam-se, num vivo turbilhão, com os assobios, os uis e os gemidos, os soldados mantinham-se firmes, imóveis como cadáveres. Tinham os rostos cinzentos e os lábios fortemente comprimidos, como se todos aqueles homens também quisessem gritar e assobiar, mas não se decidissem e estivessem contendo-se. Eles olhavam bem em frente, os olhos muito arregalados, e não piscavam mais. Naquele olhar, nada se percebia de humano, davam a impressão de nada ver aqueles pontos vazios, turvos, sobre os rostos cinzentos e tensos. Não queriam ver e talvez, no íntimo, temessem que, vendo o sangue tépido, por eles derramado, quisessem derramá-lo mais. Os fuzis tremiam-lhes nas mãos, as baionetas vacilavam, perfuravam o ar. Mas aquele tremor de corpo não podia despertar a indiferença embotada, no peito dos homens, cujos corações estavam apagados pelo jugo da coação da vontade, cujos cérebros se forraram de mentira podre e repugnante. O homem barbudo e de olhos azuis ergueu-se do chão e pôs-se novamente a falar, com voz soluçante, estremecendo com todo o corpo:

— Não me mataram. Isso foi porque eu dizia a vocês a santa verdade...

De novo, a multidão avançou lenta e taciturna, recolhendo mortos e feridos. Alguns homens colocaram-se ao lado daquele que falava aos soldados e, interrompendo seu discurso, gritavam igualmente, procuravam convencer, faziam censuras, sem rancor, com amargura e compaixão. Na voz de todos, soava ainda uma fé ingênua na vitória da palavra verdadeira, um desejo de demonstrar a falta de sentido, a loucura daquela crueldade, inspirar a consciência do pesado erro. Procuravam e queriam obrigar os soldados a compreender a vergonha, a abjeção de seu papel involuntário...

O oficial tirou o revólver do coldre, examinou-o atentamente e caminhou em direção do grupo de homens. Estes afastaram-se dele sem se apressar, como alguém se afasta de uma pedra que rola, não muito depressa, do alto de uma montanha. O homem barbudo e de olhos azuis não se movia, recebendo o oficial com palavras de ardente censura, mostrando com um gesto largo o sangue em volta.

— Pense um pouco: como justificar isso? Não há justificação!

O oficial estacou diante dele, franziu preocupadamente o sobrolho, estendeu a mão. Não se ouviu o tiro, mas viu-se a fumaça, que rodeou a mão do assassino uma, duas e três vezes. Após a terceira, o homem dobrou as pernas, deixou cair o corpo para trás, agitando o braço direito, e caiu. Gente atirou-se de todos os lados na direção do assassino, que recuava, agitando a espada, e apontava o revólver ora para uns, ora para outros... Um adolescente caiu-lhe aos pés, ele enfiou o sabre em sua barriga. Rugia a voz do oficial, que pulava em todas as direções, como um cavalo teimoso. Alguém lhe atirou o chapéu na cara, outros jogavam-lhe pelotas de neve sangrenta. Acorreram em sua direção o sargento e alguns soldados, de baionetas para frente; os atacantes dispersaram-se então. O vencedor ameaçou-os com o sabre e baixou-o de repente, tornando a enfiá-lo no corpo do jovem, que se arrastava a seus pés, esvaindo-se em sangue.

E a corneta tornou a cantar fanhosa. Os homens esvaziavam rapidamente a praça, apenas ouviam aquele som, mas ele unicamente serpenteava no ar e parecia precisar mais os contornos dos olhos vazios dos soldados, a valentia do oficial, o seu sabre, vermelho na ponta, os seus bigodes em desalinho...

A cor rubra e viva do sangue irritava os olhos e atraía-os, excitando a embriaguez e um desejo perverso de vê-lo mais ainda, de vê-lo por toda parte. Os soldados ficaram em posição de espera, moviam o pescoço e pareciam procurar com os olhos alvos ainda vivos para suas balas...

O oficial, parado no flanco da tropa, agitava o sabre e gritava algo, de modo sincopado, furioso, selvagem.

De pontos diferentes, chegavam-lhe em resposta gritos:

— Carrasco!

— Canalha!

Começou a arrumar os bigodes.

Ressoou mais uma rajada, outra...

As ruas estavam repletas de povo, como sacos de grão. Havia ali poucos operários, predominavam pequenos comerciantes, funcionários. Alguns já viram sangue e cadáveres, outros foram espancados pela polícia. A situação de alarma impeliu-os de casa para a rua, e eles disseminavam por toda parte aquele alarma, exagerando ainda o horror visível daquele dia. Homens, mulheres, adolescentes, todos olhavam sobressaltados em volta, prestavam atenção, esperavam.

Transmitiam uns aos outros notícias de assassínios, suspiravam, deblateravam, interrogavam operários ligeiramente feridos, às vezes baixavam a voz até o murmúrio e, por muito tempo, comunicavam uns aos outros algo secreto. Ninguém compreendia o que se devia fazer e ninguém ia para casa. Sentiam e adivinhavam que, por trás daqueles assassínios, havia ainda algo importante, mais profundo e trágico para eles que as centenas de homens mortos e feridos e que lhes eram estranhos.

Até aquele dia, eles viveram, quase inconscientemente, de representações imprecisas, criadas não se sabia quando, nem de que modo, sobre a autoridade, a lei, os governantes, e sobre os seus próprios direitos. A imprecisão dessas representações não os impedia de rodear o cérebro de uma rede compacta, de cobri-lo com uma casca grossa e pegajosa: os homens habituaram-se a pensar que, na vida, existe certa força chamada lei. Este hábito dava-lhes uma certeza de segurança e defendia-os contra pensamentos inquietantes. Vivia-se razoavelmente com ela e, embora a vida, por meio de dezenas de pequenas alfinetadas, arranhões e empurrões, e por vezes, mesmo, golpes sérios, abalasse tais representações nebulosas, elas eram sólidas, pegajosas, e conservavam uma estabilidade de morte, cobrindo rapidamente as fendas e arranhões.

Mas, naquele dia, o cérebro ficou repentinamente nu, estremeceu, e o coração encheu-se de alarma e frio. Tudo o que era consagrado e habitual fora derrubado, quebrara-se, desaparecera. Mais ou menos nitidamente, todos se sentiam angustiada e terrivelmente solitários, indefesos perante uma força cínica e cruel, que não conhecia direito nem lei. Todas as vidas estavam em suas mãos e ela podia, sem prestar contas a ninguém, espalhar a morte entre as grandes massas de gente, podia destruir os vivos a seu bel-prazer. Ninguém era capaz de a deter e com ninguém ela queria falar. Era todo-poderosa e, tranqüilamente, mostrava o caráter ilimitado de seu poder, cobrindo sem motivo as ruas da cidade de cadáveres, regando-as de sangue. Via-se nitidamente seu capricho sangrento, demente. Ele inspirava um alarma unânime, um medo penetrante, que esterilizava o coração. E despertava insistentemente a razão, obrigando-a a traçar os planos de uma nova defesa da personalidade, a erguer novas construções para a proteção da vida.

Um homem robusto e corpulento caminhava com a cabeça fortemente pendida, balançando as mãos ensangüentadas. Tinha o sobretudo abundantemente manchado de sangue na frente.

— Está ferido? — perguntaram-lhe.

— Não.

— E o sangue?

— Não é meu! — respondeu, sem interromper a caminhada. E, de repente, parou, olhou ao redor e pôs-se a falar, com voz estranhamente alta:

— Isso não é meu sangue, senhores, é o sangue daqueles que acreditavam!...

Antes de terminar, continuou a caminhar, deixando pender novamente a cabeça.

Agitando chicotes, um destacamento de cavalaria penetrou no meio da multidão. Havia gente pulando para todos os lados, pisando uns aos outros, chocando-se com as paredes. Os soldados estavam embriagados, sorriam vagamente, balançando-se sobre os selins; às vezes, sem muito entusiasmo, chicoteavam cabeças e ombros. Um dos espancados caiu, mas, erguendo-se no mesmo instante, perguntou:

— Por que? Eh, você, animal selvagem!

O soldado tirou com presteza o fuzil do ombro e atirou, sem fazer pontaria e sem deter o cavalo. O homem caiu novamente. O soldado soltou uma gargalhada.

— Que estão fazendo? — gritava assustado um senhor respeitável, bem vestido, dirigindo para todos os lados o rosto alterado. — Senhores! Estão vendo?

O barulho abafado e excitado de vozes jorrava numa torrente incessante; nascia, entre as torturas do medo, no alarma do desespero, algo que imprimia, lenta e invisivelmente, uma unidade ao pensamento redivivo, canhestro, não acostumado a trabalhar.

Encontrava-se, porém, gente de paz.

— Vejamos: para que foi ele xingar o soldado?

— O soldado bateu primeiro!

— Ele tinha que se afastar!

Na reentrância de um portão, duas mulheres e um estudante colocavam uma atadura no braço de um operário, perfurado a tiro. Ele torcia o rosto, olhando sombrio ao redor, e dizia aos que- o cercavam:

— Nós não tínhamos quaisquer intenções ocultas, dizem isso apenas os canalhas e os tiras. Nós iamos com toda a franqueza. Os ministros sabiam das finalidades de nossa marcha, eles têm uma cópia da nossa petição. Que dissessem, os canalhas, que não nos podiam atender, avisassem-nos para não irmos ao palácio. Eles tinham tempo de fazer isto, não foi hoje que começamos a nos preparar para a marcha... Todos sabiam, a polícia, os ministros, que iamos lá. Bandidos...

— O que foi que vocês pediram? — informou-se com seriedade, pensativo, um velho seco, de cabeça grisalha.

Pedimos que o czar convocasse delegados do povo e com eles governasse e não com os funcionários. Essa corja arruinou a Rússia, roubou todo mundo.

— Realmente... o controle é indispensável! — observou o velhinho.

Completada a atadura do trabalhador, desceram-lhe com cuidado a manga.

— Obrigado, senhores! Eu disse aos companheiros que estávamos indo em vão! Eu os avisei de que não se conseguiria nada... agora, está provado.

Enfiou cauteloso a mão entre os botões do sobretudo e se afastou, sem se apressar.

— Está ouvindo como eles falam agora? Isso, meu velho...

— Si-im! Mas, apesar de tudo, armar um massacre desses...

— Hoje foi ele, amanhã posso ser eu...

— Si-im...

Em outro lugar, havia discussão acalorada:

— Ele podia não saber.

— Nesse caso, para que existe ele?

Mas os homens que tentavam ressuscitar o defundo já se tornaram raros, imperceptíveis. Provocavam rancor com as suas tentativas de reavivar o espectro. O povo atacava-os como inimigos, e eles fugiam assustados.

Uma bateria de artilharia penetrou na rua, empurrando os homens. Os soldados iam a cavalo ou sentados junto às peças, dirigindo o olhar pensativo para frente, por cima das cabeças dos homens. A multidão apertava-se, cedendo caminho, e envolvia-se num silêncio taciturno. Tiniam os arreios, reboavam as caixas de munição; os canhões agitavam os reparos, examinavam atentamente o solo, como se o cheirassem. Aquele comboio lembrava um enterro.

Um estalido de tiros ressoou em alguma parte. Os homens petrificaram-se, prestando atenção. Alguém disse baixinho:

— De novo!...

E, de repente, percorreu a rua um súbito tremor de animação.

— Onde, onde?

— Na Ilha Vassílievski...

— Está ouvindo?

— Será possível?

— Palavra de honra! Tomaram uma loja de armas...

— Foi mesmo?

— Serraram postes telegráficos, levantaram uma barricada...

— Si-im... realmente?

— São muitos?

— Muitos!

— Eh, contanto que paguem ao menos pelo sangue inocente!...

— Vamos para lá!

— Ivã Ivânovitch, vamos, hem?

— Si-im... isso, sabe...

Cresceu sobre a multidão o vulto de um homem e, à meia luz, estrugiu sonoramente o chamado:

— Quem quer lutar pela liberdade, pelo povo, pelo direito do homem à vida, ao trabalho? Quem quiser morrer na batalha pelo futuro, que venha em ajuda dos que lutam!

Uns caminhavam em sua direção e, no meio da rua, formou-se um núcleo compacto de corpos, outros afastavam-se apressados.

— Está vendo como ficou excitado o povo.

— É absolutamente legal, absolutamente!

— Vão acontecer loucuras... ai-ai-ai!

Os homens dissolviam-se no lusco-fusco do anoitecer, espalhavam-se pelas casas e levavam consigo um alarma que lhes era desconhecido, uma sensação assustadora de solidão, uma consciência semidespertada do drama de sua vida, uma vida sem direitos e sem sentido, uma vida de escravos... E a capacidade de adaptar-se imediatamente a tudo o que fosse vantajoso e conveniente...

Vinha uma sensação terrível. A treva rompia a ligação entre os homens, a fraca ligação do interesse exterior. E cada um que não tinha fogo no peito procurava alcançar o mais rapidamente possível seu cantinho habitual.

Escurecia. Mas não se acendiam as luzes...

— Dragões! — gritou uma voz rouca.

Surgiu, de repente, de uma esquina, um pequeno destacamento de cavalaria, por alguns instantes os cavalos debateram-se indecisos, no mesmo lugar, e, de súbito, galoparam contra os homens. Os soldados uivaram de modo estranho, rugiram, e havia naquele som algo inumano, escuro, cego, incompreensivelmente próximo a angústia e desespero. Na escuridão, homens e cavalos tornaram-se menores e mais negros. Os sabres tinham um brilho apagado, havia menos gritos e ouviam-se mais golpes.

— Batam neles com o que puderem, companheiros! Sangue por sangue, batam!

— Corra!...

— Não se atreva, soldado! Não sou mujique!

— Companheiros, a pedradas!

Derrubando os vultos pequenos e escuros, os cavalos pulavam, relinchavam, roncavam, tilintava o aço, ressoavam vozes de comando.

— Se-ção...

A corneta cantava, nervosa e apressadamente. Homens corriam, empurrando-se, caindo. A rua se esvaziava; no meio, apareceram no chão montículos escuros; alhures, além da curva, no fundo da rua, ressoava um tropel pesado, veloz, de cascos de cavalo...

— Está ferido, companheiro?

— Deceparam-me a orelha... parece...

— Que fazer de mãos nuas?!...

Na rua deserta, repercutiu sonoramente um eco de tiros.

— Não se cansaram ainda, os demônios!

Silêncio. Passos apressados. É tão estranho que haja poucas palavras e nenhum movimento nessa rua. De toda parte, vem um bramir abafado e úmido, como se o mar tivesse despejado suas águas na cidade.

Nas proximidades, um gemido suave balança-se na treva... Alguém corre, respirando com dificuldade, sincopadamente.

Uma pergunta alarmada:

— Está ferido?... Iacov?

— Espere, não é nada! — responde uma voz rouca.

De trás da esquina, por onde sumiram os dragões, desponta novamente a multidão, jorrando, negra e compacta, por toda a largura da rua. Alguém que está caminhando na frente e que não se distingue, na treva, da multidão, diz:

— Hoje, retiraram-nos com sangue um voto; a partir de agora, temos que ser cidadãos.

Outra voz interrompeu-o, com um soluço nervoso:

— Sim, mostraram-se bem os nossos pais!

Alguém proferiu, ameaçador:

— Não esqueceremos este dia!

Caminhavam depressa, num magote denso, falavam muitos ao mesmo tempo, as vozes fundiam-se caoticamente num ulular taciturno, sombrio. Por vezes, elevando a voz até o grito, alguém abafava por alguns instantes outras vozes.

— Quanta gente morta!

— Por quê?

— Não! É impossível, para nós, esquecer este dia!...

De um lado, ressoou um grito rouquenho, arquejante, ameaçador como uma profecia.

— Vão esquecer, escravos! Que lhes importa sangue alheio?

— Cale-se, Iacov...

Cresceram a treva e o silêncio. Os homens caminhavam olhando para os lados, alguns resmungavam.

Da janela de uma casa, uma luz amarela caía cautelosamente sobre a rua. Naquela mancha junto ao lampião, viam-se dois homens negros. Um deles, sentado no chão, apoiava os ombros contra o poste, o outro, curvado sobre ele, queria provavelmente levantá-lo. E, de novo, um deles disse, com voz abafada e triste:

— Escravos...

1906.

NASCIMENTO DO HOMEM

Foi em 1892, ano de fome, entre Sukhum e Otchemtchíri, à margem do Kódor, perto do mar. Em meio ao alegre estrépito do riacho montês, ouvia-se nitidamente o marulhar abafado das ondas marinhas.

Outono. Na espuma branca do Kódor, rodopiavam folhas amarelas de loureiro, que lembravam pequenos e ágeis salmões. Eu estava sentado sobre umas pedras, junto ao rio, e pensava que, certamente, as gaivotas e os corvos-marinhos também tomavam as folhas por peixes, enganavam-se e, por isso, gritavam com expressão tão ofendida, ali, à direita, além das árvores, onde marulhava o mar.

Por cima da minha cabeça, os castanheiros estão cobertos de ouro; a meus pés, há muitas folhas, que lembram as palmas decepadas das mãos de alguém. Os ramos da bétula na outra margem já estão nus e pendem no ar, qual uma rede esfacelada; dentro desta, vai pulando, como bicho aprisionado, um pica-pau de montanha, vermelho e amarelo, que bate também com seu bico negro na casca da árvore, expulsando insetos, enquanto os vão bicando os espertos abelheiros e as pegas cinzento-azuladas, hóspedes vindos do longínquo Norte.

À minha esquerda, nuvens fumarentas pendem pesadamente sobre os cumes das montanhas, ameaçando chuva. Sombras esgueiram-se a partir delas, pelas encostas verdes, em que cresce a árvore morta *samchit*,[1] e no ôco das velhas faias e tílias, pode-se encontrar o *mel da embriaguez*, que, na Antigüidade, por pouco não desgraçou os

1 Espécie de buxo.

soldados de Pompeu, o Grande, com sua doçura embriagadora, que derrubou toda uma legião de férreos romanos. As abelhas prepararam-no com flores de loureiro e de azálea e os homens "passantes" retiram-no daqueles ocos e untando com ele a fina peliculazinha de farinha de trigo, que se chama *lavach,* assim o comem.

Ocupava-me justamente com isso, sentado sobre pedras, sob os castanheiros, fortemente picado pelas irritadas abelhas: molhava pedaços de pão no mel que enchia minha marmita e comia-os, embevecido com o jogo preguiçoso do cansado sol de outono.

O outono no Cáucaso lembra uma opulenta catedral, construída por grandes sábios, que fossem, ao mesmo tempo, grandes pecadores e que a tivessem erguido, para esconder, dos olhos argutos da consciência, o seu passado. Por isso, teriam construído com ouro, turquesa e esmeraldas aquele templo infinito, estendendo pelas montanhas os mais belos tapetes, tecidos com seda pelos turcomanos, em Samarcanda, em Chemakh, por isso teriam saqueado o mundo inteiro, levando tudo para aquelas plagas, estendendo-o aos olhos do sol, como se quisessem dizer-lhe:

— Os Teus oferecem-Te o que é Teu!

... Vejo como os gigantes grisalhos e de longas barbas, com olhos imensos de crianças alegres, descem das montanhas e enfeitam a terra, semeando generosamente, por toda parte, tesouros multicores, e cobrem os cumes das montanhas com espessas camadas de prata, e as faldas, com o tecido vivo de árvores multiformes. E, sob as suas mãos, este pedaço de terra dadivosa torna-se extraordinariamente belo.

É um magnífico encargo: ser homem sobre a terra — vê-se tanto de maravilhoso, o coração revolve-se em tão doce tormento, na placidez e no êxtase que o belo nos desperta!

É verdade que, por vezes, torna-se difícil, o peito infla de ardente ódio, e a angústia suga sequiosamente o sangue do coração, mas isso não é dado para sempre. E o próprio sol, freqüentemente, entristece-se muito, olhando para os homens: esforçou-se tanto por eles, mas não saíram bem os homenzinhos...

Está claro que não são poucos os bons, mas seria preciso consertá-los, ou, melhor, refazê-los completamente.

... À minha esquerda, cabeças escuras balançam-se sobre os arbustos. Em meio ao estrépito das ondas do mar e o murmúrio do rio, mal se ouvem vozes humanas: são *famintos,* que vão para Otchemtchíri, depois de ter construído estrada em Sukhum.

Conheço-os, são de Orlóv; trabalhei com eles e juntos recebemos ontem o salário. Saíra antes deles, para dentro da noite, a fim de esperar à beira-mar o erguer do sol.

Quatro mujiques e uma mulher de maçãs salientes, jovem, grávida, de barriga imensa, estufada em direção do nariz, e olhos cinzento-azulados, desmesuradamente abertos, com expressão assustada. Vejo sobre os arbustos sua cabeça com um lenço amarelo e que se balança ao vento como um girassol florido. O marido morreu em Sukhum de indigestão de frutas. Vivi com essa gente numa barraca: segundo o bom costume russo, comentavam suas desgraças em voz tão alta e em tamanha abundância, que, provavelmente, suas falas lamentosas eram ouvidas por umas cinco verstas ao redor.

É uma gente deprimida, esmagada pela aflição, que os arrancou da terra natal, cansada e estéril, e, como o vento carrega a folhagem seca de outono, trouxe-os para cá, onde a magnificência da natureza estranha surpreendeu-os e cegou-os, enquanto as difíceis condições de trabalho abatiam-nos de vez. Olhavam para tudo, piscando, perturbados, os olhos tristes, desbotados, sorrindo entre si com ar lastimoso, dizendo com doçura:

— A-iai... que terrão...

— Tudo aí brota com força.

— Si-im... e olhe, é pura pedra...

— Uma terra incômoda, deve-se dizer...

E eles lembravam Kobíla Lojka, Sukhói Gon, Mókrenki,[2] a plaga natal, em que cada palmo de terra era a cinza de seus avôs e era tudo conhecido, memorável, caro, em que haviam regado tudo com seu suor.

Havia com eles mais uma mulher, alta, ereta, lisa como uma tábua, com maxilares de cavalo e um olhar fosco, nos olhos vesgos, negros que nem carvão.

Ao anoitecer, ela ia com a de lenço amarelo para trás da barraca e, sentada lá sobre um monte de entulho, a face apoiada na palma da mão e a cabeça inclinada, cantava em voz alta e cansada:

2 Nomes regionais, que significam: Axila de Égua, Caminho Seco, Molhadinhos.

Atrás do cemitério...
entre os verdes arbustos...
Sobre a areia clara...
vou estender meu lenço branco...
Esperarei impaciente...
meu amigo do coração...
Quando chegar...
vou inclinar-me diante dele...

A de lenço amarelo ficava geralmente imóvel, com o pescoço dobrado, examinando a barriga, mas, às vezes, inesperada e preguiçosamente, intrometia-se na canção, com voz rouquenha e cheia de mujique e palavras soluçantes:

Ah, querido...
ah, meu queridinho...
Não é meu destino...
ver-te ainda e ainda...

Em meio à treva negra e abafada da noite meridional, aquelas vozes chorosas lembravam o Norte, os desertos nevados, o ruído esganiçado da ventania e o uivar distante dos lobos...

Depois, a mulher vesga adoeceu de febre e foi carregada para a cidade em maca de lona, sobre a qual se sacudia, mugindo, como se ainda entoasse aquela canção de cemitério e areia clara.

... Mergulhando no ar, desapareceu a cabeça amarela.

Terminei o almoço, cobri com folhas o mel na marmita, amarrei o alforje e, sem me apressar, caminhei na direção daquela gente que se fora, e fui batendo com um pau de pilriteiro o leito duro do atalho.

Eis-me agora sobre a faixa estreita e cinzenta da estrada; à direita, oscila o mar densamente azul; tem-se a impressão de que marceneiros invisíveis o estejam trabalhando com milhares de plainas: brancas aparas correm farfalhando para a margem, empurradas pelo vento úmido, tépido e cheiroso, como o hálito de uma mulher sadia. Uma falua turca, inclinada sobre o bordo esquerdo, desliza em direção a Sukhum, de velas infladas, tal como o importante engenheiro de Sukhum inflava suas gordas faces — um homem seríssimo. Dizia, sem se saber por que, em lugar de quieto, "queto", e "pesar", em vez de apesar.

— Queto! Pesar que você é valentão, vou mandá-lo já para a delegacia...

Gostava de enviar as pessoas para a delegacia de polícia, e faz bem pensar que a essas horas, certamente, os vermes do túmulo há muito já o roeram até os ossos.

... Caminhar é fácil, tem-se a impressão de estar pairando no ar. Pensamentos agradáveis, recordações com vestes coloridas conduzem na memória uma dança plácida de roda; essa dança no espírito lembra as cristas brancas das ondas no mar, elas estão em cima, e, lá embaixo, tudo é tranqüilo e pairam docemente as claras e brandas esperanças da juventude, qual peixes prateados na profundez marinha.

A estrada é atraída pelo mar; serpenteando, esgueira-se cada vez mais perto da faixa arenosa, para onde correm as ondas; os arbustos querem também espiar a face das vagas e inclinam-se sobre a fita da estrada, como se acenassem para a amplidão azul do deserto das águas.

O vento soprou das montanhas — vai chover.

... Um gemido abafado entre os arbustos — um gemido humano, que sempre sacode em seu íntimo o coração.

Afastando os arbustos, vejo: apoiando-se com os ombros ao tronco de uma nogueira, está sentada aquela mulher de lenço amarelo, a cabeça caída sobre o ombro, a boca distendida e disforme, os olhos arregalados e dementes; mantém as mãos sobre a barriga enorme e respira de modo tão terrível e pouco natural que toda a barriga salta convulsivamente, enquanto, aparando-a com as mãos, a mulher vai emitindo mugidos abafados, descobrindo os dentes amarelos e lupinos.

— Que foi? Apanhou uma surra? — perguntei, inclinando-me sobre ela, que se debate, qual mosca, os pés nus na areia branca, cinérea, e, balançando a cabeça pesada, rouqueja:

— Vá embora... sem-vergonha... vá embora...

Compreendi do que se tratava, já vira aquilo certa vez. Naturalmente, assustei-me, pulei para um lado, enquanto a mulher punha-se a uivar alto, prolongadamente, e dos seus olhos, prontos a romper-se, jorravam lágrimas turvas, que lhe escorriam pelo rosto vermelho, inflado com o esforço.

Isto me fez voltar para junto dela. Atirei ao chão o alforje, a chaleira e a marmita, derrubei a mulher de costas e procurei dobrar-lhe os joelhos; empurrou-me, batendo-me no rosto e no peito, virou-se e, rugindo e rouquejando como uma ursa, arrastou-se de cócoras para mais longe, entre os arbustos:

— Bandido... diabo...

Seus braços vergaram-se, porém; ela caiu, bateu com o rosto contra o solo e pôs-se novamente a uivar, distendendo convulsivamente as pernas.

Na febre da excitação, lembrando-me rapidamente de tudo o que sabia sobre a matéria, virei-a de costas, dobrei-lhe as pernas — já lhe havia saído a bolsa das águas.

— Fique quieta, vai dar à luz nesse instante...

Corri para a praia, arregacei as mangas, lavei as mãos, voltei e... tornei-me parteiro.

A mulher serpenteava com o corpo, como uma casca de árvore no fogo, batia com as mãos no solo, ao redor, e, arrancando a erva fanada, procurava enfiá-la na boca, cobria de terra seu rosto terrível, inumano, de olhos selvagens, injetados de sangue; a bolsa já se rompera e esgueirava-se para fora a cabecinha do nascituro; eu tinha que conter as convulsões das pernas da mulher, auxiliar a criança e vigiar para que a mãe não enfiasse capim na boca torcida, que mugia...

Xingamo-nos um pouco, ela entre os dentes, eu igualmente em voz baixa; ela, de dor e, provavelmente, de vergonha, eu de acanhamento e de uma torturante piedade pela mulher...

— Se-e-nhor — rouquejou, os lábios azuis mordidos e cobertos de espuma, e de seus olhos, que pareciam desbotados de repente ao sol, não cessavam de jorrar abundantes lágrimas do insuportável sofrimento materno, e todo o seu corpo parecia romper-se em dois.

— Vá embo-o-ra, você, demônio...

Afastava-me continuamente com seus braços fracos, que pareciam destroncados, e eu lhe dizia de maneira convincente:

— Dê à luz, bobona, e que seja bem rápido...

Tortura-me a piedade por ela, tenho a impressão de que suas lágrimas jorraram para dentro dos meus olhos, o coração comprime-se de angústia, dá vontade de gritar e eu grito:

— Ora, mais depressa!

E eis em minhas mãos um homem. Está vermelho. Embora através de lágrimas, vejo que está todo vermelho e já descontente com o mundo, debate-se, esbraveja e berra grosso, apesar de ainda ligado à mãe. Tem olhos azuis claros, o nariz parece esmagado ridiculamente, sobre o rosto vermelho e amassado; seus lábios movem-se e vão arrastando:

— Ia-a... ia-a...

É tão escorregadio que dá medo, não vá escapar-me das mãos. De joelhos, olho para ele, dou gargalhada: estou muito contente de vê-lo! Até esqueci o que devia fazer...

— Corte... — murmura baixinho a mãe. Tem os olhos cerrados, seu rosto distendeu-se, está terroso como o de um cadáver, e os lábios azuis movem-se a custo:

— Corte... com uma faquinha...

Roubaram-me a faca no barracão; corto o cordão umbilical com os dentes, a criança berra com voz de baixo de Orlóv, e a mãe sorri: vejo como florescem admiravelmente, como ardem com chama azul seus olhos profundos; a mão escura apalpa a saia, à procura do bolso, e os lábios mordidos, sangrentos, ciciam:

— Na-ão... sem forçar... uma tirinha no bolso... amarrar o umbiguinho...

Tirei a fitinha, fiz a atadura, ela sorri com brilho crescente, de modo tão bom e luminoso, que eu quase fico cego com aquele sorriso:

— Descanse, que eu vou levá-lo...

Balbucia, inquieta:

— Cuidado... com jeito... tome cuidado...

Este homenzarrão rubicundo não requer, de modo algum, cuidado: cerrou o punho e vai berrando, como se me provocasse à luta:

— Ia-a... ia-a...

— Você, você! Fique mais forte, meu velho, senão o próximo lhe arranca logo a cabeça...

Gritou muito alto e com expressão particularmente séria, quando, pela primeira vez, envolveu-o a espumante onda do mar, que batera alegremente contra nós; em seguida, quando lhe dei pancadinhas no peito e nos ombros, franziu o cenho, debateu-se e gritou esganiçado, enquanto as ondas molhavam-no continuamente.

— Berra, orloviano! Berra com todas as forças...

Quando voltamos para junto da mãe, ela permanecia deitada, os olhos de novo cerrados, mordendo os lábios, em convulsões que expulsaram a placenta, mas, apesar disso, em meio a suspiros e gemidos, eu ouvia seu murmúrio que desfalecia:

— Passe... passe-me o menino...

— Pode esperar.

— Passe...

Com as mãos inseguras e trêmulas, desabotoou o casaquinho sobre o peito. Auxiliei-a a libertar o seio,preparado pela natureza para vinte crianças, encostei-lhe ao corpo aquele orloviano zangado, ele compreendeu tudo no mesmo instante e calou-se.

— Virgem Santíssima — suspirava a mãe, estremecendo, e deslocava a cabeça desgrenhada de um lado para outro, sobre o alforje.

De repente, soltou um grito abafado e calou-se. Depois, abriram-se novamente aqueles olhos infinitamente belos, os santos olhos da parturiente; azuis, fitam o céu azul, arde e dissolve-se neles um sorriso agradecido, de júbilo; erguendo a mão pesada, a mãe faz lentamente o sinal da cruz, sobre si mesma e sobre a criança...

— Glória a Ti, Imaculada Mãe de Deus... oh... glória a Ti...

Seus olhos apagaram-se, caíram dentro das órbitas; permanece muito tempo calada, mal respirando, e, de repente, diz com voz endurecida e ar atarefado:

— Desamarre minha trouxa, rapazinho...

Desamarramo-la. A mulher fixou os olhos em mim e sorriu fracamente. Um rubor faiscou quase imperceptivelmente sobre as suas faces caídas e a fronte suada:

— Afaste-se...

— Não demore muito...

— Ora, ora... afaste-se...

Afastei-me um pouco e fiquei entre os arbustos. O coração parecia cansado e no peito cantavam-me não sei que lindas aves, e isso, aliado ao marulhar das ondas marinhas, dava uma sensação tão boa, que se poderia ouvi-lo um ano inteiro...

Em alguma parte, não muito longe, murmura um riacho, como se uma jovem falasse a uma amiga sobre o amado...

Por cima dos arbustos, ergueu-se a cabeça com lenço amarelo, já amarrado devidamente.

— Eh, eh, você, minha velha, já fez movimento demais!

Apoiando o braço num ramo de arbusto, ela estava sentada, sem uma gota de sangue no rosto cinzento, com imensos lagos azuis em lugar dos olhos, e murmurava, comovida:

— Olha como dorme...

Ele dormia bem, mas, a meu ver, em nada se distinguindo de outras crianças, e, se havia alguma diferença, resultava do ambiente: o menino estava deitado sobre um monte de folhas outoniças de cor viva, sob um arbusto que não existe no governo de Orlóv.

— Você, mãe, deveria deitar-se...

— Na-ão — disse, balançando a cabeça, sobre o pescoço desatarrachado — tenho que me preparar e ir para... sei lá...

— Para Otchemtchíri?

— Isso mesmo! Os nossos já andaram não sei quanto...

— Mas, você pode andar?

— E a Virgem? Vai me ajudar...

Ora, se está com a Virgem, é preciso calar-se!

Ela olha sob o arbusto aquele rosto pequeno, inflado com ar descontente; emitindo dos olhos raios cálidos de uma luz carinhosa, lambe os lábios e alisa vagarosamente o peito.

Faço uma fogueira e amontôo algumas pedras, para colocar ali a chaleira.

— Agora, mãe, vou oferecer-lhe chá...

— Oh? Preciso mesmo... meu peito está completamente seco...

— E os patrícios abandonaram você?

— Abandonaram nada! Eu me atrasei no caminho, eles estão bebidos e... foi bom, senão, como ia dar à luz na frente deles?...

Lançou-me um olhar, cobriu o rosto com o cotovelo; em seguida, cuspiu sangue e sorriu envergonhada.

— É o primeiro?

— É, sim... E você, quem é?

— Uma pessoa...

— Claro que é uma pessoa! Casado?

— Não cheguei a isso...

— Mentira?

— Para quê?

Baixou os olhos e ficou pensativa.

— E como é que conhece estes assuntos de mulher?

Era preciso mentir e eu disse:

— Estudei isso. Sou estudante, compreende?

— Como não! O filho mais velho de nosso *pope* é estudante, quer ser *pope* também...

— Pois eu sou dessa gente. Bem, vou buscar água...

A mulher inclinou a cabeça sobre o filho, verificou se respirava, depois olhou em direção do mar.

— Precisarei lavar-me, mas não conheco esta água... Como é? Salgada, amarga...

— Lave-se com ela, é uma água saudável!

— É?

— Claro que sim. E é mais quente que o riacho, os riachos daqui parecem gelo...

— Você deve saber...

Um abkhaziano passou a cavalo, a passo, cochilando, a cabeça pendida sobre o peito; movendo as orelhas, o cavalinho, muito seco, espiou-nos de viés com seu olho redondo e negro, fungou, o cavaleiro deu um sacudidela com a cabeça, coberta com um chapéu felpudo de pele, olhou também em nossa direção e tornou a baixar a cabeça.

— As pessoas daqui são esquisitas e têm um ar que assusta — disse baixinho a orloviana.

Afastei-me. Sobre as pedras, vai saltitando e cantando uma torrente de água clara e viva como azougue, nela dá alegres cambalhotas a folhagem de outono — que maravilha! Lavei as mãos, o rosto, enchi de água a chaleira. Andando, vi através dos arbustos que a mulher, espiando inquieta em volta, arrastava-se de joelhos sobre a terra, sobre as pedras.

— Que quer?

Assustou-se, ficou cinzenta, escondendo algo debaixo de si. Adivinhei.

— Passe para mim, vou enterrar...

— Oh, meu caro! Como? É preciso enterrar debaixo do chão de uma casa de banhos.

— Falta construí-la aqui, pense um pouco!

— Você está brincando, e eu tenho medo! Um bicho pode comê-la... e é preciso enterrá-la...

Desviou o olhar e, entregando-me um embrulho pesado, úmido, pediu-me baixinho, envergonhada:

— Faça do jeito melhor, enterre bem fundo, pelo amor de Jesus Cristo... faça direito, tenha pena do meu filhinho...

... Ao regressar, vi que ela voltava da praia, balançando o corpo, com o braço estendido para frente; tinha a saia molhada até a cintura, o rosto ligeiramente corado parecia banhado de uma luz interior. Ajudei-a a ir até a fogueira, pensando surpreendido:

— Que força animal!

Tomamos, em seguida, chá com mel, e ela me perguntou baixinho:

— Deixou os estudos?

— Deixei.

— Estou perdido de uma vez por causa de bebida, mãe!

— Você é esquisito! Lembro que reparei em você em Sukhum; quando você brigou com o chefe, por causa do pagamento, pensei: "Deve ser um beberrão, pois não tem medo..."

Lambendo saborosamente o mel sobre os lábios inchados, dirigia de viés seus olhos azuis para debaixo do arbusto, onde dormia calmamente o novíssimo orloviano.

— Como é que ele vai viver? — disse com um suspiro, examinando-me. — Você me ajudou, obrigada... mas, se isso é realmente bom para ele, não sei...

Saciou-se de chá, comeu, persignou-se e, enquanto eu arrumava meus pertences domésticos, ela cochilou, balançando-se sonolenta, pensando em algo e dirigindo para a terra os olhos novamente desbotados. Depois, começou a levantar-se.

— Vai mesmo?

— Vou.

— Ai, mãe, cuidado!

— E a Virgem? Passe-me o menino!

— Vou carregá-lo...

Discutiu comigo um pouco, depois cedeu e caminhamos ombro a ombro.

— É para não cair — disse, com um sorriso de culpa, e pôs-me a mão no ombro.

O novo habitante da terra russa, homem de ignorado destino, fungava com expressão concentrada, deitado em meus braços. O mar ciciava, marulhava, coberto da renda branca das aparas; murmuravam os arbustos, brilhava o sol, que passara do meio-dia.

Caminhávamos devagar. De quando em quando, a mãe parava, suspirava profundamente, sacudia a cabeça para cima, olhava para os lados, para o mar, para a floresta e as montanhas, e, em seguida, espiava o rosto do filho — os seus olhos, completamente lavados pelas lágrimas do sofrimento, estavam de novo admiravelmente luminosos, floresciam mais uma vez e ardiam com a chama azul do amor infinito.

Uma vez, parando, disse:

— Senhor, meu Deus! Como está bom, como está bom! Eu andaria, andaria sempre, até o fim do mundo, e o filhinho cresceria em liberdade, junto ao peito materno, meu do coração...

... E o mar esbraveja, esbraveja...

1912.

CONTO DA ITÁLIA

(XXII)

O bairro de S. Tiago orgulha-se com razão da sua fonte, junto à qual gostava de descansar, palestrando alegremente, o imortal Giovanni Boccaccio, e que mais de uma vez foi representada, sobre vastas telas, pelo grande Salvatore Rosa, amigo de Tomaso Aniello — Masaniello, como o apelidou a gente pobre, cuja liberdade ele defendeu até cair morto. Masaniello nasceu igualmente em nosso bairro.

Em geral, nasceram e viveram em nosso bairro muitas pessoas notáveis. Outrora, eles nasciam com mais freqüência que atualmente e eram mais perceptíveis, pois, em nossos dias, quando todos usam paletó e ocupam-se da política, tornou-se difícil a um homem erguer-se sobre os demais, e, além disso, a alma não se desenvolve à vontade, quando lhe dão por cueiros papel de jornal.

Até o verão do ano passado, o outro orgulho do nosso bairro foi Núncia, vendedora de legumes: a pessoa mais alegre do mundo e a primeira beldade em nossa banda, sobre a qual o sol se mantém sempre um pouco mais demoradamente que sobre as demais partes da cidade. A fonte, naturalmente, permaneceu até hoje tal como existiu sempre. Amarelecendo cada vez mais, sob a ação do tempo, ainda há de surpreender, por muitos anos, os estrangeiros com sua beleza folgazã: as crianças de mármore não envelhecem e não se cansam nos jogos.

Mas a simpática Núncia morreu no verão do ano passado em plena rua, durante a dança. É raro morrer assim uma pessoa, e vale a pena contá-lo.

Era uma mulher demasiado alegre e afável para viver calmamente com o marido. Este, por muito tempo, não pôde compreendê-lo:

gritava, jurava por Deus, agitava os braços, mostrava às pessoas uma faca e, certa vez, pô-la em ação, furando a ilharga de alguém, mas a polícia não aprecia brincadeiras no gênero e, depois de passar algum tempo na prisão, Stefano foi para a Argentina; uma mudança de clima faz muito bem a gente zangada.

Núncia ficou como viúva aos vinte e três anos, com uma filha de cinco nos braços, um par de jumentos, uma horta e uma carreta; uma pessoa alegre não precisa de muito e isso lhe bastava bem. Sabia trabalhar e não faltava quem quisesse ajudá-la. Quando não tinha dinheiro para recompensar o trabalho, pagava com o riso, com canções e com tudo o mais que é sempre mais caro que dinheiro.

Nem todas as mulheres estavam satisfeitas com sua vida e, naturalmente, nem todos os homens, mas, honesta de coração, ela não somente não bulia com os casados, mas freqüentemente sabia até reconciliá-los com as respectivas mulheres. Dizia:

— Se alguém deixou de amar uma mulher, quer dizer que não sabe amar...

Artur Lano, peixeiro, que estudara no seminário quando jovem, preparando-se para padre, mas perdera o caminho para a sotaina e para o paraíso, transviado no mar, nos botequins e em toda patre em que há alegria, Lano, que é um grande mestre em compor canções pouco virtuosas, disse-lhe certa vez:

— Você parece pensar que o amor é uma ciência tão difícil como a Teologia?

Ela respondeu:

— Não conheço ciências, mas todas as tuas canções.

E cantou para aquele homem, gordo como uma pipa:

Assim sempre acontece:
Foi na primavera.
A própria Virgem Santa
Ficou barrigudinha.

Ele, naturalmente, riu, ocultando os olhinhos inteligentes na banha vermelha das faces.

E assim viveu Núncia, alegrando-se e dando alegria a muitos, agradável a todos, e até suas amigas reconciliaram-se com ela, compreendendo que o caráter de uma pessoa está nos ossos e no sangue e lembrando-se de que mesmo os santos nem sempre souberam vencer a si próprios. Enfim, um homem não é Deus, e somente a Deus não se pode trair...

Por uns dez anos, fulgiu como uma estrela, reconhecida por todos como a primeira beldade, a melhor dançarina, e fosse ela uma moça, decerto a elegeriam rainha da feira, pois realmente o era aos olhos de todos.

Exibiam-na mesmo aos estrangeiros, e muitos deles demonstravam grande desejo de conversar com ela a sós; isto sempre a fazia rir a não poder mais.

— Em que língua vai falar comigo este cem vezes lavado senhor?

— Na língua das moedas de ouro, tolinha — procuravam convencê-la as pessoas sérias, mas ela respondia:

— A estranhos só posso vender alho, cebola, tomate...

Acontecia dizerem-lhe, com muita insistência, certas pessoas que desejavam sinceramente fazer-lhe bem:

— Dentro de um mês, no máximo, Núncia, você também será rica! Pense bem sobre isso, lembre-se de que tem uma filha...

— Não — retrucava — amo o meu corpo e não posso ofendê-lo! Sei que basta fazer uma coisa sem vontade uma única vez, para que se perca para sempre o respeito a si mesma...

— Mas você não recusa aos outros!

— À minha gente e quando quero...

— Eh, que quer dizer este: minha gente?

Ela sabia:

— Pessoas entre as quais se formou minha alma e que a compreendem...

Mas, apesar de tudo, teve uma aventura com um *forestiero* da Inglaterra, um homem muito estranho e silencioso, embora conhecesse bem nossa língua. Moço ainda, mas de cabelos grisalhos, tinha uma cicatriz a atravessar-lhe o rosto de bandido, com olhos de santo. Uns diziam que escrevia livros, outros afirmavam que era um jogador. Núncia chegou a viajar com ele para a Sicília, de onde voltou muito emagrecida. O inglês não devia ser rico, e ela não trouxe dinheiro nem presentes. E tornou a viver em meio de sua gente, alegre, como sempre, acessível a todos os júbilos.

Mas eis que, um dia feriado, quando as pessoas estavam saindo da igreja, alguém observou com surpresa:

— Vejam: Nina está-se tornando igualzinha à mãe!

Era claro como um dia de maio: sem que o percebessem, a filha de Núncia começara a brilhar qual uma estrela, refulgente como a mãe. Tinha quatorze anos apenas; no entanto, muito crescida, de fartos cabelos e olhos altivos, parecia bem mais velha e inteiramente apta a tornar-se mulher.

A própria Núncia admirou-se, prestando atenção nela:

— Santa Madona! Será possível, Nina, que você quer ser mais bonita que eu?

A jovem respondeu:

— Não, apenas assim como você, isso me basta...

E então, pela primeira vez, as pessoas viram, no rosto da mulher, a sombra de uma tristeza, e à noitinha ela disse às amigas:

— É assim nossa vida! Mal se teve tempo de beber o copo até a metade, e uma outra mão já se estende para ele...

Naturalmente, a princípio, não se notou sequer a sombra de uma rivalidade entre Nina e a mãe. A jovem portava-se com discrição, cautelosamente, olhava para o mundo por entre as pestanas e, diante dos homens, abria a boca sem muita animação; enquanto isso, os olhos da mãe ardiam cada vez mais avidamente e sua voz ressoava com apelo crescente.

Junto dela, os homens abrasavam-se como velas de barco, ao amanhecer, tocadas pelo primeiro raio de sol. E era verdade: para muitos, Núncia era o primeiro raio do dia do amor, muitos mantinham-se num silêncio agradecido, vendo-a passar na rua, ao lado de sua carreta, esbelta como um mastro e com voz que voava para os telhados das casas. Não era menos bela na feira, parada diante de uma pilha de legumes de cores vivas, parecendo pintada por um grande artista, sobre o fundo alvo de uma parede de igreja; sua banca ficava junto à igreja de S. Tiago, à esquerda do adro, e Núncia morreu a três passos dali. Permanecia de pé e dava a impressão de arder, seus gracejos atrevidos voavam qual fagulhas alegres, sobre as cabeças das pessoas, bem como seu riso e suas canções, que conhecia aos milhares.

Sabia tiajar-se de modo a realçar sua beleza, como um vinho generoso num bonito copo: quanto mais transparente o vidro, tanto melhor mostra a alma do vinho, a cor sempre se acresce ao aroma e ao gosto, para completar a bela canção sem palavras, que bebemos para transmitir à alma um pouco do sangue solar. O vinho, meu Deus! O mundo, com todo seu ruído e agitação, não valeria o casco de um jumento, se o homem não tivesse a doce possibilidade de aspergir sua pobre alma com um bom copo de vinho tinto, que, á semelhança da Sagrada Comunhão, purifica-nos da cruel poeira dos nossos pecados e nos ensina a amar e a perdoar este mundo, com todas as suas baixezas... Olhe um instante para o sol, através do seu copo: o vinho vai contar-lhe umas histórias...

Parada ao sol, Núncia acendia pensamentos alegres e o desejo de lhe agradar: diante de uma mulher bonita, tem-se vergonha de ser um homem despercebido pelos demais, vem sempre uma vontade de pular acima de si. Núncia fizera muito de bom, despertara muitas energias, fundindo-as na vida. O bom sempre acende o desejo do melhor.

Sim, mas, ao lado da mãe, aparece com freqüência crescente a filha, modesta qual monja ou qual punhal na bainha. Os homens olham-nas, comparam e, possivelmente, alguns compreendem o que sente às vezes a mulher e como a sua vida se torna humilhante.

Decorre o tempo, cada vez mais apressado com seu passo miúdo, os homens aparecem nele por um instante, como grãos de poeira dourada, num raio rubro de sol. Cada vez com mais freqüência, Núncia une as espessas sobrancelhas e, por vezes, olha para a filha, mordendo o lábio, como um jogador para seu parceiro, procurando adivinhar as cartas deste...

Passa um ano, outro, a filha está cada vez mais próxima da mãe e cada vez mais distante. Todos percebem já que os rapazes não sabem para qual das duas olhar com mais carinho. E as amigas — amigos e amigas gostam de revolver uma ferida — as amigas perguntam-lhe:

— Então, Núncia, a filha está eclipsando você?

A mulher responde rindo:

— Estrelas graúdas aparecem mesmo ao luar...

Como mãe, Núncia orgulhava-se da beleza da filha; como mulher, não podia deixar de invejar sua juventude; Nina erguera-se entre ela e o sol, e a mãe sentia-se humilhada de viver na sombra.

Lano compôs uma nova canção, cuja primeira quadra dizia:

Se eu fosse um homem, obrigaria
A minha filha
A dar à luz uma beldade,
Como eu fiz, bem na sua idade...

Núncia não queria cantar essa canção. Corria o boato de que Nina declarara mais de uma vez à mãe:

— Poderíamos viver melhor, se você fosse mais sensata.

E chegou um dia em que a filha disse:

— Mamãe, você me esconde demais das pessoas, mas eu não sou mais criança e quero levar da vida o que me couber! Você viveu por muito tempo e com muita alegria; não terá chegado também a minha vez de viver?

— Do que se trata? — perguntou a mãe, baixando os olhos com ar culpado; sabia muito bem do que se tratava.

Voltara da Austrália Enrico Borbone; trabalhara de lenhador naquele maravilhoso país, em que cada um consegue ganhar muito dinheiro, desde que o queira, viera aquecer-se ao sol da pátria e preparava-se para voltar às terras em que se vive mais livremente. Tinha trinta e seis anos. Barbudo, vigoroso, alegre, narrava admiravelmente suas aventuras, a vida na floresta virgem. Todos consideravam aquela vida como um conto fantástico; mãe e filha, porém, acreditavam nela.

— Estou vendo que agrado a Enrico — dizia Nina — mas você diverte-se com ele, e isso, tornando-o volúvel, me prejudica.

— Compreendo — disse Núncia. — Está bem, você não precisará queixar-se de sua mãe à Madona...

E aquela mulher afastou-se honestamente do homem que, todos viam, agradava-lhe mais que muitos outros.

Mas é sabido que as vitórias fáceis tornam o vitorioso cheio de presunção, e se esse vencedor é ainda criança, o caso passa a ser bem grave.

Nina começou a falar com a mãe num tom que esta não merecia. E eis que certa vez, no dia de S. Tiago, numa festa em nosso bairro, quando todos se divertiam à larga, e Núncia já dançara magnificamente a tarantela, a filha observou-lhe, na frente de todos:

— Você não estará dançando demais? Não deve ser bom na sua idade, é tempo de poupar o coração...

Todos os que ouviram aquelas palavras insolentes, proferidas num tom carinhoso, emudeceram por um instante, e Núncia gritou enfurecida, apoiando as mãos nos esbeltos quadris:

— Meu coração? Você preocupa-se com ele, não? Está bem, minha filha, obrigada! Mas vamos ver quem tem coração mais forte!

E, depois de refletir um instante, propôs:

— Vamos correr daqui até a fonte, três vezes, ida e volta, sem descansar, naturalmente...

Muitos acharam ridícula aquela corrida de mulheres e houve quem considerasse o episódio um escândalo vergonhoso, mas a maioria, que prezava Núncia, tratou a sua proposta com uma seriedade brincalhona e obrigou Nina a aceitar o desafio materno.

Escolheram os juízes, estabeleceram a velocidade-limite, tudo como em corrida de verdade, com exatidão e minúcia. Havia muitas mulheres e muitos homens que, desejando sinceramente ver vitoriosa a mãe, abençoavam-na e faziam votos à Madona, para que ajudasse Núncia e lhe desse forças.

E eis mãe e filha lado a lado, sem olhar uma para a outra. Um pandeiro ressoou com som abafado, e ei-las que partem e precipitam-se, ao longo da rua, para a praça, qual duas grandes aves brancas, a mãe com um lenço encarnado na cabeça, a filha com um azul claro.

Desde os primeiros instantes, tornou-se evidente que a filha perderia para a mãe em ligeireza e força: com tamanha liberdade e beleza corria Núncia, dando a impressão de que a própria terra a carregasse, como a mãe carrega um filho; as pessoas começaram a atirar-lhe aos pés flores das janelas e das calçadas, agitando os braços e apoiando-a com seus gritos; nos primeiros dois lances, adiantou-se à filha em mais de quatro minutos, e Nina, alquebrada, humilhada com o fracasso, ofegante e em pranto, caiu sobre os degraus do adro, não podendo já correr uma terceira vez.

Animada como um gato, Núncia inclinou-se sobre ela, rindo com muita gente mais:

— Minha filha — disse, afagando com a mão forte os cabelos soltos da jovem —, minha filha, é preciso saber que o coração mais forte nos prazeres, no trabalho e no amor é o coração da mulher provada pela vida, e você conhecerá a vida bem depois dos trinta... não fique desgostosa, minha filha!...

E, sem se permitir um descanso depois da corrida, Núncia quis dançar novamente a tarantela:

— Quem quer?

Apresentou-se Enrico, tirou o chapéu e, inclinando-se profundamente diante daquela maravilhosa mulher, deixou por muito tempo a cabeça pendida, com respeito.

Reboou, zuniu, tiniu o pandeiro e explodiu essa ardente dança, embriagadora como um vinho antigo, escuro, capitoso, Núncia rodopiou, ondulando como uma cobra. Compreendia profundamente essa dança da paixão, e era um grande deleite ver viver e brincar seu corpo magnífico, invencível.

Bailou por muito tempo e com muitos, os homens cansavam-se, e ela não podia saciar-se, e era já mais de meia-noite, quando gritou:

— Bem, mais uma vez, Enri, a última! — de novo, começou lentamente a dançar com ele. Seus olhos alargaram-se e, de repente, soltou um grito curto, ergueu os braços e caiu, como se a tivessem decepado abaixo dos joelhos.

O médico disse que ela morreu de um colapso do coração.

É provável...

1913.

UMA MULHER

O vento voa sobre a estepe e bate contra a muralha das montanhas do Cáucaso; a cordilheira lembra a vela imensa de um navio e tem-se a impressão de que a terra desloca-se, sibilando, por entre abismos azuis e sem fundo, deixando atrás nuvens dilaceradas pelo vento, cujas sombras deslizam sobre a terra, agarram-se a ela, não podem conter-se e choram, gemem...

As árvores inclinam-se para o vale, como se corressem; os arbustos sacodem os ramos, qual cachorros o pêlo, e estendem-se sobre a terra negra; esta fumega, envolta em poeira, deslizam incessantemente um murmúrio seco, um silvar e ulular, as cegonhas dão estalos com o bico, grasnam corvos saciados, grilos da estepe cricrilam sem cessar, e há gritos de avantajados cossacos, que ressoam como se comandassem tudo. Vem correndo desabaladamente, da estepe nua, a palha dourada, solta pelas debulhadeiras, turbilhões cinzentos rodopiam sobre a praça da garrida aldeia cossaca, voam penas de ave e folhas amarelas, queimadas de sol.

O sol surge apressadamente, desaparece veloz, como se perseguisse a terra que corre e, já cansado, ficasse para trás, caindo com doçura do céu para o caos enfumaçado do Ocidente, onde há também montanhas de cumeeiras nevadas e tornam-se vermelhas as nuvens úmidas, pesadas, qual terra lavrada.

De quando em quando, entre as massas de nuvens, aparecem com um brilho de cegar o selim do Elbrus e os dentes cristalinos de outras montanhas, que se cravaram nas nuvens e tentam retê-las. Sente-se com tamanha nitidez o deslocamento vertiginoso da terra no espaço que se respira com dificuldade, devido à tensão no peito, ao júbilo intenso causado pelo fato de se estar voando com essa terra, tão bela e amada. Olha-se para essas montanhas, aladas pelas neves eternas, e pensa-se que, além, está o mar azul, imenso, e que nele surgem orgulhosas outras terras magníficas ou, simplesmente, há um vácuo azul e alhures, ao longe, mal perceptíveis nele, rodopiam as bolas coloridas de ignotos planetas, irmãos da terra que é minha...

Vêm da estepe carroças de trigo debulhado. Em meio à poeira, negra e gordurosa como fuligem, caminham pesada e seriamente os bois cinzentos, de chifres pontiagudos, e que dirigem para a terra o olhar paciente de seus olhos redondos; em cima, está deitado um cossaco, com uma camisa cinzenta de poeira, um chapéu de pele felpuda, deslocado para o cocuruto, rosto negro de sol, olhos vermelhos de vento e uma barba que parece de pedra, tão colada está pelo suor e pela poeira. De vez em quando, ele caminha na frente da carroça, junto à canga; o vento empurra-o nas costas, levantando o pano da camisa; o homem é manso e equilibrado como aqueles bois, e seus olhos têm a mesma expressão resignada e inteligente; avança sem se apressar, como se já soubesse o que o espera adiante.

— Tzob... tzobe...

A safra é boa este ano, todos eles estão saciados, sadios, mas carrancudos, e falam sem vontade, entre os dentes. Talvez estejam cansados do trabalho...

No meio da aldeia, ergue-se para o céu uma igreja de alvenaria vermelha, com cinco cúpulas e um campanário, encimando o adro; as ombreiras das janelas estão rebocadas e pintadas de tinta amarelada; a igreja parece moldada em carne muito gorda, sua sombra é corpulenta, pesada: templo erguido por gente saciada a um deus grande e tranqüilo.

As cabanas brancas e baixas lembram participantes de uma dança de roda; qual camponesas gordas, têm por cintos trançados os tapumes, estão magnificamente vestidas da seda dos pomares e cobertas do brocado de cores desbotadas dos telhados de junco, e, sobre aqueles telhados, balançam-se os prateados choupos, estremece a folhagem rendada da acácia, chocalham, que nem brinquedos de nenê, os ramos secos, as palmas escuras dos castanheiros erram no ar, como se quisessem agarrar as nuvens, que se deslocam com rapidez. Cossacas correm de um a outro quintal, arregaçando alto a barra da saia ou da camisa e desnudando até os joelhos as pernas grandes e robustas; tendo pressa de se enfeitar, por ser dia de festa, gritam preocupadas, umas com as outras e com os rechonchudos garotinhos, que se banham na poeira, como pardais, e, enchendo com ela as mãos, atiram-na alto no ar.

Junto ao gradil da igreja, ao vento, estão estendidos, sobre as sarças secas e ruivas, os "buscadores de trabalho"; são umas duas dezenas, tudo "gente sem préstimo", sonhadores, à espera de um acaso feliz, de um sorriso benévolo do destino, ou preguiçosos, embriagados com a imensidão da terra rica, prisioneiros da paixão russa pela vagabundagem. Vão, em grupos de dois ou três, de uma aldeia cossaca a outra, justamente "em busca de trabalho", olham para este, admiram-se da sua abundância, mas trabalham somente em caso de extrema necessidade, quando já não existe meio de saciar a fome pela mendicância ou pelo roubo.

Amanhã, é dia da Assunção; é feriado na rica aldeia e, por isso, eles se reuniram ali, vindos de toda parte, esperançosos de que o dia lhes permita beber e comer fartamente, sem qualquer trabalho em troca.

São todos "russos": vindos dos governos centrais, estão torrados ao negro pelo sol meridional, ao qual não se acostumaram ainda, têm os cabelos queimados, o vento sacode os seus farrapos, todos eles fingem-se gente pacata, religiosa, cansada do trabalho e dos insucessos, e que por isso ter-se-ia reunido ali.

Quando desliza perto deles, entre suspiros e rangidos, uma carroça pesada de trigo e passa um cossaco, mastigando uma palhinha, fazem-lhe uma saudação humilde, subserviente, mas ele espia-os de viés, com desdém, sem mover o chapéu, e, mais freqüentemente, nem chega a ver torcerem-se diante dele os vultos cinzentos e esfarrapados daquela gente que lhe é estranha.

Quem faz a saudação mais profunda e amaneirada é Konióv, de Tula, mujique seco, queimado como um tição, de barba negra, espalhada ao deus-dará pelo rosto ossudo, com um sorrizinho carinhoso nos olhos escuros, profundamente oculto nas órbitas.

Foi somente hoje que me juntei a essa gente, mas Konióv é meu velho conhecido, pois já o encontrei mais de uma vez no caminho de Kursk para a região de Tiersk. É um homem gregário, gosta de estar no meio de gente, mas, ao que parece, unicamente por ser muito medroso. Em todos os pontos da terra, fora de sua aldeia, apertada alhures, entre as areias do distrito de Aléksin, ele diz convicto sempre o mesmo:

— Realmente, a terrinha daqui é rica, mas com as pessoas eu não estou de acordo... de modo nenhum! Em nossas bandas, o povo é muito mais sincero, verdadeira gente russa, não se pode comparar com os daqui! São pedras, aqui não se encontra um vintém de alma!

Gosta de contar docemente, com ar pensativo, um caso maravilhoso de enriquecimento inesperado:

— Em ferraduras você não acredita, mas eu digo que um mujique de Iefriemov encontrou uma ferradura e, por causa disso, umas três semanas depois, o tio dele, vendeiro, morreu queimado com toda a família, já viu? Pois toda a herança ficou para aquele mujique, sim! Não, você não deve falar daquilo que não entende: o destino compadece-se do homem e, muitas vezes, ele o espera, para lhe fazer bem...

Suas sobrancelhas negras, de traço abrupto, deslocam-se bem para o alto da testa, enquanto os olhos rolam surpreendidos para fora das órbitas, como se o próprio Konióv não pudesse acreditar naquilo que contara.

Depois que passa o cossaco, sem ter respondido à saudação, Konióv dirige o olhar para suas costas e resmunga:

— Empanturrou-se tanto de comida que nem vê as pessoas... Não, vou dizer com franqueza: este povo tem a alma seca!...

Estão com ele duas mulheres. Uma delas, de uns vinte anos, gorda, baixinha, com olhos vítreos e boca semi-aberta, tem rosto de imbecil: a parte inferior, com dentes à mostra, parece rir, mas os olhos imóveis sob a testa baixa dão a impressão de que a mulher vai chorar no mesmo instante, assustada e esganiçadamente, como um possessa.

— Ele me mandou vir para cá, no meio de gente estranha — queixa-se com voz de baixo, enfiando, com o dedo curto, os cabelos queimados sob o lenço verde e amarelo.

Um rapaz de caraça gorda, maçãs salientes e olhos pequenos de mongol, dá-lhe uma cotovelada no quadril, dizendo rouquenha e preguiçosamente:

— Ele abandonou você, deixou a ver navios...

— Si-im — arrasta Konióv pensativo, arrumando o alforje. — Agora, costuma-se abandonar de modo muito simples as mulheres, não servem para nada este ano...

A mulher torce a cara, piscando os olhos assustada, distende a boca; a companheira diz-lhe, nitida e vivamente:

— Você não deve ouvir essa gente atrevida...

Tem uns cinco anos mais e rosto incomum: os grandes olhos negros não cessam de se agitar, mudando quase a cada momento a expressão: por vezes, ficam olhando sérios e atentos para um ponto alhures, na rua da aldeia, ou para a estepe, onde voa o vento; de repente, põem-se a procurar apressados algo no rosto das pessoas, depois ficam entrecerrados, com expressão de alarma, um sorriso cruza-lhe os bonitos lábios, e, baixando a cabeça, a mulher esconde o rosto; quando torna a erguê-lo, tem olhos novos: arregalados com expressão de zanga; entre as finas sobrancelhas, há uma dobra angulosa, os lábios queimados da boca regular estão forte e teimosamente comprimidos, e ela aspira o ar, com as narinas delgadas do nariz regular, ruidosamente, como um cavalo.

Sente-se nela algo que não é camponês: sob a saia azul, apareceram os pés rachados; não são pés muito gastos de campônia, têm o peito alto, é evidente que estão habituados ao sapato. Vai consertando um casaquinho azul celeste de bolinhas brancas e percebe-se que está habituada a trabalho de agulha: as mãos pequenas e queimadas perpassam com agilidade e ligeireza sobre o pano amassado. O vento quer arrancar a costura daquelas mãos e não consegue. Está sentada, curvando-se; pela abertura da camisa de linho, vejo o seio pequeno e forte, um seio de moça; o mamilo repuxado mostra, porém, que diante de mim está uma mulher que já alimentou uma criança. No meio desses homens, ela é como uma placa de cobre, num montão de fragmentos de ferro velho, roído de ferrugem.

A maior parte dos homens entre os quais caminho sobre a terra, ora subindo, ora descendo para alguma parte que não conheço, é cinzenta como poeira e surpreende dolorosamente com a sua inutilidade. Não há por onde apanhar uma pessoa dessas para pô-la a descoberto e espiar no fundo da sua alma, onde habitam pensamentos que ainda me são desconhecidos e palavras que não ouvi. Deseja-se ver toda a vida bela e altiva, deseja-se torná-la assim, mas ela ostenta sempre os ângulos aguçados e as fossas escuras da gente lamentável, esmagada, trapaceira. Procura-se atirar para as trevas da alma alheia uma pequena fagulha de fogo que carregamos, mas se chegamos a fazer isto, a fagulha desaparece sem vestígio, no vazio mudo...

E essa mulher provoca a imaginação, obrigando-nos a adivinhar seu passado, e involuntariamente eu crio uma história complicada de existência humana, enfeitando essa existência com as cores dos meus próprios desejos e esperanças. Sei que é mentira, que há de me trazer dissabores, mas é triste ver tão feia a realidade.

Um grande mujique ruivo, que ocultou os olhos, relata lentamente, procurando a custo as palavras e com uma voz densa como alcatrão:

— Está bem. Fomos. Pelo caminho, eu disse: você pode querer ou não, Gúbin, mas você é um grandissíssimo larápio...

Todos os seus "oo" são vigorosos, redondos, e rolam qual roda de pesada carroça sobre a poeira tépida de uma estrada de povoado.

O rapaz de maçãs salientes imobilizou sobre a jovem mulher de lenço verde a esclerótica plúmbea, de íris turva, como a de um cego; vai arrancando talos cinzentos de erva, mastiga-os como um bezerro e, arregaçando até o ombro a manga da camisa, dobra o braço, olhando de viés pra os músculos estufados:

Inesperadamente, pergunta a Koniów:

— Quer apanhar?

Koniów olhou pensativo para aquele punho, grande como uma tara de um *pud*,[1] e que parecia coberto de ferrugem, suspirou e respondeu:

— É melhor você bater na própria testa; quem sabe, vai ficar mais inteligente...

O rapaz dirige-lhe um olhar de mocho e pergunta:

— Você diz que eu sou tolo?

— É o que parece...

— Não, espere — erguendo-se pesadamente sobre os joelhos, implica com ele o rapaz. — Como sabe você como eu sou?

— O governador de vocês me disse...

O rapaz calou-se um pouco, olhou surpreendido para Koniów e perguntou:

— E de que governo eu sou?

— Deixe-me em paz, se você mesmo esqueceu.

— Não, espere! Se eu bater em você...

Deixando de costurar, a mulher moveu o ombro redondo, como se estivesse com frio, e informou-se carinhosa:

— Realmente, de que governo é você?

— Eu? Do governo de Penza — respondeu o rapaz, pondo-se rapidamente de cócoras. — De Penza. Por que?

— À toa...

A mulher mais moça riu, de modo estranho e abafado.

— Eu também...

— De que distrito?...

— Sou do distrito de Penza também — disse não sem orgulho a jovem.

---

[1] O *pud* corresponde a 16,3 k.

Sentado diante dela, como junto a uma fogueira, o rapaz estendia os braços em sua direção e dizia, doutrinador:

— Temos uma boa cidade! Tavernas, igrejas, casas de pedra... e, numa das tavernas, tem uma máquina que toca... tudo o que se quiser... qualquer canção!

— E de imbecil brinca também — balbucia Koniόv baixinho. Mas, embevecido com o relato sobre as maravilhas da cidade, o rapaz já não ouve nada, estala os lábios grandes e úmidos e, como se estivesse sugando cada palavra, resmunga:

— Casas de pedra...

Largando novamente a costura, a mulher pergunta:

— E tem convento?

Depois de coçar furiosamente o pescoço, o rapaz se cala; em seguida, responde zangado:

— Convento! Não sei exatamente... estive apenas uma vez na cidade, quando nós, famintos, fomos jogados na construção da estrada de ferro...

— E-he-he — suspirou Koniόv, erguendo-se e afastando-se.

Os homens apertaram-se contra o gradil da igreja, como lixo, trazido pelo vento da estepe e pronto a ser novamente carregado para a mesma estepe, onde aquele vento sopra em liberdade. Três estão dormindo, alguns consertam roupa, caçam parasitas ou mastigam sem vontade o pão dormido, recolhido sob as janelas das cabanas cossacas. É enfadonho olhá-los e desgosta ouvir a tagarelice improfícua do rapaz. A mais velha das mulheres, levantando com freqüência os olhos da costura, dirige-lhe um sorriso ligeiro, avaro, que, todavia, me irrita, e eu saio atrás de Koniόv.

À entrada dos terrenos da igreja, quatro choupos estão de guarda; dobra-os o vento, eles inclinam-se, em saudação à terra seca e poenta, e na direção dos longes turvos onde se erguem as cumeeiras das montanhas, guarnecidas de neve. A estepe ruiva está inundada de sol de ouro, lisa, deserta, e nos chama com o silvar macio do vento, com o doce balbuciar das ervas secas.

— Que tal a mulherzinha? — pergunta Koniόv com ar sonhador, apoiando-se no tronco de um choupo e cingindo-o com o braço.

— De onde ela é?

— Diz que é de Riazã e chama-se Tatiana...

— Faz muito tempo que anda com você?

— Na-ão... antes fosse! Encontrei-a hoje de manhã, a umas trinta verstas daqui... com aquela amiga. Via-a também antes, perto de Maikóp, junto a uma curva do rio Lab. Naquele tempo, estava com ela um mujique idoso, sem barba, uma espécie de soldado, não se compreendia bem se era seu amante ou se era tio. Um beberrão e briguento. Foi espancado lá duas vezes em três dias. E agora ela está andando com essa amiga. O tio foi deixado numa prisão cossaca, depois que vendeu, para beber, uns arreios...

Koniòv fala com gosto, mas dá a impressão de estar acabando de seguir algum pensamento triste. Olha para o chão. O vento fustiga sua barbicha esparramada e o paletó rasgado, arranca-lhe da cabeça o boné; trapinho sem aba e de forro arrancado, esse boné parece um barrete e dá à interessante cabeça de Koniòv um aspecto ridículo e feminino.

— Si-i-im — arrasta ele entre os dentes, depois de cuspir — mulherzinha de efeito... um cavalinho de raça, pode-se dizer! Diabo trouxe pra cá o rapaz de cara gorda... se não fosse isto, eu já tinha feito com ela bons arranjos, mas ele... imagine! Cachorro...

— Você disse que é casado...

Koniòv dirigiu para o meu rosto um olhar zangado e virou a cabeça, resmungando:

— Pensa que eu carrego a mulher na trouxa?

Um cossaco torto e bigodudo está atravessando a praça com grandes chaves na mão; na outra, tem um boné amassado. Soluçando e enxugando os olhos com os punhos, arrasta-se atrás dele um menino de uns oito anos, cabeça encaracolada, acompanhado de um cão de pêlo eriçado, de cara triste e cauda baixa: certamente, foi magoado também. Quando o meninote solta um soluço mais alto, o cossaco detém-se, espera-o calado e, batendo na fronte com a aba do boné, continua a caminhar, balançando o corpo, como um ébrio; o menino e o cachorro ficam parados alguns segundos, um gritando esganiçadamente, o outro cheirando indiferente o ar com o focinho vermelho e negro e agitando em seguida a cauda, em meio às barbatanas. O cão parece acostumado a tudo e seu aspecto lembra o de Koniòv, apesar de mais senil.

— Você falou: casado — diz Koniòv, com um suspiro profundo — ora... naturalmente... nem toda doença carrega-se até a morte... Casaram-me aos dezenove anos...

O resto eu já sei, ouvi mais de uma vez essas mentiras, mas tenho preguiça de interromper Koniòv, e as queixas já conhecidas esgueiram-se enfadonhas para dentro dos meus ouvidos.

— Era uma rapariga nutrida, que precisava de amor, e as crianças foram aparecendo em penca, como baratas num catre.

O vento aquieta-se e murmura algo dolente...

— Nem tive tempo de olhar e já eram sete, e todos vivos, imagine! E ao todo, foram concebidos treze. Para que tanto? Agora, faça as contas: ela estava com quarenta e dois, eu com quarenta e três, ela era uma velha, e eu assim como agora! Ainda sou alegre. Mergulhei na miséria; a minha menininha mais velha andava, no último inverno, vestida de trapinhos. Que fazer? Fiquei andando pelas cidades, mas ali a gente só pode fazer uma coisa: olhar e lamber os beiços! Vi simplesmente que não daria em nada e, então, abandonei tudo...

Este homem esbelto e um tanto ressequido não permite pensar que ele já trabalhou muito e gosta de trabalhar. Relatando fatos, não se queixa, fala com simplicidade, como se estivesse lembrando o que sucedeu a outrem.

O cossaco nos alcançou, acertou os bigodes e perguntou, com voz cheia:

— De onde são?

— Da Rússia.

— Vocês vêm todos de lá — disse, agitando o braço, como se nos enxotasse, e caminhou para o adro. Tinha o nariz monstruosamente largo, os olhinhos redondos, afogados em banha, a cabeça calva lembrava um bagre. Enxugando o nariz, o menino foi andando atrás dele, o cachorro cheirou-nos as pernas, bocejou e deitou-se ao pé do gradil.

— Viu? — resmunga Konióv. — Não, na Rússia, o povo é muito mais delicado! Espere!

Além da esquina do gradil, ouvem-se gritos esganiçados de mulher e golpes surdos; corremos naquela direção e vemos: o mujique ruivo está a cavalo sobre o rapaz de Penza e, fungando e contando gostosamente os golpes, bate-lhe nas orelhas com as manoplas pesadas; a mulher de Riazã vai empurrando sem êxito o ruivo pelas costas, sua amiga solta gritos esganiçados, e os demais, tendo-se posto de pé, apertaram-se num magote, e estão rindo, gritando...

— Assim!

— Ci-inco! — conta o ruivo.

— Por que?

— Seis!

— Chega! Que coisa! — agita-se Konióv, saltitando sem sair do lugar.

Ressoam golpes seguidos e fustigantes, que estalam; o rapaz movimenta-se, escoiceia, o rosto contra a terra, e vai soprando a poeira. Um homem alto e taciturno, de chapéu de palha, arregaçou as mangas da camisa e, sem se apressar, sacode o braço comprido, enquanto um rapazinho cinzento e ágil está pulando junto a todos, aconselhando à meia voz:

— Parem com isso! Vão prender-nos como desordeiros...

O alto colocou-se bem junto do ruivo; com um golpe nas têmporas, derrubou-o das costas do rapaz e, dirigindo-se aos presentes, disse com ar doutrinador:

— Isto foi à moda de Tambóv!

— Malvados, sem-vergonha! — gritava a mulher de Riazã, inclinada sobre o espancado; tinha as faces purpúreas, enxugava com a barra da saia o rosto ensangüentado do rapaz, brilhavam-lhe os olhos com expressão seca e enfurecida e os lábios tremiam-lhe morbidamente, descobrindo fileiras regulares de dentes miúdos.

Saltitando em volta dela, Konióv aconselhava:

— Trate-o com água, dê água...

De joelhos, o ruivo estendia os punhos para o homem de Tambóv, gritando:

— Mas, por que ele dizia que era forte?

— E precisa-se bater por isso?

— E quem é você?

— Eu?

— Você mesmo!

— Vou dar a você mais um...

Os demais discutiam acaloradamente sobre quem devia ser considerado iniciador da briga, e o rapazinho ágil pedia a todos, erguendo os braços:

— Deixem de barulho! Estamos num país estranho, são muito severos aqui... ah, meu Deus!

Tinha as orelhas afastadas de modo esquisito, dando a impressão de que, se quisesse, poderia cobrir com elas os olhos.

De repente, o sino suspirou sonoramente no céu vermelho, abafando todas as vozes, e, ao mesmo tempo, surgiu da multidão um jovem cossaco de vara na mão, rosto redondo, densamente povoado de sardas, e cabelo com topete.

— Por que esse barulho, canalhada? — perguntou bonachão.

— Bateram num homem — disse a mulher de Riazã, zangada e bonita.

O cossaco olhou para ela e sorriu.

— Onde se alojaram vocês?

Alguém disse com pouca convicção:

— Aqui.

— Não podem. Assim, vão assaltar a igreja... Vamos à casa do comando, lá vão-lhes arranjar pousada.

— Bem, isso não está mal! — disse Konióv, caminhando a meu lado. — Apesar de tudo...

— Pensam que somos ladrões — disse eu.

— É assim em toda parte! Em nossa terra, costuma-se fazer o mesmo. Questão de cautela: a respeito de um estranho, é sempre melhor pensar que é ladrão...

A mulher de Riazã ia à nossa frente, ao lado do rapaz de cara gorda, que estava muito perturbado e balbuciava algo imperceptível, e ela, a cabeça bem erguida, dizia-lhe, destacando com nitidez as palavras e num tom maternal:

— Você é muito novinho, não deve meter-se com bandidos...

O sino tangia lentamente; ao nosso encontro, arrastavam-se, para fora dos quintais, velhas e velhos vestidos com asseio, a rua deserta revivia, as cabanas acachapadas pareciam mais simpáticas.

— Ma-ma-ãe! Mamãezinha! Onde está a chave do baú verde? Quero apanhar umas fitas...

Bois mugiam, respondendo com um eco surdo ao repicar do sino.

Sossegou o vento; nuvens vermelhas moviam-se lentamente sobre a aldeia, e os cumes das montanhas passaram também a um rubro vivo. Davam a impressão de se derreter e jorrar, numa torrente dourada de fogo, sobre a estepe, onde, como talhada em pedra, uma cegonha permanecia parada, sobre um pé só, ouvindo o murmúrio abafado das ervas, que se cansaram durante o dia.

No quintal da casa do comando, tiraram-nos os passaportes, dois não os possuíam e foram levados para um canto do quintal e metidos lá num barracãozinho escuro. Fazia-se tudo placidamente, como algo habitual e que já enjoara. Konióv espiou tristemente para o céu que escurecia e resmungou:

— É surpreendente até...

— O quê?

— Por exemplo, os passaportes. Se um homem é bom, de paz, devia-se deixá-lo andar pela terra, mesmo sem passaporte... Se eu sou inofensivo...

— Você é mau — disse, zangada e com convicção, a mulher de Riazã.

— Por que?

— Eu sei por que...

Koniόv sorriu e calou-se, fechando os olhos.

Quase até o fim das vésperas, estivemos jogados no quintal, como gado no matadouro; depois, eu, Koniόv, as mulheres e o rapaz de Penza fomos conduzidos a uma cabana abandonada, no extremo da aldeia, e que tinha uma parede rebentada e vidros quebrados nas janelas.

— Não saiam à rua, senão vamos prendê-los — disse o cossaco que nos acompanhava.

— Seria bom um pedacinho de pão — arriscou Koniόv.

O cossaco perguntou-lhe calmamente:

— Você já trabalhou?

— E não foi pouco!

— E para mim?

— Não tive oportunidade...

— Pois, quando tiver oportunidade, vou dar pão a você...

E, gordo, curtinho, rolou para fora do quintal, como um barril.

— Como ele me tratou, hem? — balbuciou Koniόv, erguendo surpreendido as sobrancelhas, até o meio da testa. — É, simplesmente, um povo danado... ora, ora!

As mulheres foram para o canto mais escuro da cabana e pareceram adormecer imediatamente; fungando, o rapaz apalpou as paredes e o chão, desapareceu, voltou com um feixe de palha, estendeu-a no chão de terra batida e deitou-se em silêncio, pondo as mãos sob a cabeça espancada.

— Vejam que expediente teve o rapazinho de Penza! — exclamou com inveja Koniόv. — Eh, mulherada! Aqui por perto existe palha...

Chegou do canto uma voz zangada:

— Vá e traga...

— Para vocês?

— Para nós.

— É preciso trazer.

Sentado no peitoril da janela, falou por algum tempo sobre os pobres homens, que pretendiam ir à igreja rezar e foram enxotados para um barracão.

— Sim. E você diz que todo povo tem a mesma alma! Não, irmão, em nossa terra, na Rússia, os homens não se atrevem muito a se considerar uns justos...

E, de repente, pôs um pé na rua e desapareceu sem ruído.

O rapaz tinha sono inquieto, remexia-se, espalhando em todas as direções as pernas e braços gordos, gemia e roncava, ouvia-se o ruído da palha atritada. Na treva, as mulheres falavam em murmúrio, o junco seco ciciava no telhado da cabana: o vento continuava a suspirar. Uma haste ficou estalando sobre a parede, e tudo parecia um sonho.

Além da janela, a noite negra e espessa, sem estrelas, murmurava com muitas vozes algo triste, lastimável; a cada momento, os sons tornavam-se mais fracos e, quando o sino da guarda deu dez badaladas e se dissolveu o ressoar do bronze, tudo se aquietou, como se uma grande parte do que era vivo, assustada com aquele badalar noturno, se tivesse escondido na terra e no céu invisíveis.

Sentado à janela, eu olhava como a terra respirava treva, e a treva pressionava, afogava, com seu ar tépido, negro, abafado, os montículos cinzentos das cabanas. A igreja estava igualmente invisível, como apagada de vez. O vento, serafim multialado, que acossara a terra três dias seguidos, conduzira-a à treva completa, e ela, ofegante de cansaço, mal se movia, pronta a parar impotente, para sempre, nessa densa negridão, que a impregnara toda. E o vento cansado deixou pender, também impotente, os milhares de asas: eu tinha a impressão de que as suas penas azuis claras, brancas, douradas, estavam quebradas, sangrentas e cobertas de pesada poeira.

Vinham pensamentos sobre a minúscula e triste vida humana, que parecia música desafinada, obtida por um bêbado, numa harmônica ordinária, ou uma bela canção, infelizmente estragada por um cantor sem voz. A alma geme, há um desejo insuportável de dirigir a alguém um discurso, repleto de mágoa por todos, de um ardente amor por tudo sobre a terra, deseja-se falar da beleza do sol, quando, abraçando a terra amada com seus raios, ele a carrega através do espaço azul, acariciando-a e fecundando-a. Tem-se vontade de dizer aos homens palavras que lhes ergam a cabeça e, nessa ocasião, compõe-se sozinhos versos juvenis:

Filhos da terra, surgimos
P'ra ter ventura no mundo!
Para dar beleza à terra,
Criou-nos o sol jucundo!

Nesse claro e lindo templo,
Somos deuses e fiéis,
E criamos toda a vida!...

Através da treva, uma tênue e sincopada corrente de murmúrio esgueira-se do canto onde se esconderam as mulheres; presto uma atenção tensa, procurando captar as palavras, distinguir as vozes.

Eis a mulher de Riazã, que diz com firmeza e convicção:

— Você não deve mostrar que dói...

A amiga assoa o nariz e arrasta fanhosamente:

— Si-im, se fosse possível suportar...

— Finja, eu digo. Ele bate e você deve fingir que não sente nada, que é como uma brincadeira...

— Assim, vai-me moer de pancada.

— Ria ainda para ele, faça um sorriso carinhoso...

— A gente vê que ninguém bateu em você, por isso não sabe...

— Sei! Bateram, sim, minha querida. E não foi pouco. Mas você não tenha medo, não vai matá-la de pancada...

Ao longe, um cachorro emitiu um som surdo, prestou atenção e desandou a latir furioso; no mesmo instante, responderam-lhe outros cães e, por uns dois minutos, não ouvi mais a conversa das mulheres; depois, os cães perderam o fôlego e, novamente, fluiu a conversa em voz baixa.

— A vida do mujique também é difícil, não esqueça isto, querida. Todos nós, gente humilde, passamos nosso bocado ruim; por isso, é preciso que alguém mostre que as coisas não o atingem... que tudo é fácil para ele...

— Ai, Virgem Santíssima...

— O carinho da mulher é de grande importância. A mulher substitui a mãe para o marido, para o amante. Experimente fazer como eu digo e vai ver: começará a invejar o caráter de você, vai contar vantagem perante os outros mujiques: "Minha mulher é assim: faça eu o que quiser, ela é alegre, carinhosa, parece o mês de maio!... Não se deixa dominar por nada, nem que lhe corte a cabeça..."

— Na-ão...

— E você pensa: como são as coisas? Pois bem, filhinha, assim é a vida...

Impedindo-me de ouvir, passos incertos arrastam-se com um quê de despeito pela rua.

— Você conhece o sonho de Nossa Senhora?

— Na-ão...

— Pergunte às velhas. É bom saber isso. Analfabeta?

— Não aprendi. Mas qual foi o sonho?

— Ouça então...

Ressoa sob a janela a pergunta cautelosa de Koniów:

— Os nossos estão aqui? Bem, graças a Deus! Eu me perdi, irmão, acordei uns cachorros, por pouco não me deixei socar... olha, segura!

Passou-me uma grande melancia; em seguida, deixou-se cair janela adentro, sacudindo a poeira da roupa e fazendo barulho.

— E ainda arranjei bastante pão. Pensa que roubei tudo? Nada disso! Para que roubar, se a gente pode pedir? Sou esperto para isso, sei agradar às pessoas. Pelo caminho, vi uma cabana com luz e gente ceando à mesa, e onde há muita gente, sempre se encontra pelo menos uma pessoa bondosa! Pois bem, ceei, bebi e ainda trouxe para vocês... eh, mulherzinhas!

Elas não respondiam.

— Estão dormindo, as filhas da puta. Mulherio?

— Que quer? — perguntou secamente a de Riazã.

— Quer melancia?

— Obrigada.

Koniów começou a avançar cautelosamente, na direção de onde vinha a voz.

— E pão? É pão de trigo, macio... que nem você...

A amiga da mulher de Riazã disse com voz de mendiga:

— Me dá pãozinho...

— Isso! Mas, onde estão vocês?

— Eu queria melancia também...

— Qual das duas é você?

— Oi! — exclamou doloridamente a de Riazã. — Onde vai, atrevido?

— Não grite... está escuro...

— Acenda um fósforo, diabo.

— Tenho poucos fósforos. Se me agarrei em você, não é grande desgraça. Quando o marido batia em você, doía mais. O marido batia?

— Para que quer saber?

— Por curiosidade. Uma mulherzinha assim...

— Escute... não me toque... senão...

— Senão, o quê?

Passaram muito tempo discutindo, lançando um ao outro palavras curtas e cada vez mais furiosas; finalmente, a de Riazã gritou surdamente:

— Oh, diabo maldito... vá embora...

Começou um movimento de corpos, ressoaram golpes sobre algo macio, Koniów soltava risadinhas maldosas, e a de Penza arrastou:

— Não façam isso, gente sem-vergonha...

Acendi um fósforo, aproximei-me deles e arrastei Koniów silenciosamente dali. Isso não o ofendeu, mas pareceu simplesmente fazê-lo voltar a si: sentado a meus pés, ficou soprando e cuspindo, dizendo com voz que procurava convencer:

— A gente brinca com você, tola, e você... veja como se enfureceu!...

— Apanhou? — perguntaram tranqüilamente do canto.

— Ora, e então? Rachou-me o lábio... Pensa que me importo?

— Se vier de novo, vou rachar-lhe a cabeça...

— Cavalgadura! Campônia imbecil... E você também — disse, dirigindo-se a mim — agarra a gente sem qualquer cuidado... rasga a roupa...

— Não ofenda as pessoas.

— Que tipo original: não ofenda! Pensa que se ofende com isso uma mulher?

Soltou uma risadinha e começou a contar, com indecência, como as mulheres são hábeis no pecado e como gostam de enganar os homens.

— Porcos — resmungou a de Penza, sonolenta.

Rangendo os dentes, o rapaz ergueu-se de um salto, sentou-se e, agarrando a cabeça, falou taciturno:

— Vou embora amanhã... vou para casa... Meu Deus! É sempre o mesmo...

Tornou-se a desabar, como um cadáver, e Koniów disse:

— Estafermo.

Um vulto negro levantou-se da treva, deslizou sem ruído para a porta; como um peixe na água, e desapareceu.

— Saiu — conjeturou Koniów: — que mulherão! Bem, apesar de tudo, se você não estorvasse, eu acabava por dominá-la, juro por Deus!

— Pode segui-la, experimente...

— Não — disse, depois de refletir um pouco —, lá ela vai encontrar alguma bengala, um tijolo ou coisa assim. Não tem importância, vou acabar por alcançá-la! Mas você fez mal em estorvar... ficou com inveja...

Começou de novo a vangloriar-se, de modo enfadonho, das suas conquistas, mas, de repente, calou-se, como se tivesse engolido a língua.

Quietude. Tudo parou, tudo se aconchegou à terra imóvel e dorme. Sinto vencer-me, também, um sono leve; lembro tudo o que me trouxe o dia, tudo isto cresce e cada vez pesa mais; parece um túmulo de estepe a cobrir-me. Estremece o sino, os gritos do bronze caem na treva sem vontade, com pausas irregulares.

Meia-noite.

Gotas raras e pesadas de chuva estalam sobre o junco seco dos telhados e a poeira da rua. Cricrila um grilo, relatando apressadamente algo, e, na escuridão da cabana, desliza de novo um murmúrio ardente, abafado, que parece soluçar:

— Pense um pouco, querido: andar assim sem ocupação certa, trabalhando para os outros...

Ouve-se a resposta surda do rapaz espancado:

— Eu não conheço você...

— Mais baixo...

— Que quer você?

— Não quero nada. Tenho pena de você: é moço, forte, mas leva uma vida inútil, por isso digo para vir comigo.

— Para onde?

— Para as praias do mar. Eu sei que lá existem lugares bons. Veja como a terra daqui é carinhosa com o homem, mas, lá, é melhor ainda...

— É mentira, vá embora...

— Devagarinho, você! Sou uma boa mulher, sei fazer de tudo, e nós vamos viver bem, tranqüilos, num lugar fixo... Vou te dar filhinhos, vou criá-los direito... veja como sou boa para isso, apalpe o meu peito...

O rapaz grunhe alto. Sinto-me encabulado, quero fazer-lhes um sinal de que não estou dormindo, mas a curiosidade me impede; permaneço calado e presto atenção àquela conversa estranha, que agita o sangue.

— Não, espere — murmura a mulher, respirando profundamente — não brinque... não foi para isso que falei... deixe-me...

O rapaz rosna alto, grosseiro:

— Então, não venha para cima da gente! Você mesma provoca e, depois, faz fita...

— Mais baixo, senão eles ouvem e eu fico com vergonha...

— E provocar-me, não dá vergonha?

Silêncio. O rapaz funga irritado e se remexe; gotas de chuva tombam de maneira sempre igual, sem vontade, preguiçosas, e, através do seu ruído, fluem as palavras da mulher:

— Pensa que estou à procura de homem? Preciso é de um marido de confiança, uma boa pessoa...

— Eu ainda não sirvo para isso.

— Eh, você...

— Quer um marido! — resmunga o rapaz. — Vocês são espertinhas... um marido! Era o que faltava...

— Escute uma coisa: estou farta de andar por aí...

— Vá para casa, então.

Depois de um silêncio, a mulher respondeu baixinho:

— Não tenho casa nem parentes...

— Vai ver que é mentira.

— Juro por Deus! Que me abandone Nossa Senhora, se estou mentindo...

Tenho a impressão de que lágrimas ressoam nessas palavras, sinto um peso, uma náusea invencível, tenho vontade de me levantar e de jogar o rapaz para fora da cabana a pontapés, e, depois, dizer longamente a essa mulher não sei que palavras carinhosas. Tomá-la nos braços, como uma criancinha abandonada...

Começou novamente um movimento de corpo entre aqueles dois.

— Ora, não faça fita — muge o rapaz.

— Não, não deve... não me entrego à força...

E, de repente, ela exclamou, magoada e surpreendida:

— Oi... por que isso? Por que?

Levantei-me de um salto e me pus a gritar também, sentindo-me uma fera.

Tudo se aquietou, alguém se arrastou cautelosamente pelo chão e empurrou a porta quebrada, segura apenas por uma dobradiça.

— Não fui eu — resmungou o rapaz — foi essa mulher à toa que me provoca. Todos aqui são uns ladrões, não se tem sossego...

Mais longe, ouviu-se um suspiro de mágoa:

— É um bobo, um bobo...

— Fique quieta... vagabunda!

Cessou a chuva, o ar abafado irrompia pela janela, o silêncio tornara-se mais denso ainda, comprimia pesadamente o peito e, qual teia de aranha, colava-se ao rosto, aos olhos. Saí para o quintal: parecia uma adega no verão, quando o gelo já se derreteu e a negra fossa fica repleta de uma densa e tépida umidade.

Nas proximidades, a mulher respirava soluçando; prestei atenção e aproximei-me dela: estava sentada a um canto do quintal, a cabeça escondida nas palmas das mãos, e balançava o corpo, como se me saudasse.

Zangado com ela por algo, fiquei muito tempo ali, sem saber o que dizer; depois, perguntei:

— Você é louca?

— Deixe-me — replicou, passado algum tempo.

— Ouvi o que você dizia a ele...

— Ora, e então? É da sua conta? Você é meu irmão ou coisa que o valha?

Falava como em sonho e sem se irritar. As manchas turvas da parede vigiavam-nos qual semblantes sem olhos; havia um boi, respirando ao lado.

Sentei-me junto da mulher.

— Desse jeito, você rebenta em pouco tempo...

Não respondeu.

— Estou incomodando?

— Não, não faz mal. Fique aí — disse, baixando os braços e fixando os olhos em mim.

— De onde é você?

— De Níjni-Nóvgorod.

— Longe um bocado...

— Você gosta do rapaz?

Disse, depois de uma pausa e parecendo contar as palavras:

— Não é mau. Muito sadio... mas está perdido. Vê-se que ainda não tem juízo. E é pena, em lugar adequado, daria um homem bom.

O sino da igreja deu duas batidas e ela persignou-se duas vezes, sem interromper a conversa.

— Dá pena ver tanta força jovem perdendo-se à toa; se pudesse, eu ia colocar todos em lugar que prestasse.

— E de você mesma, não tem pena?

— Como não? Claro que tenho...

— Então, por que você se desmancha diante desse imbecil?

— Eu ia corrigi-lo. Pensa que não? Você não me conhece...

Suspirou profundamente:

— Ele bateu em você, não foi?

— Não. Não toque nele...

— Mas, você não gritou?

Encostando-se inesperadamente ao meu ombro, confessou baixinho:

— Deu-me um soco no peito... ele me teria dominado... Mas eu não quero, não posso assim, sem uma boa palavra, feito uma gata... Como vocês são todos... destrambelhados...

Interrompeu-se a conversa. À porta da cabana, surgiu alguém e assobiou baixinho, como se chamasse um cachorro.

— É ele — murmurou a mulher.

— Vou embora, não?

Agarrou-me o joelho e disse apressada:

— Não, não precisa, não precisa.

E, de súbito, gemeu surdamente:

— Meu Deus, tenho pena de todos... pena da vida toda... da gente toda... Meu Deus, Senhor...

Estremeciam-lhe os ombros, ela chorava e murmurava, soluçando com lástima.

— De noite... quando me lembro de tudo o que vi, de todas as pessoas... fico mal, muito mal... dá vontade de gritar por toda a terra... Mas... eu não sei... não se tem o que dizer...

Eu conhecia e compreendia isso muito bem: meu espírito estava igualmente sob a pressão desse grito sem palavras.

— Quem é você? — perguntava eu, afagando-lhe a cabeça balouçante e o ombro trêmulo. Acalmando-se, relatou-me com doçura a história da sua vida. Era filha de um carpinteiro e apicultor. Tendo ela perdido a mãe, o pai casou-se com mulher jovem, e a madrasta convenceu-o a colocar a filha num convento, onde Tatiana viveu dos nove anos até a idade de casar. Aprendeu as letras, trabalhos manuais, e, depois, o pai casou-a com um amigo, soldado, homem de idade, encarregado de zelar pelo bosque do mosteiro.

Lamento não ver o seu rosto: diante de mim, aparece apenas uma mancha redonda e fosca; provavelmente, ela cobriu os olhos. Há um silêncio muito estranho, e a mulher não cessa de falar, num murmúrio quase imperceptível. Ambos parecemos profundamente mergulhados num vazio negro, onde não há vida, sendo nosso destino iniciá-la.

— Era um homem ruim, beberrão; na guarita dele, as freiras farreavam de noite com caçadores, e ele quis obrigar-me a fazer o mesmo. A princípio, não concordei, mas começou a me bater, e então cedi. Naquele tempo, agradou-me um homem... foi com ele, e não com o marido, que eu conheci aquilo que é de verdade, de mulher.

Meu amante era casado, a mulher dele soube de tudo, e meu marido foi despedido do emprego. Ela era rica e, naturalmente, sentia-se magoada de ceder o lugar a uma qualquer. Bonita, apenas muito gorda. Pouco depois, meu marido embriagou-se no dia de S. Frolo e morreu. E meu pai morreu ainda antes disso. Fui falar com a madrasta, mas ela disse: "Para que preciso de você? Pense um pouco." Pensei e, realmente, não havia motivo! Fui novamente ao convento, mas vi que não era para mim aquela vida. E além disso, a velha madre Taíssia, professora minha, me disse: "Vá, Tatiana, ao mundo, é bem capaz de encontrar a felicidade." E eu fui... e ainda estou andando...

— Você não está procurando a felicidade do jeito certo...

— Faço o que posso...

A escuridão não surgia mais como o pano esticado de uma pesada cortina, mas parecia mais rala com aquela distensão, tornou-se mais transparente e, em alguns lugares, formara dobras compactas, pelotas, adensara-se na janela da cabana e espiava de lá com um olho negro e cego.

Sobre os montículos dos telhados, o campanário deslizou para o céu, ergueram-se os choupos, espalharam-se fendas sobre a parede da cabana e, juntamente com as úlceras deixadas pela cal tombada, transformaram aquela parede no mapa de um país desconhecido.

Olhei para dentro dos olhos escuros da mulher, eles brilhavam, secos e tristes, e pareceram-me ingênuos, como os de uma adolescente.

— Você é engraçada...

— Assim sou — respondeu, lambendo os lábios com a língua fina, que parecia de gata.

— Mas, que procura?

— Já pensei em tudo, eu sei bem o que quero! Espere um pouco: encontrarei um mujique bom e vamos achar um cantinho para nós. Vamos achá-lo junto a Novo Atos. conheço aqueles lugares, estive por lá. E então, vamos arrumar direito tudo: teremos um pomar, uma horta, um campo de cereais, como é preciso para uma família.

Suas palavras soavam com acento cada vez mais forte e convicto.

— Vamos arranjar-nos bem. Outras pessoas virão morar perto, e nós, que já estaremos bem radicados no lugar, receberemos muitas honrarias! Assim, com mais um pouco, surgirá uma nova aldeia, um lugar bonito. Quando menos se espera, o marido se elege estároste.

Eu o faria andar sempre arrumado, um verdadeiro senhor. No jardim, ficariam brincando as crianças, ia haver um caramanchão... pode-se viver tão bem, tão bem!

Realmente, pensou no futuro em toda a profundidade, ela imagina a nova aldeia com tantas minúcias ínfimas, como se já residisse nela há muito.

— A gente quer morar bem... Senhor! Se fosse posível... Em primeiro lugar, naturalmente, preciso de um homem...

Em seu rosto simpático, os olhos dirigem-se para a noite, que se dissolve, e afagam suavemente tudo em que se detêm. Mas eu sinto compaixão por ela, uma compaixão quase até as lágrimas, e, para esconder isto, gracejo:

— Não sirvo para você?

— Não... Você não serve...

— Por que?

— Você tem outros pensamentos...

— Ora, como pode saber meus pensamentos?

Afastou-se de mim e disse com secura:

— Vejo em seus olhos... Não, conversar à toa eu não pretendo...

Estamos sentados sobre um toco de carvalho, com vestígios de ramos e enegrecido de umidade; a mulher bate nele com a palma da mão.

— Os cossacos vivem com muita fartura, mas isso não me agrada...

— O que não agrada a você?

— Parece cacete. Têm de tudo, mas é cacete...

Não podendo conter minha compaixão por ela, digo baixinho:

— Você vai achar cacete aquilo também, não vai encontrar o que procura, penso...

Ela meneia negativamente a cabeça.

— Uma camponesa não tem tempo de se aborrecer. É assim o seu ritmo de vida: ora quer um filho, ora anda cuidando de algum... acabou de cuidar de um, já tem outro pronto. Assim passam a primavera e o outono, o inverno e o verão.

Era agradável olhar para seu rosto pensativo; naturalmente, vinha uma vontade de abraçá-la com força, mas... era melhor partir o quanto antes para a estepe quieta e deserta e, levando a lembrança dessa mulher, caminhar solitário sobre a estrada firme, em direção à muralha de prata das montanhas afogadas no céu e dos negros desfiladeiros, que escancaravam para a estepe suas goelas profundas e úmidas. Mas não se pode partir, o passaporte foi retido pelos cossacos.

— E você mesmo, o que procura? — perguntou ela de repente, aproximando-se mais uma vez de mim.

— Nada. Simplesmente, estou vendo como vivem as pessoas.

— Sozinho?

— Sim.

— O mesmo que eu. Quanta gente sozinha neste mundo... Senhor!

Os bois acordam e mugem baixinho, lembrando aquele ruído o som de uma gaita, que um velho cego tocasse ao longe. Um guarda sonolento bateu quatro vezes, com mão incerta, o sino: duas vezes, baixo; uma vez, muito alto e com irritação, de modo que o bronze emitiu um som esganiçado; e novamente baixo, mal tocando o bronze sonoro com a lingüeta de ferro.

— E como vivem as pessoas?

— Mal.

— Si-im. Vejo o mesmo.

Passamos muito tempo em silêncio, depois ela diz baixinho:

— Está amanhecendo e nem fechei os olhos; isso me acontece muitas vezes... Penso em todas as coisas, vou pensando... como se estivesse sozinha sobre a terra e fosse preciso arranjar todas as coisas de uma nova maneira.

— Os homens vivem de um modo indigno de si mesmos, sem protestar, na mediocridade, em meio a inumeráveis ofensas causadas pela miséria e pela estupidez — digo, perdendo o controle, e enumero com ardor tudo o que vi de abjeto, vergonhoso, torturante. — Veja, você dirige-se a um homem com toda a lisura, pronto a dar-lhe, em troca da amizade, toda a sua liberdade, toda a força, mas ele não compreende. E como se pode culpá-lo? Alguém lhe mostrou o que é bom?

Ela me pôs a mão sobre o ombro e me fita bem nos olhos, abrindo um pouco a boca bonita.

— Oi — ouço — é verdade! Está certo, querido: a bondade não tem preço!

Apertados fortemente um contra o outro, parecemos deslizar e, ao nosso encontro, desliza também, clareando-se, o que foi libertado pela noite: as cabanas brancas, árvores prateadas, a igreja vermelha, a terra, abundantemente orvalhada.

Ergue-se o sol; por cima de nós, qual milhares de brancas aves, deslizam bandos de nuvens transparentes.

— Senhor — murmura Tatiana, empurrando-me — anda-se sozinha, pensando, mas em quê? Ora, que homem querido é você... tudo isso é verdade! Ninguém tem pena de nada... ah, é verdade!

E erguendo-se de repente de um salto, soergueu-me e apertou-se contra mim com tamanha força que eu a afastei, mas ela chora, arrasta-se para junto de mim e me beija com os lábios secos, que parecem afiados; esses beijos chegam-me ao coração.

— Ah, meu homem bom — murmura, soluçando, e a terra desaparece-me sob os pés.

Afastou-se, espiou ao redor e, com ar compenetrado, foi para um canto do quintal, onde, sob o tapume, cresceram densamente ervas que desconheço.

— Venha, venha cá...

Mais tarde, sentada entre as sarças, como numa pequena caverna, sorri encabulada, consertando o cabelo, e murmura baixinho:

— Veja o que aconteceu... Ora, não faz mal... Deus vai me perdoar...

Surpreendido, sentindo-me como num sonho, olho para ela agradecido. Sinto uma leveza particular: no peito, tenho um vazio luminoso, em que aparecem rapidamente, como andorinhas no céu, pensamentos e palavras alegres e inatingíveis.

— "Numa grande desgraça, a menor alegria é bem-vinda — ouço.

Olho para o peito da mulher, salpicado de gotas de umidade, como a terra de orvalho, elas colorem-se de vermelho, refletindo o raio de sol, como se o sangue se tivesse filtrado através da pele. E minha alegria dissolve-se rapidamente; tem-se pena desse peito quase até às lágrimas, à angústia; de certo modo, sei que o seu sumo vivo há de secar sem fruto.

Como se se desculpasse perante mim, ela diz com alguma tristeza:

— Que vou fazer comigo mesma? Às vezes, assim acontece, vem-me alguma coisa à alma, fico até com dor nos seios, e então, eu até me abriria toda, como diante da lua... ou, no calor, diante do rio... juro por Deus! Depois, naturalmente, sinto vergonha... não fique olhando para mim! Por que fixa em mim estes olhos, como uma criança?

Mas eu não posso tirar os olhos da mulher, pensando em que ela vai se perder pelos caminhos emaranhados.

— E tem um rosto de recém-nascido...

— Estúpido, não?

— Parece estúpido mesmo.

Abotoando o casaquinho, disse:

— Daqui a pouco, vão tocar a matinas... Vou lá, preciso rezar a Nossa Senhora. Você parte hoje?

— Logo que receber o passaporte...

— Para onde?

— Para Alaguir. E você?

Pondo-se de pé, ajeita a saia; tem os quadris mais estreitos que os ombros, toda ela é esbelta, bem aprumada.

— Eu? Não sei ainda... Preciso ir a Náltchik... mas talvez não vá. Não sei.

E, estendendo-me os braços fortes, ágeis, propôs, corando:

— Bem, vamos beijar-nos mais uma vez, por despedida.

Enlaçando-me com um dos braços e fazendo com o outro, sobre mim, o sinal da cruz, disse:

— Adeus, amiginho! Que Jesus te guarde pelas boas palavras que me disseste, por todo o teu comportamento...

— Vamos junto?

Libertou-se dos meus braços, dizendo severamente e com firmeza:

— Isso não me serve... não estou de acordo! Se você fosse camponês, seria bom, mas assim, não tem sentido. A vida não se mede por uma hora, mas pelos anos...

E foi para dentro da cabana, lançando-me, por despedida, um sorriso plácido. Sentei-me sobre o toco, pensando nessa mulher: o que vai ela encontrar?... Hei de vê-la ainda algum dia?

Ressoou o chamado para as primeiras matinas; a aldeia acordara havia muito e espalhava um ruído severo, nada alegre.

Quando entrei na cabana, para apanhar o alforje, o compartimento estava já vazio; ao que parecia, todos haviam saído diretamente para a rua, através da parede quebrada.

Fui à casa do comando, apanhei o passaporte e dirigi-me à praça, a fim de verificar se não tinha companheiros para a caminhada.

Como na véspera, gente da Rússia jazia junto ao gradil; o rapagão de Penza, de cara gorda, estava sentado com o ombro encostado numa tábua; seu rosto espancado tornara-se maior ainda e mais feio, os olhos apareciam completamente afundados nos inchaços purpúreos.

Surgiu nova figura: um velhote grisalho, de barba em ponta, seco, esquálido, com um chapeuzinho de veludo desbotado. Tinha um rosto do tamanho de um punho, nariz recurvado de modo rapace, vermelho, poroso, e olhos zangados e malandros.

O orloviano ruivo e o rapazinho ágil insistem com ele:

— Para que você está vagueando?

— E você? — pergunta o velho, com voz fininha, apertando com arame a alça de uma chaleira de ferro, coberta de fuligem, e sem olhar para ninguém.

— Nós estamos à procura de trabalho!

— E nós vivemos como foi ordenado...

— Por quem?

O velho fala nitidamente e com indiferença:

— Deus cospe em vocês areia e poeira, a mesma que vocês levantam, vagueando inutilmente sobre a terra...

— Espere! — grita-lhe o rapaz orelhudo. — Como? E Cristo não andou pela terra com os Apóstolos?

— Jesus Cristo sim! — disse o velho com expressão significativa, erguendo para o interlocutor os olhos agudos. — Imbecis! Que dizem vocês? Ao lado de quem se colocam? Vou gritar e chamar um cossaco...

Ouvi muitas vezes discussões semelhantes, e me repugnam como os colóquios sobre a alma.

É preciso partir.

Apareceu Koniów, desgrenhado, suado, e perguntou, piscando os olhos com alarma: — Você viu aquela de Riazã, Tanka? Não? Ah, bruxa, quer dizer que partiu de noite! Ontem me deram uma coisa para beber, uma espécie de licor! Dormi a noite inteira, como um urso no inverno... E ela certamente foi com o tal de Penza...

— Ele está aí — apontei.

— Eh... você mesmo! Como pintaram a cara do homem, hem? São uns artistas, pode-se dizer...

Começou novamente a olhar com inquietação em volta.

— Talvez à missa...

— Está certo! Naturalmente! Esta mulher- me botou feitiço, irmão, de verdade!

No entanto, mesmo depois das primeiras matinas, quando, ao repicar alegre dos sinos, os elegantes cossacos, tendo deslizado com aprumo para fora da igreja, espalharam-se pela aldeia, qual riachos coloridos, não conseguimos encontrar Tatiana.

— Partiu — resmungava tristemente Konióv. — Bem, assim mesmo vou encontrá-la... alcançá-la sem falta...

Eu não acreditava nisso e não queria que acontecesse.

Uns cinco anos mais tarde, eu estava caminhando pelo pátio do castelo de Metekh, em Tiflis, tentando sem resultado adivinhar por que transgressões fora parar naquela prisão.

De uma severidade pictórica por fora-, estava repleta, por dentro, de humoristas alegres e sombrios; eu tinha a impressão de que todos os presentes ali haviam organizado, "com a permissão das autoridades", um espetáculo de amadores e, como uns adolescentes, representavam com boa vontade e esforço, sem competência, papéis mal compreendidos de presos, vigilantes e gendarmes.

Naquele dia, por exemplo, surgiram na minha cela um guarda e um gendarme, para me conduzir ao passeio. Disse-lhes:

— Posso deixar de passear? Estou adoentado e não tenho vontade...

O corpulento gendarme, bonitão e de barba clara, ergueu severamente o dedo.

— Você não tem ordem de querer...

E o guarda, negro como um limpador de chaminés, de esclerótica azul e graúda, confirmou, destroncando a língua:[2]

— Aqui, é, ninguém tem ordem de querer, sabe?

E eis-me passeando.

No pátio, calçado com pedregulho, faz calor como num forno. Está suspenso sobre ele o quadrado plano e turvo do céu empoeirado. O pátio é fechado de três lados por altas muralhas cinzentas, do quarto está o portão, que tem em cima uma construção estranha e assustadora.

Por sobre os telhados, chega incessantemente o ruído surdo das ondas revoltas do rio Kur, uivam vendedores no mercado de Avlabar, a parte asiática da cidade; interrompendo todos esses sons, lamenta-se uma *zurná*,[3] há pombos arrulhando... Sinto-me colocado dentro de um tambor, sobre o qual batem numerosas varetas.

Nas janelas do segundo e do terceiro andar, espiam através das grades os olhos morenos e as cabeças crespas dos aborígenes; um deles

---

2 Subentende-se, assim, a dificuldade do georgiano em falar o russo.
3 Instrumento oriental de sopro.

cospe teimoso no pátio, procurando evidentemente acertar em mim, mas esgota inutilmente as forças.

Um outro grita irritado, com censura:

— Escute! Por que anda assim, feito galinha? Ande de cabeça para cima!

Entoam uma estranha canção, emaranhada como um novelo de lã, com que um gato tivesse brincado muito tempo. Arrasta-se angustiosamente e estremece, espalhando-se, uma nota alta e uivante, penetra cada vez mais profundamente no céu opaco e poento e, de súbito, interrompe-se com um som esganiçado, escondendo-se em alguma parte, rosnando baixinho, como um fera dominada pelo medo. Depois, torna a serpentear, esgueirando-se, através das grades, para o cálido espaço livre.

Aplicando o ouvido a essa canção, que eu conheço ligeiramente (com seus sons, ela diz algo compreensível ao coração e que o comove dolorosamente), fico andando na sombra do pavilhão do presídio; olhando para as janelas, vejo, colado dentro da moldura de um dos quadrados de ferro, um rosto tristemente surpreso e de olhos azuis claros, povoado de uma barbicha negra, desgrenhada.

— Koniów? — conjeturo em voz alta.

Fixou em mim, franzindo o cenho, os seus olhos, que me são muito memoráveis.

Espio em volta: meu guarda está cochilando, sentado na sombra, no patamar da escada que dá para um dos pavilhões, dois outros jogam damas, o quarto olha sorrindo como dois presidiários bombeiam água, repetindo ritmicamente, acompanhando o movimento da alavanca:

— Machka, Dachka, Dachka, Machka...

Acerco-me da muralha.

— Koniów, é você?

— Não consigo reconhecer você — balbucia, enfiando a cabeça entre as grades — mas está certo: sou Koniów!

— Por que está aqui?

— Falsificação de moeda... mas eu vim pra cá absolutametne por acaso, ou, melhor, não tenho nada com a história...

O guarda acordou, tilintam as chaves, como correntes, ele aconselha sonolento:

— Não fique aí... vá para mais longe... junto à muralha, é proibido.

— No meio do pátio está muito quente, titio.

— Faz calor em toda parte — retruca judiciosamente, baixando de novo a cabeça, enquanto vem de cima, em voz baixa, a pergunta de Konióv:

— E você, quem é?

— Lembra-se daquela mulher de Riazam, a Tatiana?

— Pois sim! — exclamou baixinho, parecendo ofendido — Não vou me lembrar! Fomos julgados juntos...

— E ela por quê? Também por moedas falsas?

— Como não? Foi também apanhada por acaso, que nem eu...

Caminho lentamente ao longo da muralha, dentro da sua sombra abrasada; das janelas do porão, vem um cheiro de couro fermentado e pão azedo, paira um hálito de umidade. Lembro as palavras de Tatiana:

"Numa grande desgraça, a menor alegria é bem-vinda..."

... Queria construir uma nova aldeia sobre a terra, criar uma vida nova e bela...

Lembro seu rosto, seu peito confiante e ardente, e de cima, caem-me sobre a cabeça palavras tranqüilas, pardas como cinza:

— O criminoso principal era amante dela, filho de *pope* e especialista no ramo... Foi engaiolado por dez anos...

— E ela?

— Tatiana Vlássievna foi condenada a seis e eu também. Depois de amanhã, vou sair para a Sibéria... o rato caiu na ratoeira! Fomos julgados em Kutaís; em nossa terra, na Rússia, seria mais fácil... o povo daqui é selvagem, malvado...

— Ela teve filhos?

— Naquela vida devassa? Não, como é que se vai ter filhos nessas condições?... E o filho do *pope* era tuberculoso, não era de fazer filho, não...

— Dá pena...

— Claro que sim! — silva Konióv, animado. — Verdade que era uma mulher estúpida, mas admirável... uma criatura rara, pode-se dizer... Tinha tanta pena das pessoas...

— Quando foi que você a encontrou?

— Quando isso?

— Depois da Assunção?

— Alcancei-a quase no fim do inverno. Perto de Batum, ela estava em casa de um oficial velhinho; a mulher dele fugiu, então...

Ouço atrás de mim algo semelhante ao estalido do gatilho de um revólver: foi o guarda que fez bater a tampa do seu grande relógio de prata, colocou-o no bolso e, espreguiçando-se, boceja a boca desmesuradamente aberta.

— A mulher tinha dinheiro, irmão, podia viver bem, se não fosse a vida devassa... aliás,- a própria bandalheira era por compaixão...

O guarda diz:

— Acabou o passeio, eh...

— E você, quem é? Conheço este rosto, mas não me lembro...

Caminho para a cela, magoado até a ira pelo que ouvi, e, parando num degrau da escada, grito:

— Adeus, irmão. Dê a ela minhas lembranças...

O corredor está numa- semi-escuridão, sente-se um cheiro denso de excremento; o guarda balança as chaves, que tilintam com um som seco, avaro. Caçôo dele um pouco, para abafar a aflição que tenho n'alma; isso, porém, não me ajuda, e ele, abrindo a porta da cela, me diz, enfurecido:

— Fique aí dez anos!...

... Estou parado à janela. Por entre as ameias cinzentas da muralha, vejo a torrente tumultuosa do Kur, as choupanas e casas, coladas à margem, os vultos dos operários sobre os telhados dos curtumes. Sob a janela, caminha a sentinela, com o quepe descido sobre a nuca.

... A memória vai enumerando merencórea dezenas de homens russos, que se perdem sem resultado e sem sentido, e o coração comprime-se taciturnamente de uma grande e invencível angústia, uma angústia para toda a vida.

1913.

NOITE EM CASA DE CHAMOV

Aos sábados, reúnem-se, em casa de Maksim Ilitch Chamov, os melhores homens da cidade e toda espécie de "rapazes interessantes"; fui arrolado entre os últimos e, por isso, também sou admitido de bom grado aos sábados de Chamov.

Essas noites constituem para mim o mesmo que as vésperas para o crente. As pessoas que oficiam aí me são estranhas em muita coisa; minha relação com elas é tortnurante e imprecisa: agradam-me e desagradam, deixam-me embevecido e me irritam; às vezes, vem-me uma vontade de lhes dizer palavras carinhosas, do coração, mas, uma hora depois, toma conta- de mim um desejo invencível de fazer uma grosseria a essas bonitas damas e agradáveis cavalheiros. Todavia, considero sempre com veneração as palavras e pensamentos dessa gente, sua prosa é para mim um culto religioso.

Tenho vinte e um anos. Sinto-me num estado desconfortável e pouco firme. Sou qual carroça sobrecarregada desajeitadamente com toda sorte de tralha; uma força invisível leva-me não sei para onde, por ignorado caminho, e estou ameaçado, a cada momento, de tombar numa curva da estrada.

Lido comigo mesmo, com muita insistência e teimosia, procurando firmar-me o mais possível, em meio a absurdas e ultrajantes contradições, que de todos os lados me fustigam e empurram, conduzindo-me freqüentemente a um estado mórbido, próximo da loucura furiosa. Cerca de um ano e meio atrás, cansei-me a tal ponto dessa confusão que tentei suicidar-me e empurrei para dentro do peito uma bala, com um horroroso e desajeitado revólver de Tula, desses com que, em outros tempos, costumava-se armar os tamborileiros. Esta ação estúpida e pouco asseada provocou em mim um sentimento de certa desconfiança e quase desprezo por mim mesmo.

Agora, estou morando numa choupana, à beira de uma escarpa suja, no jardim da casa de um *pope* beberrão; antes, a choupana serviu de casa de banhos. Em seus dois quartos baixinhos, paira um cheiro de sabão e de vassouras estragadas[1], um cheiro podre, que envenena o sangue. Os cantos dos quartos impregnam-se completamente de frio; nessa residência, os próprios ratos sentem-se mal e congelados e, de noite, trepam sobre a minha cama.

Em volta da casa de banhos, cresceu densamente um framboeseiro, devolvido à condição silvestre; durante as tempestades, suas hastes, prontas sempre a agarrar algo, batem nas janelas, arranham as tábuas negras e tortas da parede. Minha existência decorre de modo pobre e selvagem, em meio a sonhos imprecisos de uma outra vida, ligeira e luminosa, de um amor cavalheiresco, de altas proezas e abnegação. Vou publicando no ordinário jornal local uns contos tartamudeantes e estou certo de que não se deveria imprimi-los, pois ofendo com eles a literatura, que amo apaixonadamente, como uma mulher. Todavia, continuo a publicá-los. É preciso comer.

Na sala de visitas de Chamov, esqueço a mim mesmo; fico sentado em algum canto, na sombra, escutando tudo com avidez, transformado num ouvido grande e sensível. Tudo ali, desde a mobília às pessoas, parece sobremaneira interessante, eloqüente, e está banhado da luz carinhosa, quase solar, das fortes lâmpadas, veladas com abajures cor de laranja.

Das paredes, de uma claridade tépida, espiam os olhos de Herzen[2], de Bielínski[3], vejo o rosto inumano de Beethoven, um Voltaire de bronze dirige-me um sorriso malandro, mas o que mais me chama a atenção, o que parece mais simpático, é uma cabeça infantil da Madona Sistina. A um canto, atrás de uma palmeira, ergue-se Vênus, como se pairasse no ar. Por toda parte, há uma infinidade de objetos inúteis, mas todos parecem indispensáveis, naquela sala grande, embora aconchegada; cada qual lembra palavra numa canção. Os panos de forro nas janelas e portas estão impregnados de perfumes e do cheiro de tabaco fino. Aqui e ali, fulge o ouro das

---

1 É tradicional, nos banhos russos, o emprego de vassourinhas de tília, com que se bate no próprio corpo.

2 A. I. Herzen (1812-1870), escritor e revolucionário.

3 V. G. Bielínski (1811-1848), crítico literário.

molduras, lembrando uma igreja, e todas as pessoas, vestidas modestamente de escuro, parecem membros de uma seita, reunidos para uma oração secreta.

Falam com agilidade e leveza, como se estivessem patinando, e traçam caprichosamente rebuscados desenhos verbais. A voz de barítono do advogado Liakhov soa mais forte e com maior convicção; é um homem alto e aprumado, com uma barbicha pontuda, que alonga inutilmente seu rosto pálido, de olhos claros. Dizem que é um grande devasso, e eu tenho a impressão de que seja verdade: dirige às mulheres olhares de dono, como se cada uma tivesse sido ou viesse a ser uma arrumadeira em sua casa.

Todos já se reuniram e comunicaram uns aos outros as notícias da cidade, que são poucas e insignificantes: a mulher do governador disse uma grosseria ao promotor, seu marido ultrapassou, como de costume, os limites da autoridade, os negociantes desfiaram, na Duma, baboseiras sobre o problema educacional, o rico moleiro Sator Dubkóv divorciou-se novamente.

Agora, estão filosofando sobre o povo, sobre o Estado; soa com acento autoritário a voz do presunçoso Liakhov:

— Quando se abrir à nossa frente o caminho livre para o coração do povo...

— Mas, quem vai abrir para o senhor esse caminho? — interrompe-o com zombaria Assiéiev, engenheiro miúdo e corcunda, com olhos de protomártir.

— A história!

Uma senhora, elegante como uma estatueta de toucador, pergunta a Liakhov:

— O senhor leu *Uma História Enfadonha*?[4]

Olho para ela aborrecido e penso:

— Em sua cabeça, senhora, as palavras engendram os pensamentos, e não o contrário...

Assiéiev acende um cigarro e diz baixinho:

— A história somos nós, gente...

Como todos os corcundas, tem rosto irregular e feio; de perfil, este apresenta uma expressão má. Os magníficos olhos, porém, apagam a feiúra do corpo: nesses olhos, há uma dose infinita de cuidado angustioso pelos homens.

[4] Novela de Tchekhov.

— Uma obra estranha! — grita rouquenho Chamov, solteirão alegre, nutrido, redondo, com rosto de mongol e olhar ávido nos olhos minúsculos, ocultos entre saquinhos de pele gorda. — O senhor é capaz de imaginar, em lugar do professor de Tchekhov, Pirogóv, Bótkin ou Sietchenov?[5]

Estufa a barriga, sacudindo com ar triunfal a mãozinha rechonchuda, de dama, com uma esmeralda no dedo. Está convencido de que sempre diz algo indiscutível, arrasador. Conversam como se depenassem uma ave morta. Depois de depenar Tchekhov, fizeram o mesmo e vivamente com Paul Bourget, e estão arrancando umas penas a Tostói.

— Todas essas *histórias enfadonhas* dos escritores modernos foram engendradas pela *Morte de Ivã Ilitch*. . .[6]

— Absolutamente certo!

— Tolstói foi o primeiro a colocar o valor da existência individual acima do valor da existência do mundo. . .

— Em Herzen, encontramos também algo muito semelhante ao "pavor de Arzamás"[7] de Tostói. . .

— No entanto, o individualismo já foi afirmado por Kant. . .

— Resignação?

A discussão incendeia-se, lembrando um jogo de cartas; Assiéiev tem mais trunfos que os demais.

Num canto, a meu lado, uma senhora elegante procura convencer outra, corpulenta, de *pince-nez* de ouro ante uns olhos de coruja:

— Niekrassov[8] já está velho, como Dierjávin. . .[9]

— Oh, meu Deus!

— Sim, sim! Atualmente, é preciso ler Fófanov.[10]

Sinto um misto de medo e de sensação agradável, pelo fato de que essa gente elimina com tamanha facilidade o ouro dos meus ícones, embora eu não compreenda completamente por que o fazem

---

5 N. J. Pirogóv, médico (1810-1881).
S. P. Bótkin, médico (1832-1889).
J. M. Sietchenov, fisiologista (1829-1905).

6 Novela de Tolstói.

7 Em setembro de 1869, Tolstói viajou para o governo de Penza, a fim de comprar terras, e, de passagem, pernoitou na cidade de Arzamás, onde sentiu, de noite, algo opressivo, que denominou *a angústia de Arzamás*, à qual se referiria mais de uma vez.

8 N. A. Niekrassov (1821-1877), poeta de acentuada predileção por temas sociais.

9 G. Dierjávin (1734-1816), poeta.

10 K. M. Fófanov (1862-1911).

com tanto gosto. Sinto quase dor física quando se fala de Tchekhov demasiado alto, desrespeitosamente. Depois de *Uma Crise,*[11] considero-o um escritor que possui, à perfeição, "um talento humano, sutil, uma sensibilidade magnífica para a dor" e a mágoa pelos homens; embora eu estranhe ver que ele não tem sensibilidade para as alegrias da vida. Os pensamentos agitam-se com demasiado arrojo, nesta sala clara e aconchegada, e por vezes parece que não os gera a inquietação pela vida, pelos homens, mas um outro sentimento, que não me é claro.

O engenheiro Assiéiev surpreende-me particularmente: é tão rico de conhecimentos! Às vezes, porém, ele me lembra os jovens camponeses, de algumas posses, que, mesmo em dia de sol, saem para passear na rua, de guarda-chuva e galochas. Sei que eles o fazem não por precaução, mas para se vangloriar.

Outubro. Lacrimejam os vidros das janelas, a chuva bate neles como chumbo de caça, assobia o vento. Um carro de bombeiros passou com estrépito, alguém disse:

— Novamente um incêndio.

No divã pequeno e caprichosamente retorcido, está sentado um estudante novinho, luzidio, qual moeda de dez copeques recém-cunhada; declama, à meia voz, doces versos para a senhora elegante:

Não ouvi bem o que disseste,
Mas sei que foi tão carinhoso.

— Vejam só — grita com voz cheia Tulun, homem enorme, grisalho, de bigodes compridos. — O governo exige de nós toda a energia, toda a vontade, toda a consciência, e o que nos dá?

Tulun é tártaro e serviu, muito tempo, como membro de tribunal distrital, na Lituânia, depois na Sibéria. Deixou, porém, o funcionalismo, comprou uma casinha nos arredores da cidade, e ocupa-se agora de floricultura e vive com a cozinheira, uma siberiana vesga e corpulenta. Não esconde as suas relações com ela e chama-a de "úlcera siberiana". Tem olhos negros, imóveis; quando os fixa em alguma coisa, não consegue desviá-los dali, e, ao discutir, suas escleróticas ficam densamente irrigadas de sangue e seus olhos tornam-se surpreendentemente parecidos com carvões em brasa. Percorreu

11 Conto de Tchekhov. O trecho citado adiante é do próprio Tchekhov e refere-se ao personagem principal.

toda a Rússia, esteve no estrangeiro também, mas nada consegue contar; fala de modo estranho, numa língua arrevesada, e dá realmente a impressão de fazê-lo de propósito. Publica, no entanto, bons contos em revistas de caça. Tem uns sessenta anos. É estranho que não encontrasse na vida algo melhor que a cozinheira vesga.

Sim, murmuraste, e não sei o que foi

— declama alto o estudante e pergunta à dama:

— É melhor que os versos de Nádson,[12] não é verdade?

Essa gente sabe tudo, eles são como sacos de ouro, repletos do ouro das palavras e dos pensamentos. Parecem sentir-se criadores e donos de todas as idéias.

Não posso sentir-me assim, as palavras e pensamentos me parecem vivos, conheço muitas idéias que me são hostis, que procuram conseguir poder sobre mim, e é indispensável lutar contra elas.

Não sei, sequer, mover-me com a leveza e agilidade dessa gente; o meu corpo comprido, fibroso, é estranhamente desajeitado, e os braços são meus inimigos; esbarram sempre, sem necessidade, em alguém ou alguma coisa. Tenho medo sobretudo das mulheres, este medo reforça a minha falta de jeito, e eu empurro as pobres senhoras com os cotovelos, os joelhos, os ombros. Meu rosto é incômodo, vê-se nele tudo o que penso; para ocultar este defeito, eu me enrugo e faço caretas más e severas. De modo geral, sou uma pessoa inconveniente, no meio de gente bem educada.

Além disso, tenho sempre vontade de lhes contar o que vi, dizer-lhes que sei de uma outra vida, que é parecida com a deles e, ao mesmo tempo, diferente de um modo particularmente maligno. Meu relato soa, todavia, grosseiro e inábil. Não são fáceis para mim esses sábados em casa de Chamov...

Palavras agudas, bonitas, voam pela sala de visitas com vivacidade, qual andorinhas. Ressoam risos, mas são poucos, menos freqüentes do que eu gostaria de ouvir.

Chegou o advogado Spiéchniev, comprido, esquálido, lembrando o Dom Quixote no desenho de Doré; parado no meio da sala, agita os braços secos e, forçando o tom da voz, deblatera contra o governador:

— Herói de fancaria, carrasco, que espancou os mujiques de Aleksândrovka...

---

12 S. J. Nádson (1862-1887), poeta essencialmente sentimental e melancólico.

O rosto de Spiéchniev é terroso, doentio, tremem-lhe as pernas, e ele parece prestes a cair. A sala está repleta, faz calor. As inteligências surgem multicores e multíssonas. Liakhov declama alto versos de Barbier.[13] Spiéchniev grita, interrompendo-o:

— Sabe com que canção os franceses marchavam contra os prussianos, em 1870?

E, batendo o pé, franzindo morbidamente o cenho, entoa em tempo de marcha, com voz de além-túmulo:

Nous aimons pourtant la vie,
Mais nous partons — ton-ton,
Comme les moutons,
Comme les moutons,
Pour la boucherie!
On nous massacrera, ra-ra,
Comme les rats,
Comme les rats.
Ah! Que Bismarque rira!

— Estão compreendendo? — pergunta com um sorriso amargo e zombeteiro. — Ir para a morte com uma canção dessas, hem? Amamos a vida...

— O Estado... — diz Tulun, com um mover de ombros, enquanto o engenheiro corcunda começa a contar algo sobre o *Leviatã* de Hobbes.

Chegou Mm.ᵉ Lóktieva, de vestido liso de seda cinzenta e corpo flexível como o de um peixe. É muito bonita e está bem ciente disso. Um tenente suicidou-se de amor por ela e o comerciante Koniów se pôs a beber, ficando na miséria; contam a seu respeito muito de maldoso e obsceno. Joga admiravelmente xadrez, apaixona-se pelas fantasias de Radda-Bai e fala sobre os hindus de modo incompreensível para mim. Considero-a uma pessoa extraordinária e, não sei por que, inspira-me temor. Às vezes, fita-me com tamanha fixidez, que sinto girar a cabeça, mas não consigo baixar os olhos, sob o seu olhar. Certa vez, perguntou-me inesperadamente:

— Acredita em milagres?

— Não.

---

13 Henri-Auguste Barbier (1805-82), poeta francês.

— Faz mal. É preciso acreditar! A vida é um milagre, o homem, outro milagre... De outra feita, aproximou-se de mim, também de repente, e informou-se, compenetrada:

— Como pensa viver?

— Não sei.

— Deve partir daqui.

— Para onde?

— Tanto faz. Para a Índia...

Pondo a bonita mão sobre o ombro anguloso de Spiéchniev, pede com uma voz de triunfo:

— Por favor: *Três Mortes.*

Dirige-se ao dono da casa:

— Sim, querido epicurista?

Chamov muge carinhosamente, beijando a palma da mão da encantadora mulher, Liakhov dirige em sua direção um olhar; está de pé, o corpo bem retesado, como um soldado; os olhos de Assiéiev tornam-se ainda mais belos, enquanto os da mulher sorriem. Um pouco a contragosto, porém, Lóktieva dirige a todos um olhar escuro, que atrai; tem a boca meio aberta, de modo peculiar, como se ela estivesse pronta a beijar em júbilo o mundo inteiro. É evidente que se sente como a soberana bondosa de todos os humanos e a criatura mais bonita e alegre que existe entre eles. Para que precisa das *Três Mortes?*

Os presentes deslocam ruidosamente cadeiras e poltronas, sentando-se em semicírculo compacto. Chamov, Spiéchniev e Assiéiev vão para um canto e ficam juntos a uma mesa pequena e redonda.

— Amo loucamente este poema — declara a elegante senhora.

— Atenção! — comanda Lóktieva.

Pondo as mãos rechonchudas na beirada da mesa, Chamov sorri estranhamente, e sua voz de homem nutrido cai preguiçosa em meio ao silêncio.

Sábios diferem de imbecis,
Porque eles pensam até ao fim...

Estou surpreso. Este homem flácido, que procura sempre conciliar tudo e todos, untuoso, auto-suficiente a ponto de causar mágoa, me é profundamente antipático. Nesse momento, porém, seu rosto redondo de calmuco enobreceu-se surpreendentemente com a sagrada chama da ironia; as palavras do poema alteram-lhe a voz melíflua, pegajosa, e todo ele não se parece mais consigo mesmo. Ou, pelo contrário, agora é que aparece, totalmente e até o fim, em seu verdadeiro aspecto?

Não é decente gracejar na hora da morte!

— diz Spiéchniev, sacudindo indignado os cabelos revoltos.

Os magníficos olhos de Assiéiev estão entrecerrados, pensativos. Todos ouvem os versos com seriedade e concentração, somente Lóktieva sorri, qual mãe que acompanha um jogo divertido de seus filhos. Em meio ao silêncio, raramente interrompido por um frufru de saias de seda, deslizam, dominadoras, as palavras de Lúcio-Chamov:

Pois eu te peço: crê nos poetas!
. . . Vós todos me lembrais um sino
Que pode fazer ressoar
Qualquer transeunte sobre a praça!
Chamam-nos ora a morte, ora a vida. . .
Deixemos as contendas!

— diz Assiéiev, erguendo a mão, transparente ao fogo da lareira. O seu rosto sofrido está tranqüilo. Declama com profunda convicção:

Além desta morada sobre a terra
Há de nascer-nos n'alma
Um turbilhão de novos sentimentos
Que não têm sede neste mundo. . .

Novamente, avançam preguiçosas as palavras irônicas de Lúcio:

Não quero discutir, ó Sêneca. . .
. . . Teu verbo é malho vigoroso,
Mas uma outra existência
Não alcança minha razão!. . .

Ressoa ardentemente a voz enfraquecida de Spiéchniev:

Não, não me assustam os mistérios
Do que há de vir; lamento apenas
Deixar em meio as obras grandiosas!

Seu rosto terroso enrubesce, ardem-lhe os olhos e, com voz cada vez mais alta e desesperada, lamenta a abjeta ofensa causada pela Morte:

O gigante que ameaça os céus
Tornar-se-á um punhado de cinza?
. . . E é esta a meta
Das grandes obras nesta vida?

Silêncio. Todos se petrificaram.
Ergueu-se Liakhov e, olhando para Lóktieva, diz em triunfo:

Decreto do Senado!

Ofegando de angústia e ira, Spiéchniev grita:

Morre o cantor de Roma!
Falece já Sêneca! E o povo
Mantém-se silencioso!

Esses gritos são anulados pela voz fria, irônica, de Chamov:

Não é difícil suicidar-se,
Mas, compreendida a existência,
Não a deixar — juro — é grande heroísmo!

Todas essas palavras caem-me na alma como carvões em brasa. Eu também quero fazer versos e hei de escrevê-los!

Agora, esta gente me é estranhamente próxima e desusadamente agradável. Comove-me a concentração pensativa de uns, a atenção extática de outros; agradam-me os rostos compenetrados, os sorrisos tristes dos presentes, sua comunhão com as idéias do inteligente poema. Estou firmemente convicto de que, tendo experimentado tão profundas emoções de espírito, todos eles não serão mais capazes de viver como viveram ontem.

As palavras de Lúcio deslizam lentamente, em meio à quietude pensativa da sala:

Para as obras grandiosas, são precisos
Um leve espírito e um bom repasto...

Chamov corre os seus olhinhos pelos presentes, inclui-me também no círculo invisível e, suspirando levemente, diz, com um sorriso:

Grande felicidade... Um dia,
Um retórico bem barbudo
Há de apontar-te aos escolares como exemplo!

Profere as palavras cada vez mais quieta e desanimadamente, como se adormecesse, cansado de palestrar com amigos.

À porta, escondida atrás do reposteiro escuro, está uma criada magrinha e esbelta, com uma cabeça dourada, viperina, e uma touca de renda sobre os cabelos ruivos; olhos esverdeados brilham com agudez em seu rosto branco.

Hei de morrer entre gracejos...

— devaneia Chamov, com um sorriso sutil.

Terminou, os ouvintes aplaudem em uníssono, e Lóktieva beija-lhe a calva.

— Você declama de modo encantador, Max. Ah, meu Deus...

— Estou lisonjeado. Mas, "qual um sibarita autêntico", convido-os a comer! A sua patinha, querida...

O ambiente tornou-se ruidoso e muito alegre. Os presentes encaminham-se aos pares à sala de jantar e, atrás de todos, o corcunda Assiéiev. Balança o corpo, como um bêbado; com uma das mãos, enxuga a testa alta, sulcada de rugas, na outra tem um cigarro, e vai amassando-o com os dedos, polvilhando de fumo o tapete.

— Minha fada, sirvo-lhe inglês ou quinado? — pergunta em voz alta Chamov.

Na sala de jantar, sob o faiscante lustre, brilha o cristal sobre a mesa enorme, cintila a prata, há três vasos de frutas, que lembram três flores imensas. A senhora de *pince-nez* conta a Liakhov:

— Domingo, em casa dos Ieschepúkhov, serviram-me pernil de urso. Não achei nele nada de especial.

No entanto, Tulun procura convencer, em voz baixa, alguém:

— Sirva-se de pimenta. Assim! Agora, vinagre! Está bem?

Esgueiro-me de modo imperceptível para a ante-sala: já aprendi a sair às ocultas. Ali está sentada no divã e cochila, tendo aberta a boca de peixe, a criada mais nova, Dúnia, redonda como uma barrica e colorida como um pintor de paredes. Chamov conta a respeito dela que, nos primeiros dias de serviço, essa escrava devorou-lhe um pedaço de sabonete.

— Oi! — exclama ela, acordando — Perdão. Qual é o seu?

Mas, vendo que já vesti o sobretudo, pergunta:

— Estão à mesa?

— Sim.

— Graças a Deus!... Passe bem!...

O vento varre pela rua nuvens de cinza molhada; na rede negra dos ramos da árvore, desabrochou a luz do lampião, com uma estranha cor amarela. A noite achatou as casas contra a terra, e a cidade parece pequena, dentro do punho molhado da noite.

Caminho sobre a lama fluida, através do silêncio úmido e pesado; arde-me na cabeça uma fogueira de novas palavras e pensamentos, estou agradavelmente transtornado.

Ressoam na memória as palavras do epicurista:

Quando eu me fartar nesta ceia,
Ela há de me servir sorrindo,
Sem o saber, mortal veneno,
No meu copo de vinho...

Outras palavras vão formar sozinhas novos versos:

A alma, cega e solitária,
Arrasta-se na rua suja.

Passa um cocheiro noturno, curvado na boléia de um cabriolé quebrado e barulhento. O cavalo negro, peludo, vai sacudindo a cabeça. A matraca de um guarda reboa na extremidade da rua.

Algo me aconteceu: aperta-me o coração uma angústia tão grande, tão grande...

1916.

DESGOSTOS E CARETAS

Certa noite abafada de verão, num beco perdido nos arrabaldes da cidade, vi um quadro estranho: uma mulher entrara no centro de uma grande poça e, batendo os pés, espalhava borrifos de lama, como fazem os molecotes. Batia os pés e cantava com timbre nasalado uma canção vulgar, de rimas estropiadas.

Uma forte tormenta passara de dia sobre a cidade e a chuva abundante alagara a terra suja e argilosa do beco; a poça era profunda e as pernas da mulher estavam cobertas de água quase até os joelhos. A julgar pela voz, a cantora estava embriagada. Se ela cansasse de dançar e caísse, poderia afogar-se facilmente na lama fluida.

Puxei para cima os canos das botas, entrei na poça, tomei a dançarina pelas mãos e arrastei-a para lugar seco. Pareceu assustar-se no primeiro instante; seguiu-me em silêncio e obediente, mas, depois, libertou a mão direita, com um forte repelão de todo o corpo, deu-me um soco no peito e gritou:

— Socorro!

E de novo se arrastou para a poça, levando-me consigo.

— Diabo — murmurava. — Não irei! Posso viver sem ti... vive também sem mim... socorro!

Um guarda-noturno surgiu da treva, parou a cinco passos de nós e perguntou zangado:

— Quem está fazendo escândalo?

Respondi estar com medo de que a mulher se afogasse na lama e que, por isso, queria arrastá-la para fora. O guarda fixou os olhos na bêbada, expectorou alto e ordenou:

— Cai fora, Machka!

— Não quero.

— E eu te digo: cai fora!

— Mas eu não vou.

— Vais apanhar, velhaca — prometeu o guarda, sem se zangar, e, dirigindo-se a mim, disse com ar bonachão, soltando com gosto as palavras. — É a picadora de estopa do lugar, Machka Frolich. Me dá um cigarro?

Fumamos. A mulher caminhava com valentia dentro da poça, gritando:

— Que chefes! Quem manda em mim sou eu... Se quiser, vou tomar banho...

— Eu te mostro como se toma banho — avisou-a o guarda, que era um velho vigoroso e barbudo. — Faz escândalo assim, todas as noites. E, em casa, tem um filho sem pernas...

— Ela mora longe?

— É preciso matá-la — disse o guarda, sem me responder.

— Convém levá-la para casa — propus.

O guarda fungou para dentro da barba, iluminou meu rosto com a chama do cigarro e foi embora, batendo pesadamente com as botas a terra pegajosa.

— Leva! Mas, antes, olha a cara dela.

A mulher sentara-se na lama e, movendo os braços como remos, começara a cantar esganiçadamente, num tom nasalado e selvagem:

— Sobre as on-das do ma-ar...

Não longe, refletia-se na água suja e gordurosa uma estrela grande, do vazio negro que nos cobria. Quando se encrespou a superfície da poça, o reflexo desapareceu. Entrei novamente na água, tomei a cantora pelas axilas, levantei-a e, empurrando-a com os joelhos, levei-a até um muro. Ela procurava firmar-se, agitava os braços e me provocava:

— Está bem, bate, bate! Não faz mal, bate... Ah, selvagem... ah, monstro... anda, bate!

Encostando-a contra o muro, perguntei-lhe onde morava. Ergueu a cabeça ébria, dirigindo para mim as manchas escuras dos olhos, e eu vi que tinha o septo nasal corroído, um resto de nariz espetado para cima, como um botão, o lábio superior repuxado pela cicatriz, e que seu rosto pequeno e rechonchudo mostrava um sorriso repulsivo.

— Está bem, vamos — disse ela.

Caminhamos, tateando o muro. A barra molhada da saia fustigava-me as pernas.

— Vamos, querido — resmungava ela, parecendo vir a si da bebedeira. — Vou receber-te... vou dar-te um consolo...

Levou-me ao pátio de uma grande casa de dois andares. Passou cautelosamente, como cega, por entre carroças, barricas, caixotes, achas de lenha espalhadas, parou diante de um buraco nos alicerces da casa e me propôs:

— Desce aí.

Apoiando-me à parede pegajosa, com o braço em volta da cintura da mulher, contendo a custo o seu corpo flácido, desci os degraus escorregadios da escada, apalpei o feltro[1] e o gancho da porta, escancarei-a e parei no umbral de uma fossa negra, sem coragem de avançar mais.

— Mamãezinha, é você? — perguntou na escuridão uma voz suave.

— E-eu...

Um cheiro de morna podridão e de algo resinoso repercutiu com força em mim. Ardeu um fósforo, a chamazinha miúda iluminou por um segundo um pálido rosto infantil e se apagou.

— E quem é que pode vir ver-te? E-eu — disse a mulher, apoiando-se em mim com todo o seu peso.

Outro fósforo ardeu, tilintou uma vidraça, e mão fina, ridícula, acendeu um pequeno candeeiro de lata.

— Minha consolação — disse a mulher e, cambaleando, caiu num canto, onde estava preparada uma cama larga, que mal se erguia sobre o chão de tijolo.

Vigiando a chama do candeeiro, o menino apertava a mecha, quando ela começava a fumegar. Tinha um rostinho sério, de nariz afilado e lábios rechonchudos, como os de uma menina — um rostinho traçado com fino pincel e surpreendentemente deslocado naquela fossa escura e úmida. Depois de ajeitar o candeeiro, dirigiu para mim uns olhos que pareciam hirsutos e perguntou:

— Bêbada?

A mãe, atravessada na cama, estava soluçando e roncando.

— É preciso despi-la — disse eu.

---

[1] Proteção contra o frio.

— Está bem, despe — respondeu o menino, baixando os olhos.

E, quando comecei a tirar da mulher as saias molhadas, ele perguntou baixinho e com seriedade:

— Apago a luz?

— Para quê?

Calou-se. Lidando com a mulher como se fosse um saco de farinha, eu o observava. Estava sentado no chão, sob a janela, sobre um caixote de tábuas grossas, com uma inscrição negra, em letras de forma:

CUIDADO
N. R. & Cia.

O parapeito da janela quadrada ficava no nível do ombro do menino. Na parede, havia diversas linhas de prateleiras estreitas, com pilhas de caixas de fósforos e de cigarros.[2] Ao lado do caixote em que estava sentado o menino, aparecia outro, coberto com papel de embrulho amarelo e que, aparentemente, servia de mesa. Com os pobres braços ridículos atrás da cabeça, o menino olhava para cima, através das vidraças escuras da janela.

Tendo despido a mulher, atirei sua roupa molhada para cima do fogão, lavei as mãos num canto, numa bacia de barro, e, enxugando-as com o lenço, disse ao menino.

— Bem, adeus.

Olhou-me e disse com voz um tanto ceceada:

— Agora, apago a luz?

— Como queira.

— E você? Vai embora, não se deita?

Estendeu o bracinho, na direção de sua mãe:

— Com ela.

— Para quê? — perguntei, com ar estúpido e surpreendido.

— Você sabe muito bem — disse com extrema simplicidade e acrescentou, espreguiçando-se:

— Todos se deitam.

Encabulado, olhei ao redor: à direita, ficava a boca do fogão disforme e havia caçarolas sujas numa reentrância; num canto, por

[2] Os cigarros russos vendem-se, geralmente, em caixinhas de papelão.

trás dos caixotes, pedaços de corda resinosa, um monte de estopa picada, achas e aparas de lenha e um travessão de carregar baldes.

A meus pés, estava estendido um corpo amarelo que roncava.

— Posso fazer companhia a você? — perguntei ao menino.

Olhou-me de cenho franzido e respondeu:

— Não preciso dela.

— Mas ela vai dormir até amanhã.

Acocorando-me junto do caixote, contei-lhe como encontrara a mãe dele (procurava falar num tom de brincadeira):

— Sentou-se na lama, agitou os braços que nem remos e ficou cantando...

Ele acenou com a cabeça, esboçando um sorriso pálido, e coçou o peito mirrado.

— É porque está bêbada. Mas ela sempre gosta de brincar, mesmo quando está boa. Parece uma criança...

Examinei melhor seus olhos: eram realmente hirsutos, de pestanas surpreendentemente compridas, e também as pálpebras estavam cobertas densamente de cabelinhos dobrados com elegância. Olheiras azuladas ressaltavam a palidez da pele exangue, e um chapéu de cabelos crespos e ruivos cobria a fronte alta, com uma ruga por cima da base do nariz. Era indescritível a expressão dos seus olhos atentos e calmos, e eu suportei com dificuldade aquele olhar estranho, inumano.

— Que foi isso? As pernas, quero dizer.

Remexeu-se, retirou dos trapos a perna seca, que lembrava um talo de couve, soergueu-se com a mão e colocou-a no bordo do caixote.

— São assim as minhas pernas. Todas duas, de nascença. Não andam, não vivem, mas ficam aí assim...

— E o que tem nessas caixinhas?

— A bicharia — respondeu. Apanhou a perna com a mão, como uma bengala, enfiou-a entre os trapos, no fundo do caixote, e me propôs com um sorriso, amigável:

— Posso mostrar, você quer? Nesse caso, sente-se direito. Você nunca viu coisa igual.

Movendo habilmente os braços finos, de comprimento desproporcional, soergueu-se até altura de meio corpo e começou a tirar as caixas das prateleiras, passando-me uma após outra.

— Cuidado, não abra, senão vão fugir! Encoste ao ouvido e escute. O quê?

— Alguém está se mexendo...

— Muito bem! É uma aranhinha que está sentada aí, velhaca! Chama-se Batuca-Batuca. É muito esperta!

Os olhos magníficos avivaram-se carinhosos, um sorriso perpassou no rosto azulado. Atuando rapidamente com as mãos ágeis, tirava as caixinhas das prateleiras, encostava-as ao ouvido, depois ao meu, e contava com vivacidade:

— E aqui está o baratão Aníssim, um garganta, uma espécie de soldado. Esta é a mosca Funcionária, a maior das canalhas! Passa o dia zunindo, xingando todo mundo, e até puxou mamãe pelos cabelos. Não a mosca, mas a funcionária, que mora no quarto que dá para a rua. A mosca somente se parece com ela. Este baratão negro, enorme, é o Patrão. Não é mau sujeito, apenas beberrão e sem-vergonha. Quando se embriaga, fica se arrastando nu pelo pátio, cabeludo como um cachorro preto. E aqui está o besouro tio Nicodim. Apanhei-o no pátio. É um peregrino, desses que são pilantras. Diz que junta dinheiro para a igreja. Mamãe o chama de Barato. É também amante dela. Tem amantes que nem moscas. Não é à toa que está sem nariz.

— Ela não bate em você?

— Ela? Essa é boa! Não pode viver sem mim. Ela é boa, só que é bêbada. Mas, na nossa rua, todos são beberrões. Ela é bonita e alegre também... Mas como bebe, a puta! Eu digo a ela: deixa de te encharcar com essa vodca, tolinha, e vais ficar rica — e ela só dá risada. É mulher, por isso é estúpida! Mas é boa. Quando acordar, você vai ver.

Sorria de modo encantador, com um sorriso tão fascinante, que dava vontade de romper em pranto e gritar por toda a cidade, possuído de uma insuportável e ardente compaixão por ele. Sua bonita cabecinha balouçava sobre o pescoço fino, como uma flor estranha, e ardiam-lhe os olhos com vivacidade sempre crescente, atraindo-me com força invencível.

Ouvindo sua tagarelice infantil, mas inesgotável, eu esquecia por um instante o lugar onde estava sentado e, depois, de repente, via de novo a janela de prisão, pequena, borrifada de lama por fora, a bocarra negra do fogão, o monte de estopa num canto, e, junto à porta, deitado sobre uns trapos, o corpo, amarelo qual manteiga, da mulher e mãe.

— Gostou da bicharia? — perguntou orgulhoso o menino.

— Muito.

— Faltam-me borboletas. Borboletas e mariposas.

— Como te chamas?

— Lionka.

— És meu xará.

— Sim? E que espécie de gente é você?

— Assim-assim, de nenhuma espécie.

— Ah, isso é mentira! Cada pessoa é de alguma espécie, bem que eu sei. Você é bom.

— Pode ser.

— Eu vejo sempre! És medroso também.

— Por que medroso?

— Eu sei sempre!

Sorriu com ar ladino e até me piscou o olho.

— Assim mesmo, quero saber por que dizes que sou medroso.

— Ficas sentado aqui comigo, quer dizer que tens medo de andar de noite.

— Mas já está amanhecendo.

— Pois é, agora vais embora.

— Mas voltarei para te ver.

Não acreditou. Cobriu com as pestanas os doces olhos hirsutos e, depois de silenciar, perguntou:

— Para quê?

— Fazer-te companhia. És muito interessante. Posso vir?

— Despenca aqui! Todos vêm a nossa casa...

Suspirou e disse:

— Está me enganando.

— Juro por Deus que virei!

— Nesse caso, vem mesmo. Virás para mim e não para minha mãe, que os diabos a carreguem! Faz amizade camigo, está bem?

— Está bem.

— Aí. Não faz mal que é grande. Quantos anos tem?

— Vinte.

— E eu onze. Não tenho amigos, somente a Katka do aguadeiro, mas a mãe bate nela, para que não me visite... És ladrão?

— Não. Por que ladrão?

— Tens uma cara de assustar, muito magra, com um nariz como têm os ladrões. Costumam vir aqui dois ladrões. Um é Sachka, é estúpido e mau, o outro, Vânitchka, é bom como um cachorro. E tu, tens caixinhas?

— Vou trazer.

— Traz! Eu não vou dizer a mamãe que virás...

— Por que?

— Assim. Ela sempre fica contente quando os homens vêm à nossa casa. Como gosta dos homens, a rapariga — uma desgraça! É uma garota muito engraçada, a minha mamãezinha. Foi tão esperta que aos quinze anos me deu à luz, nem ela sabe como. Quando virás?

— Amanhã de noite.

— De noite, ela já estará embriagada. E que é que tu fazes, se não és ladrão?

— Vendo *kvás*.[3]

— Nesse caso, traz uma garrafinha, hem?

— Claro que vou trazer! Bem, já vou.

— Isso, despenca daqui. Virás mesmo?

— Sem falta.

Estendeu-me os braços compridos. Também com ambas as mãos, apertei e sacudi aqueles ossinhos finos e frios, e já sem voltar a cabeça para olhá-lo, trepei para fora, para o pátio, como se estivesse ébrio.

Amanhecia. Vênus tremelicava, apagando-se, sobre um amontoado úmido de edifícios meio destruídos. Da suja fossa sob a parede da casa, olhavam-me com seus olhos quadrados as vidraças da janela do porão, foscas e sujas como olhos de bêbado. Numa carroça, junto ao portão, dormia um mujique de caraça vermelha. Tinha muito separados os enormes pés descalços, e a barba áspera e densa, dentro da qual luziam dentes alvos, apontava para o céu. Tinha-se a impressão de que, tendo cerrado os olhos, o mujique estivesse rindo perdida e maldosamente. Acercou-se de mim um velho cachorro, de costas peladas, provavelmente queimado com água fervente, cheirou-me o pé e emitiu baixinho um uivo faminto, enchendo-me o coração de uma compaixão desnecessária.

Pelas ruas, nas poças que ficaram, refletia-se um céu matinal, azul claro e róseo. Esses reflexos davam às poças imundas uma beleza ultrajante e supérflua, que pervertia a alma.

No dia seguinte, pedi aos moleques da minha rua que apanhassem besouros e borboletas, comprei na farmácia umas caixinhas bonitas e fui visitar Lionka, levando ainda duas garrafas de *kvás*, bombons e pães de leite.

[3] Bebida fermentada, muito popular na Rússia.

Lionka recebeu com grande surpresa os meus presentes, abrindo desmesuradamente os olhos encantadores — à luz do dia, eram ainda mais lindos.

— U-iu-iui — disse em voz baixa, num timbre de adulto. — Quanta coisa! Você é rico, não? Mas, como acontece que é rico e anda mal vestido, se diz que não é ladrão? Isso é que são caixinhas! U-iu-iui! Tenho até pena de tocar, ainda não lavei as mãos. Quem é que está aí? Iu — um besourinho! Parece de bronze, é verde até, oh, diabo... Mas vão fugir, vão voar? Bem, eu...

E, de súbito, gritou alegremente:

— Mamãezinha! Vem lavar-me as mãos. Veja só, galinhola, o que ele me trouxe! É ele mesmo, o de ontem à noite, que te arrastou para cá como faz o guarda, foi ele quem trouxe tudo! Também se chama Lionka...

— Precisa dizer obrigado — ouvi atrás de mim uma voz baixa e esquisita.

O menino pôs-se a sacudir a cabeça.

— Obrigado, obrigado!

No porão, oscilava uma densa nuvem de poeira felpuda. Através dela, vislumbrei com dificuldade, em cima do fogão,[4] a cabeça desgrenhada, o rosto disforme da mulher, o brilho de seus dentes e seu sorriso involuntário, inapagável.

— Bom dia!

— Bom dia — repetiu a mulher. Sua voz nasalada soava baixo, mas animadamente, quase com alegria. Dirigia para mim os olhos entrecerrados e parecia irônica.

Lionka me esquecera e mastigava um pedaço de pão-de-ló. Mugia, abrindo cautelosamente as caixinhas. As pestanas deitavam uma sombra sobre suas bochechas, dilatando o azul das olheiras. Pelas vidraças sujas da janela, espiava um sol fosco qual rosto de velho. A luz suave caía sobre os cabelos ruivos do menino. Tinha a camisa desabotoada sobre o peito, e eu via bater-lhe o coração, por trás dos ossinhos finos, erguendo a pele e o mamilo, que mal apontava.

A mãe desceu do fogão, molhou na bacia uma toalha e, acercando-se de Lionka, tomou-lhe a mão esquerda.

— Fugiu, espera, fugiu! — gritou ele e se revolveu com todo o corpo, dentro do caixote, espalhando debaixo de si os trapos de

[4] Era costume, entre o povo, dormir sobre o fogão.

cheiro penetrante e desnudando as pernas imóveis e azuladas. A mulher riu, agitando-se sob os seus trapos, e também gritou:

— Apanha o bicho!

E, depois de apanhar o besouro, colocou-o na palma da mão, examinou-o com seus atrevidos olhos azuis-violáceos e disse-me, num tom de velha conhecida:

— Existem muitos assim!

— Não vá esmagar — preveniu-a severamente o filho. — Uma vez, ela se sentou embriagada sobre a minha bicharia e esmagou tantos!

— É melhor esqueceres aquilo, minha consolação.

— Eu os enterrei, enterrei...

— Mas eu mesma apanhei depois outros para você.

— Apanhou! Mas aqueles que esmagaste eram sábios, sua bobinha-tolinha! Quando morrem, eu os enterro debaixo do fogão. Arrasto-me fora do caixote e faço o enterro. Tenho lá um cemitério... Sabes? Eu tinha uma aranha, Minka, era igualzinha a um amante de mamãe, que está agora na prisão, um que era gorduchinho, alegre...

— Ah, meu querido, minha consolação — disse a mulher, afagando os cachos do filho, com os dedos grossos da mão escura e pequena. Depois, empurrando-me com o cotovelo, perguntou, os olhos num sorriso:

— É bonito o meu filho? Que olhos, hem?

— Tira-me um dos olhos e devolve-me as pernas — propôs Lionka, esboçando um sorriso, enquanto examinava um besouro. — É todo de ferro! Gordo. Mamãe, ele se parece com aquele monge, para quem fizeste escada de corda, estás lembrada?

— Claro que sim!

E ela se pôs a contar-me, com um risinho:

— Despencou um dia em nossa casa um monge enorme e perguntou: "Podes fazer-me, picadora de estopa, uma escada de corda?" Mas eu nunca ouvi falar dessas escadas e, por isso, disse: "Não, não posso." "Nesse caso, respondeu ele, vou ensinar-te." Abriu a sotaina — e ele tinha na barriga uma corda não muito grossa, mas bem comprida e forte. Ensinou-me. Fiquei trabalhando, trabalhando, e pensava: "Para que precisa dessa escada? Não será para roubar a igreja?"

Riu, abraçando os ombros do filho e afagando-o sem cessar.

— Ai, que malandros! Chegou no dia marcado e eu disse: "Diz para que precisas de corda, pois, se for para roubar, não estou de acordo!" Ele riu com esperteza: "Não, disse, é para escalar o muro. Nossa muralha é grande e alta. Somos pecadores, e o pecado mora do lado de lá. Compreendeste?" Compreendi logo: precisava da escada para ir ver as mulheres de noite. Fiquei rindo com ele, como rimos...

— Você gosta muito de dar gargalhada — disse o menino, num tom de pessoa mais velha. — Seria melhor preparar o samovar...

— Mas não temos açúcar.

— Vá comprar.

— Não tenho dinheiro.

— Ui, beberrona! Leva dele...

Dirigiu-se a mim:

— Você tem dinheiro?

Dei dinheiro à mulher. Ela se levantou de um salto, tirou de cima do fogão um pequeno samovar, todo amassado e escuro, e desapareceu atrás da porta, cantarolando fanhosamente.

— Mamãezinha! — gritou o filho. — Lava a janelinha, que eu não vejo nada! — É uma mulherzinha esperta, eu te digo! — prosseguiu, arrumando cuidadosamente as caixinhas de insetos sobre as prateleiras de papelão, penduradas, por correias, a uns pregos que apareciam entre os tijolos da parede úmida. — Trabalhadeira... quando começa a picar estopa, faz tanta poeira que a gente até sufoca! Eu grito: "Mamãezinha, leva-me para o pátio, senão vou sufocar!" E ela responde: "Tenha um pouco de paciência, que eu me aborreço sem você". Gosta muito de mim! Belisca-me e canta, sabe mil canções!

Fazendo faiscar, animado, seus belos olhos e erguendo as sobrancelhas espessas, cantou com sua voz abafada de contralto:

Deitada no colchão de pena...

Depois de ouvir um pouco, eu disse:

— É uma canção muito indecente.

— São todas assim — explicou Lionka, com ar convicto, e de repente se agitou. — Escuta, chegou a música! Levanta-me depressa...

Ergui seus ossinhos leves, encerrados num saco de pele cinzenta e fina. Enfiou com avidez a cabeça pela janela aberta e ficou imóvel, enquanto suas pernas secas balançavam sem força, fazendo barulho ao roçar a parede. No pátio, um realejo gania irritado, expelindo farrapos de melodia. Uma criança gritava alegremente, com voz de baixo. Um cachorro uivava, acompanhando. Lionka ouvia a música e gemia baixinho, entre os dentes, seguindo o ritmo.

Assentou-se a poeira no porão. Aumentou a claridade. Sobre a cama da mulher, estava suspenso um relógio de um rublo, cujo pêndulo, do tamanho de uma moeda de cinco copeques, arrastava-se mancando sobre a parede cinzenta. A louça estava por lavar, sobre o tripé. Uma espessa camada de poeira cobria todas as coisas e era abundante sobretudo nos cantos, sobre as teias de aranha, que pendiam como trapos sujos. A habitação lembrava uma fossa de detritos e as disformidades supremas da miséria ofendiam implacavelmente o espectador, entravam pelos olhos, em cada palmo daquela fossa.

O samovar apitou lugubremente. O realejo calou-se de súbito, como se aquele apito o assustasse. Uma voz rouca rosnou:

— Vagabundos!

— Tira-me daqui — disse Lionka, suspirando — mandaram embora o homem.

Sentei-o no caixote. Fez uma careta e, esfregando o peito com as mãos, tossiu cautelosamente:

— Dói-me o peitinho. Não me faz bem respirar muito tempo ar puro. Escute: você já viu diabos?

— Não.

— Nem eu. De noite, fico olhando embaixo do fogão, esperando que apareçam. Mas não aparecem, não. Os diabos moram no cemitério, não é verdade?

— E para que precisas deles?

— É interessante. E, se um diabo for bom? A Katka do aguadeiro viu um diabinho na adega e se assustou. Mas eu não tenho medo de coisas terríveis.

Enrolando as pernas nos seus trapos, prosseguiu animado:

— Até gosto, sim, gosto de sonhos terríveis. Uma vez, vi uma árvore que crescia de raízes para cima. As folhas arrastavam-se pelo chão e as raízes estendiam-se para o céu. Fiquei todo suado até e acordei de susto. Outra vez, vi mamãezinha: estava deitada nua, e um cachorro comia-lhe a barriga. Comia um pedacinho e cuspia fora, comia um pedacinho e cuspia. E ainda vi a nossa casa estremecer toda e sair andando pela rua, com janelas e portas batendo e o gato da funcionária correndo atrás...

Friorento, estremeceu com os pequenos ombros pontudos, tomou um bombom, desenrolou o papel colorido e, depois de alisá-lo cuidadosamente, colocou-o no parapeito da janela.

— Com esses papéis, vou fazer muita coisa bonita. Ou então vou dar de presente à Katka. Ela também gosta de coisas boas: vidrinhos, cacos, papeizinhos, tudo. Agora, escuta: se agente der muita comida a uma barata, ela fica do tamanho de um cavalo?

Era evidente que acreditava nisso. Respondi:

— Se a gente alimentá-la bem, vai crescer, sim.

— É isso mesmo — exclamou com alegria. — E a bobinha da mamãe ri quando digo isso!

E acrescentou uma palavra obscena, ofensiva à mulher.

— É estúpida! E é mais fácil ainda alimentar um gato, para que se torne grande como um cavalo, não é verdade?

— Como não? É possível!

— Pena que eu não tenho tanta comida! Ia ser formidável!

Estremeceu todo com o esforço e apertou fortemente o peito.

— As moscas do tamanho de um cachorro ficavam voando por aí? E a gente podia pôr as baratas a carregar tijolos. Se fossem do tamanho de um cavalo, seriam fortes, não é mesmo?

— Mas elas têm bigodes...

— Os bigodes não atrapalham. Podem servir de rédeas. Ou então uma aranha enorme... muito grande mesmo, como quem? Não, a aranha não deve ser maior que um gatinho, senão dá medo! Não tenho pernas, senão!... Trabalhava muito e alimentava toda a minha bicharia. Ia fazer comércio e comprar uma casa para mamãe, no campo aberto. Você já esteve no campo aberto?

— Claro que sim.

— Conta-me como é, hem?

Comecei a discorrer sobre campos e prados. Ouvia-me atento, sem me interromper. As pestanas desciam-lhe sobre os olhos, e a boquinha abria-se lentamente, como se estivesse adormecendo. Vendo isso, pus-me a falar mais baixo, mas surgiu a mãe, com um samovar fervendo. Sob a axila, aparecia-lhe um saco de papel e, pela abertura do casaco, uma garrafa de vodca.

— Cheguei!

— Coisa bem feita — suspirou o menino, abrindo muito os olhos. — Não tem nada lá, só erva e flores. Mamãezinha, tu devias achar uma carroça e levar-me para o campo! Senão, vou morrer sem ver o campo. Você é uma bruxa, mãezinha, palavra! — terminou com expressão triste e ofendida.

A mulher deu-lhe carinhosamente um conselho:

— Não me insulte, isso não se faz! Ainda é pequeno...

— Não insulte! Você está bem, vai onde quer, igual a um cachorro. É feliz... Escuta — acrescentou, dirigindo-se a mim — foi Deus quem fez o campo?

— Certamente.

— Mas, para quê?

— Para que os homens passeiem.

— O campo aberto! — disse o menino, com um sorriso pensativo, suspirando. — Eu levava para lá a minha bicharia e soltava todos: vão passear, meus caseiros! Agora, escuta: onde é que fazem Deus — no asilo de velhos?[5]

A mãe emitiu um som esganiçado e rolou de tanto rir; caiu no leito, agitando as pernas e gritando:

— Oh, Senhor! É mesmo a minha consolação! Pensas então que os santeiros é que fazem Deus?... Oh, minha coisinha engraçada...

Lionka olhou-a com um sorriso e soltou um palavrão carinhoso.

— Está se torcendo como uma criança! Como gosta de rir!

E repetiu o palavrão.

— Deixa que ria — disse eu. — Isso não te ofende!

— Claro que não — concordou Lionka. — Eu só me zango com ela quando não lava a minha janelinha. Fico pedindo, implorando: "Lava-me a janelinha, que eu não estou vendo a luz de Deus" — mas ela sempre esquece...

A mulher continuou a rir, enquanto lavava louça para o chá. Piscou-me o olho azul claro e disse:

— Não é boa a minha consolação? Não fosse ele e eu me afogaria há muito, por Deus! Ou então me enforcava...

Dizendo isto, sorriu.

De repente, Lionka me perguntou:

— Você é bobo?

— Não sei. Por que?

— Mamãezinha diz que é bobo.

— Quer saber por que disse isso? — exclamou a mulher, sem se acanhar sequer. — Trouxe da rua uma mulher embriagada, deitou-a para dormir e foi embora. Onde já se viu coisa igual? Não foi por mal que eu disse. E tu foste contar, malvado...

Ela falava também como uma criança e a construção das suas frases lembrava uma adolescente. E até seus olhos eram infantis e puros, o que tornava ainda mais feio o rosto sem nariz, de lábio arrepanhado e dentes à mostra. Era uma zombaria ambulante, uma zombaria terrível e, ao mesmo tempo, alegre.

---

[5] Em russo, literalmente, *lugar de fazer Deus*.

— Bem, vamos tomar chá — propôs solenemente.

O samovar estava sobre um caixote, ao lado de Lionka. Uma coluninha petulante de vapor esgueirava-se para fora da tampa amassada e tocava no ombro dele. O menino aparou-a com a mãozinha em concha e, quando a palma se umedecia de vapor, enxugava-a nos cabelos, entrecerrando os olhos, com ar sonhador.

— Quando eu for grande — disse — mamãe vai me fazer um carrinho e eu me arrastarei pelas ruas, pedindo esmolinha. Depois que tiver bastante dinheiro, vou para o campo aberto!

— O-ho-ho — suspirou a mãe e logo começou a rir baixinho. — Imagina o campo como um paraíso, o meu querido! E lá só existem acampamentos, com soldados brutos e mujiques bêbados.

— É mentira — interrompeu-a Lionka, franzindo o sobrolho. — Pergunta a ele como é o campo, que ele viu.

— E eu não vi?

— Estava bêbada!

Começaram a discutir como verdadeiras crianças, de modo ardoroso e ilógico. Sobre o pátio, já descera um anoitecer tépido, e no céu avermelhado pairava uma densa nuvem cinzento-azulada. O porão estava ficando escuro.

O menino tomou uma caneca de chá, ficou suado, olhou para mim e para a mãe e disse:

— Comi, bebi, estou até com sono, meu Deus...

— Pois dorme — aconselhou a mulher.

— E ele irá embora! Você vai embora?

— Não tenha medo, não deixarei que parta — disse ela, empurrando-me com o joelho.

— Não vá — pediu Lionka, cerrando os olhos e, depois de se espreguiçar docemente, caiu dentro do seu caixote. De repente, soergueu a cabeça e disse à mãe, em tom de censura:

— Devias era casar com ele, ir para o altar, como as outras mulheres, que isso de andar à toa com qualquer um não dá certo, não... eles batem... Mas este é bom...

— Dorme — disse baixinho a mulher, inclinando-se sobre o pires de chá.

— Ele é rico...

Por alguns instantes, a mulher ficou sentada em silêncio, sorvendo chá do pires, com lábios desajeitados. Em seguida me disse, como a um velho conhecido:

— E assim vivemos nós quietinhos, eu com ele e ninguém mais. Os vizinhos me xingam, dizem que sou de má vida. E então? Não tenho de quem me envergonhar. E, além disso, vê como estou estragada por fora? Qualquer um logo percebe para que eu sirvo. Sim. Adormeceu o meu filhinho, a minha consolação. Não é bom o meu menino?

— Sim. Muito bom!

— Não me canso de admirar. É muito inteligente, não é mesmo?

— Um sábio.

— É isso! O pai dele era um patrão, um velhinho; desses... como se chamam? Esses que têm escritório, ah diabo... Rabiscam papéis...

— Tabelião?

— Isso mesmo! Era um velhinho simpático... Carinhoso. Gostava de mim. Fui arrumadeira da casa dele.

Cobriu com trapos as perninhas nuas do filho, acertou sob a cabeça dele o travesseiro escuro e pôs-se de novo a falar, com leveza:

— De repente, morreu. Foi de noite, eu acabava de sair do quarto dele. Desabou no chão, e lá se foi uma vida! O senhor negocia com *kvás*?

— Sim.

— Por conta própria?

— Não, para o patrão.

Aproximou-se mais de mim, dizendo:

— Não tenha nojo de mim, moço. Agora, já não sou contagiosa, pode perguntar a quem quiser nesta rua, todos sabem!

— Não tenho nojo.

Pondo-me sobre o joelho a mão pequena, de pele gasta nos dedos e unhas quebradas, prosseguiu em tom carinhoso:

— Eu lhe fico muito agredecida pelo Lionka. Foi uma festa para ele. O senhor fez muito bem...

— Preciso ir — disse eu.

— Para onde? — perguntou surpreendida.

— Tratar de um negócio.

— Fique um pouco!

— Não posso...

Olhou para o filho, depois para o céu, pela janela, e disse em voz baixa:

— É melhor ficar. Vou cobrir a cara com um lenço... Quero agradecer-lhe o que fez pelo meu filho... Vou tapar a cara, hem?

Falava de um modo profundamente humano: tão carinhosamente, com um sentimento tão bom. E os seus olhos, uns olhos infantis num rosto disforme, sorriam com um sorriso não de mendiga, mas de alguém rico, que tem com que agradecer.

— Mamãezinha — gritou de repente o menino, estremecendo e soerguendo o corpo — eles se arrastam! Mamãezinha... vem cá...

— Teve um sonho — disse-me ela, inclinando-se sobre o filho.

Saí para o pátio e parei pensativo. Da janela aberta do porão, uma canção expandia-se, alegre e fanhosa, pelo pátio; era a mãe que embalava o filho, pronunciando nitidamente estranhas palavras:

Desgostos e caretas
Virão trazer marretas
Pra romper o coração!
Que desgraça! Que desgraça!
Onde nos vamos esconder?

Caminhei depressa para fora do pátio, rangendo os dentes para não chorar.

1917.

SOBRE OS MALEFÍCIOS DA FILOSOFIA

Eu sentira havia muito a necessidade de compreender como surgira o mundo em que vivia e de que modo ele era inteligível para mim. Este desejo natural e, em essência, bem modesto cresceu em mim numa necessidade invencível, e me pus, com toda a energia da juventude, a incomodar com insistência os conhecidos com questões "infantis" Uns sinceramente não me compreendiam e me ofereciam livros de Layel e Lebbock; outros zombavam fortemente de mim e achavam que eu me ocupava de "tolices"; alguém me deu a "História da Filosofia" de Louis, mas o livro me pareceu cacete e desisti de lê-lo.

Entre os meus conhecidos, apareceu um estudante de aspecto estranho, que usava um capote puído e uma camisa azul, curta, que ele precisava freqüentemente puxar por trás, a fim de ocultar certa falha na parte inferior do seu traje. Míope, de óculos, tinha uma barbicha pequena, bipartida, e cabelos compridos de "niilista"; estranhamente densos, arruivados, desciam-lhe até os ombros em mechas retas e ásperas. No rosto daquele homem, havia algo semelhante ao ícone do Vulto Incriado. Movia-se devagar, sem vontade; respondia lacônicamente às perguntas que lhe dirigiam, parecendo entre sombrio e zombeteiro. Observei que, a exemplo de Sócrates, expressava-se por meio de perguntas. Era tratado com malevolência.

Travei relações com ele, e, embora fosse uns quatro anos mais velho que eu, logo nos tornamos íntimos. Chamava-se Nicolai Zakhárovitch Vassíliev e era químico.

Uma pessoa admirável, magnificamente instruído, tinha, a exemplo de quase todos os russos talentosos, as suas esquisitices: comia fatias de pão de centeio, cobertas de uma camada espessa de quinino, fazia estalar com delícia os lábios e procurava convencer-me de que o quinino era uma iguaria bem saborosa. E, sobretudo, útil, pois domava a fúria do "instinto da procriação". De modo geral, efetuava com a própria pessoa certas experiências não isentas de perigo: tomava brometo de potássio, a seguir fumava ópio, e isto lhe provocou convulsões, das quais por pouco não morreu; em outra ocasião, tomou uma forte solução de certo sal e também quase se matou. O médico, um velho severo, examinou os restos do líquido e disse:

— Isto era capaz de dar cabo de um cavalo. Talvez mesmo dois! Este negócio não lhe sairá de graça também, pode estar certo.

Nicolai estragou com aquelas experiências todos os dentes, que se esverdearam e foram-se esfarelando. For fim, ele se envenenou, intencionalmente ou não, em 1901, em Kiev, quando exercia a função de assistente do professor Konovalov e trabalhava com indigóides.

Por volta de 1889-90, era um homem forte, sadio, bizarramente divertido, alegre em minha companhia, mas um tanto traiçoeiro em meio a outras pessoas.

Lembro-me de que tomamos na administração do distrito não sei que trabalho de contabilidade, que nos rendia um rublo por dia. E eis que Nicolai, dobrado sobre a mesa, canta como um tenorino intencionalmente ignóbil, ao ritmo da canção "Vejam aqui, vejam ali":

Cento e vinte e três
Mais vinte e dois:
Cento e quarenta e cinco,
Centro e quarenta e cinco!

Canta dez minutos, meia hora, continua cantando ainda: o seu tenorino ressoa de maneira cada vez mais ignóbil. Finalmente, peço-lhe:

— Pare com isso!

Olha para o relógio de parede e diz:

— Você tem um sistema nervoso muito bom. Não é qualquer um que consegue suportar esta tortura quarenta e sete minutos. Cantei a "Aleluia" para um conhecido, estudante de Medicina, e, depois de treze minutos, ele atirou em mim um tinteiro de ferro. E estudava para psiquiatra.

Nicolai estava sempre lendo livros alemães de Filosofia, e preparava-se para escrever um trabalho sobre o tema: *Hegel e Sweden-*

borg. Assimilava *A Fenomenologia do Espírito* de Hegel como algo humorístico: deitado no divã que denominávamos "A Cordilheira do Cáucaso", batia com o livro na barriga, agitava as pernas e gargalhava quase até às lágrimas.

Quando lhe perguntei de que estava rindo, respondeu-me com lástima:

— Não posso, irmão, não conseguiria explicar isso; trata-se de um negócio de altos conhecimentos! Você não comperenderia! Mas — sabe? — é um caso muito divertido!

Após meus insistentes pedidos, porém, passou muito tempo falando, com entusiasmo, da "mística do racional"; eu, realmente, não compreendi nada e fiquei muito sentido.

Costumava dizer sobre os seus estudos de Filosofia:

— Isto, irmão, é tão interessante como roer sementes de girassol e traz aproximadamente o mesmo proveito!

Quando veio de Moscou, a fim de passar as férias, dirigi-me naturalmente a ele com questões "infantis", e alegrei-o ao extremo com isto.

— Aí! Está precisando de Filosofia? Excelente! Disso é que eu gosto. Este alimento espiritual será fornecido a você nas doses necessárias.

Ofereceu-se a fazer para mim algumas conferências.

— Isto será mais fácil para você e, segundo espero, mais agradável que ficar sugando o Louis!

Alguns dias depois, à noitinha, eu estava sentado no caramanchão meio derruído do jardim abandonado; as macieiras e cerejeiras apareciam cobertas de líquens, as touceiras de framboesa, groselha e espinheiro espalharam-se, fechando os caminhos com mil ramos prontos a se agarrar a algo; vagueava por aqueles caminhos, de roupão cinzento, resmungando e tossindo um pouco, o padre Nicolai, funcionário do consistório, e que sofria de demência senil.

Erguiam-se de todos os lados as paredes de não sei que barracões; o jardim parecia ficar no fundo de uma fossa quadrada e negra, e quanto mais avançava a noite, mais funda se tornava aquela fossa. O ar estava abafado, vinha do quintal um cheiro pesado de águas de despejo, fortemente aquecidas durante o dia pelo ardente sol de junho.

— Vamos filosofar — disse Nicolai estalando os lábios e saboreando as palavras. Estava sentado a um canto do caramanchão, debruçado sobre a mesa, enterrada no solo. O fogo do cigarro iluminava, ao chamejar, o seu rosto estranho e refletia-se nos vidros dos óculos. Nicolai estava com febre, enrolava-se, friorento, numa capa bem velha e raspava os pés no chão de terra do caramanchão, enquanto a mesa rangia irritadamente.

Eu ouvia concentrado a voz baixa do amigo, que me expôs de modo interessante e compreensível o sistema de Demócrito, falou-me da teoria atômica e de como ela fora aceita mais tarde pela ciência, depois disse de repente: "Espere!" — e passou muito tempo calado, fumando um cigarro após outro.

Chegara a noite, uma noite sem lua nem estrelas, o céu sobre o jardim estava negro, o ar ficara mais abafado ainda, na vizinha casa do psiquiatra Káschenko um violoncelo cantava com acento comovedor, uma tosse senil vinha da água furtada, através da janela aberta.

— Escute, irmão — disse Nicolai, fumando com intensidade e baixando ainda mais a voz. — Você deve encarar todas essas coisas com extremo cuidado! Alguém, esqueci quem, disse com muita inteligência que as convicções das pessoas esclarecidas são tão conservadoras como os hábitos de pensar da massa analfabeta e supersticiosa. É um pensamento herético, mas que encerra uma triste verdade. E, a meu ver, foi expresso ainda de modo suave. Aceite este pensamento e lembre-se dele muito bem.

Recordo muito bem essas palavras, provavelmente o conselho melhor, o mais amistosamente sincero de todos os que já recebi. Essas palavras de certa maneira me sacudiram, ressoaram sonoramente em meu espírito e tornaram ainda mais tensa a minha atenção.

— Você é uma pessoa que eu desejo que permaneça assim até o fim dos seus dias. Lembre-se do que já está sentindo: a liberdade de pensamento é a única, a mais preciosa das liberdades alcançáveis pelo homem. Tem-na somente aquele que, não aceitando nada como artigo de fé, tudo pesquisa, aquele que compreendeu bem a continuidade do desenvolvimento da vida, o seu incessante movimento, a infinita alternância dos fenômenos da realidade.

Ergueu-se, deu volta à mesa e sentou-se ao meu lado.

— Tudo o que eu disse a você cabe perfeitamente em cinco palavras: viva pela sua própria cabeça. Aí está. Não quero impelir as minhas opiniões para o seu cérebro; em geral, não posso ensinar nada a ninguém, com exceção da Matemática, aliás. E não quero ensinar sobretudo a você, compreendeu? Eu conto coisas. Mas fazer com que um outro se torne parecido comigo, isto, irmão, constitui a meu ver uma porcaria. Não quero principalmente que você pense de modo parecido ao meu, isto não serve a você de maneira alguma, porque, irmão, eu penso mal.

Atirou o cigarro ao chão e esmagou-o com dois pontapés demasiado fortes. Mas imediatamente acendeu outro e, aquecendo com a chama do fósforo a unha do polegar, prosseguiu com um sorriso nada alegre:

— Aí está, por exemplo: creio que a humanidade vai descrever fatos até os fins dos seus dias e criar com essas descrições algumas suposições mais ou menos canhestras sobre a essência da verdade, ou, não levando em conta os fatos, criar fantasias. À parte disto, ou então acima ou abaixo, está Deus. Mas Deus é algo inapreensível para mim. É possível que ele exista até, mas eu não o quero. Está vendo como eu penso mal? Sim, irmão! Existe gente que considera o idealismo e o materialismo equívocos da razão, de todo equivalentes. Essa gente encontra-se na condição dos diabos que estão enjoados do sujo inferno, mas que também não desejam a harmonia aborrecida do paraíso.

Suspirou e prestou atenção ao canto do violoncelo.

— As pessoas inteligentes dizem que sabemos unicamente aquilo que pensamos a respeito do que vemos, mas que não sabemos se pensamos o devido e do modo necessário. Mas você não deve crer nisso também. Procure sozinho...

Fiquei profundamente perturbado com as suas palavras, compreendi exatamente o indispensável para sentir a dor moral de Nicolai. Segurando a mão um do outro, passamos um instante em silêncio. Bonito instante. Foi provavelmente um dos melhores momentos de felicidade que experimentei na vida; esta vida, suficientemente variada, poderia conceder-me um pouco mais instantes como aquele. Aliás, o homem é ávido. Isso constitui uma das suas qualidades, mas, devido a um mal-entendido, ou melhor, por hipocrisia, é considerado um vício.

Saímos para a rua e nos detivemos junto ao portão, ouvindo um trovão longínquo. Reflexos de raios deslizavam pelas nuvens negras, e, no Oriente, elas já ardiam e fundiam-se na chama da aurora.

— Obrigado, Nicolai!

— Bobagem...

Afastei-me.

— Escute — ressoou, alegre e nítida a voz de Nicolai — em Moscou vive o nietchaieviano[1] Orlóv, um velhote maravilhoso. Ele diz: "A verdade não é mais que o pensamento sobre ela." Bem, vá embora. Até amanhã. . .

Depois de alguns passos, voltei-me: Nicolai estava apoiado ao poste do lampião e olhava para o céu, na direção do nascente. Pequenas espirais azuis de fumaça erguiam-se sobre a mecha do seu cabelo. Afastei-me dele num estado de espírito excelente, lírico; abriam-se diante de mim "os portões dos mistérios supremos".

Mas, no dia seguinte, Nicolai desvendou para mim o assustador quadro do mundo, como o via Empédocles. Aquele mundo estranho parecia despertar de modo particular a simpatia do lente. Nicolai pintava-o para mim com entusiasmo, com humor, em relevo, e estalava saborosamente os lábios, com mais freqüência que de costume.

Tal como na véspera, era à noitinha, e uma chuva torrencial desabara de dia. O jardim estava úmido, o vento suspirava, havia sombras vagueando, voavam no céu farrapos negros de nuvens, desvendando abismos azuis claros e estrelas que se deslocavam desabaladamente.

Eu via algo indescritivelmente terrível: dentro de uma imensa taça sem fundo, jogada de viés, corriam orelhas, olhos, palmas de mão com dedos muito separados, rolavam cabeças desprovidas de semblante, caminhavam pernas de gente, cada uma independente da outra, ia saltando algo desajeitado e cabeludo, lembrando um urso, moviam-se raízes de árvores, qual aranhas enormes, e os ramos e folhas viviam independentes delas; voavam asas multicores, e olhavam mudamente para mim as carantonhas sem olhos de bois imensos, cujos olhos redondos pulavam assustados acima deles; eis uma perna alada de camelo, que passou correndo, seguida, a toda velocidade, por uma cabeça chifruda de coruja; todo o interior da taça visto por mim estava repleto de um movimento em turbilhão de membros isolados, partes, pedaços, às vezes ligados entre si de modo ironicamente feio.

Naquele caos de sombria individualização, no turbilhão mudo de corpos dilacerados, moviam-se majestosamente, lutando um contra o outro, o Ódio e o Amor, indistintamente semelhantes entre si, e irradiava deles uma luminosidade espectral, azul clara, que lembrava

[1] Membro de um grupo terrorista. O nome origina-se de S. G. Nietcháiev (1847-82), organizador da sociedade secreta "A Vingança do Povo".

um céu de inverno em dia de sol, e que iluminava todos os objetos em movimento, com uma luz mortiça, de uma só tonalidade.

Eu não ouvia Nicolai, embebido na contemplação dessa visão e como que também girando lentamente naquele mundo rompido em pedaços, que parecia ter explodido internamente e estar caindo, em espiral, no abismo sem fundo da irradiação azul clara e fria. Estava tão abalado por aquela visão que, petrificado, não pude responder de imediato às perguntas de Nicolai:

— Você adormeceu? Não me ouve?

— Não posso mais.

— Por que?

Expliquei.

— Você, irmão, tem a imaginação demasiado desenfreada — disse, acendendo um cigarro. — Isto não é muito louvável. Bem, vamos dar uma volta?

Fomos para o Talude, por uma rua ao longo da qual poças de água brilhavam, aparecendo e sumindo. Sombras arrastavam-se apressadas pelos telhados das casas e pelo chão.

Nicolai foi dizendo que os trapos, nas fábricas de papel, deveriam ser tratados com cloreto de sódio: era melhor e mais barato. Depois, falou-me dos trabalhos de não sei que professor, ocupado em pesquisar um meio de alongar as fibras da madeira.

E, diante de mim, não cessavam de boiar braços destacados e os olhos tristes de alguém.

Um dia depois, Nicolai foi chamado por telegrama a Moscou, à universidade, e, ao partir, aconselhou-me a não me ocupar de Filosofia, até o seu regresso.

Fiquei com aquele caos alarmante na cabeça, a alma perturbada, e, alguns dias depois, senti que meu cérebro fundia-se e fervia, engendrando estranhos pensamentos, fantásticos quadros e visões. Fui tomado de um sentimento de angústia, que sugava a vida, e passei a temer a demência. No entanto, eu era corajoso, resolvi ir até o fim do medo, e, provavelmente, foi o que me salvou.

Estava vivendo noites de pavor. Sentado às vezes no Talude, olhando para os longes enevoados dos campos além-Volga, para o céu, polvilhado do ouro das estrelas, passava a esperar, de repente, que aparecesse, naquele instante, no azul noturno dos céus, uma redonda e negra mancha, qual abertura de um poço sem fundo, e que dela surgisse um dedo ígneo a ameaçar-me.

Ou então: passava deslizando pelo céu, varrendo e apagando as estrelas, uma serpente gorda e cinzenta, de escamas gélidas, que deixava atrás de si, para sempre, uma treva pétrea, impenetrável, e o silêncio. Parecia possível que todas as estrelas da Via Láctea se fundissem num rio de fogo, que, no mesmo instante, desabasse sobre a terra.

De repente, em lugar do Volga, escancarava a goela cinzenta uma fenda sem fundo, e para ela corriam, brincando, turbas de crianças, rolavam fileiras infindáveis de soldados, precedidas de bandas de música; deslocava-se o povo em procissões, carregando cruzes, havia inúmeros sacerdotes, estandartes, ícones, passavam carroças sem conta, caminhavam milhões de mujiques, bastão na mão e alforje às costas, todos com o mesmo rosto; a fenda absorvia as nuvens, aspirava o céu, a lua quebrada ia rodando, e as estrelas despencavam num turbilhão, qual flocos de cobre.

Eu esperava que a planura ampla dos campos começasse a enrolar-se, como uma folha de papel, que aquele rolo atravessasse o rio, absorvendo a água, depois a margem alta do rio também se enrolaria como casca de bétula ou como um pedaço de couro no fogo e, quando todo o visível se transformasse num rolo preto, a mão nívea de alguém o apanharia e levaria embora. E eu ficaria sozinho, pendendo imóvel no silêncio imperturbável.

Da montanha, sobre a qual eu estava sentado, podiam sair homens grandes e negros com cabeças de bronze. Ei-los caminhando pelo ar em compacta multidão, enchendo o mundo de um repicar ensurdecedor, que faz cair, como se fossem cortados por uma serra invisível, árvores, campanários, faz desabar as casas, e, de repente, tudo sobre a terra transforma-se numa coluna de poeira esverdeada, em chamas, fica apenas um deserto plano e redondo, em meio ao qual estou eu, sozinho para as quatro eternidades. Exatamente quatro; eu vi essas eternidades: círculos imensos, cinzentos escuros, de névoa ou fumaça, elas giravam lentamente na treva impenetrável, quase não se diferençando dela com a sua cor espectral.

Vi Deus: era Sabaot, exatamente igual à imagem que dele se apresenta em quadros e ícones: venerável, de barba grisalha e olhos indiferentes. Solitário em seu grande e pesado trono, cosia com agulha de ouro e fio azul claro uma camisa branca, de comprimento monstruoso, que descia sobre a terra em forma de nuvem transparente. Ao redor de Deus, ficava o vazio, não se podia olhá-lo sem um sentimento de pavor, pois ele se alargava e afundava, incessante e ilimitadamente.

Além do rio, na planura escura, crescia, quase até os céus, uma orelha humana, comum, com cabelos grossos dentro da concha, crescia e ficava ouvindo tudo o que eu pensava.

Segurando com ambas as mãos uma espada comprida de carrasco medieval, flexível como um chicote, eu matava uma infinidade de pessoas, que vinham na minha direção, da direita e da esquerda; homens e mulheres, vinham todos nus, em silêncio, de cabeça pendida e estendendo obedientemente o pescoço. Atrás de mim, estava parada uma criatura desconhecida, era por sua ordem que eu matava, e ela me soprava agulhas frias para dentro do cérebro.

Acercava-se de mim uma mulher nua com patas de pássaro em lugar de pés, raios dourados partiam-lhe do peito; num dado momento, ela me despejou sobre a cabeça mancheias de azeite fervente, e, abrasando-me como um chumaço de algodão, desapareci.

O guarda-noturno Ibraim Gubaidulin levantou-me algumas vezes na alameda do alto do Talude e conduziu-me para casa, procurando convencer-me com carinho:

— Por que passeando doente? Doente precisa ficar em casa...

Às vezes, exaurido pela tortura daquelas visões de pesadelo, corria para me banhar no rio, e isto me ajudava um pouco.

Em casa, esperavam-me dois camundongos que eu domesticara. Moravam atrás da madeira que forrava a parede; fizeram com os dentes uma fenda, ao nível da mesa, e por ali passavam diretamente para ela, quando eu começava a fazer barulho com os pratos da ceia, deixada para mim pela dona do apartamento.

E eis o que eu via: os engraçados animais transformavam-se em diabinhos cinzentos e, sentados sobre a caixinha de tabaco, balançavam as perninhas cabeludas, examinando-me com ares de importância, enquanto uma voz cacete, desconhecida, murmurava, lembrando o ruído suave da chuva:

— O objetivo comum de todos os demônios é auxiliar os homens na procura das desgraças.

— É mentira! — gritava eu, enfurecido. — Ninguém procura infelicidades...

Então aparecia Ninguém. Eu ouvia como ele fazia ressoar a aldrava do portão, abria a porta da rua, depois a da saleta da frente, e ei-lo em meu quarto. É redondo como uma bolha de sabão, não tem mãos e, em lugar de semblante, traz um mostrador de relógio, com cenouras servindo de ponteiros; desde criança, tenho idiossincrasia por cenoura. Sei que ele é marido da mulher que eu amo, apenas se fantasiou, para que não o reconhecesse. E eis que se transforma numa pessoa real, um gorducho de barba castanha clara e expressão macia nos olhos bondosos; sorrindo, diz-me tudo o que penso de mau, de pouco louvável, da mulher dele, e que ninguém, a não ser eu, pode conhecer.

— Fora daqui! — grito-lhe.

Então, por trás das minhas costas, ressoa uma batida na parede; ela provém da dona do apartamento, a inteligente e simpática Felitzata Tikhomírova. Aquela batida me devolve ao mundo da realidade, despejo água fria sobre a cabeça, e passo pela janela, a fim de não bater as portas e não incomodar os que dormem, para o jardim, onde fico sentado até o amanhecer.

De manhã, quando tomamos chá, a dona da casa diz:

— O senhor tornou a gritar de noite.

Sinto uma vergonha inexprimível e desprezo por mim mesmo.

... Naquele tempo, eu trabalhava como escriturário junto ao advogado A. I. Lânin, um homem encantador, ao qual devo muito. Certa vez, recebeu-me agitando furiosamente não sei que papéis e gritando:

— Perdeu a cabeça? O que foi que escreveu, meu velho, nesta apelação? Queira escrevê-la de novo, imediatamente, pois hoje se esgota o prazo. É surpreendente! Se se trata de brincadeira, é muito sem graça, devo-lhe dizer!

Tomei de suas mãos o requerimento e li no texto a seguinte quadra, escrita com nitidez:

A noite longa, sem fim...
O meu sofrer sem medida!
Ah, se eu soubesse rezar!
Ah, não ter fé... não é vida!

Esses versos constituíam para mim algo tão inesperado como para o patrão; olhava-os e quase não acreditava que tivessem sido escritos por mim.

Eu estava trabalhando no escritório, ao anoitecer, quando A. I. acercou-se de mim, dizendo:

— Desculpe-me por ter gritado com o senhor! Mas, sabe, é um caso tão estranho... O que é que o senhor tem? Nos últimos tempos, anda com rosto tão esquisito e está terrivelmente magro...

— A insônia — disse eu.

— Deve tratar-se.

Sim, era preciso fazer algo. Era indispensável livrar-me dessas visões e colóquios noturnos com diferentes pessoas, que apareciam diante de mim sem que se soubesse por que, e desapareciam imperceptivelmente, mal voltava a consciência da realidade; tornava-se necessário abandonar essa vida demasiado interessante no limiar da demência. Eu já atingira uma condição tal que, mesmo em pleno dia, à luz do sol, ficava tenso, na expectativa de fantásticos acontecimentos.

É provável que eu não ficasse muito surpreendido se alguma casa da cidade pulasse de repente por cima de mim. Nada, a meu ver, impediria o cavalo de um fiacre de erguer-se sobre as patas traseiras e proclamar, num baixo profundo:

— Excomungado!

Ou então: eis sentada num banco da avenida, junto à muralha da cidadela, uma mulher de chapéu de palha e luvas amarelas. Se eu chegar até ela e disser: "Deus não existe!" — certamente exclamará surpresa, ofendida: "Como? E eu?" — e, no mesmo instante, transformar-se-á num ser alado e voará para longe; a seguir, a terra inteira há de se cobrir de grossas árvores sem folhas, pingará de seus ramos e troncos um muco azul, gorduroso, e eu, na qualidade de delinqüente, serei condenado a permanecer vinte e três anos na condição de sapo e fazer repicar o tempo todo, dia e noite, o sino grande e sonoro da igreja da Assunção.

Tenho um desejo intenso, incoercível, de dizer àquela senhora que Deus não existe, mas como eu vejo muito bem quais serão as conseqüências da minha sinceridade, esgueiro-me o mais depressa, quase correndo.

Tudo é possível. É possível até que nada exista; por conseguinte, preciso tocar com a mão as cercas, os muros, as árvores. Isto acalma um pouco. Sobretudo, batendo-se com o punho em algo duro, chega-se à convicção de que esse objeto existe.

A terra é muito traiçoeira: uma pessoa caminha sobre ela com a mesma segurança dos demais, mas, de repente, a sua firmeza desaparece sob os pés, a terra torna-se penetrável como ar, ainda que permaneça negra; e a alma despenca a toda velocidade nessa treva por um tempo infinitamente prolongado: dura segundos.

O céu também não merece confiança; ele pode, a qualquer momento, trocar a forma de cúpula pela de pirâmide, cujo vértice, voltado para baixo, se apoiará em meu crânio, e eu deverei permanecer imóvel, até que as estrelas de ferro, com as quais está fixado o céu, enferrujem; então, ele se desfará em poeira ruiva e há de me soterrar.

Tudo é possível. Apenas, é impossível viver num mundo de tais possibilidades.

O meu espírito estava gravemente enfermo. E se, dois anos atrás, eu não me tivesse convencido, por experiência própria, de como é humilhante a estupidez do suicídio, certamente haveria de aplicar este método de tratamento de um espírito doente.

. . . O psiquiatra pequeno, escuro, corcunda, homem solitário, cético e muito inteligente, interrogou-me umas duas horas sobre o meu modo de vida; depois, batendo em meu joelho com a mão estranhamente branca, disse:

— Escute, amigalhão: antes de mais nada, precisa mandar para todos os diabos os livros e, de modo geral, todas as baboseiras com que vive! A sua compleição é de homem sadio, e é uma vergonha abandonar-se desse modo. O trabalho físico lhe é indispensável. E, quanto a mulheres, o que é que há? Ora! Isso também não serve! Deixe para outros a abstinência e arranje uma mulherzinha, que seja bem sôfrega no jogo amoroso; isto lhe fará um grande bem!

Deu-me alguns outros conselhos, igualmente desagradáveis e inexeqüíveis para mim, escreveu duas receitas e disse mais algumas frases, que lembro muito bem:

— Ouvi dizer algo a seu respeito, e desculpe-me se isto não lhe agradar! O senhor me parece uma pessoa, por assim dizer, primitiva. E, nas pessoas primitivas, a imaginação predomina sempre sobre o pensamento lógico. Tudo o que o senhor leu, tudo o que viu, atiçou-lhe apenas a imaginação, que é absolutamente inconciliável com a realidade, embora esta seja também fantástica, mas a seu modo. E mais: um homem de espírito já disse na Antiguidade: "Quem se apraz em contradizer, é incapaz de aprender nada de útil". É um dito feliz! Deve-se antes aprender e, só depois, contradizer!

Acompanhando-me, repetiu, com um sorriso de demônio alegre:

— E uma mulherzinha lhe faria um grande bem!

Alguns dias depois, eu saía de Níjni-Nóvgorod para a colônia de tolstoianos de Simbirsk e, chegando ali, soube pelos camponeses a história da sua destruição.

1923.

APÊNDICE

MEU COMPANHEIRO DE ESTRADA

O conto é autobiográfico, e a viagem a pé, de Odessa a Tiflis, nele descrita, teve lugar de agosto a novembro de 1891. O companheiro de Górki foi um certo Tzulukidze, que relataria, numa entrevista ao jornal georgiano *Tznobis Purtzeli*, a sua própria versão da viagem. A referência a "famintos", nessa estória e em outras do autor, sobre a mesma época, é uma alusão direta à grande fome de 1891-92, cujas conseqüências Górki viu de perto.

O conto era considerado por Tchekhov como um dos melhores de Górki. Este, porém, não concordava com tal julgamento e achava, conforme se comprova por uma carta de janeiro de 1900, que o tema poderia ter dado uma estória bem melhor. Tolstói disse a Górki, num encontro que este relatou em reminiscências: "O seu *Companheiro de Estrada* não foi elaborado; é bom, porque não o inventou. Mas, quando você pensa, nascem-lhe uns paladinos, são todos uns Amadis, uns Siegfrieds..." (cf. Máximo Górki, *Leão Tolstói*, tradução de Rubens Pereira dos Santos, Coleção Elos, Editora Perspectiva, 1983.)

A estória foi muito apreciada por críticos tanto russos como ocidentais. Mesmo o implacável D. S. Mirsky escreveu, no verbete dedicado a Górki na *Enciclopédia Britânica*, que os seus melhores contos, como *Vinte e Seis e Uma* e *Meu Companheiro de Estrada*, estão bem próximos da obra-prima ("fall little short of being masterpieces").

VOVÔ ARKHIP E LIONKA

Foi publicado, pela primeira veí, num jornal de Níjni-Nóvgorod. V. G. Korolenko, que muito contribuiu para a formação literária de Górki e que, cinco anos antes, fizera crítica violenta a um escrito seu em prosa ritmada: *O Canto do Velho Carvalho*, elogiou *Vovô Arkhip e Lionka*, censurando, porém, no conto, a tendência de enfeitar a prosa com "algo que parece verso".

CERTA VEZ, NO OUTONO

Melchior de Vogüé observou que, mesmo nas descrições gorkianas de cenas acentuadamente sexuais, há uma singular ausência de sensualidade.

A VELHA IZERGUIL

Sendo este conto um dos mais característicos da presença de elementos românticos, tão comuns na primeira fase da obra gorkiana, tem sido objeto de variadas interpretações. Alguns viram nele, como em outras estórias, a revelação da influência nietzschiana, enquanto outros a negaram. B. V. Mikhailóvski e N. P. Biélkina, no verbete dedicado a Górki na *Grande Enciclopédia Soviética* (segunda edição), interpretam o episódio de Larra como a falência do super-homem de Nietzsche. O próprio Górki usaria ainda algumas das imagens do conto, que parecia ser de seu particular agrado. Assim, mais de uma vez, compararia Lênin a Danko, que arrancou do peito o coração em chamas, a fim de iluminar o caminho dos homens. Nina Gourfinkel afirma em *Gorki Par Lui-Même* (Éditions du Seuil, 1954) que os ciganos nômades dos primeiros contos de Górki, "altivos, apaixonados, vivendo à margem da sociedade, que desprezam, procedem do byronismo, passando pelos primeiros poemas de Púchkin", mas acrescenta não serem apenas byronianos e que, através deles, os leitores julgaram perceber, na época, a imagem de um homem novo. Em *Sobre o Primeiro Amor, Górki* descreve seu desapontamento, quando Kamínskaia, que foi sua companheira em Níjni-Nóvgorod, na década de 1890, adormeceu durante a leitura, que o escritor lhe fazia, de *A Velha Izerguil*.

A linguagem empolada que usa, nessa estória, uma pessoa do povo está de acordo com a intenção do autor, expressa em diferentes ocasiões, de "enfeitar a vida" e não apenas traçar o seu retrato.

Os acontecimentos históricos a que a velha se refere são a Guerra da Independência Grega (1821-29), a Rebelião Polaca (1830-31) e a Rebelião Húngara (1848-49).

UM "ACOMPANHAMENTO"

O episódio descrito foi realmente presenciado por Górki, que tentou pôr fim ao suplício da mulher, sendo espancado horrivelmente pelos camponeses, que o levaram, depois, para fora do povoado, deixando-o jogado entre uns arbustos. Passando por ali, um tocador de realejo recolheu Górki e levou-o para um hospital em Nicoláiev.

O conto, em sua redação final, foi publicado pela *Kriestiânskaia Gazeta* (Jornal Camponês), em 8-3-1935, com a seguinte nota:

"Górki leu este conto, em manuscrito, e disse com inveja a si mesmo:

— Eh, Maksímitch, se você fosse mais uma vez a Kandíbovka, para extasiar-se com as pessoas, apertar-lhes as mãos vigorosas!

Mas Górki está um pouco velho, um pouco fraco. E só pode saudar à distância os homens novos de nossa admirável pátria.

M. Górki."

Tal como na tradução dos demais contos, o texto seguido na presente coletânea foi o de uma edição das Obras de Górki, da Academia de Ciências da U.R.S.S., e que corresponde ao texto definitivo, aprovado na maioria dos casos pelo próprio escritor. Tomei, no entanto, a liberdade de conservar da redação primitiva o parágrafo final do conto, porquanto me parece muito superior ao da referida edição. Aliás, pode-se citar, em justificação desse critério, o caso de várias antologias soviéticas, cujos organizadores também conservaram o final primitivo.

Na edição da Academia, ele fica substituído pelo seguinte:

"Não descrevi uma imagem, por mim inventada, da perseguição e tortura da verdade; não, infelizmente não é uma invenção. Isto se chama *um acompanhamento*. Assim castigam os maridos a traição de suas mulheres. É uma cena de costumes, que eu vi em 1891, na aldeia de Kand'bovka, no distrito de Nicoláiev, governo de Kherson.

"Eu sabia que, em nossa região, além-Volga, as mulheres culpadas de traição eram despidas, besuntadas de alcatrão, cobertas com penas de galinha e assim conduzidas pela rua. Sabia que, às vezes, os engenhosos maridos ou sogros cobriam as 'traidoras' com melaço e as amarravam a uma árvore, para que fossem comidas pelos insetos. Ouvira também dizer que, de vez em quando, elas eram amarradas e sentadas sobre formigueiros. E eis que eu via ser possível tudo isto, num meio de gente analfabeta, sem consciência, que se tornara selvagem, numa vida lupina de inveja e ganância."

POR DESFASTIO

O ambiente e os tipos descritos refletem reminiscências do ano de 1889, quando Górki trabalhou na seção de pesagens da estação Krutaia, perto de Tzarítzin, depois Stalingrado. O mesmo ambiente seria descrito por ele, com tons igualmente sombrios e cenas muito cruas, no conto *O Vigia* (1932).

NA ESTEPE

A propósito deste conto, Tchekhov escreveu a Górki, numa carta de 3-12-1898:

"Você pede minha opinião sobre seus contos. Qual é esta opinião? Comprova-se neles um indiscutível, um autêntico, um grande talento. Por exemplo, no conto *Na Estepe*, ele se expressa com uma força extraordinária, e fiquei até com inveja por não ter sido eu quem o escreveu. Você é um artista, um homem inteligente. Você sente tudo de modo admirável. É plástico; quer dizer, quando representa um objeto, você o vê e apalpa com as mãos. Isso constitui arte verdadira. Aí está minha opinião, e fico muito contente de poder comunicá-la. Estou muito contente, repito, e se nos conhecêssemos pessoalmente e conversássemos uma hora ou duas, certificar-se-ia de como é grande meu apreço por você e que esperanças deposito no seu talento.

Falar agora dos defeitos? Mas isso não é fácil. Falar dos defeitos de um talento é o mesmo que tratar dos defeitos de uma grande árvore, que cresce num jardim; no caso, trata-se principalmente não da árvore em si, mas do gosto de quem olha para aquela árvore. Não é mesmo?

Começarei dizendo que falta a você, a meu ver, contenção. Você parece o espectador, num teatro, que expressa o seu entusiasmo com tamanha falta de contenção, que impede a si mesmo e aos demais a audição da peça. Essa falta de contenção sente-se principalmente nas descrições da natureza, com as quais você interrompe os diálogos; lendo essas descrições, lamenta-se não serem mais compactas, mais curtas, de duas a três linhas ao todo."

Tolstói demonstrou, igualmente, predileção especial por este conto.

VINTE E SEIS E UMA

A estória reflete uma experiência da mocidade, relatada igualmente em vários outros contos e novelas e em *Minhas Universidades*. Em *Souvenirs Sur Górki* (Les Éditeurs Français Réunis, 1957), Vladimir Pozner conta que o escritor lhe confessou ter sido o ofício de padeiro o mais árduo de quantos exercera.

Tolstói observou a Górki que o forno da padaria estava mal colocado. A propósito deste conto e do romance *Várienka Oliéssova,* fez também objeções ao excesso de pudor e virtude que o autor via em suas personagens femininas, e que parecia a Tolstói antinatural. Segundo Górki relatou em suas reminiscências, o velho escritor chegou a usar palavras cínicas e "indecentes", cuja simplicidade o deixou ofendido. A princípio, teve a impressão de que o mestre assim fazia por julgá-lo incapaz de compreender algo mais elevado, e somente mais tarde percebeu que Tolstói se expressava de semelhante modo por considerar aquelas frases mais exatas e incisivas.

CAIM E ARTIOM

O problema do anti-semitismo, que aparece ligeiramente neste conto constituiu preocupação constante de Górki, conforme se pode verificar pelos seus escritos e pelas reminiscências dos contemporâneos. Uma recordação comovida sobre a atuação do escritor na luta contra o preconceito racial pode ser encontrada por exemplo, em *Souvenirs Sur Gorki*, de Vladimir Pozner.

NOVE DE JANEIRO

Escrito em dezembro de 1906 foi publicado pela primeira vez em Berlim, 1907. A primeira edição, na Rússia, é de 1920, pois, antes da Revolução, sua publicação fora proibida. A descrição do massacre de nove de janeiro foi influenciada, certamente, por diversas experiências pessoais de Górki nas lutas de rua. Em 4-3-1901, ele participou da famosa manifestação de estudantes, diante da catedral de Nossa Senhora de Kazã, em Petersburgo, que também resultou num massacre dos manifestantes pelos cossacos e pela polícia montada. Na véspera de nove de janeiro, quando tudo estava pronto para a manifestação promovida pelo padre Gapon, Górki e outros intelectuais tentaram em vão evitar o morticínio e exigiram que as tropas fossem retiradas das ruas. Profundamente impressionado com os acontecimentos, ele redigiu, na noite que se seguiu à matança, um projeto de *Apelo a Todos os Cidadãos Russos e à Opinião Pública dos Estados Europeus,* que foi encontrado pela polícia, sendo Górki preso em 11 de janeiro e encarcerado na Fortaleza de S. Pedro e S. Paulo. Solto em 20 de fevereiro, mediante caução de 10.000 rublos, paga pelos seus editores, sofreria ainda várias medidas repressivas, apesar de um amplo movimento de protesto, de âmbito mundial.

Nove de Janeiro foi considerado por Górki um *ótcherk*. Este constitui um tipo de prosa que teve considerável desenvolvimento na Rússia, espécie de reportagem, mas com intenção literária e, geralmente, de análise de fatores sociais, políticos filosóficos, etc. Aliás, os russos costumam estender este nome a escritos ocidentais de base documental.

Na década de 1930, o autor introduziu nesse *ótcherk* algumas modificações (respeitadas na presente coletânea), tendentes a atenuar o tom alegórico da primeira redação e imprimir-lhe um caráter mais objetivo, histórico, com o acréscimo de alguns dados concretos.

Os mesmos acontecimentos foram por ele narrados, ainda, em vários outros escritos.

NASCIMENTO DO HOMEM

O conto é autobiográfico. Em fins de 1892, Górki estava trabalhando na construção da rodovia Sukhum-Novorossíik, no Cáucaso. Num caminho deserto, nas proximidades da estrada em construção, encontrou uma mulher em vias de dar à luz e ajudou-a no ato, conforme está relatado no conto.

Em abril de 1912, leu-o em Paris, num comício político.

CONTO DA ITÁLIA

Os contos da Itália (Górki usou o termo correspondente a "conto maravilhoso") têm por epígrafe uma frase de Anderson: "Os melhores contos são os criados pela própria vida." Fazem parte de uma série de escritos otimistas, com os quais o autor procurou combater o desânimo, que ameaçava estender-se a algumas camadas do movimento revolucionário, após o fracasso da Revolução de 1905. Refletindo embora impressões da residência do escritor na Itália, em 1906-13, seu objetivo não era propriamente descrever com realismo o ambiente italiano; visavam, sobretudo, o público russo, e assumem freqüentemente a forma alegórica. Aliás, o próprio Lênin pedira a Górki, para os periódicos *Zviezdá* (A Estrela) e *Pravda* (A Verdade), estórias que elevassem o moral dos leitores e, depois, agradeceu calorosamente os *Contos da Itália*, considerando-os verdadeiras proclamações revolucionárias. Górki escreveu para uma das edições do livro: "É possível que o autor tenha embelezado ligeiramente os italianos, mas, em seu país, a natureza é tão bela que os homens também parecem, involuntariamente, melhores do que talvez sejam na realidade. De qualquer modo, não há grande mal em se embelezar um pouco os homens: costuma-se dizer-lhes, com muita freqüência e insistência demasiada, que são maus, esquecendo-se completamente que podem ser melhores, desde que o desejem."

Diversos críticos observaram que na galeria feminina de Górki (esta, realmente, não é muito variada) aparece com insistência o tipo da mulher que, em meio a uma vida bem livre e que muitos considerariam devassa, conserva uma simplicidade e honestidade de espírito extremas. Nina Gourfinkel atribuiu tal fato à influência de Dostoiévski, em relação a quem, segundo ela, a atitude de Górki consistiu num misto de atração e repulsa. A interpretação parece encerrar alguma verdade. Todavia, poder-se-ia acrescentar que este tipo de mulher tem muito de Kamínskaia, cuja imagem ele traçou na novela autobiográfica *Sobre o Primeiro Amor*.

DESGOSTOS E CARETAS

Publicado numa revista em janeiro de 1917, este conto sofreu então alguns cortes pela censura.

NOITE EM CASA DE CHAMOV

Conforme se comprova por uma carta do autor, o conto refere-se aos anos de 1893-94, quando Górki, então escritor principiante, residia em Níjni-Nóvgorod, exercendo a função de secretário do advogado A. I. Lânin. Por conseguinte, tinha 24 a 25 anos, e não 21, como está no conto. Os traços caricaturais, na apresentação de intelectuais e da pequena burguesia, são comuns na obra de Górki. Tchekhov escreveu-lhe numa carta: "Na descrição que faz de gente da *intieliguêntzia,* sente-se uma tensão, uma espécie de circunspecção, o que não se deve ao fato de os ter observado pouco; não, você os conhece, mas não sabe seguramente por que lado os abordar". O próprio Górki confessaria mais tarde sua falta de segurança, na descrição de intelectuais.

Numa nota ao conto *O Vigia,* escreveu: "A sensação alarmante do afastamento espiritual da *intieliguêntzia,* como princípio racional, em relação à espontaneidade popular, perseguiu-me a vida toda com alguma insistência. Em meu trabalho literário, abordei mais de uma vez esse tema, e ele suscitou contos como *Meu Companheiro de Estrada* e outros. Pouco a pouco, esta sensação transformou-se num pressentimento de catástrofe. Em 1905, encerrado na fortaleza de S. Pedro e S. Paulo, tentei desenvolver o mesmo tema na peça fracassada *Os Filhos do Sol*. Se a separação entre a vontade e a razão representa um difícil drama na existência do indivíduo, na vida do povo esta separação constitui tragédia."

A referência de Górki à sua tentativa de suicídio em Kazã, 1887, aparece também em outros escritos. Relatou-a com maiores minúcias em *Um Caso na Vida de Macar*. No dia seguinte à tentativa, o jornal *O Mensageiro do Volga* publicava o seguinte: "A 12 de dezembro, às oito da noite, na rua Podlújnaia, à margem do Kazanka, Aleksiéi Maksímovitch Piechkóv, operário de Níjni-Nóvgorod, atirou uma bala em seu lado esquerdo, com a intenção de se suicidar. Piechkóv foi enviado imediatamente ao hospital do distrito, onde, por ocasião dos cuidados que lhe dispensaram, o médico reconheceu a ferida como perigosa. Num bilhete que se encontrou, Piechkóv pede que ninguém seja inculpado pela sua morte". Na realidade, porém, pedia no referido bilhete que fosse acusado desta "o poeta alemão Heine".

Depois de se restabelecer, Górki compareceu perante um tribunal eclesiástico, que lhe impôs o anátema por sete anos.

SOBRE OS MALEFÍCIOS DA FILOSOFIA

Os fatos a que o autor se refere passaram-se em 1893-94. Sabe-se que, na época, chegou a manter um diário filosófico, mas este se perdeu.

A presente edição de CONTOS de Máximo Górki é o Volume de número 37 da Coleção Excelsior. Capa Cláudio Martins. Impresso na Líthera Maciel Editora e Gráfica Ltda., à rua Simão Antônio 1.070 - Contagem, para a Editora Itatiaia, à Rua São Geraldo, 67 - Belo Horizonte - MG. No catálogo geral leva o número 01086/6B. ISBN. 85-319-0627-X.